edition hochfeld

Niemals handelt es sich um einen Selbstmord, da ist sich Bucher schnell sicher, als er mit dem gewaltsamen Tod der jungen Frau aus Pfronten auf so eigentümliche Weise konfrontiert wird. Er und sein Team geraten immer tiefer in ein zermürbendes Schattenreich aus Halbwahrheiten, Aberglaube, Religiosität – und dem Verrat in eigenen Reihen. Zunächst scheint es unmöglich, eine Verbindung zwischen einem mittelalterlichen, florentinischen Mönch, einem düsteren Motiv von Sandro Botticelli und dem fünfjährigen Mädchen zu finden, das versteckt im Bettkasten entdeckt wird – und seine Sprache verloren hat. Jakob Maria Soedher legt einen Spannungsbogen über die sattgrünen Hügel des Allgäus – wieder mit grandiosen Charakteren und menschlichen Abgründen – so tief wie die Täler unter den Allgäuer Bergen.

Jakob Maria Soedher lebt heute – nach vielen Jahren am Bodensee und im Allgäu – als Schriftsteller in Augsburg. Er ist Autor der Krimireihen BUCHER ERMITTELT und SCHIELINS FÄLLE. Seine Kriminalromane erscheinen in der edition hochfeld (Augsburg), im Aufbau-Verlag (Berlin) und sind ebenfalls als Hörbuch erhältlich. Weitere Informationen auf der Autoren-Website unter: www.soedher.de

Buchers dritter Fall

Im Schatten des Mönchs

Edition Hochfeld

von Jakob Maria Soedher sind erschienen

in der Reihe BUCHER ERMITTELT:
Der letzte Prediger
Requiem für eine Liebe
Im Schatten des Mönchs
Marienplatz de Compostela

in der Reihe SCHIELINS FÄLLE:
Galgeninsel
Pulverturm
Heidenmauer
Hexenstein
Inselwächter
Hafenweihnacht
Seebühne

Juli 2009
2. Auflage. April 2014
Edition Hochfeld, Augsburg

Umschlag: edition hochfeld, Ulrich-Jürgen Schönlein
Satzherstellung: Fotosatz Amann, Memmingen
Gesamtherstellung: CPI, Ebner & Spiegel, Ulm
Printed in Germany

ISBN: 978-3-9810268-2-5
www.edition-hochfeld.de

Wenn du daher siehst, dass Gott zulässt,
dass die Häupter der Kirche
voller Frevelhaftigkeit und Simonie sind,
so sage dir, dass die Geißel für das Volk nahe ist.

Girolamo Savonarola (1452–1498)

Im Schatten des Mönchs ist ein Kriminalroman. Handlungen und Personen sind frei erfunden. Etwaige Namensgleichheiten oder Ähnlichkeiten mit lebenden Personen oder Ereignissen sind rein zufällig und unbeabsichtigt.

Erster Teil

Zweiter Teil

Dritter Teil

Erster Teil

Weidentau

Kassiopeia leuchtete nur noch schwach über der hoch gelegenen, von sanften Schwüngen verlorener Erdhügel durchzogenen Ebene. Zaghaft zuerst, dann mit sichtbarer Eile tilgte eine noch unsichtbare Sonne das Dunkel aus einem makellosen Himmel. Ein tiefes Blau ließ das Leuchten der Sterne freudvoller erscheinen als das undurchdringliche Dunkel der vorangegangenen Nacht, das auch eine erste, fühlbare Kälte zwischen die Täler gebracht hatte.

Am östlichen Ende der Hochfläche, dort wo die zu dieser Zeit einsame Straße in kilometerlangem, geradem Weg nach unten stürzte und in einer jähen Kurve nach links gerissen wurde, dort, an der sanften Kante, die auf den Weißensee, die dahinterliegende Stadt Füssen und die östliche Bergkette wies, stand auf einem Feldweg ein Stück abseits der Straße ein Fahrzeug in schemenhaftem Grau und zwischen den Zeiten eines neuen Tages. An den Umrissen und den beiden kugelförmigen Erhebungen vorne und hinten am Dach war erahnbar, dass es sich um einen der VW-Busse der Polizei handelte. Der Wagen stand leicht schräg zum Wegverlauf, sodass die beiden Insassen ihren Blick dem Schauspiel zuwandten, das sich bald vor ihnen abspielen sollte.

Die beiden sprachen nicht. Abraham Wanger kramte stumm eine Thermoskanne zwischen den Sitzen hervor. Ab und an war ein Rauschen im Funk zu hören. Seit einiger Zeit jedoch herrschte die Ruhe der Müden, wie fast immer zu dieser Zeit des Wechsels von Schicht zu Schicht, von Nacht zu Tag. Wenn überhaupt zu dieser Zeit gesprochen wurde, dann hektisch mit hörbarem Adrenalin in der Stimme.

Korbinian Gohrer, der Fahrer, verneinte mit einer für Fremde nicht wahrzunehmenden Geste das Angebot seines Kollegen und Freundes, zusammen den Kaffee zu genießen. Ein würziger, lebendiger Duft hatte das Innere des VW-

Busses durchdrungen. Beide schwiegen und sahen zu, wie zuerst der Saum der Bergkette, die den Horizont begrenzte, von loderndem Orange erobert wurde. Dann geschah es. Zwischen Tegelberg und Säuling schlug ein erster greller Strahl über den Fels und brannte sich durch Wege, Bäume, Häuser, Leitungsgewirr und Weiden, die bis dahin nur in grauer Gleichgültigkeit dahingedämmert hatten. Innerhalb weniger Sekunden verbreitete sich das Hell, und Millionen unsichtbare Grashalme leuchteten auf in nassem Kleid. Der Tau der Nacht erweckte das vom Jahreslauf schon müde Gras noch einmal zu einem kurzen Tanz der Sinne.

Korbinian Gohrer und Abraham Wanger kniffen die Augen zusammen und wandten leicht ihre Köpfe zur Seite. Sie blickten auf eine entflammte Weidenlandschaft, die hellgelb brennende Fläche des Weißensees und einen im Lichterschein zuckenden Gipfelsaum. Füssen selbst lag noch im Schatten der Berge und musste auf seine Erweckung noch einige Zeit warten. Aber Füssen ging die beiden nichts an. Dort waren andere müde. Korbinian Gohrer startete den VW-Bus. Die Ventile hämmerten treu, und langsam holperte der Streifenwagen in Richtung Bundesstraße.

»Immer wieder schön, oder?«, sagte Abraham Wanger und verschloss seine Thermoskanne.

»Mhm«, lautete Gohrers Antwort, »mal sehen was der Tag bringt.«

Sie zuckelten langsam in Richtung Pfronten. Über ihnen war der Himmel nun leuchtend blau. Als sie kurze Zeit darauf in der Dienststelle in Pfronten angekommen waren, riss eine heftige Böe an einem Fensterladen, der nicht richtig festgestellt war. Das Klappern störte Gohrer beim Schreiben eines Berichtes.

Dann kamen die Wolken.

*

Nichts an diesem Tag war gut, dachte er bitter. Er hatte es am Morgen schon gespürt, als sie auf die Sonne gewartet hatten. Mit einem Mal hörte er das Klacken. Es kam von der Uhr, die drüben auf dem Sideboard stand. Er hätte lachen können, wenn er den Atem dazu gehabt hätte und die Situation, in der er sich befand, nicht so schrecklich gewesen wäre. Wieso hörte er ausgerechnet in diesem Moment dieses sonst sich vor jeder Wahrnehmung verbergende Geräusch?

Das rechte Knie tat ihm bereits weh, und die untere Kante des Bettkastens schnitt ihm ins rechte Schulterblatt. Er hatte mehrmals versucht, die Hand vorzustrecken, weit hinunter, zur Wand hin, doch selbst sein Arm war zu kurz. Feine Schweißperlen rannen von seiner Stirn, und das Atmen fiel ihm zunehmend schwerer. Es war ihm fast unmöglich, zu sprechen. Auch wenn es nur wenige Worte waren, die er brauchte. Beruhigend sollten sie klingen. Doch seine innere Unruhe und die körperliche Anspannung ließen nur gepresste Laute über die trockenen Lippen treten. Gerade jetzt, wo es doch darauf ankommen würde, mit der Stimme Vertrauen zu schaffen, eine Tonlage zu treffen, die geeignet war, ihr die Angst zu nehmen. Und ausgerechnet jetzt, in dieser einen Sekunde, in der er sich sammelte, sich konzentrierte, hörte er dieses feine Klacken des Sekundenzeigers.

Das Bett selbst war nicht von der Stelle zu bewegen. Zwei mal zwei Meter, massive Buche; zudem an der Wand festgedübelt. Wer war nur auf diese Idee gekommen? Sie vielleicht?

Er atmete aus, nahm alle Kraft zusammen, beugte sich noch einmal so weit es ging hinunter, streckte wieder die Hand und bat leise, fast flüsternd und auch ein wenig flehend: »Komm.«

Seine Stimme zitterte. Er nahm sich zusammen und wiederholte: »Komm. Komm doch. Ich tue dir nichts. Jetzt komm schon.«

Dabei sah er in diese erschrockenen, weit aufgerissenen Augen; wobei es mehr Ahnung denn Erkennen war, was er eben im stickigen Duster unter dem Bett wahrnehmen konnte. Sie kauerte in der hintersten Ecke, völlig unbeweglich und unerreichbar für ihn – und sie schwieg. Sollte er vielleicht einen Besen nehmen und sie heraustreiben!? Ja, es war zum Heulen. Aber was würde das schon helfen. Er war es, der die anderen hinausgeschickt hatte, als sie die Kleine entdeckt hatten. Nun hatte er die Verantwortung für die Situation. Im Moment nutzte ihm die Wut auf diejenigen, die die Wohnung schlampig durchsucht hatten, nicht. Er verbannte sie beim ersten Aufkeimen und setzte erneut an. »Jetzt komm schon, komm, ich bringe dich hier raus.« Seine Stimme klang nun fester, und er entschied sich, autoritärer zu werden, versuchte, seine Stimme mehr aus Brust und Bauch klingen zu lassen, und wurde in dem Maße lauter, wie es der beklemmende Zustand zuließ. »Jetzt beweg dich, komm! Raus hier, so geht das nicht weiter!«

Tatsächlich. Sie bewegte sich. Zuerst zuckte der Kopf, sodass er zum ersten Mal sah, wie sich ihre glatten dunklen Haare bewegten. Wie alt mochte sie sein? Vielleicht fünf, schätzte er. Die Uhr war nun nicht mehr zu hören. In seinen Ohren rauschte es, und er bemerkte ein leichtes Schwindelgefühl. Wie bekomme ich sie aus dem Zimmer heraus, ohne dass sie …?

Er hatte noch keine Lösung dafür, und es interessierte ihn im Moment auch nicht wirklich. Erst einmal musste er sie in seine Hand bekommen. Und wirklich, sie bewegte sich weiter, stumm, vorsichtig. Erst einige Zentimeter an der Wand entlang. Wenn sie wenigstens weinen oder schreien würde, dachte er. Das war er von seinen Kindern gewöhnt, wenngleich diese jetzt schon älter waren. Aber dieser Blick, diese weit aufgerissenen Augen, die ihn stumm fixierten. Lange würde er das nicht mehr aushalten.

Er ließ das Denken und unterstützte ihre vorsichtigen Bewegungen mit einem zustimmenden »Mhm«, winkte sie sanft mit der Hand heran. Sie kroch auf ihn zu, und er sah die zarte Haut ihrer Arme, deren zerbrechliches Braun im Abglanz des glänzenden Holzbodens schimmerte. Wie aufgezeichnet, schienen Adern und Äderchen durch die Haut und verstärkten den Eindruck der Zerbrechlichkeit. Als er das kleine Ärmchen an seiner Hand spürte, zügelte er seinen Fluchtinstinkt und packte nicht zu.

Sie wartete und sah ihn an – ausdruckslos. Er presste einen nicht verständlichen Laut hervor, und sie rutschte weiter bis vor zu seiner Brust. Und jetzt hatte er auch die Lösung für sein Problem. Er drückte ihren kleinen Kopf fest gegen seine Schulter und rutschte vom Bett weg. Sie war so leicht. Er nahm sie im Aufstehen auf den Arm, barg den Kopf zischen Brust und Achsel und ging einen Schritt rückwärts.

Er zuckte zusammen, als er gegen die Beine stieß. Kurz ergriff ihn ein Gefühl der Panik, und er erstarrte. Durch den Stoß und das dadurch ausgelöste Pendeln trafen ihn die Beine ein zweites Mal. Er barg die Kleine in beiden Armen, machte wieder einen Schritt auf das Bett zu, drehte sich um und eilte zur geschlossenen Tür, trat mit den Schuhen dagegen. Abraham hatte draußen gewartet und riss die Tür auf. Die anderen standen stumm im Treppenhaus.

Korbinian Gohrer ging bleich und wortlos weiter, hinunter zum Streifenwagen. Gerade, als er das Haus verlassen hatte, sah er, wie ein blauer Polo in den Hof fuhr. An der Beifahrerseite wurde die Tür aufgeschlagen, und eine Frau quälte sich schluchzend heraus

Er hörte ein »Wieso!? Wieso hat sie das getan, wieso hat sie das getan?« Immer wieder, als spräche sie das Echo ihrer eigenen Worte.

Er drehte sich weg, um Schutz zu haben, lief weiter, registrierte aber, wie das Wimmern hinter ihm von Verzweiflung getrieben weiter anschwellend, sich zu einem wilden, hysterischen Kreischen steigerte.

Die Kleine krallte sich an ihn. Er stolperte über den Kies. Das Kreischen in seinem Rücken stoppte an der Haustür, schwoll an zu wildem Toben, das inzwischen den gesamten Körper ergriffen hatte, und die bemühten, nutzlosen Beschwichtigungsversuche seiner Kollegen auffraß. Wie genau man doch mit den Ohren sehen kann, dachte Gohrer.

Die Kleine hatte die Finger der rechten Hand in seiner Brusttasche verkrallt, was es schwer machte, sie zu lösen und auf die Rückbank zu setzen. Aber Korbinian Gohrer brauchte endlich Luft. Er hielt sich an der Rehling des Streifenwagens fest. Ihm war schwindelig, übel, und sein Uniformhemd war durchschwitzt. Sein Kinn zitterte, aber er atmete tief und kontrolliert in den Bauch hinein. Langsam wurde es besser.

Es war ein halbwegs normaler Einsatz gewesen, bis zu dem Augenblick, in welchem er die Kleine entdeckte. Abraham Wanger war wie verrückt hin und her gesprungen. Das war er von ihm eigentlich nicht gewohnt. Auch die anderen hatten übergangslos von anfänglicher Starre zu hektischem Getuschel und hilflosen Gesten gewechselt.

Bis zu dem Moment, da sie von den stillen Kinderaugen unter dem Bett wussten, war es Routine gewesen: eine Wohnung, ein Balken, ein Körper, ein Strick. Doch das auf Routine trainierte Hirn setzte aus, als das Wissen um das Kind das Geschehen an ein sich wehrendes, trübes Licht brachte. Jeder für sich sah in den verborgenen Augen unter dem Bett das Geschehen klar und brutal, wie einen Film von Kieslowski. Die Frau, der Stuhl, der Strick, die Mühe, auf die Sitzfläche zu steigen, die Schlinge, der Druck auf die Stuhlkante – mit dem Fußballen. Dann das Kippen des Stuhls, ein kurzer Fall, ein Ruck, ein Gurgeln, Zucken – die Entleerung. Schwankende Stille.

Dieser Gedankenfilm tötete die Vernunft, das routinierte Handeln. Er wirkte wie ein brennendes Gift. Einzig Gohrer schien diesem Gift gegenüber immun zu sein. Er blickte in die Augen – und sah das Kind dahinter, und nicht, was ihre Augen zuvor gesehen haben mochten.

Er hielt sich immer noch am Dach des Streifenwagens fest, sah nicht, wie einige Meter hinter ihm der Notarzt eine Spritze aufzog und dabei zitterte. Wie er aufgeregt, die Nadel in der Rechten hochhaltend, zurück zum Eingang hastete, den rechten Oberarm der hysterischen Frau packte, die Nadel entschlossen durch die Kleidung hindurchstach und zudrückte. Es dauerte nur wenige Sekunden, und die von grenzenlosem Entsetzen getriebene Gemütseruption erlosch, einfach so. Es schien, als hätte der Arzt der Schreienden keine Substanz verabreicht, sondern ihr vielmehr mittels der Kanüle jegliche Energie entzogen. Jetzt lehnte sie leise wimmernd mit leerem Blick an der Hauswand. Ihr Mann, der Fahrer des blauen Polo, war stockend näher gekommen, stand ein Stück abseits, als gehöre er nicht zum Geschehen. Die Kleine wurde in einem Streifenwagen weggefahren. Alle schwiegen.

*

Niemand beachtete die Gestalt, die regungslos unten am Rand der Straße stand und dem Geschehen aufmerksam folgte. Eine alte Frau, hochgewachsen, der Rücken schon leicht gebeugt. Ihr Gesicht war schmal, von Falten tief zerfurcht, mit einer großen Nase und breitem Mund – und über allem ein Ausdruck voll von Stolz, der im Moment von einem Schleier von Abscheu überdeckt war. Ein blaues Kopftuch bedeckte die weißen Haare. Trotz der noch spätsommerlichen Witterung trug sie eine dunkelblaue Wollweste über dem grauen Leinenhemd und einen langen schwarzen Rock, dessen Faltenwurf am Knöchelansatz endete. Ihre unbestrumpften Füße fanden in festen Haferlschuhen Halt. In der rechten Hand hielt sie mit sicherem Griff einen groben Stock, der ihr bis über die Schulter reichte. Sie strahlte Kraft aus, trotz ihres Alters. Sie stand da – wie eine Kriegerin.

Als der Polizeiwagen mit dem Mädchen den Hof verließ, presste sie die Lippen zornig aufeinander und sah dem Wagen lange nach. Das Treiben oben am Haus interessierte sie nicht mehr. Als das Auto am Bahndamm verschwunden war, setzte sie ihren Weg fort, zielstrebig, behände und voller Kraft.

Es war der erste Tag im September.

*

Ein Tag im September, wie er schöner nicht hätte sein können. Über München spannte sich das königliche Blau eines präoktoberfestlichen Fönhimmels. Bucher war heute Morgen gar nicht erst im Büro in der Maillingerstraße erschienen. Er hatte die U2 genommen, war bis zum Karl-Preis-Platz gefahren und von dort das letzte Stück bis zur Kaserne zu Fuß gegangen. Auf der Rosenheimer Straße gurgelte das frisch erwachte, städtische Leben wie Wasser in einem frühlingshaften Bach. Bucher sollte etwas für seine Gesundheit tun. Engagierte Menschen hatten sich einen neuen Event ausgedacht: *Gesundheitspräventionstag*. So hieß die Veranstaltung, die bei boshafter Interpretation vor Gesundheit schützen sollte. Als altmodischer Mensch hielt er von derartigen Aktionen eigentlich nicht viel. Alleine diese neumodische Wortschöpfung! Früher nannte man so was lapidar: Sportfest. Aber mit einem Sportfest war heutzutage niemand mehr zu locken. Das Wort roch zu sehr nach Schweiß und Anstrengung, nach adidas-Plastikhosen und Turnschuhen. Überhaupt schien eine ganze Gesellschaft gegenüber dem durch körperliche Arbeit entstehenden Schweiß eine Haltung zu beziehen, wie sie eine kleine Gruppe Privilegierter früher hinsichtlich ihrer noblen Blässe gegenüber der Bräune der Bauernschaft einnahm. Wie sich die Zeiten doch änderten. Alle scheuten den Mief, und es wurde immer miefiger. Es war ein digitales Zeitalter, in welchem man lebte, und es war eine binäre Gesellschaft, in der Nullen und Einsen unglaubliche Dinge vollbrachten. Bei Nullen fiel Bucher sofort sein Dezernatsleiter Kundermann-Falckenhayn ein. Die kurze hämische Freude beim Aufflackern des Gedankens wurde ihm durch die Tatsache vergällt, dass Nullen eine ebenso bedeutsame Funktion innehielten wie die Einsen. Seine kurzzeitig ungeordneten Gedanken blieben bei den Turnschuhen hängen! Gab es so etwas eigentlich noch, Turnschuhe? Wahrscheinlich gab es heutzutage auch eigene Schuhe für Minigolfer und Minigolferinnen, aber egal. Ein Sportfest war jedenfalls nicht geeignet, *Fun* zu assoziieren. Heute musste alles *Fun* machen und gesund sein. Die Steigerung bestand nur noch darin, dass man das ganze Zeug auch noch mit *Fun* machen musste. Überall fröhliche, lachende, gesunde Menschen mit bleckenden Zebragebissen – bei der Arbeit, in der Freizeit, beim Sport, im Radio. Selbst die Sprache musste dem Immergutdrauf der Nullen angepasst werden. Man konnte schon fast Sehnsucht nach Kotzbrocken bekommen.

Bucher war drauf und dran, sich selbst die Laune zu vermiesen. Aber er hatte Lara nicht nur versprochen zu kommen – sondern auch mitzumachen. Freudig. Ihr zuliebe, da sie eine der Verantwortlichen war und Schnupperkursler in Tai-Chi unterwies. Bisher wusste er nur, dass sie regelmäßig Taekwondo trainierte. Er hatte sich aber nicht für Laras Tai-Chi entschieden, sondern für Muskelentspannung und Yoga, was beides etwas gemütlicher klang. Kurz vor der Kaserne der Bereitschaftspolizei kam er an einer Tankstelle vorbei. Er ging hinein und kaufte eine Schachtel Gauloises Blondes, obwohl er gar nicht rauchte. Ihm war einfach danach.

Nach hinreichender Muskelentspannung war er nun, nach einer Stunde Pause, im Judoraum der Sporthalle angekommen. Yoga schien ein echter Renner zu sein, denn er fand mit seiner Matte nur noch im äußersten Winkel der Halle Platz, nahe der Wand. Der Vorteil dieses Platzes bestand darin, dass er direkten Blick auf die Yogalehrerin hatte. Eine schlanke, drahtige Schwarzhaarige, Modell Gazelle, die sich zudem schlangenhaft bewegen konnte. Es war ihm angenehm, ihr zuzusehen, wie sie den Vorgaben ihrer eigenen ruhigen Stimme folgend, Arme, Beine und Hals verschlang, und auf so fröhliche Weise den Eindruck erweckte, gerade dafür habe Gott diese Extremitäten vorgesehen. Nach jeder Erklärung einer Übung sprach sie verständnisvoll den Satz: »Bei wem das nicht geht, der soll es auch nicht erzwingen«, und gab eine Alternative zu der jeweiligen Verrenkung an. Bucher stellte sorgenvoll fest, dass er grundsätzlich zu denen gehörte, bei welchen *das nicht ging*, und auch die angeblich einfachere Alternative bereitete ihm mitunter Mühe, die er durch ein fröhliches Lächeln zu vertuschen verstand. So war das also.

Viel angenehmer hingegen war es ihm, den Blick auf Gazelle ruhen zu lassen. Bedauerlicherweise befand sich links von ihm, an der Wand, ein über mannshoher Spiegel. Er vermied es daher, den Blick dorthin zu wenden und dem verkrümmten Wesen zuzusehen, das Yogaübungen imitierte. Bei einer Darstellung, die von Gazelle in sanften Worten *Der Baum* genannt wurde, fiel ihm dies in besonderer Weise auf. Die Meisterin vorne stand auf einem Bein und formte einen Baum, was sehr schön aussah. Der kurze Blick zum Spiegel hingegen ließ ihn ein bedauernswertes Gestrüpp erkennen. Bestenfalls Buschwerk.

Entgegen seiner skeptischen Einstellung dem Neuen gegenüber wurde das Ganze ein überraschend gelungenes Sportfest, was auch an den ehrlich gut gelaunten Organisatoren lag, die dem Ganzen eine unaufgeregte, weihe- und lebensberatungsfreie Seele gaben.

Ungläubige

Trotzdem spürte er am nächsten Tag Muskelkater. Joggen alleine war offensichtlich nicht geeignet, für umfassende Fitness zu sorgen. Er saß im Büro und starrte gedankenverloren in den Innenhof, als Hartmann hereinkam.

»Was hast du gestern eigentlich gemacht?«, fragte er und biss in ein Croissant.

Bucher schmeckte die Butter und blickte hinunter auf verrostete Fahrradständer, Müllcontainer und wild geparkte Autos. Er beobachtete, wie Robert von der Fahrstaffel den Hof überquerte, und noch etwas anderes hatte er entdeckt.

Er musste überlegen, bevor er Hartmanns Frage beantworten konnte. »Relaxive Muskelprogression.«

Hartmann stoppte das Kauen. »Du meinst … Muskel … muskuläre Relaxionsprogession, äh …«

»Muskelkater eben«, erwiderte Bucher und wendete den Blick wieder zum Innenhof.

Hartmann begann zu nerven, denn er trat zur Schreibtischkante vor, und stellte sich auf die Zehenspitzen. »Was'n da draußen?«

»Unser wohlgestalteter Innenhof«, sagte Bucher, im Wissen, dass Hartmann zu klein war, um Gazelle erkennen zu können, die sich unten, am Eingang zur Kriminaltechnik, mit einer Kollegin unterhielt. Die beiden lachten öfter.

Lara kam kurz darauf, hielt vor der offenen Tür, wünschte einen guten Morgen und fragte etwas gehässig, »Na. Muskelkater?«

Bucher schüttelte lässig den Kopf, was einigermaßen schmerzfrei möglich war – und lächelte. Die Zebras fielen ihm wieder ein. Es zog vor allem in den Schultern.

Gerade als Lara zurückkam, sich ihm gegenübersetzte und etwas fragen wollte, klingelte sein Telefon.

Er sah auf das Display. Die ihm unbekannte Telefonnummer einer Nebenstelle des Polizeinetzes blinkte auf. Er nahm den Hörer ab und zwinkerte Lara Saiter zu.

»Bucher«, meldete er sich seriös.

Lara Saiter hörte ihn bestätigen. »Ja. Johannes Bucher ... Tötungsdelikte ... Ja.«

Er hörte dem Anrufer zu, schnitt eine Grimasse, drehte den Hörer ein wenig zur Seite, sah Lara an und verdrehte die Augen. Dann sagte er: »Von welcher Dienststelle rufst du an, Kollege? Pfronten? Das ist im Allgäu, nicht wahr? Ahja.«

Lara hörte aus der Ohrmuschel Reden und verfolgte, wie Bucher sehr höflich unterbrach. »Du Kollege. Ich denke, du bist hier falsch. Für die Sache ist doch eure Kripo zuständig. Wir bearbeiten keine Suizide, und auch sonst keine Katalogstraftaten. Tut mir leid. Trotzdem, angenehmen Dienst noch, da drunten im Allgäu. Servus.« Er legte auf, ohne eine Antwort des Gegenübers abzuwarten.

»Wer war denn der arme Kerl, den du da abgefertigt hast?«, fragte sie und griff sich die neueste Ausgabe von *LKA intern*.

Bucher winkte ab. »Ein Kollege, der etwas von einem Suizid erzählt hat, und dass er glaubt, es wäre keiner, und so.«

»Mhm«, sagte sie, während sie gelangweilt weiterblätterte, »und du willst mir wirklich erzählen, du hättest keinen Muskelkater, hä.«

Er lachte.

*

In einem Dienstzimmer der Polizeistation Pfronten stand Korbinian Gohrer und hielt den Telefonhörer noch in der Hand. Sein Kollege Abraham Wanger schüttelte den Kopf. »Ich hab's dir doch gleich gesagt. Das wird so nichts. Die wimmeln immer ab, die im LKA. Immer. Ich kenne die doch, die Offizierstruppe da drin. Das Erste, was die lernen, ist abwimmeln, und gleich danach kommt: *den großen Maxe raushängen lassen*. Persönlich! Persönlich muss man da aufkreuzen, dann geht was, so kann man die packen. Da sind die schwach, das sind die nämlich nicht gewohnt, wenn man selbst aufkreuzt, da haben die kein Aggressionspotenzial, so Auge in Auge mit Kollegen, weißt du?!«

Gohrer legte den Hörer auf. »Dann überleg dir mal was.«

Abraham Wanger antwortete nicht, sondern langte über den Schreibtisch und löschte den Wiederwahlspeicher des Telefons. Er hatte schon eine Lösung.

Suizid

Am Nachmittag des darauf folgenden Tages saß Bucher im Büro und versuchte mühsam, aus einem Entwurfsschreiben Kundermann-Falckenhayns schlau zu werden, welches einen Sachverhalt des Reisekostenrechts neu regelte. Lachen von draußen im Gang ließ ihn aufhorchen. Es war eine ihm fremde Stimme. Kurz darauf hörte er Lara Saiter. Sie lachte herzhaft, und er hörte sie sagen, dass *Herr Bucher* gleich um die Ecke sitzen würde.

Sekunden später tauchten im Türrahmen zwei uniformierte Gestalten auf. Ein großer athletischer Kerl mit schwarzen Haaren, die allerdings schon deutlichen Graueinschlag aufwiesen, und hinter ihm ein älterer Kollege, der Lara angrinste und den Blick immer wieder zu Bucher schwenkte. Er trug einen gepflegten, dichten Bart, während auf seinem Kopf nur ein grauer Haarkranz leuchtete. Er war etwa Mitte fünfzig und tänzelte gut gelaunt herum, wirkte fast wie aufgezogen.

Der Jüngere sagte »Servus«, kam auf Bucher zu und grüßte mit einem kräftigen Händedruck. Bucher sah fragend von einem zum anderen.

»Wir haben gestern schon miteinander telefoniert«, sagte der Jüngere und sah sich zur Tür hin um. »Ich bin Korbinian Gohrer, und das ist mein Kollege Abraham Wanger. Wir sind aus Pfronten.«

Bucher sah von einem zum andern, dachte, soso – Korbinian und Abraham also. »Ach ja. Der Suizid«, entgegnete er schließlich und suchte seinerseits Blickkontakt zu Lara Saiter. Abraham Wanger trat in den Raum, neigte theatralisch den Kopf und sagte langsam: »Grüß Gott, der Herr.«

So eigenartig es auch wirkte, war es doch weder aufgesetzt noch ironisch. Lara sah gespannt zu Bucher und ging ans Fenster, wo sie sich an den Sims lehnte und den beiden Kollegen zuwandte. Sie war also gewillt, deren Anliegen anzuhören. In Bucher regte sich gegenüber dem plötzlichen Auftauchen der beiden ein widerstrebendes Unbehagen. Er fand es geradezu aufdringlich und konnte im Moment keine Ermittlungen gebrauchen. Endlich – endlich sollte die Innenisolierung und Holzverkleidung im Dachgeschoss fertig werden. Dafür hatte er ein verlängertes Wochenende geplant, und Miriam hatte er es auch versprochen. Und jetzt waren diese beiden uniformierten Typen hier, die Gespenster sahen. Vermutlich kannte einer von den beiden die Tote persönlich und hatte Probleme, zu akzeptieren, was geschehen war. Man kannte das.

»Macht es kurz«, lautete sein unhöflicher Einstieg.

»Vorgestern wurde die Leiche einer Frau aufgefunden. Erhängt. In ihrer Wohnung«, begann Gohrer unbeeindruckt. Er hatte im Grunde gar nicht damit gerechnet, überhaupt bis ins Büro von Bucher zu gelangen.

»Wer bearbeitet den Fall?«, fragte Lara sofort.

»Die Kripo in Kempten. Aber Leichenschau und ersten Angriff machen ja immer wir. Vorgestern war einer von der Kemptener Kripo da.«

»Und?«, hakte sie sofort nach.

»Er ist der Meinung, es handele sich um einen Suizid und hat das auch so in seinem Bericht an die Staatsanwaltschaft geschrieben. Gestern Nachmittag ist die Leichenfreigabe an uns gefaxt worden. Und da habe ich hier angerufen.«

»Naja«, meinte Bucher und konnte ein genervtes Ausschnaufen nicht vermeiden, »ein Suizid ist immer eine schlimme Sache. Aber wenn die Kripo den Fall bereits bearbeitet und die Staatsanwaltschaft die Untersuchungsergebnisse akzeptiert …«, er hob entschuldigend die Hände, »da sind wir außen vor.«

Noch bevor Gohrer etwas sagen konnte, fragte er: »Von wem hattet ihr eigentlich den Auftrag, hier anzurufen, und wer hat euch heute nach München geschickt?«

Die Frage und ihre Beantwortung waren überflüssig, das wusste auch Bucher.

Lara Saiter ersparte Gohrer eine Antwort, indem sie fragte: »Welche Gründe gibt es denn, die einen Suizid ausschließen? Denn das, was ihr da sagt, ist schon eine heiße Geschichte, das ist euch doch klar, oder?«

Gohrer nickte ernst. »Es ist einfach nicht erklärbar, weshalb sich die Frau umgebracht haben soll ...«

Bucher verdrehte die Augen und sah zur Decke. Gohrer schien nicht recht weiter zu wissen und drehte nervös einen Umschlag in den Händen. Er nahm ihn schließlich und reichte ihn Lara Saiter, bevor er unsicher fortfuhr. »Also die reinen Fakten scheinen ja zu passen. Aber es ist eben so, dass ich selbst, und meine Frau auch, die Judith Holzberger noch am Samstagvormittag getroffen haben, auch mit ihr gesprochen haben, und es ist ...«

Aha, dachte Bucher. Seine Frau kannte die Tote also.

Lara ließ im selben Moment einen erschrockenen Laut hören, und Gohrer unterbrach sich. Bucher sah überrascht zu seiner Kollegin und schauderte. Sie sah auf ein Foto, das sie aus Gohrers Kuvert genommen hatte, und schüttelte ungläubig den Kopf, dann reichte sie das Kuvert mit den anderen Fotos an Bucher weiter.

»Im wievielten Monat war sie?«, lautete ihre Frage an Gohrer.

»Sechster«, entgegnete der kurz, »Wie gesagt. Ich habe sie noch zwei Tage vorher getroffen. Sie hatte gerade Babyklamotten eingekauft und anderes Zeug, sie hatte eine Menge Einkaufstüten dabei... also sie hat sich so auf das Kind gefreut ...«, er sah zu Bucher, den das, was die Fotos dokumentierten, ebenfalls erschütterte, nur konnte er es besser verbergen.

Diese trübe Ahnung, dieser Hauch von Dunkel, der ihn gestern nach dem Telefonat überkommen hatte und den er zur Seite gelegt hatte wie ein kurzes Unwohlsein, der zeigte sich nun wieder – jedoch zäher und dichter. Nun war es so, als legte sich ein düsterer Schatten auf ihn. Fast hätte er versucht, sich dieses Gefühls durch ein Schütteln der Schultern zu entledigen. Alleine die Wahrnehmung dieses unbewussten Gedankens, der Möglichkeit einer solchen unnützen, motorischen Reaktion, erschreckte ihn und machte deutlich: Er war schon Gefangener dieser beklemmenden Geschichte, ohne es zu wollen.

»Fakten bitte, keine Meinungen oder Gefühle!«, hörte er Lara Saiter sagen, und nur er vernahm, dass auch sie noch unter dem Eindruck der Fotos stand.

Abraham Wanger ergriff nun das Wort, diesmal ohne jedes kauzige Gehabe. Er formulierte schnell und klar: »In der Wohnung lag die Babykleidung, die Judith Holzberger kurz zuvor gekauft hatte. Auf dem Herd stand ein Topf mit Gemüse, völlig eingebrannt. Im Gang lag ein Brief, frankiert und fertig zum Postversand. Sie hatte an eine Freundin in München geschrieben, dass sie wie besprochen zu Besuch kommen werde. Unserer Meinung nach passt ein Selbstmord nicht zu einer aktiven, schwangeren Steueranwältin, die keinerlei finanzielle Probleme hat, sich auf ihr Kind freut, die Stunden zuvor noch Babykleidung einkauft, fröhlich mit Leuten redet, sich ein Essen zubereitet und einer Freundin ihren Besuch fürs Wochenende ankündigt. Eine solche Frau nimmt nicht plötzlich den Strick und erhängt sich im Schlafzimmer. Das – passt nicht!«

Bucher sah Abraham Wanger an. Der Kerl hatte mehr drauf, als sein Getue offenbarte.

»Und was sagt der Sachbearbeiter der Kripo in Kempten zu der Sache?«, fragte Bucher.

Abraham Wanger schüttelte abweisend den Kopf. »Das übliche Abwimmelgequatsche: Welcher Mensch weiß schon, was im Menschen ist, ohne den Geist des Menschen, der in ihm ist.«

Bucher stutzte und sah ihn fragend an.

Wanger erklärte. »Naja. Der Sachbearbeiter geht in vier Wochen in Pension und ist der Meinung, dass man in einen Menschen eben nicht reinschauen kann und dass er schon viel gesehen habe in seinen vierzig Dienstjahren, und, und, und … ihr kennt die Allgemeinplätze und Phrasen doch auch, mit denen man Unliebsames erstickt und von sich fernhält.«

Gohrer schaltete sich ein. »Aber wir haben schließlich auch schon einiges gesehen und erlebt, und bei der Sache hier – da stimmt was nicht!«

»Wer schickt euch?«, fragte Bucher abermals und sah Gohrer an.

Batthuber kam ins Zimmer und legte einen Stoß Akten auf Buchers Tisch. Abraham Wanger verwandelte sich umgehend zu einem eigenwilligen Sonderling und nahm in altmodischer Weise Haltung an. »Aaah. Die Orrrdonannz! Wie es sich gehört. Serr schön. Erinnere mich gut an die Zeit als ich gedient habe, Gebirgsjäger, Sonthofen. Da war ich auch Ordonanz.«

Batthuber wusste nicht, was er von dem Kerl halten sollte, der ihn da angrinste, und musterte ihn prüfend.

Gohrer ließ sich nicht ablenken und antwortete auf Buchers Frage. »Niemand hat uns geschickt. Wir mussten heute zufällig einen Spurenträger von einem Einbruch hierherbringen.«

Bucher winkte ab. »Zufällig!? Komm, hör auf.«

Gohrer klang betreten. »Also, wir waren in der Wohnung von der Judith Holzberger, vorgestern, und sind mit der Art und Weise, wie das abgehandelt wurde, einfach nicht einverstanden. Unser Chef weiß nicht, dass wir hier sind, und die in Kempten schon gar nicht. Weißt du, sonst dauert immer alles eine halbe Ewigkeit, doch in dem Fall ist sofort die Kripo da, die man sonst nur sieht, wenns Freibier gibt und Leberkässemmeln, sofort ist eine Ermittlungsakte erstellt, ab zur Staatsanwaltschaft, Leichenfreigabe und erledigt. Alles ist seltsam.«

Bucher sah zu Lara. Sie sagte: »Schwierige Sache, mit der ihr da ankommt.«

Wanger druckste plötzlich herum, wollte offensichtlich was sagen, sah zu Gohrer.

»Ist da vielleicht noch was?«, fragte Bucher, mit einer bösen Ahnung.

»Ja schon … das Mädchen«, sagte Gohrer tonlos und schluckte.

»Welches Mädchen?«

»In der Wohnung war ein Mädchen.«

Buchers Stimme wurde zornig. »Mein Gott, könnt ihr vielleicht in ganzen Sätzen reden. Kommt hier rein mit einer solchen Story, und alles muss man euch aus der Nase ziehen. Sind da drunten alle so wie ihr zwei, oder was!? Was für ein Mädchen bitte, ihr Kind vielleicht?«

»In der Wohnung, da war ein Mädchen versteckt, unter dem Bett, etwa fünf Jahre alt.«

»Ja wie ... versteckt?«, wollte jetzt auch Lara Saiter wissen.

»Es ist nicht ihr Kind. Ein fremdes Mädchen. Niemand kennt es, niemand vermisst es. Die Kleine ist völlig verstört, redet nicht. Ich hab sie bei mir. Morgen muss ich sie dem Jugendamt in Marktoberdorf übergeben«, entgegnete Gohrer.

»Du glaubst, die Kleine hat mitbekommen, was passiert ist?«

»Mir globet nix. Des isch so!«, platzte es aus Abraham Wanger in tiefem Dialekt heraus.

»Das Mädchen ist also noch bei dir?«, fragte Bucher.

Gohrer nickte. »Das ist kein Problem und ... also ich gebe die Kleine nicht gern weg ... weil ich denke, bei uns ist sie gut aufgehoben, ich habe selber drei, also von daher ...«

Bucher hob die Hand. »Ist schon in Ordnung. Sie ist sicher gut aufgehoben.«

Die Sache mit dem unbekannten Mädchen hatte sein Interesse an dem Fall geweckt. Er sah auf die Uhr. »Habt ihr wenigstens ein Aktenzeichen dabei, oder so?«

Wanger kramte in der Hosentasche und reichte ihm einen Zettel, auf dem die Geschäftsnummer notiert war. Bucher nahm ihn und ging ohne eine Erklärung oder sich von den beiden zu verabschieden aus dem Zimmer.

Lara Saiter vereinbarte mit den beiden, vorerst kein Wort über das Gespräch zu verlieren, und brachte sie zum Ausgang. Auf die Frage, was denn nun werde, erhielten Gohrer und Wanger auch von ihr keine Antwort.

Bucher eilte durch die Gänge, denn er wollte Weiss noch erwischen, bevor der das Amt verließ. Weiss hörte sich Buchers Argumente an und betonte mehrfach, dass ihm diese

Sache überhaupt nicht recht sei; wo doch die Kollegen schon ermittelt hatten und der Fall bereits zu einer Akte geworden war. Als Bucher das Büro seines Abteilungsleiters verließ, war er ziemlich sicher, den Fall in der Tasche zu haben – das unbekannte Mädchen war in Verbindung mit dem Geschehen eine zu dramatische Komponente. Kurz bevor er um die Ecke biegen wollte, hörte er, wie sich hinten, im dustergrauen Gang, die Tür öffnete und Weiss ihm nachrief. »Und du bist sicher, die Kleine ist gut aufgehoben bei dem Kollegen?«

Jetzt war alles klar, wusste Bucher.

Allgäu

Sie waren schon vorbereitet, als am nächsten Morgen der Anruf von Weiss kam. Batthuber war zur Überraschung seiner Kollegen ganz begeistert davon, im Allgäu ermitteln zu dürfen, und brabbelte etwas von *benötigter Ausrüstung*. Bucher holte ihn zu sich ins Büro und bat ihn eindringlich, sein loses Mundwerk im Zaum zu halten und die Kollegen da unten nicht zu provozieren, denn die waren den Gleichmut der Kühe gewohnt. Dann ging er zu Weiss.

»Das ging ja flott«, sagte er, nachdem er das Zimmer betreten hatte.

Weiss sah ihn skeptisch an. »Was waren das für zwei Kollegen, die da gestern bei dir waren?«

Bucher zuckte mit den Schultern. »Ich kenne die nicht. Sie hatten Dienst und sind die Wohnung der Toten angefahren. Wieso fragst du? Gibt es Schwierigkeiten?«

Weiss betrachtete stumm und nachdenklich einen Notizzettel, der vor ihm auf dem Schreibtisch lag. Etwas stimmte nicht.

»Ist mit den beiden was nicht in Ordnung?«, fragte Bucher.

»Nein, nein. Ich habe heute Morgen gleich im Ministerium angerufen … wegen deines Anliegens … und Hocke, ich soll dich übrigens von ihm grüßen, also Hocke meinte, es sei gut, dass ich mich meldete, denn er hätte eh einen Auftrag für uns.«

Bucher verzog den Mund. »Ohje. Zwei Fälle. Das schaffen wir natürlich nicht.«

Weiss sah ihn ernst an und schüttelte den Kopf und sprach langsam. »Hocke wollte, dass wir uns einen Fall in Pfronten genauer ansehen; einen Suizid – Judith Holzberger.«

Bucher sah ihn irritiert an. »Wie?«

Weiss sah auf seine Hände und erklärte. »Ich bin zunächst gar nicht dazu gekommen, ihm zu sagen, dass wir von der Sache bereits wissen.«

Bucher musste seine davonfliegenden Gedanken sortieren. Er wurde nicht schlau aus dem Gehörten. Die zurückhaltende, fast verunsicherte Art, mit der sein Abteilungsleiter sprach, irritierte ihn außerdem. »Wie kommen die im Mysterium ausgerechnet auf diesen Fall. Sonst sind die doch auch nicht so schnell, bringen sogar Papier zum Faulen … und da …?«

Weiss sah auf und sagte hintergründig. »Keine Ahnung, Johannes. Es ist da noch etwas – wir bekommen keinen offiziellen Auftrag dafür.«

Bucher kniff die Augen zusammen. »Kapier ich nicht. Ein offizieller nichtoffizieller Ermittlungsauftrag?«

Weiss richtete sich auf und versuchte zu erklären, als ob es in der neuen Haltung verständlicher wäre. »Sie wollen zwar, dass wir uns die Sache ansehen, aber es gibt keinen offiziellen Auftrag, also nichts Schriftliches.«

»Warum denn das? Wer ist diese Judith Holzberger? Steckt irgendeine politische Sache dahinter?«

»Ich habe keine Auskunft erhalten. Es ist übrigens dein Job, das herauszufinden.«

Bucher sah ihn fragend an. »Du weißt, was ich meine.«

»Allerdings.«

»Sind unsere Leute informiert?«

»Ja.«

»Hast du Hocke vom Besuch der beiden Pfrontener Kollegen erzählt?«

»Ja.«

»Was hat er gesagt?«

»Nichts.«

»Das klingt aber gar nicht gut«, sagte Bucher nachdenklich und sah Weiss eindringlich an.

Der wiederholte. »Ich weiß, das klingt nicht gut. Passt auf euch auf da drunten. Ich versuche zu helfen, wo es geht. Vor allem will ich versuchen, noch ein paar weiterführende Informationen zu bekommen.«

*

Bucher suchte, nachdem er von Weiss verabschiedet worden war, das oberste Stockwerk auf. Aus Gesundheitsgründen verzichtete er auf den Aufzug und eilte die Treppen nach oben. In den Beinen spürte er die Nachwirkungen der von Gazelle praktizierten Übungen.

Auf einige Büros verteilt, arbeiteten hier, hoch über den Dächern von Neuhausen, die Leute, die sich um vermisste Personen und unbekannte Tote kümmerten. In deren Arbeitsbereich fiel im weitesten Sinne auch der Bereich Suizid, und Bucher benötigte zu diesem Thema dringend Informationen.

Der Leiter der Truppe war ein gemütlicher Mitfünfziger. Bucher erklärte ihm kurz sein Anliegen, grundlegende Informationen über Selbstmord zu erhalten.

»Wieso sagst du Selbstmord?«, fragte Wohlhauser.

»Weil man das so sagt.«

»Ja schon. Wir reden aber bei der kriminalistischen und wissenschaftlichen Betrachtung von Suizid, aus dem lateinischen *sui cidium* – selbst töten. Und trotzdem sage auch ich manchmal Selbstmord. In dem Wort steckt ja schon eine moralische Wertung, denn der Begriff Selbsttötung ist sachlich beschreibend, während Selbstmord, durch den Bestandteil des Mordes und die damit verbundene Qualifizierung durch die Mordmerkmale, eine moralische Komponente erhält. Es gibt da einige Quellen, aus denen geht übrigens hervor, dass es der berühmte Kirchenvater Augustinus gewesen sein könnte, der die Selbsttötung als Selbstmord bezeichnete, wodurch er diese Tötungsart geißeln wollte. Es ist übrigens so, dass sich alle monotheistischen Religionen explizit gegen die Selbsttötung aussprechen.«

»Siehst du. Das wusste ich zum Beispiel überhaupt nicht.«

»Es gibt zwei in der Kriminalistik gültige Definitionen der Selbsttötung. Emile Durkheim war einer der Ersten, der sich wissenschaftlich mit der Sache beschäftigt hat. Er bezeichnet als Suizid, was direkt oder indirekt auf eine Handlung oder Unterlassung zurückzuführen ist, die vom Opfer selbst begangen wurde, wobei es das Ergebnis seines Verhaltens im

Voraus kannte. Eine neuere, etwas praktischer angelegte Definition stammt von Hörmann, der sagt, dass Suizid eine gegen das eigene Leben gerichtete Handlung mit tödlichem Ausgang ist, wobei es nicht entscheidend ist, ob der Tod beabsichtigt wurde oder nicht. Das entspricht natürlich mehr der Praxis. In vielen Fällen weiß man ja nicht, ob es sich nicht doch um einen misslungenen Suizidversuch handelt. Dumme Sache in so einem Fall.«

»Du hast vorher etwas von statistischen Daten gesagt. Was wird da statistisch erfasst.«

»Die klassischen Werte eben. Interessant ist, dass es eine Ost-West-Verteilung gibt. Die Suizidraten in den osteuropäischen Ländern sind signifikant höher als im Westen. Also die Wahrscheinlichkeit, sich als Mann in Russland, dem Baltikum, der Ukraine, oder Weißrussland umzubringen, ist um ein Vielfaches höher als zum Beispiel in Deutschland oder Frankreich. Bei Frauen liegen Sri Lanka, China und Japan vorne, gefolgt von den osteuropäischen Staaten. Diese Ost-West-Achse existierte übrigens auch während der deutschen Teilung. In Ostdeutschland lag die Suizidrate wesentlich höher, und etwa seit der Jahrtausendwende hat die Anzahl der Fälle das niedrigere westdeutsche Niveau erreicht.«

»Und der Unterschied zwischen Frauen und Männer?«

Wohlhauser hob die Hand. »Große Unterschiede, große Unterschiede. Selbsttötung bei Männern findet überwiegend in der zweiten Lebenshälfte statt, bei Frauen in der ersten Lebenshälfte. Männer wählen die sogenannten harten Methoden, also überwiegend erhängen und erschießen. Frauen eher die Intoxikation.«

Bucher schüttelte sich. »Wie schaut es in eurem Bereich aus? Diese unbekannten Toten, die vermissten Personen. Sind da viele Suizide dabei?«

»Natürlich. Bei den wenigsten handelt es sich um Tötungsdelikte im klassischen Sinn. Weißt du, all diese statistischen Zahlen und Auswertungen – sie sagen nichts darüber aus, was es bedeutet, mit einem Suizid als Angehöriger konfrontiert zu sein. Es ist etwas unvorstellbar Furchtbares, weil dieser Dunst von Schuldgefühlen über den Betroffenen schwebt, und viele werden ihn ihr Lebtag nicht mehr los.«

»Es ist ja auch bei uns nicht das Thema, über welches man gerne Gespräche führt. Ich habe es ja selbst gespürt, wie sich dieses Unbehagen in mir ausgebreitet hat, als ich dich gerade so sachlich hab erzählen hören.«

»Unbehagen. Genau das ist es. Unbehagen. Geht mir immer auch noch so.«

Beide lenkten das Gespräch auf Allgemeines und nachdem Bucher sich verabschiedet hatte, blieb er einen Augenblick unschlüssig im düsteren Gang stehen. Jetzt brauchte er etwas mehr Licht. Er eilte nach unten, passierte ganz in Gedanken den Gang im ersten Stock und wollte hinaus in den Innenhof, als sich ein Stück vor ihm eine Tür öffnete und sein Dezernatsleiter Kundermann-Falckenhayn höchstselbst in das schummrige Licht des Ganges trat.

Verwünschtes Pech! Bucher sah sich nach einer Gelegenheit um, irgendwo verschwinden zu können, doch er war zwischen Betonwänden und Türreihe wie gefangen. Zu spät.

Sein Dezernatsleiter hatte ihn auch schon entdeckt. »Ja, der Herr Bucher!«, rief er dem Näherkommenden freudig zu.

Bucher war erstaunt, denn außer diesen Worten machte er, trotz des fahlen Lichts, im Gesichtsausdruck von KaEf eine Regung aus, die ihren Begegnungen bisher nicht eigen war – freudige Überraschung.

KaEf fuhr in kameradschaftlicher Geste den rechten Arm aus und leitete Bucher mit freundlichen Worten, und ohne ihn zu berühren, direkt ins Büro. An den Ort also, den Bucher niemals freiwillig hätte aufsuchen wollen. Er witterte Gefahr. Ihm war der stumme Hader zwischen ihnen lieber, der sich in kaum wahrzunehmenden Gesten, mimischer Raffinesse und gegenseitigem Meiden ausdrückte. Bucher wusste, dass KaEf es ihm anlastete, dass seine Vorschläge zur Umstrukturierung und Neuordnung des Dezernats nicht umgesetzt wurden. Bucher konnte sich der schmeichelnden Freundlichkeit aber nicht entziehen, ohne dass es unhöflich gewesen wäre – und fügte sich also.

»Sie sehen frisch aus. Voller Energie«, begann KaEf und grinste.

Lügner, dachte Bucher, spürte seinem Muskelkater nach, der unruhigen Nacht ohne Miriam – und lächelte. Das sollte als Antwort genügen.

Wie erwartet, setzte KaEf den ersten Stich. »Aber war ja auch wenig los, in letzter Zeit.«

Bucher hob die Augenbrauen. KaEf gab sofort den wissenden Gönner, machte eine wegwerfende Bewegung und sagte in sonorem Tonfall: »Muss ja auch mal sein, Bucher. Muss ja auch mal sein. Immer hundert Prozent ... geht nicht, das geht nicht. Bleibt ja auch immer viel liegen, Verwaltungskram. Muss auch Zeit sein, das ordentlich aufzuarbeiten, nicht wahr.«

Bucher nickte und entgegnete kühl. »Und selbst, so?«

KaEf ging nicht darauf ein. Er schnaufte laut aus. »Ich bin ja in diese Arbeitsgruppe berufen worden.«

Bucher wusste von keiner Arbeitsgruppe und konnte sich zudem keine vorstellen, in die man ausgerechnet seinen Dezernatsleiter berufen würde. Da er im Laufe der Zeit festgestellt hatte, dass die Begegnungen mit KaEf am entspanntesten für ihn verliefen, wenn er selbst möglichst wenig sagte, sah er ihn interessiert fragend an.

»Ja, Sie wissen doch, Bucher, Einsparungskommission und Innovationszirkel.«

Buchers Kopf täuschte ein wissendes, bestätigendes Nicken vor, während er nachdachte. Innovationszirkel – klang gut, und irgendwie neu. Das war wirklich etwas Neues. Es gab jetzt also einen Innovationszirkel und eine Einsparungskommission. Kaum zu glauben. Einsparungen! Man dachte nun also über Einsparungen nach. Ganz schnell, einfach so, fielen Bucher einige Sachen ein, die Millionen – mindestens – sparen würden. Er schwieg und wartete.

Für Angehörige einer Behörde war es nichts Unnatürliches, dass man für Dinge die sich aus dem eigentlichen Arbeitsauftrag ergaben, eigene Kommissionen gründete. Die vielen Jahre allerdings, in denen er selbst Teil der Bürokratie, mehr aber noch ihrem krakenhaften Wirken ausgesetzt war, ließen ihm das Wort *Kommission* wenig hoffnungsfroh erscheinen. Dennoch verspürte er Lust an der Neugier. Deren Befriedigung erforderte es, mit KaEf zu reden. Die Sorge, die das Wort *Einsparung* aus Kundermann-Falckenhayns Mund in ihm entfachte, stellte er vorerst hintan. Er lenkte das Interesse zunächst auf den anderen Bereich und sagte betont gewichtig. »Innovationszirkel? Das klingt aber äußerst spannend.«

KaEf setzte ein ernstes Gesicht auf und nickte, wobei die gesamte Last seiner Verantwortung ansichtig wurde.

Eine schwierige Situation, denn Bucher wollte nicht fragen, was die Aufgabe des Innovationszirkels wäre.

KaEf befreite ihn aus diesem Zwiespalt. Er sagte, »Sicher, sicher, lieber Bucher. Wobei ich mich jedoch vor allem dem Bereich der Einsparung zuwenden möchte.«

Dies war keine gute Wendung.

*

Während Lara Saiter und Armin Batthuber direkt nach Pfronten fuhren, waren Bucher und Hartmann auf dem Weg nach Kempten. Korbinian Gohrer und Abraham Wanger wussten von allem noch nichts. Hartmann fuhr. Bucher betrachtete die Landschaft und schwieg.

»Jetzt sag schon, Johannes. Was war los bei unserem Dezernatsluschi?«, drängte Hartmann.

Bucher sah nach rechts aus dem Fenster. An ihm vorbei glitten immergrüne Weiden, auf denen immerwiederkäuende Kühe standen. Es wirkte tatsächlich auf unerklärliche Weise beruhigend. Bucher fiel die Allerweltsweisheit ein, die da lautete *Grün beruhige Augen und Geist*. Bucher fand, dass auch die Kuh als solche eine eher sedierende Wirkung gegenüber aufgeregten Geistern entfaltete.

Was mussten das für Menschen dort im Allgäu sein, sinnierte er weiter, die umgeben von allgegenwärtigem, tiefem, sattem Grün und ewig wiederkäuenden Kühen ihr Dasein erleben durften. Wirkte das nicht wie eine Art Öko-Glückshormon, diese baldrianische Kombination aus sanften, grünen Hügeln und wiederkäuenden friedlichen Kühen? Musste das nicht zu völliger Ausgeglichenheit und Zufriedenheit führen?

Wenigstens seine Gedankengänge führten zu innerer Entspannung. Hartmann gegenüber schwieg er weiterhin beharrlich und wollte das Thema KaEf von sich aus vorerst nicht wieder anrühren. Jedenfalls nicht, bevor er mit Weiss gesprochen hatte. Nein. Hartmann durfte nichts erfahren. Der würde sich noch mehr aufregen.

Zu gegebener Zeit musste er dieses Schreiben in Sachen Reisekosten noch einmal genauer studieren. So wie der Herr Dezernatsleiter die Sache auslegte, konnte es doch wirklich nicht sein. Der Gedanke an KaEf erzeugte erneute Erregung, und sein Blick ging durchs Fenster, auf der Suche nach einer Kuh.

Hartmann akzeptierte den stummen Chef und folgte dem Lauf der Bundesstraße 12, deren ausladend kurvige Geraden sich wie scheinbar endlos durch ein immer wollüstigeres Grün zogen. Sie passierten Buchloe, Kaufbeuren und Marktoberdorf, ohne von den Orten selbst etwas wahrnehmen zu können. Straßenverlauf und Landschaft schienen sich in eine endlose Wiederholung verwoben zu haben, und doch erreichten sie Kempten noch vor der Mittagszeit. Niemand wusste dort von ihrem Kommen. Angesichts der Sachlage wollte Bucher kein Risiko eingehen. Er nahm lieber in ihrer Ehre gekränkte Kollegen in Kauf.

*

Die Kripo war schnell zu finden. Infolge der heiligen bayerischen Polizeireform hatten die Kollegen ein eigenes Gebäude anmieten müssen; die reformbedingt einsetzende pathogene Zellteilung des Verwaltungsapparats führte zu unkontrollierter Personalmehrung und machte das Ausweichen des sinnvoll arbeitenden Teils der Polizei erforderlich.

Bucher und Hartmann zeigten ihre Ausweise und fragten

nach dem Kollegen Eugen Schlomihl. Ein Name, den man nur falsch schreiben kann, dachte Bucher und ging den breiten, lichten Gang entlang. *Schlomihl* – da stand es auf dem Namensschild an der Tür. Hartmann sah ihn an und meinte trocken: »Schön wird das nicht.« Dann klopfte Bucher und öffnete gleichzeitig die Tür.

Er hatte schon vor Langem für sich entdeckt, darauf zu achten, welche Impression Räume genau in dem Augenblick vermittelten, wenn sie sich einem das erste Mal preisgaben. Bucher vertraute diesem ersten Eindruck, der mitteilsam über die Menschen sprach, die da wohnten, lebten, schliefen, hausten oder arbeiteten. Es war wie der erste Schluck eines neuen, unbekannten Weines, der beim ersten Kontakt mit den Geschmacksnerven alles von sich verriet, so verschlossen er auch sein mochte. Was dauerte, war das Konstruieren eines passenden Bildes.

Gerade Büros konnten so viel verraten. Dieser erste volle Blick geschah inzwischen unbewusst, war unsichtbarer Teil seines Selbst geworden; so auch diesmal. Die erste Assoziation war – Kühle. Dann folgte Kargheit. Das Büro war mit dem Nötigsten ausgestattet. Ein Schreibtisch, ein Aktenregal, ein Rollcontainer. Flachbildschirm, Tastatur und Maus auf dem Schreibtisch – alles war statisch, in den Dingen war keine Bewegung, es gab keine Entwicklung, es fehlte Persönliches und es fehlte Persönlichkeit.

Am Schreibtisch saß Eugen Schlomihl. Es waren nicht allein die nüchternen Büromöbel, nicht die kahlen Wände, nicht der glänzende Boden und die vorschriftsmäßige, EU-Arbeitsplatznormen entsprechende Beleuchtung, die in Bucher diese Assoziationen weckten. Alles ging von dem Menschen aus, der da saß – Eugen Schlomihl. Ein kleiner Mann, dessen knochiger Rücken auch durch das pastellblaue, kurzärmelige Hemd nicht verborgen blieb. Bucher blickte einen Tick zu lange auf die dünnen, bleichen Arme. Keine Sonne, also. Nicht auf der Haut, nicht im Herzen. Ein dünner, dunkelgrauer Haarbüschel wurde mittels Haarwasser gezwungen, den ansonsten kahlen

Schädel von der Stirn nach hinten hin notdürftig zu bedecken. Das Gesicht war eingefallen, faltig, und die Augen ohne Glanz, dafür etwas wässrig. Doch hinter dieser Gestalt steckte etwas Zähes. Vierzig Jahre Todesermittlungen hinterlassen Spuren, dachte Bucher. Der hier vor ihnen saß, hatte wahrhaftig schon viel gesehen und sehen müssen. Wo andere Fett ansetzten von Bier und Wein, sich den Genüssen hingaben, die verfügbar und halbwegs legal waren, wo andere zynisch und laut wurden, da hatte Schlomihl den entgegengesetzt weisenden Weg aus der Welt gewählt – und der hieß Entbehrung, Entsagung, Zurückhaltung, Verzicht. So jedenfalls dachte Bucher, sah auf den knochenzähen Kerl und fragte sich, was der wohl mit der Zeit anfangen würde. Mit der Zeit, die ihm in wenigen Wochen zur Verfügung stand. Freizeit.

Eugen Schlomihl hatte überrascht aufgesehen, als Bucher den Raum betreten und sich und Hartmann vorgestellt hatte. Schlomihl erhob sich mit einer flüssigen Bewegung und streckte ihnen die Hand entgegen.

»Wie kann ich dem LKA behilflich sein?«, lautete seine Frage, frei von Witz oder Zweideutigkeit.

»Wir hätten gerne die Akte Holzberger, Judith Holzberger«, entgegnete Bucher und sah ihn forschend an.

Schlomihl wirkte kurzzeitig konsterniert. Er schüttelte den Kopf und fragte: »Holzberger?«

»Ja. Der Suizid, Pfronten, diese Woche. Laut den Angaben, die wir erhalten haben, sind Sie doch der zuständige Sachbearbeiter.«

Bucher war froh, nicht die Vergangenheitsform gewählt zu haben.

Schlomihl fasste mit der rechten Hand zum Kinn und sah Bucher prüfend an. »Ah ja. Der Suizid. Ich weiß schon. Aber … wieso das LKA?«

Hartmann hatte seinen Auftritt. Kumpelhaft sagte er: »Kollege. Du weißt doch, das dürfen wir nicht sagen … LKA … und so, hm.«

Die Nummer war fast immer gut. Aber nicht gut genug für

Schlomihl. »Weiß der Chef Bescheid, und die Staatsanwaltschaft?«

Bucher lächelte und holte ein von Weiss unterzeichnetes Schreiben hervor, das sehr allgemein gehalten war. Weiss hatte es erst eine Stunde nach ihrer Abfahrt per Fax an die Staatsanwaltschaft senden lassen. Schlomihl überflog den Wisch, der mehr nicht war, und lachte mit einem hämischen Unterton: »Bin ja schon lang dabei, aber das ist mal was Neues.«

Er öffnete einen Schuber des Rollcontainers und holte einen grünen, abgegriffenen Hefter hervor. »Bitte, die Herren.«

Hartmann nahm den Hefter und reichte im Gegenzug die bereits vorab ausgefüllten Formulare für die Aktenübergabe. Schlomihl unterschrieb und behielt das jeweilige Original. Hartmann hatte bereits das Blättern angefangen.

»Ist irgendetwas asserviert worden, was wir mitnehmen könnten.«

Schlomihl nickte. »Ist alles sauber verpackt und befindet sich in Pfronten, in der Asservatenkammer, droben im Dach.«

Sie verabschiedeten sich. Hartmann wollte umgehend in Richtung Pfronten verschwinden, doch Bucher legte Wert darauf, noch beim Chef haltzumachen und sich für die Unterstützung zu bedanken. Der Kripoleiter war ein zugänglicher Allgäuer, der bereits telefonisch von Weiss in groben Zügen informiert worden war, keine unnötigen Fragen stellte, aber selbstverständlich seine Unterstützung anbot, sollte diese erforderlich oder gewünscht sein.

»Was hältst du von diesem Schlomihl?«, fragte Hartmann, als sie sich schon auf dem Weg nach Pfronten befanden.

»Einer von der Sorte alter, zäher Knochen«, sagte Bucher, »Du, der geht in ein paar Wochen in Pension. Wer weiß, was da ist. Ich will mir erst mal in Ruhe die Akte ansehen. Dann wissen wir mehr. Vielleicht ist die Sache schneller erledigt, als wir denken.«

*

Die Autobahn endete im Irgendwo. In einem grünen Nichts. Immer wieder tauchte die glänzende Fläche eines Sees oder Weihers auf. Sie lasen fremd klingende Ortsnamen wie Leuterschach, Seeg, Rückholz, Lengenwang oder Görisried, was den Eindruck erweckte, weit, ganz weit weg zu sein.

Hartmann fuhr, und Bucher vertraute ihm, wenngleich er sich nicht vorstellen konnte, jemals anzukommen. Er rief auf der Dienststelle in Pfronten an und wurde von einem kurz angebundenen Kollegen mit Abraham Wanger verbunden, der von der plötzlichen Ankunft deutlich überrascht war.

Danach gab er Lara Bescheid und wendete den Blick wieder aus dem Fenster, fing wieder eine Postkartenlandschaft mit den Augen ein, eine dieser göttlichen Fügungen bestehend aus Hügeln, Wiesen, Bäumen, Seen und Bergen, arrangiert wie sie trefflicher nicht ginge. Es war das erste Mal, dass er diesen Landstrich bewusst wahrnahm. Vor einer Ewigkeit war er auf Schloss Neuschwanstein gewesen, hatte sich aber mehr für eine braunhaarige Schweizerin interessiert als für das Land, das ihn umgab.

Hartmann folgte einer schmalen Straße, die sich sanft um die Hügelketten wand. Dieses satte Grün – es konnte nicht nur am verregneten Sommer liegen. Es war ein grundsätzlich anderes, umfassenderes Grün, dem sich alle anderen Farben unterordneten. Hartmann fuhr durch einen Ort, der den Namen Eisenberg trug. Nach einigen Kurven und stetigem Aufstieg folgte ein Kreisverkehr. Kurz darauf rief Bucher: »Bleib stehen, bleib stehen.«

Hartmann fuhr rechts an einen Weidezaun und hielt schließlich an der Einfahrt eines Weideweges. Bucher stieg aus, ging ein paar Meter und sah hinunter in das Tal. Es war atemberaubend schön. Steil fielen die Weiden nach Süden hin ab, verliefen flach zu den Rändern eines schmalen Bachlaufs hin, hinter dem sich ein von Birken und Büschen bestandenes Moosgebiet anschloss. Dahinter Häuser. Wie Pilze, über Hügel hinweg, breiteten sie sich, zu einem Ganzen verbunden, über die Ebene und weiter zu den Bergen hin aus, krochen weiter in die Täler, über denen sich eine gewaltige Bergkulisse erhob. Blickfang aber war der hoch aufstrebende Kirchturm auf einem Hügel im halben Westen, dessen Fassade gelb und weiß schimmerte und in dieser Jahreszeit einen farblichen Kontrast zu allem bildete was ihn umgab. Zum Horizont hin verflossen die Nordhänge der Berge im diffusen Licht, und in der Tat konnte der Eindruck entstehen, alles war um diesen Turm herum konstruiert und nicht umgekehrt.

Bucher war beeindruckt. »Mein Gott, ist das schön hier«, sagte er, als er Hartmanns Schritte hinter sich vernahm.

»Na, wenn das kein Phallussymbol ist, weiß ich auch nicht mehr«, sagte Hartmann.

Bucher verzog den Mund und entgegnete nichts. Was hätte er auch sagen sollen, denn Hartmann hatte durchaus recht. Aber manchmal hätte er auf dessen trockenen Humor auch gerne verzichtet.

Kurz darauf, sie waren schon am Bahnhof angekommen, fragte Bucher etwas hinterhältig: »Apropos Phallus. Wie ist das eigentlich? Bist du noch mit dieser blonden Architektenfrau zusammen?«

Hartmann war keineswegs überrascht von der Frage. »Sicher.«

»Und Barbara und die Kinder?«, fragte Bucher.

»Wird sich alles klären«, entgegnete Hartmann, und es klang voller Zuversicht und weit von Zweifeln entfernt.

Bucher schwieg und ihm fiel der Spruch ein, dass Zweifel Kraft kosteten und das Unglück anzogen, doch er verstand Hartmanns Gelassenheit, seinen Umgang mit der für Bucher so verwirrenden persönlichen Situation nicht.

*

Sie fuhren am Bahnhof vorbei, meisterten kurz darauf eine scharfe Rechtskurve und hielten direkt auf das Polizeigebäude zu. Lara Saiter stand schon im Hof und wartete. Armin Batthuber kramte im Kofferraum des Dienstwagens herum. Hartmann zog sein lila Jackett an, das relativ gut zu den hellbraunen Schuhen passte. Die grau karierte Bundfaltenhose hingegen war eher störend in diesem Ensemble. Etwas Rotes hätte besser gepasst. Sie gingen zum Eingang. Batthuber war noch immer beschäftigt.

Die Polizeistation Pfronten war in einem alten, lang gestreckten, solitär stehenden Bau mit breitem Giebeldach untergebracht. Die Giebelfront lag der Hauptstraße und der jenseits dieser liegenden Gemeindeverwaltung zugewandt.

Zuerst betraten sie die Sicherheitsschleuse und beobachteten durch die Panzerglasscheibe, wie im kleinen Wachraum ein quadratisch-kerniger Kollege über den Tresen hinweg zeterte. Einmal sah er kurz durch die Scheibe, wandte sich angewidert wieder ab und setzte seine Tiraden fort. Bucher hielt seinen Dienstausweis an die Scheibe. Der Quadratische drinnen erzählte seinem Gegenüber vom Elend und den Überforderungen des Polizeiberufs, und machte deutlich, dass er beim besten Willen keine Zeit hätte, dessen Anliegen gerade jetzt – ein Fahrrad war gestohlen worden – zu bearbeiten. Er sähe ja, es wären schon wieder Leute da. Dabei deutete er mit dem Zeigefinger in Richtung Scheibe, schlug dann auf eine Taste, und aus einem Lautsprecher an der Decke war zu hören, dass er weder blind noch blöde sei, er den grünen Lappen bereits gesehen habe und man ihn daher getrost wieder einstecken könne.

Bucher giftete laut in Richtung Scheibe. »Zu wenig Grün; zu wenig Kühe!«, und erntete verständnislose Blicke von Lara und Hartmann. Er verzichtete auf die Darlegung der Erkenntnisse, die er während der Fahrt hatte gewinnen können.

Der nicht nur seines Fahrrades bestohlene Bürger blickte verdrießlich drein und machte Anstalten zu gehen. Vermutlich vom Gekeife seines Kollegen alarmiert, tauchte Abraham Wanger in der Wachstube auf, warf dem Quadrat einen vernichtenden Blick zu und drückte auf den Türöffner. Jetzt wurde es eng in der Wachstube, denn nun kam auch noch Korbinian Gohrer dazu. Man begrüßte sich per Handschlag, und das mufflige Quadrat quetsche alle Hände kräftig durch.

Batthuber erschien in der Schleuse. Klirrend und scheppernd betrat auch er die Wache. Um die Arme waren Seile, Steigeisen, Brust- und Hüftgurte gewickelt und auf dem Rücken hing eine Sauerstoffflasche. Batthuber grinste in die Runde. »Hallo, ihr Landeier. Hier ist eure Verstärkung.«

Bucher schloss kurz die Augen. Doch keiner der Angesprochenen zeigte Spuren von Betroffenheit. Vielmehr sahen sie den jungen Kerl freundlich-herausfordernd an. Abraham Wanger drehte den Kopf zur rückwärtigen Tür und rief. »Hey Fexi. Komm mal. Da ist einer für dich, gleich mit Sauerstoffflasche für den Breitenberg.«

Im Türrahmen tauchte voller Gelassenheit eine hagere Gestalt auf. Dunkle Haare hingen in anarchischen Locken bis zur Schulter, einige graue Fäden waren schon dazwischen. Zwischen Oberlippe und Nase führte ein zu den Seiten hin ausufernder Schnurrbart sein Eigenleben. Fesselnd aber war, dass die Gestalt, die sich da in den Türrahmen schob, nur aus Muskeln zu bestehen schien, über die sich von Sonne, Frost und Wind gegerbte Haut spannte. Der Kerl hatte Muskeln sogar im Gesicht. Überall zuckte es, bewegte es sich. An der rechten Hand fehlte der kleine Finger, an der linken Hand der Ringfinger samt kleinem Nachbar, offensichtlich abgefroren, vermutlich am Nanga Parbat oder Daulaghiri.

Wanger war inzwischen zur Seite getreten und ermöglichte Fexi freien Blick auf Batthuber. Fexi lächelte ein schmales Lächeln, was ein Muskelfeuerwerk in seinem Gesicht bewirkte, und sagte in reinstem Fränkisch: »Des Berschla, kerd mir!«, drehte sich um, und entfernte sich wieder. Bucher sah zufrieden einen leichten Schatten über Batthubers Frohsinnsmiene gleiten und widmete sich Abraham Wanger, der mit dem Daumen nach hinten in Richtung Fexi deutete und erklärend mit tiefer Stimme verlauten ließ: »Ein letzter fränkischer Migrationsrest, nur bedingt integrationsfähig, wie man hören konnte.«

Bucher, der sich und seine Leute dem Dienststellenleiter vorstellen wollte, so wie es die Höflichkeit erforderte, erhielt eine abschlägige Antwort auf seine Frage nach dem Chef. Es klang auf eigentümliche Weise ausweichend, als Gohrer erklärte, der Chef sei als Ansprechpartner für die Presse irgendwo in Kempten, Präsidium, Umstrukturierung und so. Ein junger Kommissar, der kurz als Bertl vorgestellt wurde, schmiss den Laden, soweit dies überhaupt erforderlich war. Bucher stellte sich vor und sagte, dass sie Ermittlungen zu führen hätten, ohne Details zu erwähnen.

Eine knarrende Holztreppe führte in den ersten Stock des Gebäudes, wo zwei freie Räume als Büros für die Münchner herangezogen wurden. Ein junger rotbackiger Polizist, der ein lustiges Lächeln im Gesicht hatte und sich als Markus Rindle vorstellte, schloss gerade die Computer an. Batthuber hatte Schlomihls Akte kopiert, Wanger und Gohrer erhielten auch je ein Exemplar. Organisatorische Dinge wurden geklärt, sie erhielten den Zutrittscode, wichtige Telefonnummern, eine Führung durch die Dienststelle, und für den nächsten Morgen war die erste Besprechung geplant, an der auch Gohrer und Wanger teilnehmen sollten. Bis dahin sollte jeder den Inhalt der Akte kennen. Da das Wetter ausgezeichnet und der September der Monat der Bergwanderer schlechthin war, konnten sie nicht alle in einem Hotel untergebracht werden. Bucher bezog ein Zimmer im *Hotel Am Kurpark*, in dem auch Lara untergebracht war. Hartmann hatte eine Unterkunft in einem Hotel namens *Kupferkessel*. Das hatte Gohrer organisiert. Batthuber hatte sich selbst eine Unterkunft besorgt, in der Pension eines Bergführers, was die Sache kompliziert machte, da sie im Moment nur zwei Autos zur Verfügung hatten.

Aktenstudium

Im Besprechungsraum roch es bereits einladend nach Kaffee, als Bucher und Lara Saiter am nächsten Morgen durch die Tür traten. Die beiden Allgäuer – Abraham Wanger und Korbinian Gohrer – waren bereits anwesend. Hartmann und Batthuber kamen kurze Zeit später.

Bucher hatte bis tief in die Nacht mehrfach die von Eugen Schlomihl angefertigte Akte durchgearbeitet. Auf den ersten Blick hinterließen die Berichte einen perfekten Eindruck. Einen sehr perfekten. Das tragische Geschehen war umfangreich und umfassend erfasst und dokumentiert worden. Zu jeder Spur existierte ein Foto, welches das beschriebene Detail dokumentierte und sichtbar werden ließ. Schlomihl ging in seinem Schlussbericht sogar auf die Punkte ein, die Zweifel an einem Suizid aufkommen lassen konnten, und Bucher fragte sich, aus welchem Grund er das tat. Es handelte sich dabei genau um die von Gohrer und Wanger vorgebrachten Kritikpunkte.

Es war diese geradezu exhibitionistische Exaktheit, die Benennung der am äußersten Rand liegenden Details, die insgesamt penible Art und Weise der Dokumentation, die Bucher stutzig machten. Nicht dass er eine schlampige Akte erwartet hätte – etwas anderes irritierte ihn. Die Sprache hinter der Ansammlung von Berichten und Fotos hatte eine andere Botschaft: Von vornherein wurde der Suizid als Suizid behandelt, und die Einlassungen hinsichtlich der Zweifel waren mehr Reaktion, denn objektive Dokumentation, aus welcher sich eine Schlussfolgerung hätte entwickeln können. Es kam Bucher vor, als fehlte den Aussagen der zwischen dem Papierhefter hängenden Blätter etwas Wesentliches: Unvoreingenommenheit. Und er fragte sich, wie es um seine Objektivität in diesem Fall bestellt war. Schlomihl stand kurz vor der Pensionierung; ausgerechnet da kommt so ein Suizid daher, dazu ein paar kritische Fragen von Kollegen. War dieser Schlomihl einer von der Sorte Superperfekt, einfach nur ein außerordentlich genau arbeitender, erfahrener Ermittler? Aus welchem Grund gab er sich eine solche Mühe, jede auch nur anklingende Kritik mit den Ausführungen in seinem Bericht zu entkräften?

Bucher fragte zuerst Gohrer und Wanger nach ihrer Meinung zu der Akte, ohne von seinen Gedanken dazu etwas zu erwähnen. Die beiden zuckten ratlos und ein wenig betreten mit der Schulter. Batthuber, der eigentlich immer die Klappe auf hatte, auch wenn er nicht gefragt war, schwieg ebenfalls auffallend.

Bucher hob den roten Hefter hoch und sah ihn an. »Hast du das Ding überhaupt durchgesehen.«

Bucher erntete einen missvergnügten Blick. »Natürlich, was denkst denn du. Ist schon gut gearbeitet, sicher. Aber mir fehlen die Übersichtsaufnahmen.«

Hartmann stöhnte. »Welche Übersichtsaufnahmen denn bitte?«

Batthuber antwortete bockig: »Naja. Mag ja sein, dass das gute Arbeit ist, aber wenn schon jeder Scheiß fotografiert wird, jeder Winkel der Wohnung, dann wären Übersichtsaufnahmen doch das Mindeste, oder? Das Haus, der Eingang, Wohnungstür, die Räume der Wohnung, Keller, ihr Auto.« Er nahm die Akte und ging die Fotoliste durch und las laut, mit sarkastischer Stimme: »Die rechte Hand der Toten – ohne Merkmal; der Hals der Toten – Strickmale, acht Millimeter im Zentrum in der Ausbreitung bis über Kieferknochen reichend, circa handflächengroß; rechtes Auge, geöffnet, Punkteinblutungen im Augapfel …« Er hörte auf und legte die Mappe beiseite. »So geht das seitenweise dahin. Details, Details, Details. Nichts gegen Genauigkeit, ich meine ja nur …«

Bucher nickte ihm anerkennend zu und meinte zu Lara Saiter gewandt. »Gehen wir Punkt für Punkt unserer Checkliste durch?«

»Klar. Aber mir ist auch was aufgefallen, und Armin hat es

ja gerade schon erwähnt. Was ist eigentlich mit dem Keller und ihrem Auto? Sie hat ja wohl eines gehabt.«

Wanger und Gohrer sahen sich ein wenig schuldbewusst an. »Sicher. Das steht in der Garage. Ein Dreier, Kabrio«, meinte Wanger kleinlaut.

»Das wird dann von unseren Leuten erledigt. Macht Notizen über eventuelle Unklarheiten und Fragen, die euch jetzt auffallen«, sagte Bucher zu den anderen und las vor. Lara Saiter antwortete. Gohrer und Wanger staunten.

»Stuhlhöhe?«

»Sechzig Zentimeter.«

»Seillänge?«

»Fünf Meter.«

»Körpergröße?«

»Einhundertdreiundachtzig Zentimeter nach Todeseintritt; laut Passeintrag einhundertfünfundsiebzig Zentimeter.«

»Knoten?«

»Dreifach gebundene Rettungsschlinge eines Rechtshänders. Sie war Rechtshänderin.«

»Körpergröße mit ausgestreckter Hand und auf Zehenspitzen stehend?«

»Einhundertneunundneunzig Zentimeter.«

»Befestigungshöhe des Seils ab Boden?«

»Zweihundertunddreiundvierzig Zentimeter«

»Befestigung durch Judith Holzberger möglich?«

»Aufgrund der Abmaße zweifelsfrei möglich.«

»Bodenabmaß der Füße bei freiem Hängen?«

»Dreißig Zentimeter.«

»Seildicke?«

»Sieben Millimeter.«

»Hersteller des Seils?«

»No-name. Hersteller nicht bekannt.«

»Verfügbarkeit?«

»Handelsüblich.«

»Trittspuren auf Stuhlfläche?«

»Schuhabrieb des rechten Schuhs gesichert. Schuhe asserviert.«

»Fingerspuren an Stuhl?«
»Vorhanden und gesichert.«
»Fingerspuren an Seil?«
»Vorhanden und gesichert.«
»Ergebnis der Leichenschau?«
»Keine äußeren Einwirkungen wie Hämatome, Schürfungen oder physische Einwirkungen am Körper aufzufinden.«
»Zustand der Wohnung?«
»Ordentlich. Geruch verbrannten Essens. Auf der Herdplatte wurde eingebranntes Gemüse gesichert.«
»Schließzustand der Wohnungszugangstür?«
»Wohnungstür stand offen. Schlüssel steckte von innen.«
»Auffinder?«
»Die Nachbarin, eine Frau Meichlbrink. Sie war durch Brandgeruch aufmerksam geworden war.«
»Auffindezeitpunkt?«
»Montag, mittags, zwölf Uhr dreißig.«
»Eintreffen Polizei oder Notarzt«
»Polizei war zuerst vor Ort. Die Kollegen Wanger und Gohrer.«
Bucher machte weiter, ohne Fragen an die beiden zu stellen. »Todeszeitpunkt?«
»Aus den Angaben des Notarztes, den Temperaturmessungen und den Feststellungen vor Ort, wie bei der Leichenschau, ergibt sich ein Todeszeitpunkt am Montag zwischen zehn Uhr dreißig und elf Uhr dreißig.«

So ging es in einem fort. Punkt für Punkt wurde von Bucher abgefragt und von Lara abgehakt, sofern sich keine weiterführenden Fragen ergaben. Zweimal wurde unterbrochen und frischer Kaffee beschafft. Alles wurde von einem digitalen Aufzeichnungsgerät mitgeschnitten. Die anderen lauschten und dachten nach.
»Kommen wir nun zu den kritischen Fragen«, eröffnete Bucher einen neuen Abschnitt ihrer Bestandsaufnahme. »Was findet sich bezüglich des eingebrannten Essens?«
»Schlomihl schreibt dazu: *Die Zubereitung einer Speise*

kann nicht als suizidausschließendes Merkmal gewertet werden; es gibt in der kriminalistischen Wirklichkeit vergleichbare Fälle.«

Lara lachte bitter auf. »Ja natürlich. Vor allem das jener Zeugin im Umfeld des Dutroix-Falles in Belgien, die fast ein komplettes Menü auf dem Herd hatte, dann aber vom Suiziddrang geradezu überwältigt worden ist.«

»Was ist eigentlich mit dem Zeug, ich meine mit dem Gemüse geschehen? Hat sich jemand die Mühe gemacht, eine Probe zu ziehen?«, fragte Bucher in Richtung Gohrer und Wanger.

Gohrer verschob den Unterkiefer, was ihm einen ungewohnt grimmigen Ausdruck verlieh. »Selbstverständlich. Der Topf mit dem Zeug ist verpackt und steckt noch bei uns auf der Dienststelle im Kühlschrank; natürlich im Eisfach.«

»War das Essen für nur eine Person gedacht, oder hat sie vielleicht für das Kind mitgekocht?«, wollte Bucher noch wissen.

Abraham Wanger schüttelte den Kopf. »Das war nicht erkennbar. Das Zeug war ziemlich eingebrutzelt.«

Bucher überlegte kurz. »Hat diese Frau Meichl ..., also diejenige, die als Erste in die Wohnung gegangen ist, hat die die Herdplatte ausgeschaltet?«

»Nein«, sagte Gohrer, »die ist schreiend davongelaufen. Die Schlafzimmertür stand ja offen, und sie hat sofort gesehen, was da los ist.«

»Wer hat dann die Herdplatte ausgeschaltet?«, fragte Bucher.

Alle sahen sich fragend an. »Das wäre also noch zu klären«, stellte Bucher fest.

»Dann weiter zu den Babyklamotten?«

Lara Saiter fasste zusammen. »Er schreibt, dass die Suizidierte am Vormittag Kleidung für das zu erwartende Kind besorgte und bei den dabei entstehenden Gesprächen einen gelösten Eindruck hinterließ. Er listet dann einige Gesprächspartner auf.«

Sie sah zu Gohrer. »Du bist auch aufgeführt.«

Bucher machte umgehend weiter. »Der Brief?«

»Laut Schlomihls Angaben verfügt der Brief über kein Datum. Aus diesem Grund ist nicht ersichtlich, wann er geschrieben wurde und auf welches Wochenende des Besuches sich die Suizidierte bezieht. Die adressierte Freundin in München konnte bisher nicht erreicht werden.«

Bucher sah zu Wanger auf. Der nickte und bestätigte damit, dass nicht klar war, zu welchem Zeitpunkt Judith Holzberger den Brief geschrieben hatte. Es wurde still im Raum.

»Das Mädchen unter dem Bett?«, setzte Bucher die Fragen fort.

Lara Saiter blätterte. »Hier steht, dass in der Wohnung der Suizidierten ...«

Batthuber unterbrach sie. »Das hat mich auch angekotzt, an diesen Berichten. Ständig dieses Gequatsche von der Suizidierten. Wieso schreibt er eigentlich nicht ihren Namen, Judith Holzberger!? So wie das üblich ist. Und das mit der Herdplatte, ja aber hallo. Was für eine Perfektion.«

Hartmann beschwichtigte. »Der Schlomihl ist eben einer von der alten Schule. Für den ist der Begriff *Suizidierte* doch schon hochmodern. Früher haben die knallhart Selbstmörder geschrieben.«

Hartmann konnte zwar nicht von sich behaupten, gegenüber Schlomihl besondere Sympathie zu verspüren, doch war es ihm unangenehm, wie rigide sie die Arbeit eines Kollegen auseinandernahmen. Wer war schon ohne Fehler?

»Trotzdem«, ließ Batthuber störrisch hören.

Lara Saiter zitierte aus der Akte. »*In der Wohnung der Suizidierten wurde ein etwa fünfjähriges Mädchen aufgegriffen, dessen Herkunft bisher noch nicht geklärt ist. Aufgrund der durchgeführten Ermittlungen ist jedoch als feststehend zu betrachten, dass dieses Kind in keiner familiären Beziehung zur ... zu Judith Holzberger ... steht. Das Kind befindet sich derzeit in Obhut des Kollegen ... Gohrer ... wird dem Jugendamt Marktoberdorf zugeführt*«, sie musste blättern und las einige Stellen halblaut vor: »*Regelung erfolgt durch Polizeistation Pfronten in eigener Zuständigkeit ...*«

Es dauerte eine Weile bis die gesuchte Stelle gefunden war. »Hier steht's! Genau: *Die Wohnungstür stand offen, wie die zuerst am Geschehensort eintreffenden Beamten in ihrem Bericht festhielten …*«, sie blickte kurz zu Gohrer. »Er verweist hier auf die entsprechende Seite des Berichtes von euch beiden, … *daher liegt es nahe, dass das Mädchen, neugierig oder ebenfalls durch den Brandgeruch angezogen, die Wohnung betrat und schockiert vom Anblick Zuflucht unter dem Bett suchte, wo es im Verlauf der routinemäßigen Durchsuchung der Räume aufgefunden werden konnte.*«

Lara stutzte. Batthuber konnte sich nicht beruhigen und sagte unwirsch: »Dieses Geschreibsel! Dieses distanzierte Geschreibsel! Sagt mal?! Das regt einen doch auf, oder? Geht's euch etwa nicht so. Also mich regt das auf. Und die Kleine, die ist dann wohl vom Himmel gefallen, oder was?«

Hartmann provozierte. »Was wir haben sind die Fragen hinsichtlich Tür, Herdplatte und dem Kind. Aber grundsätzlich … also aus der Situation von Schomihl gesehen, da jetzt keinen Suizid zu vermuten, wäre schon etwas viel verlangt, finde ich jedenfalls. Das Einzige, was mich jetzt wirklich wundert, ist diese Diskrepanz zwischen der Detailversessenheit zuvor und dem geradezu generösen Ausblenden der eigentlich wirklich interessanten Fragen, und was mir noch fehlt, ist eine kurze Darstellung der Person. War sie vielleicht schon einmal psychisch erkrankt, in Behandlung oder Therapie, gab es schon einmal einen Suizidversuch, und außerdem fehlt der Telefonstatus; Wiederwahlnummer, Telefonliste.«

Batthuber schwieg bockig.

Bucher hatte nichts dagegen, dass sie unterschiedliche Ansätze verfolgten. Das war noch immer fruchtbar gewesen, und Abnicker konnte er nicht gebrauchen. Er selbst versuchte, seine Gedanken auf Batthubers Bemerkung vom Beginn der Sitzung zu konzentrieren – der Einwurf mit den fehlenden Übersichtsaufnahmen. Er verfolgte die Spur eines ähnlichen Gedankens.

Korbinian Gohrer und Abraham Wanger wirkten müde und resigniert. Sie sahen verlegen in die Runde, und Abraham

Wanger klatschte, als er die Stille nicht mehr aushielt, leise in die Hände und sagte. »Tut mir leid, Offiziere. Da haben wir euch wohl in eine dumme Situation gebracht. Tut uns wirklich leid. Aber so, wie es aussieht, lässt sich da wirklich nicht viel machen. Also ich kann nicht die Hand dafür ins Feuer legen, dass nicht einer von unseren Leuten die Herdplatte ausgemacht hat, einfach zu dumm …« Er brach ab und musste sich räuspern.

Bucher ignorierte, was er gesagt hatte, und fragte in die Runde: »Armin hat gleich am Anfang gesagt, ihm fehlten die Übersichtsaufnahmen. Je länger ich darüber nachdenke und mir die Aktenlage noch mal vergegenwärtige, desto mehr muss ich ihm zustimmen. Ich habe einen ähnlichen Gedanken.« Er ließ die Hand mehrmals auf die aufgeschlagenen Unterlagen fallen. »Wir bekommen anhand dieser Berichte und Dokumentationen ja nur ein sehr selektives Bild vermittelt, das sich zwar intensiv mit den Einzelheiten auseinandersetzt, aber wo bleiben die Allgemeinheiten, vermeintlichen Belanglosigkeiten. Nichts ist darüber zu finden. Wie zum Beispiel sahen die einzelnen Räume der Wohnung aus? Im Bericht steht: ordentlich!? Ja, bitte. Das ist keine Beschreibung. Gab es eigentlich einen Computer in der Wohnung? Was ist mit dem passiert, was waren für Programme und Dateien drauf? Und so weiter … Ich komme zusehends zur Ansicht, dass das, was uns hier vorliegt, in Bezug auf die betrachteten Sachverhalte vorbildlich und perfekt ist – wenn man von vorneherein von einem Suizid ausgeht. Hinsichtlich des Gesamtsachverhalts und der damit verbundenen Fragestellungen wirkt das alles recht lückenhaft.«

Niemand entgegnete etwas, und so wandte er sich an Batthuber. »Du hast doch vorhin etwas notiert? Was war das?«

Batthuber las vor. »Hersteller des Seils – No-name; und dann noch Verfügbarkeit – handelsüblich. Das halte ich für unwahrscheinlich bei einem Siebenmillimeterseil, das auf fünf Meter konfektioniert ist. Noch dazu in den Farben: grau mit grün, gelb und rot. Ich habe mir die Farbfotos angesehen. Ich möchte mal wissen, wo das bitte handelsüblich sein soll?«

»Na, dann finde das mal raus!«

Lara Saiter fragte in Richtung Gohrer und Wanger: »Habt ihr eigentlich die Wohnungsschlüssel? Wir fahren da sofort hin und schauen uns mal um.« Und zu Bucher gewandt meinte sie: »Also, das mit dem Mädchen, finde ich schon seltsam. Die Nachbarin schaut ins Schlafzimmer, sieht, was passiert ist, und rennt schreiend davon. Eine verständliche Reaktion. Das, was Schlomihl da geschrieben hat, ist Unsinn. Das Mädchen ist ja schließlich schon so um die fünf Jahre alt. Ich kann mir nicht vorstellen, dass es sich an einer Erhängten vorbeigeschlichen und dann unter dem Bett verkrochen hat. Nein, also wirklich. Ich möchte mich da mal vor Ort umsehen, wie das dort so aussieht.«

Bucher stimmte ihr zu: »Das mit dem Mädchen, da gebe ich dir recht, und was die sichergestellten Sachen angeht, und das, was wir vielleicht noch mitnehmen, das geht direkt zu unseren Leuten nach München. Die sollen sich noch mal drübermachen.«

»Wer macht nun was?«, wollte Lara wissen.

»Wir fahren erst mal alle zur Wohnung von Judith Holzberger. Danach möchte ich ein Persönlichkeitsbild von ihr haben. Alex, das machst du.«

Zu Batthuber gewandt fuhr er fort: »Armin, du kommst noch mit in die Wohnung und kümmerst dich dann um diese Sache mit dem Seil. Du fährst noch heute nach München und nimmst das ganze Zeug mit; übrigens auch dieses Gemüsezeugs. Ich will wissen, was es genau ist, wie viel es war und wie lange es gekokelt hat.«

Er sah, wie Hartmann in großer Geste auf die Uhr blickte. »Keine Sorge. Ich rufe die lieben Kollegen an und gebe Bescheid; nicht dass die dort ins Wochenende abhauen. Ist ja schon wieder Freitag.«

Und zu Lara gewandt: »Wir zwei fahren dann zum Kollegen Gohrer und besuchen das Mädchen. Wie geht es da eigentlich weiter?«

»Ich treffe mich heute mit den Leuten vom Jugendamt Marktoberdorf«, sagte Gohrer.

»Dann ziehen wir das Mädchen vor«, entschied Bucher, »und noch etwas, wo befindet sich die Leiche von Judith Holzberger?«

»Beim Bestatter Klaus in Füssen«, kam es von Gohrer.

»Mhm. Also, wir werden um eine Obduktion nicht herumkommen. Lara, rufst du dann noch bei der Staatsanwaltschaft an und in Füssen ... dass das klargeht?«

Beklemmendes Schweigen breitete sich unverzüglich aus, denn alle wussten, welche Frage nun noch geklärt werden musste. Hartmann notierte etwas, Batthuber spielte mit seinen Fingern, Lara Saiter sah zu Bucher und schüttelte entschieden den Kopf. Der fragte trotzdem: »Wer begleitet die Obduktion? Die letzten zwei habe ich gemacht, nur zur Erinnerung.«

Er bekam keinen Blickkontakt. Batthuber stotterte schließlich in Richtung Tisch: »Also wenn es nicht unbedingt sein muss, also in diesem Fall möchte ich nicht. Die nächste mache ich, absolut, versprochen, die nächsten zwei mache ich ...«

Hartmann verschränkte die Arme. Bei der Haltung brauchte Bucher gar nicht erst zu fragen. Schließlich meldete sich Abraham Wanger zu Wort: »Also ich tät schon mit einem mitgehen. Aber nicht alleine.«

Bucher stöhnte. Letztendlich blieb die Angelegenheit an ihm und Wanger hängen. Die verschont Gebliebenen atmeten auf, ohne es hören zu lassen. Obduktionen an sich gehörten zu ihrem Job dazu. Diese aber war auf eine eigene Art monströs.

Abschließend sagte Bucher noch: »Bisher sind wir erst mal damit beschäftigt, die Fülle an Informationen zu sichten und zu ordnen. Wenn wir aber zu dem Schluss kommen sollten, dass es kein Suizid war – was sollte der Grund gewesen sein, Judith Holzberger zu töten? Es wird doch kaum möglich sein, dass sich das, was geschehen ist, gegen das Kind gerichtet hat. Ich meine, das ungeborene, oder?« Er bekam keine Antwort auf seine Frage.

Die Runde löste sich auf. Wanger und Gohrer waren von der Dynamik, die sich plötzlich entwickelte, sichtlich überrascht. Vor allem Wangers Miene wurde zusehends skeptischer. Als sie gemeinsam durch den Gang gingen, fragte er mit argwöhnischem Klang in der Stimme: »Das ist ja alles sehr beeindruckend, was ihr da anleiert. Wir haben euch unsere Zweifel geschildert, ihr seid gekommen, und wir haben die Aktenlage analysiert. Und das war doch ziemlich eindeutig. Also, wenn ich Staatsanwalt wäre und das Ding hier auf den Tisch bekommen würde, dann würde ich das Verfahren doch auch lagerfähig machen. Und ihr? Ihr gebt jetzt richtig Gas? Und das, obwohl einem Kollegen dadurch rechtes Ungemach entstehen kann. Ihr macht das doch nicht wegen uns zwei Hübschen hier, oder? Da ist doch noch was anderes?«

Bucher wimmelte ab. »Ja nur wegen euch zwei Hübschen.« Er war sich aber darüber im Klaren, dass er Wanger damit nicht zufriedenstellen konnte. Und seine eigenen Leute hatten auch mitbekommen, dass da etwas nicht so ganz passte. Er musste sie bei Gelegenheit darüber informieren, was er von Weiss erfahren hatte. Doch bevor Weiss selbst noch nicht mehr wusste, wollte er keine unnötigen Irritationen hervorrufen.

Er wählte die derbe Variante und blaffte Wanger an: »Ihr ward es doch, die keine Ruhe gegeben habt. Ihr habt doch rumtelefoniert und seid nach München gekommen, habt euch bei mir im Büro breitgemacht und rumgewinselt. Jetzt rollt der Zug eben an. Zu spät wenn es euch nun peinlich wird. Zu spät.«

*

Gohrer wohnte in einem ästhetischen Allgäuer Haus, ohne alpenländischen Schnickschnack und Firlefanz. Es lag in einer stillen Seitenstraße am Eingang ins Vilstal, vor den Fenstern lag Kienberg, und weiter entfernt der Breitenberg. Ein großer Garten umgab das stolze Gehöft, Rosenranken begrüßten Besucher. Buchers Unterkunft, das Hotel *Am Kurpark*, war gleich in der Nähe.

Als die Autos vor Gohrers breitem Garagentor hielten,

erregte dies einiges Aufsehen bei den Nachbarn, wie an wackelnden Vorhängen festzustellen war. Kaum hatten sie die Wagentüren verschlossen, brauste ein Geländewagen die Straße entlang, fuhr auf ihrer Höhe scharf bremsend an den Seitenrand, dass der Kies knirschte. Bevor der Fahrer den Motor abstellte, ließ er den voluminösen Diesel noch einmal aufheulen. Sie blieben stehen und warteten. Ein Trumm von Mann – annähernd zwei Meter groß – stieg aus dem Wagen Alles an ihm war grob; Arme, Hände, Schädel, Kinn, Nase und die verwilderten Locken seines ausgedünnten braunen Haares. Auch der über den Hosenbund weit hinauswachsende Bauch unterstrich die in seinem Gesicht lesbaren Charakterzüge – ungestüm, robust und derb. Der Grobian trug die mächtige Wölbung seiner Körpermitte mit dem gleichen rabiaten Stolz wie alles darüber und darunter.

Sein Äußeres entsprach seinem Auftreten. Selbstbewusst schlug der die Fahrertür zu, sah abschätzig zu den drei Fremden, die da vor ihm standen. Nachdem er einen Schritt in Richtung des Eingangs getan hatte, stoppte er mitten auf der Straße mit einem ärgerlichen Gesichtausdruck, reckte die Hüften ein Stück nach hinten, fasste mit beiden Händen vorne in den Hosenbund und ließ die muskulösen Arme nach hinten gleiten. Abschließend zog er am Knopfloch die Hose ein Stück nach oben. Jetzt fühlte er sich besser, und das Hemd, das von der imposanten Bauchwölbung aus der Hose gezogen worden war, verblieb für einige Zeit an dem Ort, wo es eigentlich zu sein hatte.

Gerade als er weitergehen wollte, kam Gohrer aus der Haustür, öffnete das Gartentürchen und winkte Bucher und seinen beiden Begleitern zu. Für den Mann, der da mitten auf der Straße stand, hatte er keinen Blick. Den wiederum interessierte das nicht. Er ging einige Schritte auf Gohrer zu und sagte mit dröhnender, befehlsgewohnter Stimme: »Korbinian, wir müssen reden.«

Gohrer sah ihn kurz an. »Jetzt nicht. Ich bin nicht im Dienst.«

Der Fremde massierte mit seiner großflächigen Hand einige

Male die Oberlippe. »Du solltest nicht alles so ernst nehmen, Korbinian. Wir sollten uns einfach einmal vernünftig unterhalten, und ich bin sicher, dass wir zukünftig genauso gut auskommen werden wie bisher auch. Für alles gibt es eine Lösung, und ich möchte nicht, dass wir beide ein Problem bekommen, weil ich solche Leute wie dich mag. Du bist genauso geradeaus wie ich auch. Wir sind die gleichen Typen. Wie oft waren wir früher zusammen unterwegs, also ...«

»Waldemar. Wir beide haben und wir bekommen auch kein Problem miteinander. Du darfst es auch nicht persönlich nehmen. Zahl die Strafe, und die Sache ist erledigt. Das ist nicht gegen dich gerichtet. Pass zukünftig besser auf deine Schlawacken auf und fertig. Du weißt genau, ich kann und will nicht anders, und ich werde auch nicht anders ... ich muss auch nicht anders.«

Waldemar nickte verständnisvoll, während er mit der Zunge nachdenklich irgendeine Arbeit an den rechten Backenzähnen verrichtete. Es schien, als sei er mit dem, was Gohrer gesagt hatte, zufrieden. Er wies mit dem Kopf in Richtung Bucher, ohne einen einzigen Blick dahin zu vergeuden. »Besuch, äh?«

»So in etwa«, antwortete Gohrer.

»Hübsch«, kam es von Waldemar, der nun in Richtung Bucher sah und Lara Saiter ins Visier genommen hatte.

Als er sich Gohrer wieder zuwandte, verfinsterte sich seine Miene. Vom Hauseingang her kam mit energischen, ausladenden Schritten eine Gestalt auf ihn und die anderen zu. Bucher sah sie fasziniert an. Es war eine alte Frau mit dunklem, weitem Rock, der ihre kraftvollen Schritte in sanftem Schwingen wiedergab. Bucher fielen die schlohweißen Haare auf, die von einem Kopftuch gehalten wurden, ihr ernstes, zerfurchtes Gesicht und der lange, knorrige, grifflose Stock, den sie in der rechten Hand hielt. So wie sie ihn fasste und pendeln ließ, wurde deutlich, dass er keine Gehhilfe darstellte. Sie hatte ihn in der Hand, weil er zu ihr gehörte. Sie ignorierte Bucher und die anderen, ging direkt auf diesen Waldemar zu und blieb stumm vor ihm stehen.

Der trat unwillkürlich einen Schritt zurück und sagte: »Du schon wieder. Bist du eigentlich überall, Lechnerin.«

Sie lachte.

Waldemar fasste sich noch einmal ans Kinn und massierte die Oberlippe. Mit einer kurzen energischen Handbewegung wies er auf Gohrer. »Also, Korbinian. Mir ist wichtig, dass wir kein Problem miteinander haben. Alles paletti. Das mit der Strafe ist eh klar, und irgendwann will ich mit dir wieder einmal auf ein Bier gehen. Das will ich.« Dann drehte er sich um und bestieg seinen Allrad.

Die Alte passierte die Verbliebenen wortlos, drehte sich nur einmal kurz nickend in Richtung Bucher. Der bemerkte ein leuchtendes Lächeln, das nicht für ihn bestimmt war, sondern jemandem in seinem Rücken galt. Er wendete kurz den Kopf und sah, wie Lara der Alten vertraut zulächelte. Die hob grüßend und ohne en Wort zu verlieren den Stock empor und setzte ihren Weg unbeirrt fort.

Gohrer, der vorneweg ging, hatte etwas Unverständliches gemurmelt, und Bucher fragte in seine Richtung: »Verwandtschaft?«

Gohrer schüttelte den Kopf. »Das war die Lechnerin«, und fügte erklärend hinzu, »Lucretia Lechner, heißt sie. Sie war bei der Kleinen.«

»Und der Kerl?«

»Waldemar Kneissl. Bauunternehmer. Ich habe ihn anzeigen müssen wegen einer Umweltsache. Seine Schlamper haben auf einer Baustelle einen alten Öltank an Ort und Stelle entsorgt. Hat einen gewaltigen Gestank gegeben. Die haben die Schlämme einfach in ein ausgebaggertes Loch laufen lassen und Erde drübergekippt. Unglaublich. Es ist auch nicht die Strafe, um die es ihm geht. Deshalb war er nicht da. Es war eher so seine Art, sich zu entschuldigen. Der weiß schon, dass das ein grobes Stück war. Rein finanziell ist die Strafe auch nicht das, was ihm Sorgen macht. Es ist die Entsorgung des Erdreichs, die so richtig ins Geld geht. Ist schon einiges an Kubikmetern zusammengekommen, und das ist jetzt Sondermüll. Das Problem für ihn besteht darin, dass er jetzt kein

Baugrundstück mehr hat, sondern eine Altlast, wie das der Jurist vom Landratsamt formuliert hat. Bisher ist er ja bei jeder Schweinerei billig davongekommen. Aber diesmal war es dann doch zu bunt, und das Landratsamt hat so richtig hingelangt beim Bußgeldbescheid. Mit Entsorgungskosten und allem drum und dran wird ihn das so an die vierzigtausend Euro kosten.«

Hartmann pfiff.

Gohrer winkte ab. »Firlefanz für den. Das zahlt der aus der Portokasse, und Herr Landrat wird sicher schon ein Kompensationsgeschäft in der Hinterhand haben. So läuft das doch.«

»Ihr kennt euch?«, fragte Lara Saiter.

»Ja sicher. Das ist im Grunde genommen kein falscher Kerl, der Waldemar. Halt etwas eigen. Wir waren früher viel unterwegs miteinander, als junge Burschen. Er hat aus dem Malerbetrieb seines Vaters ein richtiges Bauunternehmen gemacht.«

Bucher deutete auf Gohrers Haus. Der lachte. »Nein, nein. Ich weiß, in welches Feuer man die Hände halten darf, und in welches nicht. Waldemar Kneissl gehört zu denen, die richtig brennen können.«

Sie gingen zum Haus. Bucher fragte Lara Saiter flüsternd: »Kennst du denn die alte Frau von vorhin?«

Sie sah ihn überrascht an. »Nein. Woher denn?«

Gohrers Haus war so groß wie sein Herz, und seine Frau war eine drahtige Allgäuerin mit wunderbar herzhaftem Dialekt, blitzendem Lachen und wachen, leuchtenden Augen. All das Raue der Allgäuerin an ihr war von großer Natürlichkeit und Feinheit.

Das Mädchen saß in der Wohnstube am Boden, lehnte sich gegen die Sitzkante des Sofas und betrachtete mit interessierten Augen ein Buch. Man konnte nicht den Eindruck haben, dass dieses Kind etwas Furchtbares erlebt hatte. Aber – es sprach nicht. Hartmann ging sofort Richtung Sofa, setzte sich, rutschte mit gespieltem Stöhnen nach vorne runter, rappelte sich mühsam wieder hoch, um mit einem gedehnten »Uuuuhppps« zur Seite hin umzufallen.

Die Kleine sah der überraschenden Zirkusnummer mit offenem Mund und weiten Augen zu, schwankte zwischen Lachen und scheuem Rückzug. Bucher, Lara Saiter und Gohrer verfolgten die Szene von der Tür aus. Das Mädchen ließ ein Kichern hören, vergrößerte den Abstand zwischen sich und Hartmann aber, indem es, fest an sein Buch geklammert, ein Stück wegrutschte, den Blick aber immer auf diesen seltsamen Kerl gerichtet hielt. Hartmann stellte sich vor. »Hallo. Ich bin der Alex.«

Sie sah ihn für einige Sekunden ernst an und nickte schließlich wohlwollend.

Gohrers Frau war inzwischen hinzugekommen und flüsterte: »Sie redet zwar kein Wort, nimmt aber alles sehr interessiert auf. Sie ist eine ganz Fixe. Aber das wird wieder mit ihr.«

Nach einem kurzen Aufenthalt in Gohrers Küche fuhren Bucher und Lara Saiter zur Wohnung von Judith Holzberger, wo Batthuber und Abraham Wanger schon warteten. Hartmann setzten sie an der Dienststelle ab. Er hatte anderes zu erledigen.

*

Judith Holzberger hatte eine großzügige Drei-Zimmer-Wohnung in Pfronten-Meillingen bewohnt, die sich im obersten Stock eines neu erbauten Hauses befand, in dem insgesamt sechs Parteien komfortabel untergebracht waren. Die Dachschräge begann auf Schulterhöhe und die Decke verlor sich nach oben hin im offen gelassenen Gebälk. Hinter der Wohnungstür befand sich ein schmaler Flur, und nach einem Durchgang gelangte man in einen breiteren lichten Gang, der türlos zum nach Süden hin ausgerichteten Wohnzimmer führte. Eine ausladende Fensterfront ließ Licht im Übermaß herein und zwang einen vor allem anderen, den Blick direkt hinaus auf die steil abfallende Felswand des Breitenbergs zu richten. Der riesige Wohnraum verschlang sicher die Hälfte der gesamten Wohnfläche. Drei Elemente beherrschten den

Raum: die gewaltige Fensterfront, eine Regalwand, welche die gesamte rechte Seitenwand des Raumes einnahm, und eine großzügige, bordeauxrote Ledercouch, die solitär an der cremefarbenen Wand dem Fenster gegenüberstand. Ein schmaler Beistelltisch fiel kaum auf, und es gab nur einen zur Couch passenden Sessel.

Die linke Wand des Raumes war frei und unbehangen. Bucher ließ den Blick durch den Raum gleiten und blieb an der kahlen Wand hängen. Es war, als hätte er etwas gesehen, doch da war nur eine schmucklose Wand. Er hielt kurz inne und ließ den Blick nach unten gleiten. In der Mitte, am Boden, lehnte ein Ölgemälde. Es hatte wohl noch keine Zeit gegeben, es aufzuhängen. Das hätte der großen hellen Fläche das fehlende Augenmerk geben können. Schon auf den ersten Blick war zu erkennen, dass das großformatige, farbenprächtige Stillleben ein wertvolles Gemälde war. Die leuchtenden Früchte, das Gemüse und die Blüten hätten dem Raum eine anregende Stimmung verliehen.

Bucher fasste den schlichten, goldenen Holzrahmen und betrachtete die Rückseite. Auf einem am Holzträger befestigten Zettel fand er den Namen des holländisch klingenden Malers, dessen Geburts- und Sterbedatum, die Datierung des Gemäldes wie auch den Namen der Galerie, in der das Gemälde erworben worden war. Er kannte das Haus in der Brienner Straße in München, war selbst schon einige Male dort gewesen. Nachdenklich streifte er durch die Räume, wechselte von einem Zimmer ins nächste, ging wieder zurück, beachtete die anderen nicht, dachte nach, ohne zu wissen, worüber.

Noch einmal blickte er sich im großen Wohnraum um, fuhr über die Bücherreihen, CDs und Schubladen des Regals. Ein unaufdringlicher Flachbildfernseher stand auf dem Schubladensockel, über dem sich die einzelnen Regalböden bis zur Decke hin auftürmten. Judith Holzberger hatte überwiegend klassische Musik gehört, und die Auswahl der CDs bewies einen guten Geschmack. Viele alte Aufnahmen waren zu finden, Clara Haskill und Arthur Rubinstein schienen ihre

Favoriten zu sein. Von Kleiber war das wenige vorhanden, das er der Nachwelt hinterlassen hatte. Es ist eben das vorhanden, was bleibt.

Neben den CDs lag ein aufgeschlagenes Buch im Regal, der aufgespreizte Einband wies nach oben: *Die Offenbarung* von Robert Schneider. Sie schien sich sehr für Musik interessiert zu haben.

Buchers Blick schwenkte über die Buchrücken. Klassiker, Erzählungen, Lyrikbände, ein paar Krimis, Philosophie. Was gänzlich fehlte, waren die in Bücherregalen von Frauen um die dreißig eigentlich obligatorischen Zeitgeistschmöker, dieses margarinehafte Gemisch aus Wellnessliteratur, esoterischer Banal-Lyrik, Herzschmerz-Erotika und belletristischen Sachbüchern.

Vor dem offenen Bogen, der zum Wohnzimmer führte, zweigte eine Tür nach rechts ab, hinter der sich das Schlafzimmer befand. Zwei weitere Türen im Gang brachten einen ins Arbeitszimmer und in ein großzügiges Bad.

Die Schlafzimmermöbel waren untypisch geordnet. Man öffnete die Tür und sah auf ein breites Fenster. Links in der Ecke, bis an die Wand gerückt, stand ein großes Bett aus massivem, hellem Holz gefertigt. An der Wand gegenüber stand ein Schrank.

Nirgends war ein Spiegel zu sehen. Die Wände waren auch hier ohne Schmuck – kein Bild, keine Fotografie. In diesem Raum gab es nur zwei Möbel – das Bett und den Schrank. Mit einer Ausnahme. Rechts vorne, vor dem Fenster, stand ein hölzerner Küchenstuhl, an dem noch die Überreste der Spurensicherung auszumachen waren. Bucher schauderte es. Er sah nach oben zu den Balken. Zwischen Fenster und Bett war eine Markierung zu erkennen. Das Unbehagen, welches ihn erfasste, kam von tief innen und hatte seine Ursache nicht in der Konfrontation mit der Stätte des Geschehens.

Der Vorhang am Schlafzimmerfenster war zurückgezogen. Das war auch so auf den Fotos in der Akte zu sehen gewesen.

Er wunderte sich. Wieso hatte sie die Vorhänge nicht zugezogen? Das Fenster wies nach Nordwesten und sicher – niemand hätte von außen hereinsehen können –, aber dennoch. Es erschien ihm eigenartig, denn alles, was er bisher von ihr als Mensch wusste, hatte er alleine aus ihrer Wohnung genommen – die Einrichtung, ihre Bücher, die Musik, das Gemälde am Boden. Und das Bild vom Menschen, der sich für ihn daraus ergab, passte nicht zu den offenen Vorhängen. Er war sich sicher, sie hätte sie zugezogen. Ganz zu schweigen von dem Kind unter dem Bett. Er verwarf die Gedanken daran, wie es sich zugetragen haben könnte, kehrte zurück zu nüchterner Sachlichkeit und ließ den Blick wandern.

Auf dem Fenstersims stand eine leere Glasvase. An ihr lehnte eine Postkarte, die Bildseite nach vorne. Es war der einzige Farbtupfer, der in diesem Raum zu finden war, einem Raum, der nur dazu diente, die Nacht zu verbringen, der von allem Überflüssigen entleert war, der ausschließlich eine funktionelle Bestimmung hatte. Bucher ging zum Fenster und nahm die Postkarte vorsichtig an den Kanten fassend in die Hand und drehte sie im Licht, um der Spiegelung auszuweichen. Das Motiv kam ihm zwar bekannt vor, aber weder Titel noch Maler wollten ihm einfallen. Es war die äußerst düstere Darstellung eines in verschiedenen Ebenen aufgeteilten Trichters der in das Erdinnere führte. Auf den jeweiligen Terrassen waren Menschen dargestellt: nackt, liegend, tanzend. Etwas Bedrohliches ging von dieser Darstellung aus. Bucher drehte die Karte um. Sie war nie verschickt worden, doch war ein Wort mit leuchtend roter Schrift quer über die Rückseite geschrieben worden: *Compagnacci*. Am unteren rechten Rand las er im Impressum, dass er ein Gemälde von Sandro Botticelli vor sich hatte: *Der Höllentrichter*. Vorsichtig ließ er die Karte in eine der Klarsichthüllen gleiten.

Batthuber fertigte Übersichtsaufnahmen, und Wanger lehnte wortlos am Durchgang zur Küche. Der Wiederwahlspeicher des Telefons war gelöscht, wie Bucher feststellen musste. Sie stöberten wie neugierige Nachbarn in den Schubladen.

Bucher war für die Regalwand im Wohnzimmer zuständig. Er öffnete eine breite Schublade in der sich in völliger Unordnung die Dinge eines ordentlichen Haushaltes ansammelten, die dem letzten Willen, sich ihrer endlich zu entledigen, sie nun doch wegzuwerfen, entgangen waren, sei es aus Sentimentalität oder aus Furcht, genau diese Dinge spätestens am nächsten Tage dringend zu benötigen. Mit der behandschuhten Hand fuhr Bucher über Kugelschreiber, Mäppchen, Bänder, alte Schlüssel, Bonbondosen, Salbentuben, Streichholzschachteln, Kerzenanzünder, alte Rechnungen, Fotos und all den Kram, wie er in allen Haushalten in Kisten, Körben, Koffern, Schubladen oder Kartons seiner Entsorgung harrte. Boshafte Menschen entsorgten nie etwas und freuten sich noch zu Lebzeiten an der undankbaren Arbeit für erwartungsfrohe Erben.

Einige Fotos waren dabei, Schnappschüsse, Unscharfes. Ein halbes Foto zeigte ein junges Mädchen. Am linken Bildrand fehlte der weiße Rahmen. Das Foto war abgeschnitten und der linke Bildteil entfernt worden. Das Mädchen mochte vierzehn, fünfzehn Jahre alt sein. Es lächelte schüchtern in die Kamera und hielt seinen rechten Arm hinüber, in den fehlenden Bildteil. Die Hand war mit abgeschnitten worden, was traurig aussah. Auf der Rückseite war nichts vermerkt. Bucher drückte die Schublade zu. Wer war da abgeschnitten worden?

Nach einer guten Stunde hatten sie alle Eindrücke gesammelt, den Keller angesehen, ebenso das verschlossene Auto in der Garage. Einzig Batthuber war mit dem Computer im Arbeitszimmer nicht zurechtgekommen, hatte ihn kurzerhand eingepackt, und war murrend in Richtung Dienststelle verschwunden.

Im Kühlschrank hatte Hartmann einen Beutel Zucchini und Auberginen gefunden, die schon Schimmelflecken angesetzt hatten. Er packte sie in einen Müllbeutel und nahm sie mit. Man konnte ja nie wissen.

Lara Saiter inspizierte ein Sideboard, das in der Küche stand. In den Schubladen waren Servietten, Dosen, Kartons. Alles wohlsortiert. Oben auf dem Bord stand auf einem schönen Seidenläufer eine rechteckige Porzellanschale. Sie diente als Ablage für Einkaufsbelege, Rechnungen und Notizzettel. Drei neu aussehende Stifte lagen dabei. Vorsichtig ließ sie den Inhalt der Schale in eine der großen Klarsichttüten fallen.

Als sie die Wohnung verließen und das Siegel erneuerten, sagte Bucher zu Lara: »Unsere Leute sollen da doch noch mal durchgehen. Wir haben inzwischen andere Voraussetzungen. Vielleicht finden die ja noch was.«

Zurück auf der Polizeistation stellte sich ein Gotthold Bierle vor, der die Wache schmiss. Er war Anfang fünfzig, strahlte eine selten beruhigende Freundlichkeit aus und gab zwei jungen Kollegen klare Anweisungen, ohne dabei in einen Befehlston zu verfallen. Er selbst schlurfte in Filzpantoffeln durch Büros und Gänge, und die Art seiner Fortbewegung stellte für jeden Bewegungsmelder eine Herausforderung dar. Bucher sah ihm verwundert nach, denn dieser Bierle vermittelte den Eindruck auf Stand-by geschaltet zu sein und war trotzdem hellwach und gedankenklar – das verrieten seine Augen.

Batthuber war bereits auf dem Weg nach München. Hartmann saß oben im Büro und bastelte am Persönlichkeitsbild von Judith Holzberger. Ein junger, rotbackiger Kollege half ihm, mit den Computern zurechtzukommen. Bucher notierte die Adresse von Judith Holzbergers Eltern, die er als Nächstes befragen musste, und überprüfte alle neu aufgetauchten Namen in den Datenbanken.

Als er damit fertig war und ihm die Ideen ausgingen, wechselte er ins Intranet und gab im Formularfeld der Suchmaschine den Begriff *Innovationszirkel* ein. Die Suchmaschine verdiente normalerweise einen solchen Namen nicht, aber diesmal fand sie wirklich einen Eintrag. Bucher klickte auf den Treffer, und das Protokoll einer Arbeitstagung des Innovationszirkels wurde geöffnet. Kundermann-Falckenhayns Name stand ganz oben in der Teilnehmerliste. Bucher überflog die einzelnen Punkte und blieb bei einer Aufzählung haften. In der zweiten Zeile las er den Satz *Verbesserungen im Bereich Optimierung*. Es war einer jener blöden Sätze, die durch die Welt überflüssiger Arbeitsgruppen flogen, und seine bösen Vorahnungen schienen sich zu bestätigen. Er scrollte im Text und fand eine weitere sinnreiche Stelle, in welcher festgehalten war: *Zur Verbesserung der Arbeitsergebnisse ist neben effektiver Sachbearbeitung auch die Effizienz von Bedeutung.*

Bucher sah ausdruckslos auf den Bildschirm, schnitt Grimassen und grinste dann böse. Kundermann-Falckenhayns Mitwirkung war also nicht folgenlos geblieben. Er hatte durchgesetzt, einiges zu optimieren, um besser zu werden.

Er hörte, wie Lara im angrenzenden Büro telefonierte. Gohrer war schon zu Hause, um die Kleine wegzubringen, und Wanger hatte unten bei der Wache zu tun. Es war die geräuschvolle Ruhe der Routine, die sich ausbreitete. Keine Diskussionen, keine Aufregung, keine Emotion. Jeder tat seine Arbeit. Nur die Lampen surrten, und die Lüfter summten.

Bucher schreckte hoch, als er Lara Saiter im Zimmer nebenan völlig aufgebracht rufen hörte: »Was! Nein! Das gibt's doch nicht! Ja, verdammt ...«

So gereizt hatte er sie kaum jemals erlebt. Noch bevor er aufstehen konnte, stand sie schon im Zimmer. Bebend stieß sie hervor: »Judith Holzbergers Leiche ist nicht mehr in Füssen!«

Hartmann war inzwischen hinzugekommen. Er fragte trocken: »Auferstehung ... Himmelfahrt?«

Lara Saiter sagte fassungslos: »Himmelfahrt ... Mensch! Im Krematorium ist sie. Sie soll verbrannt werden.«

Hartmann verging der Spaß. Bucher sprang auf, lief aus dem Zimmer und hinunter zur Wache. Im Laufen rief er: »Wo!? In welchem Krematorium!?«

»Lindau«, hörte er von hinten. Die beiden folgten ihm.

Diese Nachricht sorgte für Chaos. Aufgeräumtheit und Stille konzentrierter Arbeit waren verscheucht. Auch die an sich sedierende Wirkung der alten Parkettböden und Kassettendecken verschaffte keine Beruhigung. Alle ahnten, dass diese Nachricht mit Routine wenig zu tun hatte. Abraham Wanger rannte mehrfach den Gang auf und ab, bis er wieder wusste, was er zu tun hatte. Bucher beobachtete ihn irritiert. Sie alle hatte die Nachricht überrascht und aufgebracht, doch was brachte diesen ansonsten so beherrschten Kerl derart aus der Fassung? Als Abraham Wanger nach einigen Runden wieder klar denken konnte, klebte er an Buchers Seite, suchte die Telefonnummer des Lindauer Krematoriums heraus und danach die Direktwahl zur Kripo in Lindau.

Die ganze Situation wurde durch Wartungsarbeiten zweier Techniker behindert, die ausgerechnet an diesem Freitagnachmittag Telefonanlagen und Kabelanschlüsse der Dienststelle einer Routinewartung unterziehen mussten. Auf den Schreibtischen lagen Kabel und Messgeräte verstreut. Es war zum Verrücktwerden.

Lara erzählte derweil, was sie am Telefon erfahren hatte: dass laut Bestattungsinstitut in Füssen die Mutter der Verstorbenen bereits gestern angerufen und den Auftrag zur Überführung nach Lindau gegeben habe. Keiner konnte verstehen, wie das hatte geschehen können, denn die Freigabe des Leichnams durch die Staatsanwaltschaft war bisher noch nicht an die Familie herausgegeben worden. Wie kam die Mutter also dazu, solch einen Auftrag zu erteilen? Das würden sie später klären müssen.

Hartmann telefonierte derweil mit dem Krematorium in Lindau. Und so wie er sich aufführte, hatte er einen Toten am anderen Ende der Leitung, denn es schien nichts vorwärts zu gehen. Irgendwann brüllte er ins Telefon, dass er beim besten Willen nicht verstehen könne, was sein Anliegen mit Datenschutz zu tun habe. Letztendlich brachte er heraus, dass den Krematoriern der Name Judith Holzberger zwar bekannt war, sie aber auf die Schnelle nicht sagen konnten, ob deren Leiche schon verbrannt worden war oder nicht.

Buchers Herz pochte wie wild, als er bei der Kripo in Lindau anrief. Von einem früheren Besuch her wusste er, dass die Dienststelle nicht weit vom Krematorium entfernt war.

Glücklicherweise erwischte er Schielin, einen Kollegen, den er von einigen Lehrgängen kannte, der sich, nachdem er ihn unterrichtet hatte, unverzüglich auf den Weg zum Krematorium machte.

Dann blieb ihnen nichts anderes übrig, als zu warten. Abraham Wanger und Lara Saiter fuhren in der Zwischenzeit zu Judith Holzbergers Eltern.

Als Lara endlich anrief, brauchte Bucher eine Weile, um zu verstehen, was geschehen war. Judith Holzbergers Mutter war völlig verstört, hatte aber glaubhaft versichern können, niemals beim Bestattungsinstitut in Füssen angerufen zu haben. Überhaupt habe ihr noch niemand gesagt, dass sie sich um die Beerdigung kümmern könne.

Einige Zeit später, Lara und Abraham Wanger waren bereits wieder zurück, folgte Schielins Anruf aus dem Lindauer Krematorium. Judith Holzbergers Leiche war noch nicht verbrannt worden. Allerdings bestand die Leitung des Krematoriums auf einer schriftlichen Anordnung der Staatsanwaltschaft, was nachvollziehbar war, und Lara kümmerte sich um die Formalitäten. Schielin blieb in Lindau vor Ort und wartete auf das Eintreffen Hartmanns, der den Transport nach München begleiten sollte. Fluchend fuhr der mit einem ausgelutschten alten VW-Bus in Richtung Isny. Die Kiste stank nach allem Möglichen und Unmöglichen. Vor allem aber nach Hundeführer, also einem olfaktorischen Gemisch aus Erde, lebenden und toten Tieren, Leberkäse und Zigarillos.

Es war spät in der Nacht, als Judith Holzbergers Leichnam am rechtsmedizinischen Institut in der Münchener Frauenlobstraße eintraf und dort vorerst sicher war.

*

Im Schatten des Breitenbergs war es war früh Nacht geworden, und Bucher saß mit den anderen noch auf der Dienststelle beisammen. Zwei Fragen konnten sie nicht beantworten: Wer war die Frau, die mit Allgäuer Dialekt beim Bestattungsinstitut angerufen und den Kremationsauftrag glaubwürdig erteilt hatte? Größere Sorgen bereitete ihnen allerdings die Frage, wer die Freigabemeldung der Staatsanwaltschaft kurz nach dem Telefonat an das Bestattungsinstitut gefaxt hatte? Die Absenderadresse war fingiert.

Keiner von ihnen hatte eine Antwort, und so herrschte beklommenes Schweigen. Gohrer und Wanger hatten ein sichtlich schlechtes Gefühl, denn eines war klar: Auf der Dienststelle in Pfronten gab es ein Leck; und wer immer es war, arbeitete aktiv und zielgerichtet gegen sie. Die Nachricht, die Batthuber später aus München mitbrachte, konnte sie da kaum noch überraschen. Die Kollegin aus der forensischen IT, die sich mit Judith Holzbergers Computer beschäftigt hatte, war der Meinung, dass die Festplatte des PC ausgewechselt worden war. Lediglich ein Betriebssystem war installiert, ansonsten gab es weder ein Textverarbeitungssystem noch irgendein anderes Programm. Nicht einmal der Internetzugang war konfiguriert worden, obschon Judith Holzberger über einen solchen verfügt hatte. Und die Kollegen von der Chemie hatten gleich am Nachmittag wissenschaftlich kontrolliert auf allen verfügbaren Herdplatten einige Kilo Zucchini verbrennen lassen. Die Versuche ergaben, dass das Gemüse etwa fünfundvierzig bis sechzig Minuten bei geringer Hitze vor sich hinköcheln musste, um den Zustand der Vergleichsprobe zu erreichen. Plusminus eine Viertelstunde. Wie unvollständig und unzureichend für kriminalistische Schlüsse die bisherigen Erkenntnisse und Ergebnisse auch waren – eines stand zweifelsfrei fest: Es gab Kräfte, die alles darangesetzt hatten, die Leiche von Judith Holzberger verschwinden zu lassen. Offensichtlich fürchtete man die Ergebnisse einer Obduktion. Und sie hatten es nicht nur mit einem Täter zu tun. Es mussten mehrere Akteure sein. Und noch etwas war allen klar, etwas Entscheidendes. Alle bisherigen Zweifel waren damit ausgeräumt. Judith Holzberger hatte niemals Selbstmord begangen.

*

Obwohl keiner einen vernünftigen Gedanken fassen oder gar formulieren konnte, entließ Bucher weder sein Team noch Gohrer und Wanger. Noch in der Nacht und nach einigen stummen, von trüben Gedanken verhangenen Kaffees, versammelten sie sich im ersten Stock, der jetzt wie leer gefegt war. Unten versorgte Filzpantoffel die Wachgeschäfte, und der Rotbackige war mit einer Kollegin, die von Füssen gekommen war, auf Streife gegangen. Das Allgäu war also sicher.

Bucher sprach offen aus, was alle wussten: »Judith Holzberger ist ermordet worden, und es gibt da jemanden, der unter allen Umständen verhindern will, dass es zu einer Obduktion kommt. Außerdem haben wir es mit mehr als einem Täter zu tun, und die, mit denen wir es zu tun haben, legen keinen Wert mehr auf Zurückhaltung. Sie agieren aktiv, und – sie haben jemanden, der sie unterstützt – hier auf der Dienststelle.«

Es waren nüchtern gesprochene Sätze, die nicht minder erschreckten. Vor allem Korbinian Gohrer und Abraham Wanger, die verbissen vor sich hin starrten. Bucher sah in die Runde. Niemand machte Anstalten, das Gesagte zu kommentieren. Er wollte gerade weitersprechen, als seine Gedanken an etwas anderem hängen blieben. Erschrocken wandte er sich an Gohrer. »Was ist eigentlich mit der Kleinen?«

Der wusste sofort, was Grund und Anlass der Frage war. »Mei o mei. Also, ich habe mich mit den Leuten vom Jugendamt Marktoberdorf getroffen, und die haben die Kleine übernommen.«

»Das ist schon klar. Aber wo haben die das Mädchen untergebracht.«

»In einem Kinderheim, in Gschwend. Das liegt ganz hier in der Nähe, zwischen Nesselwang und Oy. Ein ehemaliger Bauernhof, wirklich schön dort.«

»Und wer weiß alles davon?«, fragte Lara eindringlich.

Gohrer stockte, dann verstand er. »Ich natürlich, also wir, und das Jugendamt.«

»Gut«, sagte Bucher, »die Kleine muss da weg. Wir werden

sie so schnell wie möglich woanders hinbringen; weiter weg. Über das Wochenende ist das mit den trägen Jugendämtern nicht möglich. Wir müssen davon ausgehen, dass sie eine wichtige Zeugin ist. Bis wir was anderes gefunden haben, will ich stündlich eine Streife am Kinderheim haben. Das ist eure Angelegenheit, organisiert das.« Gohrer und Wanger nickten stumm.

Mehr war nicht zu tun, und nun kroch eine unruhige Müdigkeit in die Runde, die sich schweigend auflöste. Jeder sehnte sich nach Ruhe. Bucher passte den Augeblick ab, um mit Abraham Wanger an der Tür zusammenzutreffen. Während die anderen, ohne zurückzublicken, nach unten gingen, fragte Bucher leise: »Gibt es etwas, was ich wissen sollte?«

»Was meinst du damit? Traust du mir vielleicht nicht?« Wangers Augen blitzten.

»Wenn ich dir nicht trauen würde, gäbe es dieses Gespräch hier gar nicht. Aber ich vermute, dass du neben den Zweifeln, die du in München vorgetragen hast, noch andere Gründe hattest. Sonst wärst du doch niemals persönlich ins LKA gekommen. Das fehlende Datum im Brief zum Beispiel. Wieso hast du das verschwiegen? Wieso wolltest du unbedingt uns an der Sache haben? Was ist hier los!?«

Abraham Wanger sah Bucher geradewegs in die Augen und schwieg. Nichts von Kauzigkeit, kein spöttischer Kommentar, keine Faxen. Bucher stand einem klugen, in seiner Überzeugung eisenharten Kollegen gegenüber – und er wusste im Moment nicht, wie er ihn einschätzen sollte. Sein Gefühl sagte ihm aber, dass dieser Wanger weit mehr über den mysteriösen Fall wusste, als er ihnen bisher preisgegeben hatte. Bucher hielt dem ausdruckslosen und doch düsteren Blick stand und wartete. Abraham Wanger sah ihm einige Sekunden in die Augen, wandte sich um und ging mit ruhigen Schritten hinunter. Schon fast unten angekommen, drehte er sich noch einmal herum und sagte gleichmütig: »Die Zeit ist die Entdeckerin der Wahrheit.«

Bucher blieb auf der obersten Stufe stehen und wiederholte stumm: Die Zeit ist die Entdeckerin der Wahrheit. Was sollte denn das nun wieder bedeuten? Wangers Verhalten wurde für ihn immer rätselhafter. Er ging ihm nach, und gemeinsam traten sie in das Dunkel. Es war still. Kein Motorengeräusch war zu hören, doch aus der Ferne, aus einem Tal hinter den schemenhaften, bedrohlichen Umrissen des Kienbergs, drangen eigentümliche Laute. Es klang düster, wie eine Klage, wie eine Klage der Täler.

Bucher blieb stehen und lauschte. Auch Wanger war stehen geblieben, jedoch nur, um nicht unhöflich zu sein.

»Was ist das?«, fragte Bucher.

Wanger drehte sich um und runzelte die Stirn. »Das weißt du nicht?«

»Würde ich sonst fragen?«

»Es ist September. Das was du hörst ist des Deutschen liebstes Bildmotiv gewesen. In Schlafzimmern, Wohnstuben, Salons und Puffs. Röhrende Hirsche, es sind röhrende Hirsche.«

Bucher lauschte fasziniert in das Dunkel. Röhrende Hirsche. So klang das also. Sicher hatte er es in irgendwelchen Fernsehberichten schon einmal gehört. Aber hier, so unmittelbar, klang es völlig anders. Bedrohlich, düster und gefahrvoll, und es hatte so gar nichts von Leichtigkeit und Lust. »Es klingt wie eine Klage, wie die Klage der Täler.«

Wanger sah ihn an. »Ist es ja vielleicht auch.«

*

Es war ihm egal, dass er mitten in der Nacht zu Hause bei Weiss das Telefon klingeln ließ. Weiss selbst nahm den Hörer ab und meldete sich schlaftrunken. In kurzen Sätzen erläuterte Bucher die Situation, und er konnte spüren, wie das Wort *Verrat* Weiss aus der Fassung brachte.

Aufgebracht fragte Bucher: »Du hast zu mir gesagt, *Passt auf euch auf*, als ich die Sache übernommen habe. Hattest du dabei mit einem feindlichen *agent provocateur* gerechnet?«

Weiss ging auf die Frage nicht ein. »Johannes, ich habe dir alle Informationen gegeben, die ich hatte. Ich wollte dich morgen sowieso anrufen. Du hast freie Hand in allem. Dein Ansprechpartner bei der Staatsanwaltschaft in Kempten ist übrigens Dr. Schatzmann. Du wirst keine Probleme haben. Ich kümmere mich um das, was hier zu tun ist, und melde mich dann wieder.«

Bucher konnte mit dieser kryptischen Antwort zwar nichts anfangen, wusste aber, dass es keinen Sinn machte, mit Weiss zu diskutieren. Nach diesem Telefonat konnte er kaum schlafen, und es blieben nur noch wenige Stunden bis zur Morgendämmerung. Verrat. Er konnte die Gedanken nicht von dem lösen, was ihm, was ihnen passiert war. Es hatte ihn getroffen, zutiefst getroffen, wie er jetzt spürte. Verrat – welch ein großes Wort. Und wie groß war erst die Wirkung, war man selbst davon betroffen. Er spürte, wie es ihn schwächte. Es war ein Gefühl ähnlich einem Schwindel, wenn er daran dachte, verraten worden zu sein. Er hatte sich immer verlassen können – auf das System, dessen Teil er war, auf sein Team sowieso. Doch jetzt hatte er zum ersten Mal erfahren müssen, wie es ist, wenn man dem Vertrauten kein Vertrauen mehr entgegenbringen konnte. *Den Boden unter den Füßen verlieren,* das war für ihn plötzlich nachfühlbar geworden – und es war ihm unheimlich. Dieser Verrat schuf sich im Dunkel des Zimmers immer weiteren Raum. Von korrupten Kollegen hörte man immer wieder einmal, aber dies hier war anders. Sie hatten es mit jemandem zu tun, der gezielt gegen sie agierte, und das machte den Unterschied. Und – er hatte es nicht alleine mit einem Verräter zu tun. Dieser Verräter war vielmehr noch etwas anderes – ein Feind. Was konnte ihn bewegen, so zu handeln, und wie weit war er bereit noch zu gehen?

Es war eine Situation für die er kein Erfahrungsmuster, keine emotionale Checkliste hatte, die ihm hätten helfen können. Seine Gedanken kreisten um den Fall, landeten bei Eugen Schlomihl, wanderten dann weiter in die Wohnung von Judith Holzberger, sahen das Schlafzimmer, den Wohnraum, die Bücher. Wer war diese Judith Holzberger gewesen, dass jemand so brutal und perfide mit ihr verfahren war? Auch der Höllentrichter kam ihm wieder in den Sinn. Mochte die Nacht auch noch so lange dauern, er musste sich mit dieser neuen Situation auseinandersetzen. Je intensiver er das jetzt tat – verdächtigte, freisprach, prüfte, wieder verdächtigte –, desto eher konnte er zurück zur Routine finden. Was er brauchte war ein Plan. Und zunehmend spürte er eine Unerbittlichkeit demjenigen gegenüber, der gegen sie arbeitete.

Schließlich holte er sein Handy vom Nachttisch. Es waren einige Anrufe von Miriam in der Anrufliste, die er nicht beantwortet hatte, ebenso eine SMS, die ihm guttat. Morgen wollte er ausführlich mit ihr telefonieren. Vielleicht klappte es sogar, dass er die Nacht zum Sonntag mit ihr verbringen konnte.

An Schlaf war nicht zu denken. Im Halbschlaf kreisten seine Gedanken um Miriam, Abraham Wanger, Judith Holzberger und eine Flasche 98er Château Fongaban. Nirgends verweilten seine Gedanken aber so lange, dass es einen Sinn oder Unsinn ergeben oder ihn irgendwie zur Ruhe hätte bringen können.

Furchterregendes Geschrei weckte ihn schließlich. Er richtete sich im Bett auf, fühlte den Schweiß und lauschte. Kurz darauf hörte er das Schreien wieder. Beruhigt legte er sich zurück und zog die Decke noch einmal für einige Minuten über die Ohren. Schon seltsam, dass sich eine Pension ausgerechnet einen Esel auf die Weide vor der Tür stellen muss. Mit Kuhglockengeläut hätte er ja gerechnet. Als er kurz darauf völlig zerschlagen aufstand, wusste er immerhin, was zu tun war. Er wollte mit den Eltern von Judith Holzberger reden – und er hatte vor, Eugen Schlomihl einen Besuch abzustatten.

Naturschutzstreife

Das Frühstück verlief wortkarg. Lara schien auch schlecht geschlafen zu haben. Telefonisch vereinbarten sie mit Hartmann und Batthuber ein Treffen in ihrem Hotel, noch bevor sie auf der Dienststelle mit Gohrer oder Wanger zusammentrafen.

Es war ihnen unangenehm, darüber zu reden, aber sie mussten sich mit ihrem Verhältnis zu den beiden Kollegen auseinandersetzen. Sie einigten sich darauf, auch weiterhin die Pfrontener Dienststelle als Stützpunkt zu nutzen. Schwieriger war die Frage zu beantworten, in welcher Weise Gohrer und Wanger in den Fall eingebunden bleiben sollten, aber nach einigem Hin und Her war klar, dass man die beiden weiterhin an den Ermittlungen beteiligen wollte. Nicht zuletzt, weil man auf ihr Detailwissen und ihre Ortskenntnis angewiesen war. Keiner konnte sich mit der Tatsache abfinden, ein aktives Leck in den eigenen Reihen zu haben, und es war tröstlich für Bucher, dass nicht nur er mit dieser Situation Schwierigkeiten hatte.

Die Aufgaben waren klar verteilt. Bucher wollte Schlomihl aufsuchen, und mittags war die Befragung von Judith Holzbergers Vater vorgesehen. Lara Saiter hatte sich bereits Informationen über die Steuerkanzlei von Dr. Joachim Krissert besorgt, in der Judith Holzberger beschäftigt gewesen war. Hartmann und Batthuber sollten Hintergrundinformationen über die Familie Holzberger zusammentragen, die Nachbarn befragen und den Kollegen vom Erkennungsdienst des LKA die Wohnung öffnen. Bucher wollte einen neuen Spurenbericht aus dem eigenen Haus. Den eigenen Kollegen vertraute er noch.

*

Hartmann folgte dem Verkehrsstrom, der nach Süden hin der Tiroler Straße folgte und sich auf die Täler verteilte. Batthuber saß schweigend daneben und überprüfte Notizen. Ihr Ziel lag im südlichen Teil von Pfronten, dem Ortsteil Steinach, wo die Holzbergers wohnten. In der Nähe der Wohnung stellten sie das Auto ab und schlenderten zu Fuß die Straße entlang. Zwei Häuserreihen hinter der Straße tat sich ein Platz auf, in dessen Mitte ein beachtlicher Teich Enten und einem Schwanenpaar ein Auskommen sicherte. Vom nicht abreißenden Strom der Touristen war hier nichts zu spüren. Großzügige Bauernhöfe siedelten in einigem Abstand zum Teich. Überall blühte es. Ab und an fuhr ein Auto vorbei. Hier war Pfronten das bäuerliche Bergdorf geblieben.

Sie traten an einen Jägerzaun, hinter dem sich ein weitläufiger Garten befand. An der Vorderseite des Zauns rankten Himbeeren und Stachelbeeren. Dahinter zogen sich Gemüse- und Salatbeete bis zur Frontseite des alten Bauernhofs, unterbrochen von Staudenbeeten, überwiegend Astern, dazwischen ein paar Dahlien. In einem der Beete stand gebeugt eine alte Frau und hackte. Hartmann blieb stehen und sah ihr zu. Sie war ausgemergelt, aber zäh. Das dunkelblaue Kleid und die Schürze flatterten um den Körper. Aus dem Kopftuch lugte schneeweißes Haar. Hartmann sah die dünnen, sehnigen Arme, die schmalen, zerfurchten Hände und die langen Finger. Die Art, wie sie die Hacke in Händen hielt, wie sie die Schneide in die Erde fahren ließ, vermittelte etwas Herbes. Er wartete, ob sie sich ihnen zuwenden würde, denn sie musste die beiden Gestalten am Gartenzaun gesehen haben. Aber sie zeigte keine Regung, hatte den Blick ohne Unterbrechung auf die Erde geheftet.

»Grüß Gott«, rief ihr Hartmann schließlich über Zaun und Beerensträucher freundlich zu. Sie sah auf. Ein langes, kantiges Gesicht blickte Hartmann fragend an. Die Hacke ruhte für den Augenblick. Hartmann nahm den klassischen Weg. »Schöner Garten, alles so sauber und gepflegt. Das macht aber auch einen Haufen Arbeit, nicht wahr.«

Es war, als hätten die Bergwände, Weiden und Bäume seine Worte verschlungen, denn die Alte zeigte keine Regung.

Ihre Augen waren hellwach und klar, fixierten den bunten Vogel, der da vor ihrem Garten stand.

Hartmann ließ nicht locker. Wenn hier jemand etwas wusste, informiert war, Gerüchte kannte, dann musste sie es sein. Ihren Augen, ihren Ohren entging nichts. Hartmann spürte förmlich, wie sie in konzentrierter Ruhe den Garten versorgte und alles registrierte, was um ihr Reich herum geschah, wer wann wie mit wem vorbeilief, was geredet und gedacht wurde – sie wusste es.

Er hob die Hand wie zum Gruß. »Wir sind von der Polizei.«

Sie zog die Hacke in einen steileren Winkel.

»Wir hätten Sie gerne etwas gefragt«, sagte er und sah sich dabei um. Sie verstand, dass er seine Fragen nicht laut in den Garten posaunen wollte. Mit sicheren Schritten trat sie an den Zaun heran. Als sie vor den Sträuchern angekommen war, sagte Hartmann: »Es geht um die Familie Holzberger. Sie wissen ja vielleicht, was da geschehen ist.«

Langsam hob sie den Kopf. Ihr Blick war weder abweisend, noch freundlich, weder neugierig noch gleichgültig – er war wissend. Sie hatte eine Meinung, nein, sie hatte eine Haltung den Dingen gegenüber, mit denen Hartmann beschäftigt war.

Sie stand vor ihnen, hatte den Stil der Hacke an ihre rechte Schulter gelehnt, und als sie antwortete, war es, als schlüge sie mit ihrer Stimme über die Sträucher hinweg auf die beiden Männer ein. Sie sprach schnell, und der Klang ihrer harten Sprache war von erschreckender Präsenz. Fest und biegsam zugleich. Als wäre das Schwingen, das jedem Laut innewohnt und selbst dem rauesten Krähen noch etwas Weiches verleihen konnte, in seinem eigenen Hallen gefangen. Ihre Stimme füllte den Raum ohne Anschwellen und verließ ihn ohne einen Abklang. Sie traf diejenigen, die sie vernahmen, wie ein Schlag. Es tat weh, sie zu hören, und sie brauchte keine Regung ihres Körpers, um dem Gesagten Nachdruck zu verleihen.

»Der Deifel isch es gewehn, der Deifel, der hot sie hoimkholet, der Deifel. Denn wer den Satan versuchet, der tut mit ihm im Bett liege, do isch es no griebig hoiß für die Sündigen, drunt in der Höll, in der Höll, in der Höll.«

Hartmann brauchte einige Sekunden. Er plätscherte konsterniert eine Standardfrage hervor. Für Fragen über Hölle und Teufel hielt er sich nicht kompetent genug. »Kannten Sie die Judith Holzberger?«

Sie hob den Stil der Hacke an. »Ahwa! Wer Solchiges tut, der versündigt sich am Herrn und wird glühen in der Höll auf ewig. Auf ewig in der Höll.«

»Was hat sie denn getan?«, fragte Hartmann.

»Ketzerei! Ketzerei!«, schlug sie zu.

»Und wie?«

»Aus der Kirch isch sie austreten«, peitschte sie über den Zaun, und aller Welt Sünden lagen in ihrer Stimme, »so hat ihr Ende Anfang genommen und da hat der Deifel leichtes Tun mit der verlornen Seel.« Sie wimmerte und es klang wie eine Klage.

Hartmann stöhnte stumm. »Ihre Mutter und ihr Vater, die wohnen doch gleich hier in der Nähe …«, Hartmann ließ den Satz auslaufen. Er musste als Frage genügen.

Die Alte tat so, als gäbe es Hartmann und seinen Begleiter nicht mehr, sah an den beiden vorbei und lachte schallend, hob wieder die Hacke hoch, fast so, als wolle sie damit drohen. Sie lachte bitter und rief: »Gell, Lechnerin, der Deifel holt, wer ihm die Boiner breit macht, gell, Lechnerin, da liegt kein Segen drauf, auf Satans Mistbeet wachst und gedeihts gar bunt und luschtig, und wer danach greifet, hat den Dreck im Maul«, sie lachte laut und irr, wiederholte immer wieder, fast schon wie eine Litanei, »hot den Dreck im Maul, hot den Dreck im Maul, und ein Segen liegt nicht drauf!«

Hartmann hätte sich ducken mögen unter den Schlägen der Laute, die ihren Mund verließen. Er sah sich ebenso wie Batthuber um, und gewahrte die Alte, die ihnen bei Gohrer schon begegnet war. Sie hatte ihren Stock gehoben, wie zum Gruß, aber Hartmann und Batthuber war nicht klar, ob sie gemeint waren oder die Alte mit der Hacke. Die nickte der Lechnerin zu, die ohne etwas gesagt zu haben in Richtung Breitenberg weiterlief.

Was sind das nur für alte Weiber hier, dachte Batthuber und wartete darauf, dass Hartmann endlich aufhörte. Der dachte nicht daran. Es war eine Frage der Ehre.

»Für die Eltern ist es sehr schwer.«

Ein böser Blick traf ihn. Ein Zucken ihres Körpers ließ nur den Rock kurz schwingen. »Waren die in der Mess!? Gehen die in die Mess!? Hab ich die in der Mess gsehn, schon amol!? Jetzt isch es zu spät, zu spät … zu spät. Vielleicht, wenn sie alloinigs ist, nun … er ist ja weg, ist ja weg, der Deifl, der elende, hot noch nie was taugt. Lumpen bleiben Lumpen ihr Lebtag, nutzt kein buntes Flicken nicht.« Sie flüsterte die letzten Sätze aber ihre verbalen Attacken behielten ihre Geschwindigkeit bei, und trotzdem sie leiser wurde, waren sie nicht weniger schmerzhaft. »Er isch ja auch schon lang aus der Kirche, hat sich auch dem Satan verschriebn … oohhh.«

Sie krümmte sich, verzog ihr Gesich, als litte sie Schmerzen. »D'Sui, D'Sui, wird schon ihr Leid ham, wird schon ihr Leid ham, wird ihr nicht leicht vergehn, der Schmerz. Wird ihr nicht leicht vergehen. Hat nicht allein Schuld daran.«

Hartmann sah sie gespielt verständnisvoll an. Batthuber notierte. »Danke, Frau …«

Sie drehte sich um und ging zurück zu ihrem Beet, ließ die beiden stehen, als hätte es sie niemals auf der Welt gegeben.

Batthuber grinste hämisch. »Da hat dein Altmännercharme wohl nicht gezündet.«

»Halt die Klappe!«

»Ist ja gut. Also eins sag ich dir. Die, die hat ja wohl selbst so einige in die Hölle geredet. Jesusmaria, wie kann man nur so eine Stimme haben, und wie schnell die geredet hat. So stell ich mir die alten Propheten vor.«

»Das waren alles Männer.«

»Vielleicht war das der Fehler. Die hätten mal solche hier ranlassen sollen. Hätten sich viel erspart.«

Hartmann sah Batthuber fast angewidert an. »Red doch nicht so altklugen Mist daher.«

»Ach du lieber Gott, du bist aber mies drauf heut.«

Ein Stück weiter trafen sie eine Frau, die sich abplagte, Kisten in den Kofferraum ihres Autos zu laden. Sie halfen ihr dabei und kamen so ungezwungen ins Gespräch. Sie kannte die Holzbergers, hatte ihn aber schon lange nicht mehr hier gesehen.

Ein Stück weiter, vor einem Mehrfamilienhaus, lehnte ein Mann am Auto und rauchte. Der Kofferraum stand offen. Seine Frau schleppte die Einkäufe ins Haus. Zwei kleine Mädchen sprangen um das Auto herum und schrien, im Kindersitz auf der Rückbank saß ein kleiner Junge, der noch nicht springen konnte, aber dafür umso kräftiger schrie. Der Raucher brüllte zwischen den Zügen abwechseln ein halbherzig drohendes »Shannon!« oder »Cheyenne!«

Batthuber wartete eine ruhigere Phase ab und fragte auf die unbeholfene Tour nach einem Gerhard Holzberger, als suche er nach dessen Wohnung. Der Raucher sah ihn skeptisch an und meinte dann, dass Holzberger hier nicht mehr wohne, nur noch dessen Frau. Die Frau des Rauchers holte den Kleinen aus dem Auto und ging. Shannon und Cheyenne waren im Haus verschwunden. Offensichtlich herrschte dicke Luft. Mehr war aus dem Kerl nicht herauszubringen.

Zurück auf der Dienststelle trafen sie auf gemütliche Hektik, fast so, als würden das Gebäude und seine Räume die Anspannung, die doch vorhanden war, zurückweisen.

Gotthold Bierle saß am Funktisch und bewahrte den Überblick. Fexi trug Metallkisten an Bucher vorbei und grüßte mit einem angedeuteten Lächeln. Selbst Reinhard Pentner war in Aktivität verfallen; er richtete seine Uniform her. Neben ihm stand ein Riese, der Bucher und die anderen mit kräftigem Handschlag und freundlichem Blick, aber wortlos, begrüßte.

Korbinian Gohrer kam vorbei, und Bucher erkundigte sich

bei ihm, was passiert sei. »Nichts«, lautete die verwunderte Antwort, »Viehscheid halt.«

Batthuber krähte von hinten in übertriebenem Hochdeutsch in den Raum: »Ah! Die Tiere werden von den Almen herunter ins Tal gebracht, wo sie den Winter in Ställen verbringen.«

Gerade, als er sich dem allgemeinen Trubel entziehen wollte, trat eine junge Frau in die Schleuse. Pentner drückte, ohne zu überlegen, den Türöffner und ließ sie herein. »Kommt gleich«, sagte er zu ihr und wendete sich wieder Bucher zu. Sie lehnte sich vertraut an den Tresen, sah Batthuber einen Augenblick lang an, lächelte und wartete still.

Pentner erklärte ganz allgemein. »Dem Fexi seine Älteste.«

Bucher verzog sich nach oben. Die anderen taten es ihm gleich, nur Batthuber brauchte eine extra Einladung. Wanger saß schon oben. Er sah übernächtigt aus. In seiner Gesellschaft befand sich ein junger Kerl in Uniform, dessen Erscheinung einen sehr akkuraten Eindruck machte. Er stellte sich als Carsten Schommerle vor. Wanger und er unterhielten sich leise.

Der Blick aus dem Fenster, hinunter zur Vilsbrücke und nach vorne zum Babeleck, machte Bucher klar, dass er sich beeilen musste, wenn er heute noch wegkommen wollte, denn aus allen Richtungen strömte der Verkehr an diesem Samstag herbei, und es war nur eine Frage der Zeit, bis es keine Chance mehr geben würde, aus dem Talkessel herauszukommen. Kühe-Gucken stand anscheinend hoch im Kurs, und das Postkartenwetter lockte Interessierte und Gelangweilte gleichermaßen zum Spektakel.

Hartmann und Batthuber berichteten von ihren Ergebnissen. Davon, dass ein rauchender Mann mit drei Kindern und einer angesäuerten Frau ihnen erzählt hatte, dass Gerhard Holzberger nicht mehr bei seiner Frau wohne und dass die zwei Mädchen des Ehepaars Shannon und Cheyenne hießen. Lara Saiter war dazugekommen und ätzte: »Shannon und Cheyenne, ich glaube es ja nicht. Und das Bubele heißt dann wohl Manitou, oder wie?!«

Nachdem die Aufträge verteilt waren, fuhr Bucher los. Lara Saiter und Alex Hartmann gingen kurz darauf, und Hartmann warf beiläufige Blicke durch die offen stehenden Bürotüren. In einem Raum sah er eine Frau, die ihm bisher noch nicht begegnet war. Sie hatte lange grau-schwarze Haare, eine braune, wettergegerbte Haut und erhob sich gerade vom Boden, wo sie vor einem Blatt Papier gekniet hatte. Hartmann machte einen Schritt auf die Tür zu und betrachtete das Blatt Papier, das da mitten im Zimmer auf dem Boden lag. Ein Glas Wasser stand darauf. Fragend sah er die Frau an. Ihr Alter war schwer zu schätzen. Vielleicht Ende fünfzig. Sie trug einen weiten, faltigen Rock und begegnete Hartmanns Blick mit Gelassenheit. Der richtete den Blick erneut auf Papier und Wasserglas und fragte: »Wer sind Sie und was machen Sie da bitte?«

Sie sagte nur: »Ameisen.«

»Ameisen«, wiederholte Hartmann tonlos.

»Hier sind Ameisen im Raum«, ergänzte sie.

Hartmann lies den Blick schweifen. »Mhm. Ich sehe keine Ameisen, aber ein Blatt Papier und ein Wasserglas«, fügte er hinzu und lächelte sie erwartungsvoll an.

»Das ist gegen die Ameisen«, bekam er zur Antwort.

»Ahhh, gegen die Ameisen. Mhm.« Er betrachtete das Arrangement und drehte sich zu Lara Saiter um, die inzwischen zur Tür gekommen war. »Gegen Ameisen«, wiederholte er betont ernst und zwinkerte ihr zu, und an die Fremde gerichtet: »Und wie wirkt das gegen die Viecher. Sollen die in dem Wasserglas ertrinken oder was ist das für eine Flüssigkeit?«

»Nein, nicht ertrinken. Es geht nicht darum, die Tiere zu töten. Es wirkt gegen Ameisen. Sie kommen nicht mehr, wenn diese Energie hier im Raum ist.«

»Ah, Energie, mhm. Energie ist also im Spiel. Auf dem Papier da steht doch was geschrieben, oder? Ich kann es leider nicht lesen von hier.«

»Das heißt *lac caninum*«, erklärte sie.

»Ah ja. Und das bedeutet in etwa, Ameisen sind hier unerwünscht, die Tierchen lesen das und verschwinden dann.«

Sie sah ihn ernst an, überging seinen Sarkasmus. »Nein. Es wirkt anders.«

»Und wie anders?«

Lara Saiter zog ihn am Jackett. »Komm jetzt, Alex, wir müssen gehen.«

Er blieb stehen und sagte, fast wie ein kleines störrisches Kind: »Nein, nein, nein. Warte doch einen Augenblick. Das interessiert mich wirklich. Schau doch mal hin, Mensch. Vielleicht stehen wir vor einer Entdeckung, mit der wir die Probleme der Menschheit lösen können.«

Er drehte sich der unbekannten Frau zu. »Sie sagen, damit kann man Ameisen vertreiben. Wirkt das auch bei anderen Tieren?«

Lara war sein kaum noch verborgener Hohn peinlich. Sie stieß ihn in den Rücken. »Komm jetzt.«

»Ja. Komme ja schon. Aber vielleicht kann man mit dem Zeug auch ... Vorgesetzte vertreiben.«

Die Frau schüttelte den Kopf. »Es geht weniger ums Vertreiben. Es ist vielmehr so, dass sie nicht mehr kommen.«

Er griente Lara an. »Hörst du? Ein Papier, auf dem steht *lac caninum* und ein Glas Wasser drauf, und schon kommen sie nicht mehr, die Vorgesetzten. Man muss sie nicht mal vertreiben. Stell dir vor, Kundermann-Falckenhayn kommt einfach nicht mehr.«

Lara Saiter zog an seinem grünen Jackett.

»Und wie funktioniert das?«, fragte er, schon leicht schwankend.

Die Frau ließ sich in keiner Weise beeindrucken und sprach mit ihm wie eine Wissenschaftlerin mit einem Laien. »Es geht um die Information. Das Wasser ist ein Energieträger und nimmt die Information auf.«

»Welche Information?«

»Die von *lac caninum*.«

»Was ist eigentlich dieses *lac caninum*.«

»Hundemilch, am besten von einer Mischlingshündin.«

Lara hörte nun auf, an ihm zu ziehen. Sie wollte nun auch hören, worum es hier ging.

»Und wo ist diese Hundemilch, in dem Papier vielleicht?«, fragte Hartmann.

»Nein. *Lac caninum* ist ein homöopathisches Mittel, das in verschiedenen Potenzen zur Anwendung kommt. Auf dem Zettel hier steht nur der Name.«

»Also keine … echte … Hundemilch.«

»Nein. Der Name des Wirkstoffes reicht völlig aus. Es geht um die Information. Das Wasser nimmt die Information auf …«

»… okay, und die Ameisen kommen nicht mehr.«

Sie nickte.

Hartmann sah sie mit großen Augen an und neigte den Kopf ein wenig. »In Afrika sagen die Voodoo dazu.«

»Es ist kein Voodoo«, entgegnete sie selbstsicher.

Er winkte ab. »Nein, nein, ich habe Sie schon verstanden … die Potenzen, dann die Information und pchiiii … Energie rein, und alles weg … ist schon klar.«

Er schnippte mit den Fingern und deutete auf das Wasserglas. »Nichts bewegen, bis ich wieder zurück bin. Und das Rezept, das brauche ich, ja.«

Als sie draußen waren, sagte er zu Lara: »Das ist schon noch Deutschland hier, oder.«

»Wir sind sozusagen mittendrin«, lautete ihre Antwort.

*

Bucher war auf gut Glück losgefahren. Er wusste nicht einmal, ob Eugen Schlomihl überhaupt zu Hause sein würde, aber da er ihn überraschen wollte, ging er das Risiko ein.

Als er in die Reihenhaussiedlung von Buchenberg einbog, ergriff ihn ein mulmiges Gefühl. Er fuhr langsam und musterte die Häuser. Die Terrassen waren wie üblich zur Südseite hin ausgerichtet. Prächtige Gärten schlossen sich an, die leicht abfallend bis zur Straße reichten und untereinander nicht von Zäunen abgetrennt waren.

Ein Stück voraus gewahrte Bucher einen Jägerzaun, der das letzte Haus in der Reihe von den anderen trennte. Seine

Ahnung bestätigte sich, als er die Hausnummer mit der auf seinem Notizzettel verglich. Bei Schlomihls Nachbarn blühten Sonnenblumen, Cosmea, Herbstanemonen und Astern hielten ihre Blüten der Sonne entgegen. Bei Schlomihl dorrte eine kurz gehaltene Rasenfläche dem Winter entgegen. Die Gegensätzlichkeit war erschreckend und festigte den Eindruck, den Bucher beim Betreten von Schlomihls Büro gewonnen hatte. Kargheit. Hier allerdings eine schon fast aggressive Form von Kargheit.

Bucher fröstelte fast, als er nach links abbog und die Auffahrt bis zur Garageneinfahrt hochfuhr. Aus den Augenwinkeln nahm er wahr, wie der Vorhang des Terrassenfensters bewegt wurde. Das Garagentor war geschlossen, vielleicht war sein Überraschungsbesuch ja erfolgreich. Er hatte kaum die Klingel betätigt, als die Tür schon geöffnet, vielmehr aufgerissen wurde. Er war auf die hagere Erscheinung Schlomihls eingestellt, aber ihm stand die matronenhafte Gestalt einer Frau um die sechzig gegenüber. Ihr Blick war ebenso ablehnend wie ihre Körperhaltung, und dazu passte ihre grußlose Frage: »Was wollen Sie!?«

So fühlen sich also Vertreter, dachte Bucher. Sie kannte ihn nicht und konnte ihn auch nicht erwartet haben. Wie kam sie also darauf, eine Frage zu stellen, die vermuten ließ, dass sie ihn kannte und eigentlich wusste was er wollte? Er schwieg und vermied so eine unfreundliche Antwort. Sie hielt ihm einen maskenhaften Gesichtsausdruck entgegen. Ihre festen braun-grauen Haare waren zu einer beachtlichen Halleluja-Zwiebel geknotet. Trotz der herbstlichen Wärme trug sie ein dickes Kleid mit hochgeschlossenem Kragen.

Bucher ließ ein Lächeln über seine Lippen gleiten, wohl wissend, dass dies bei seinem Gegenüber keine Wirkung zeigen würde. Aber es machte es ihm leichter zu sprechen. »Mein Name ist Johannes Bucher. Ich bin ein Kollege Ihres Mannes. Ist er hier? Ich hätte ihn gerne gesprochen.«

Sie schien verunsichert und ließ das Türblatt los, das sie die ganze Zeit gehalten hatte, wohl um ihre resolute Unfreundlichkeit noch zu unterstreichen. Aus dem dunklen Gang kam

Eugen Schlomihl zum Eingang. Er musste also schon die ganze Zeit hinten im Dunkel gestanden haben. Schlomihl sagte keinen Ton, nickte Bucher nur zu. Sie sah ihren Mann fragend an, er erwiderte den Blick, doch führte der stumme Kontakt zu keinem Austausch von Informationen. Beide blieben für einen Moment in ihrer jeweiligen Haltung erstarrt und machten ihre Desorientierung sichtbar.

Die Überraschung schien ihm also geglückt zu sein, und er hätte Lust gehabt, die unverständlich peinliche Situation auszukosten. Er erlöste die beiden, indem er sagte: »Natürlich weiß ich, dass es ungehörig von mir ist, unangemeldet hier aufzutauchen. Aber es gibt Entwicklungen im Fall Holzberger, die es erforderlich machen, einige Fragen zu erörtern, die keinen Aufschub dulden.«

Schlomihl sah ihn überrascht an. »Ach so. Und was für Fragen sind das?«

Bucher dachte: Nein, nein, nicht so, mein Lieber; an der Tür lasse ich mich jetzt nicht mehr abfertigen. Mit einer Geste unverfrorener Bestimmtheit wies er nach innen. Schlomihl und Gattin hätten Buchers Eintritt in ihr Heim nur noch durch blanke Unfreundlichkeit verhindern können. Sie wäre dazu bereit gewesen, wie Bucher ihrer sich straffenden Haltung entnahm, doch ihr Mann gab nach und drehte sich zur Seite.

Immerhin, Bucher war nun schon mal im Hausgang. Sie presste sich erstaunlich schnell an ihm vorbei und wies den Weg. Der Gang führte frontal auf eine Tür, die sie direkt ins Wohnzimmer brachte. Es roch matt nach Vergangenheit. Vor dem Haus dorrte der Rasen, im Haus das Leben. Das Mobiliar des Wohnzimmers bestand aus einem Eichenschrank, einem breiten alten Sofa, zwei Sesseln und einem Tisch. Bucher setzte sich in einen Sessel, Schlomihl in die Mitte des Sofas. Hinter ihm, an der Wand, hing ein großes Holzkreuz, das von zwei Bildern eingerahmt war. Das rechte Bild zeigte Jesus, und aus dem Rahmen des linken Kunstwerks warf Ludwig II. seinen verklärt-pathetischen Blick. Buchers Augen hafteten eine Weile an der ungewöhnlichen Kombination.

Schlomihls Frau war verschwunden, vermutlich in der Küche.

Bucher saß entspannt und begann unvermittelt und ohne jeden Vorwurf in der Stimme. »Die Herdplatte ...«

Schlomihl sah ihn fragend an.

»... sie war abgeschaltet, und wir wissen nicht, wer das getan hat. Judith Holzberger war es sicher nicht. In Ihrem Bericht steht nichts darüber?«

»Ist das denn wichtig?«

»Ja, das ist wichtig.«

»Die Herdplatte war sicher schon ausgeschaltet, als ich gekommen bin. Vermutlich habe ich wirklich vergessen, das zu fragen. Kann mal passieren. Es waren ja vor mir schon recht viel andere Leute in der Wohnung, und es wäre nur natürlich, wenn einer von denen die Platte abgeschaltet hätte, nicht wahr.«

Weder ging Bucher auf seine Antwort ein, noch hielt er es für angebracht, zu bemerken, dass wohl keiner der Kollegen vergessen würde, ein solch wesentliches Detail zu erwähnen. Er machte weiter. »Es gibt keine Übersichtsaufnahmen vom Gebäude und den Räumen. Wieso eigentlich nicht?«

Schlomihl antwortete sofort: »Weil die Details wichtig sind. Es sind immer die Details, die wichtig sind. Die habe ich alle dokumentiert. Alle.«

Während er sprach, fixierte er eine der braunen Kacheln der Tischplatte.

»Hat Sie das mit dem Essen, das da auf dem Herd stand, nicht stutzig gemacht, und wie kamen Sie zu der Feststellung, dass ähnliche Fälle schon dokumentiert seien? Es gibt nur einen wirklich dokumentierten Fall, und bei dem ist der Suizid äußerst umstritten – gerade wegen der Zubereitung eines Essens. Wieso waren Sie da so oberflächlich?« Bucher hatte das letzte Wort absichtlich gewählt, um sein Gegenüber herauszufordern.

Äußerlich blieb Schlomihl ungerührt. Seine Reaktion war klug, wie Bucher fand, denn er begab sich sofort in die Opferposition. »Es wird ja vielleicht wirklich Zeit, dass ich endlich in Pension gehe. Es unterlaufen mir wohl viel zu viele Fehler. Heutzutage kümmert man sich um die unwichtigen Dinge genauso wie um die wichtigen. Ich passe ganz einfach nicht mehr in die Zeit.«

Bucher verzichtete darauf, festzustellen, dass es hier nicht um Fehler ging. Er ließ seinen Blick durch das Zimmer schweifen. Nichts Persönliches war zu entdecken. Wie oft war er bei Kollegen zu Hause gewesen, zu Geburtstagsfeiern oder Pensionierungen, wie das eben so üblich ist. Welche Pracht tat sich da in Schränken, Vitrinen und auf Kommoden auf – Fotos, Fotos und nochmals Fotos. Die Lebensleistungen in Hoch- und Querformat. In Hundertstelsekunden festgehaltene gemeinsamer Feste und Urlaube. Die Frau, der Mann, das Ehepaar, die Eltern, Kinder, Enkel, Hochzeiten, Taufen – alles lag einem als interessiertem Gast offen. Ein offener Blick, und selbst ein Fremder wusste über die groben Eckpunkte seines Gegenübers Bescheid.

Bucher sah seine eigene Wohnung vor Augen, die Fotos seiner Familie, die der Großeltern, seiner Schwester. Das war doch etwas Schönes und Gutes.

Doch diese Stube hier war keine schöne und schon gar keine gute. Es war das kümmerliche Grab zu Lebzeiten, die selbst gewählte, dürftige Zelle zweier verbitterter Menschen. Beklommenheit stieg in Bucher empor. War man so, oder wurde man so? Konnte man so werden, so leben, oder was musste geschehen, was musste einem Menschen widerfahren, dass er irgendwann so wurde? Vielleicht tat er dem bleichen Alten, der vor ihm auf dem schäbigen Sofa saß, ja unrecht, aber das war ihm im Moment einerlei. Er wollte hier nur noch raus, denn er spürte wie selten zuvor: Hier herrschte kein guter Geist. Und so passiv Schlomihl auch wirkte, so ausgebrannt und ausgetrocknet er auch vor ihm saß, war es doch, als brenne in dieser von Emotionen entleerten menschlichen Hülle nach wie vor ein Feuer – wenn auch ein kaltes.

»Kannten Sie eigentlich diese Judith Holzberger, oder ihr berufliches oder persönliches Umfeld?«, fragte er, und hörte selbst das unfreundliche Schwingen in seiner eigenen Stimme.

Schlomihl schüttelte den Kopf. Um Schlomihl nicht ansehen zu müssen, blickte Bucher über ihn hinweg, zu Ludwig II., dem Kreuz und dem grausigen Jesusbild. Eine Erinnerung tauchte dabei auf, unvermittelt, und er hätte dieses neblige Etwas gerne festhalten wollen, bekam aber den damit verbundenen Gedanken nicht zu fassen, konnte ihn nicht verknüpfen mit Bildern, Geschehnissen oder Worten. Noch während seine Augen an der geschmacklosen Dreieinigkeit von Ludwig, dem Kreuz und der Jesusdarstellung hingen, hörte er sich fragen: »Was meinen Sie eigentlich, wer könnte Interesse daran gehabt haben, diese Frau und ihr Kind zu töten?«

Jetzt richtete er einen kühlen Blick auf Schlomihl. Der hockte immer noch teilnahmslos auf dem Sofa, starrte die hässliche Kachel an und überhörte aktiv die Frage. Buchers Stimme wurde scharf, ohne laut zu werden. »Ich verstehe Sie nicht!? Was hatten Sie gesagt!?« Schlomihl sah ihn nicht an, war nun verstockt.

»Was ist eigentlich los mit Ihnen, Schlomihl!? Wieso fragen Sie mich eigentlich nicht, was los ist, weshalb ich hier bin und Ihnen diese Fragen stelle?«

Endlich sah Schlomihl auf. »Ich habe meine Arbeit immer ordentlich erledigt. Vierzig Jahre lang. Was weiß denn ich, was Sie aus dem Fall da in Pfronten machen. Ich bin in ein paar Wochen in Pension und lasse mir die vierzig Jahre Arbeit von Ihnen nicht kaputtmachen, und damit basta.«

»Judith Holzberger wurde ermordet. Jemand hat versucht, ihre Leiche zu beseitigen und hatte Unterstützung bei der Polizei.«

Schlomihl sah ihn an und sagte ohne jede Häme, aber auch ohne jede Entrüstung: »Dann haben Sie aber ein großes Problem am Hals.«

»Sie sind doch Polizist, seit so vielen Jahren, ja Jahrzehnten. Lässt Sie das denn kalt?«

»Zuerst einmal bin ich Mensch, dann kommt eine ganze Weile gar nichts.«

Bucher sah ihn ernst an. »Soso. Zuerst sind Sie also Mensch. Ich frage mich im Moment, was für ein Mensch Sie sind.«

Schlomihls einzige Entgegnung war ein ausdrucksloser Blick.

»Haben Sie sich etwas vorzuwerfen?«, fragte Bucher.

»Ich habe mir überhaupt nichts vorzuwerfen«, lautete Schlomihls aggressive Antwort.

Bucher fand alleine zur Tür.

*

Der Besuch bei Schlomihl war ernüchternd, frustrierend und wenig erhellend gewesen, und Buchers Stimmung war auf dem Tiefpunkt. Zu allem Unglück erwischte er im Radio den Klassiksender und fuhr von Nesselwang bis Pfronten unter Begleitung der Gnossiennes von Eric Satie. Plötzlich erschienen ihm das satte Grün und die Klarheit der Felsen, die sich hoch in den Himmel schraubten, nicht mehr wie ein Glücksgriff Gottes. Diese herb-romantische Landschaft offenbarte im kühlen Licht der Klänge dieses genial-irren Franzosen ihre bedrohliche, ihre bedrückende Seite, und der Schatten auf Buchers Gemüt wurde dunkler.

Wenigstens die Kühe schienen inzwischen heil im Tal angekommen zu sein, und nur mit viel Geduld erreichte Bucher den Parkplatz der Dienststelle. Die gesamte Vilstalstraße war ein einziges wogendes, buntes, lärmendes Menschenmeer. Von Kühen weit und breit keine Spur, dafür schon reichlich Betrunkene, Rheinländer die sich im Jodeln versuchten, Berliner in Lederhosen und allerhand Sächsisches. Aus der Ferne drangen Fetzen von Blasmusik an sein Ohr, dazwischen das Scheppern von Kuhglocken. Bucher wollte gar nicht wissen, wer die Dinger trug. Jedenfalls herrschte hier eine rundherum heitere Stimmung, und er hatte Probleme damit, wieder zu sich selbst zu finden. Zu sehr war er noch Teil der bleichen Lebenswelt Schlomihls und der Klänge von Satie.

Als er aus dem Wagen aussteigen wollte, klingelte sein Handy. Hartmann war dran. »Du, ich weiß nicht, ob ich bis zum Termin mit dem Holzberger zurück bin. Die Kollegen brauchen hier noch eine Weile mit dem Spurenbericht, und wir sind gerade bei der Befragung der Hausbewohner. Deshalb wollte ich es dir wenigsten schon mal telefonisch durchgeben.«

Bucher lauschte Hartmanns kurzer Information und schüttelte den Kopf. Das wird hier immer undurchsichtiger, dachte er, als er das Handy wegsteckte und zum Eingang lief. Gerhard Holzberger war also nicht der leibliche Vater von Judith Holzberger.

In der Wache ruhte Filzpantoffel, und Gohrer kam gerade vom Nebenraum herein. »Gut, dass ich dich treffe … «

Bucher winkte ab. »Lass mich erst was fragen, ich vergesse das sonst wieder. Staatsanwaltschaft Kempten. Dr. Schatzmann. Welche Verfahren betreut der da droben eigentlich?«

Gohrer überlegte. »Der Schatzmann. Das ist der zweite Mann in Kempten, der macht Staatsschutz. Wieso?«

»Weil der für unseren Fall zuständig ist. Armin und Alex besorgen bei dem die notwendigen Beschlüsse«, antwortete Bucher nachdenklich und ein wenig irritiert. »Aber sag, was wolltest du von mir?«

»Deine Frau war hier.«

Bucher schnitt eine Grimasse. »Wer?«

Filzpantoffel lachte leise, gewürzt mit feinsinniger Häme. Fexi hatte das Wort *Frau* aufgeschnappt und erschien im Türrahmen, jeder Muskel voller Neugier.

»Miriam. So heißt sie doch, oder? Schwarze lockige Haare«, fragte Gohrer verwundert nach.

Bucher nickte, verzichtete aber auf tiefergehende Erklärungen.

»Du warst gerade weg heute Morgen, da ist sie hier reingekommen. Ich dachte, es wäre vielleicht ganz nett … und Abraham hat sie rübergebracht, … und sie ist zusammen mit meiner Frau und den Kindern rüber nach Grän. Die machen 'ne Bergtour.«

»Bergtour …«, wiederholte Bucher versonnen, »aber das hätte sie mir doch gesagt.« Kaum dass er den letzten Satz beendet hatte, bereute er es auch schon. Filzpantoffel lachte laut und gehässig, und auch Fexi brachte mehr zuwege als ein muskulöses Grinsen. Bucher holte einen Kaffee und zischte »Idioten!«

Das Büro zum Chefzimmer stand offen. Der Schreibtisch machte einen äußerst aufgeräumten Eindruck. Bucher hörte ein Rascheln aus der nicht einsehbaren Ecke des Raums. Er drückte die Tür vollends auf und trat ein. Am Regal in der Ecke stand dieser Schommerle und blätterte in Akten. Bucher grüßte ihn mit einer kurzen Handbewegung und verließ den Raum wieder. Schommerle entgegnete zwar den Gruß, wirkte aber irgendwie ertappt.

*

Lara Saiter war alleine unterwegs. Endlich hatte sie die Zeit gefunden, ihrer Idee mit den Einkaufsbelegen nachzugehen, die sie aus Judith Holzbergers Wohnung mitgenommen hatte. Ein Gespräch mit einer Kollegin aus der Chemie hatte sie auf eine Idee gebracht, und die Adresse lag auf dem Weg. Sie fuhr nach Füssen und parkte direkt vor dem Schreibwarengeschäft, das auf einem der Einkaufsbelege verzeichnet war. Die Chefin stand selbst hinter der Kasse und nahm sich ausgiebig Zeit für Lara Saiters Fragen. Die notierte sich eine Firmenanschrift und erhielt die Kopie eines Lieferscheins. Vielleicht war die Sache mit dem Stift doch noch einmal von Bedeutung. Diesen Dr. Joachim Krissert hatte sie bereits telefonisch erreicht. Der äußerte zwar sein Unverständnis, an einem Samstagvormittag von der Polizei behelligt zu werden, doch sie war nicht weiter darauf eingegangen. Inzwischen waren es Mordermittlungen, auch wenn das noch nicht offensiv vertreten wurde, und der Arbeitsplatz von Judith Holzberger spielte dabei eine nicht unwesentliche Rolle.

Die Steuerkanzlei befand sich zwar in Füssen, doch Dr. Krissert hatte eine Adresse in Hopfen angegeben. Lara Saiter fuhr touristisch langsam in Richtung Füssen. Gleich hinter dem Pfrontener Ortsschild bezwang sie eine kurvige Steigung, die ehrfurchtsvoll Steinrumpel genannt wurde. Vom Kreisverkehr aus leitete die Bundesstraße 310 in langen Geraden über ein Weidenplateau. Auf der Nordseite sah sie Waldfetzen, Weiher und Buschreihen, die der Weidelandschaft ein wildes Aussehen verliehen. Im Süden des Straßenverlaufs reckten sich die Gipfel in den Septemberhimmel.

Nach einigen Kilometern passte sich auch die Bundesstraße den geologischen Gegebenheiten an und stürzte geradewegs nach unten und eröffnete einen grandiosen Blick. Das satte Grün links und rechts strebte dem Talboden zu, wo es am Rand eines steil aufstrebenden Bergwaldes und am Ufer eines Sees verebbte. Die Wasseroberfläche spiegelte das Blau des Himmels, das Dunkel des Waldes und in tausendfacher Weise die verschiedenen Tönungen lebendigen Grüns.

An einer Parkbucht fuhr sie heraus, um diesen Anblick für einige Minuten genießen zu können. Irgendwo hinter dem See und vor dem Berg namens Säuling waren die ersten Häuser von Füssen zu erkennen. Ihre Gedanken wanderten wieder zu Judith Holzberger. Welche fantastische Landschaftskulisse mochte sie hier im Lauf der Jahreszeiten erlebt haben, auf ihrem täglichen Weg zur Arbeit. Beneidenswert, wie Lara Saiter fand, die an ihre tägliche Fahrt durch U-Bahntunnel zum Landeskriminalamt dachte.

Doktor Krisserts Haus entsprach ihren Vorstellungen. Ein ausladender Giebel blickte nach Süden. Es war eine im alpenländischen Stil errichtete Residenz in gemäßigtem Jodelprotz mit zwei Doppelgaragen links und rechts des Hauses und freiem Blick auf See und Berge. Ein vernachlässigter Garten umgab das Anwesen. Nicht weit entfernt breiteten sich die Betonflächen der Klinik am Enzensberg aus. Lara Saiter wartete einige Minuten im Auto, bevor sie ausstieg und klingelte. Die Eindrücklichkeit der Landschaft hatte sie zu sehr in den Bann gezogen, und so benötigte sie eine Weile, um die Gemütslage präsent zu haben, die erforderlich war, mit Dr. Krissert und dem Fall weiterzukommen.

Hatte Krissert am Telefon noch vornehmes Unverständnis

geäußert, zeigte er sich jetzt an der Tür – für sie überhaupt nicht nachvollziehbar – mehr als abweisend. Er war ein sportlicher Mitfünfziger, der seine Haare schwarz nachfärbte, wie ihr sofort auffiel. Er versuchte, Durchsetzungsvermögen auszustrahlen, und legte in seinem übereifrigen Bemühen ein sehr provokantes und unfreundliches Benehmen an den Tag. Herablassend beschwerte er sich über den seiner Meinung nach zu kurzfristig anberaumten Termin und berichtete von den Dingen, die er jetzt unmöglich noch würde erledigen können. Zuletzt beging er den Fehler, fast angewidert zu fragen, wozu das alles überhaupt nötig sei.

»Es geht darum, herauszubekommen, ob Sie mit dem Tod von Judith Holzberger in Zusammenhang stehen«, antwortete Lara Saiter trocken und nahm etwas umständlich ihre Sonnenbrille ab. Während sie an ihm vorbei das Haus betrat, fragte sie laut und provokant: »Wo waren Sie denn am Montagvormittag, Herr Doktor Krissert?« Ein leichter Windstoß drückte die Türe vor ihr auf, und sie erhaschte einen kurzen Blick in ein weiträumiges Zimmer, das von hellem Septemberlicht geflutet wurde. Der lichte Schein wurde von einem vorbeihuschenden Schatten geteilt und sie sah für einen Augenblick in ein überraschtes und ängstliches Augenpaar, das einer Frau gehörte. Wie ein scheues Wild verschwand sie aus dem Blickfeld des Türspalts. Diese Ängstlichkeit. Das passte so gar nicht zur freizügigen und lichten Innengestaltung des Hauses. Wer war das bloß, fragte sich Lara Saiter? Krisserts Lebensgefährtin? Verheiratet war er nicht.

Krissert hatte die Szene verfolgt und zog nervös die Tür zu. Vorsichtig, aber bestimmt, schob er Lara Saiter zur Seite, in Richtung Treppe und führte sie in sein großzügiges Arbeitszimmer. Der Ausblick auf die Bergkette war sehr anregend. »Was bitte, haben Sie eben gesagt?«, fragte Krissert halblaut, fast so, als wolle er vermeiden, dass jemand mithören konnte. Er schluckte aufgeregt.

»Wo Sie am Montagvormittag waren, wollte ich wissen.«

Er atmete geräuschvoll, was ihm seine kurzzeitig abhanden gekommene Beherrschung und aufgesetzte Arroganz wieder zurückgab. Sie konnte beobachten, wie sein Körper sich im Ledersessel entspannte. Dann wies er aus dem Fenster und sagte: »Wissen Sie, Berge, das ist die aus Fels erschaffene Bewegungslosigkeit und Unverrückbarkeit. Ihre Gipfel verführen dazu, in den Himmel zu steigen, aber ihre Schatten sind tief und lang. Ganz im Gegensatz zum Meer, das immerwährende Bewegung bedeutet und dessen Gipfel der unendliche Horizont ist, der ebenso verführerisch lockt. Diese beiden Landschaften definieren die Ziele der Menschen unterschiedlich – und es entstehen unterschiedliche Charaktere, die sich aber in einem wesentlichen Merkmal gleichen: der Entschlossenheit, Dinge anzugehen. Ich persönlich unterscheide daher zwischen vertikalen und horizontalen Charakteren – den Bergmenschen und den Meermenschen.«

Lara Saiter hätte gerne etwas Ätzendes entgegnet, musste aber im Interesse ihres Auftrags darauf verzichten. »Interessante Sicht der Dinge, sehr philosophisch. Ich gehe davon aus, dass vertikal für Sie nicht gleichzusetzen ist mit dem altmodischen Wort aufrecht, aber ich bin auch nicht gekommen, um mich mit Ihnen über den Gipfel der Bewegungslosigkeit oder die Unendlichkeit des Horizontes über dem Wasser zu unterhalten.«

Irritiert blickte er sie an und fragte schließlich kühl: »Was wollen Sie eigentlich hier? Ich habe mit dem Tod von Judith Holzberger natürlich überhaupt nichts zu tun. Ihre Frage alleine ist schon anmaßend.«

Ihre Lust auf Spielchen mit einem alternden Hobbyphilosophen, der seine Haare nachfärbte, war so begrenzt wie der Blick von Pfronten aus aufs Meer. »Ich fragte, wo Sie am Montagvormittag waren, Herr Doktor Krissert. Die Kollegen vom Erkennungsdienst sind übrigens schon auf dem Weg nach Füssen zu Ihrer Kanzlei. Wir müssen die persönlichen Dinge von Frau Holzberger abholen.«

Er blieb ruhig. »Ob Sie das müssen, wird sich noch klären. Wie wäre es nebenbei mit so einfachen Dingen wie einem richterlichen Beschluss. Es gibt da übrigens Nachschlagewerke. Ich geben Ihnen gerne einen Tipp: Strafprozessordnung. So was haben Sie doch sicher auch in Kempten, oder?«

»Weiß ich nicht, wie das hier bei Ihnen oder in Kempten ist. Ich jedenfalls bin aus München, vom Landeskriminalamt, und den Beschluss haben die Kollegen natürlich längst beschafft. Ich gehe davon aus, Sie möchten dabei sein.«

Krissert sah sie stumm und eindringlich an. Als er Anstalten machte, aufzustehen, hob Lara Saiter nur leicht die Hand, und er sank zurück in den Sessel. Es sind die kleinen Gesten, die Wirkung entfalten, dachte sie und sagte: »Sie haben meine Frage noch nicht beantwortet.«

Er schüttelte den Kopf. »In meiner Kanzlei war ich natürlich, wo auch sonst.«

»Alleine?«

»Meine Sekretärin war wie jeden Tag auch in der Kanzlei.«

Lara Saiter verzichtete auf die Frage nach Name und Anschrift. Sie ging einen anderen Weg. »Hatte Frau Holzberger denn freigenommen am Montag?«

Er musste kurz überlegen. »Es kam öfter vor, dass Sie nicht im Büro arbeitete, sondern einiges auch zu Hause erledigte. Sie hatte nicht direkt freigenommen. Sie hatte mir aber gesagt, dass sie Anfang der Woche nicht in der Kanzlei sein würde. Von daher hatte ich mir keine Gedanken gemacht.«

»Worüber?«

Er zeigte erstmals Nerven und antwortete gereizt. »Ja!, dass sie halt nicht erschienen ist.«

»Welches Verhältnis hatten Sie zu Frau Holzberger?«, legte Lara Saiter nach.

Er atmete lange und laut aus, bevor er betont gelassen antwortete. »Ein kollegiales, offenes Verhältnis. Sonst nichts.«

»Wie darf ich offen verstehen. Offen in alle Richtungen, auch zum privaten Bereich hin.«

Krissert faltete die Hände. »Ich sagte doch schon: sonst nichts. Wir hatten keinerlei persönliche Beziehung miteinander. Wir waren rein geschäftliche Partner.«

Lara Saiter horchte auf. »Partner?«

»Ja. Partner.«

»Judith Holzberger war also nicht bei Ihnen angestellt?«

»Nein, war sie nicht.«

»Seit wann waren Sie denn gleichberechtigte Partner. Sie firmieren doch ausschließlich unter *Steuerkanzlei Dr. Krissert.*«

»Das hätten wir auch demnächst geändert, was ja nun nicht mehr nötig ist. Frau Holzberger ist bereits als Partnerin in meine Kanzlei eingetreten.«

»Wie kam der Kontakt zustande?«

»Frau Holzberger hatte glänzende Abschlüsse und war für eine Münchener Kanzlei tätig. Allerdings überwiegend im Bereich Beratung. Wir haben uns im Rahmen einer geschäftlichen Abwicklung kennengelernt, und der Bereich, den sie betreute, ergänzte in idealer Weise mein Tätigkeitsfeld. Außerdem brachte sie Kapital mit und – was viel wichtiger war – auch eine lange Liste interessanter Kunden.«

»Womit genau sind Sie in Ihrer Kanzlei befasst.«

»Wie meinen Sie das?«

»Aus welchen Bereichen stammen denn Ihre Mandanten? Sind es überwiegend gewerbliche Mandantschaften, Freiberufler oder Privatleute mit Fragen zur Gestaltung der finanziellen Versorgung? Sind Sie rein für die steuerlichen Belange zuständig, oder übernehmen Sie im weitesten Sinne auch Tätigkeiten der aktiven Vermögensverwaltung.«

Krissert war leicht irritiert. »Alles trifft zu.«

»Gab es Mandanten, für die Frau Holzberger exklusiv verantwortlich war.«

Er zögerte. »Sie … sie war speziell mit Beratungstätigkeiten befasst, für mittelständische Unternehmen.«

»In steuerlichen Angelegenheiten?«

»Nein. Es ging da überwiegend um Unternehmensberatung, Strategie.«

»Das kann sie doch unmöglich alleine bewältigt haben.«

»Sie hat in einem oder anderen Fall externe Unterstützung hinzugezogen.«

»Die Beraterin ließ sich beraten?«

»Nein. Die Beraterin trifft die Entscheidungen, und die Exekution erfolgt durch andere.«

Exekution. Eigenartiges Wort in diesem Zusammenhang.

»Gab es in letzter Zeit Schwierigkeiten bei einem Projekt?«

Erneutes Zögern, dann folgte schnell und entschieden: »Nein.«

Eine gewisse Unsicherheit hingegen konnte er nicht verbergen. Seine aggressive Lockerheit von vorher war inzwischen verschwunden. Er war angespannt, ohne es selbst zu merken.

»Gab es Unstimmigkeiten zwischen Ihnen beiden?«, legte sie sofort nach.

»Nein.« Kaum dass er es gesagt hatte, schlug er die Beine übereinander. Lara Saiter verkniff sich ein Grinsen. Stattdessen sagte sie böse, mit einem künstlichen Lächeln auf den Lippen und kaltem Glanz in den Augen: »Na, dann ist ja alles wunderbar. Ist doch schön, wenn man ein gutes, von Vertrauen geprägtes Verhältnis zu seinem Geschäftspartner hat.«

Krissert nickte, ohne sie dabei anzusehen.

Sie fuhr fort: »Schade, sehr schade«, ohne deutlich werden zu lassen, auf was sich das bezog. Dann wechselte sie das Thema. »Wie haben Sie eigentlich vom Tod Ihrer ... Partnerin ... erfahren?«

Die Frage selbst wie auch die Art und Weise, wie sie vorgebracht worden war, waren ihm sichtlich unangenehm, und er zögerte einen Augenblick. »Die Polizei hat mich verständigt.«

»Welche Polizei?«

»Ein Herr Abraham Wanger hat bei mir angerufen.«

»Ach ja, der Kollege Wanger. Wann war denn das?«, fragte sie, wobei sie ihre Verwunderung darüber verbarg, dass Krissert Wangers Namen derart präsent hatte.

»Am Dienstag. Irgendwann am Nachmittag.«

»Mhm.« Lara Saiter wartete einen Augenblick. »Herr Doktor Krissert. Warum fragen Sie mich eigentlich nicht, wieso ich, eine Ermittlerin des Landeskriminalamtes, hier bei Ihnen bin und diese Fragen stelle?«

Er sah sie feindselig an. »Lassen Sie das blöde Doktor weg,

ja! Und weshalb sollte ich Sie das fragen, wenn es keine Frage mehr zu sein scheint. Sie werden schon wissen, aus welchem Grund Sie tun, was Sie da tun.«

Lara Saiter stolperte kurz über die Formulierung *was sie da tun.* »Haben Sie materielle Vorteile durch das Ableben von Frau Holzberger?«

Er stöhnte und hob die Hände. »Das weiß ich im Moment noch nicht.«

»Also ja.«

Krissert stand auf. »Ich möchte dabei sein, wenn Ihre Kollegen in meiner Kanzlei herumstöbern.«

»Jetzt ist es ja wieder Ihre Kanzlei«, kommentierte Lara Saiter und blieb sitzen. »Geht Ihnen der Tod Ihrer Kollegin eigentlich irgendwie nahe?«

»Natürlich. Natürlich geht mir das nahe.«

»Sie waren beruflich sehr eng mit ihr in Kontakt. Haben Sie eine Veränderung an ihr feststellen können, ich meine vor allem, was ihre Gemütsverfassung angeht, und wissen Sie vielleicht von früheren psychischen Problemen?«

»Nein. Beides nicht. Ich habe jedenfalls keine Gemütsänderung bei ihr feststellen können, und sie war auch nicht die Frau, die mit Depressionen zu kämpfen hatte. Sie war eine selbstbewusste, starke junge Frau.«

»Mhm. Sie machen nicht den Eindruck, dass der Tod von Frau Holzberger Sie sonderlich berühren würde.«

»Hören Sie doch damit auf, mit dieser emotionalen Schiene, das wirkt bei mir nicht. Ich habe mir nichts vorzuwerfen; wenn Sie so wollen, kann ich sogar sagen: Mein Gewissen ist rein.«

Lara Saiter war nicht beeindruckt. »Wer war eigentlich die Frau da unten. Sie machte einen irgendwie verstörten Eindruck. Kann es sein, dass ihr der Tod von Judith Holzberger näher geht als Ihnen?«

»Ich meine vor allen Dingen, das geht Sie nichts an, und Sie überschreiten gerade Ihre Kompetenzen. Vielleicht haben Sie auch etwas zu viel Fantasie.«

Lara Saiter konnte seine Unsicherheit, seine Erregtheit spüren. Doch das war nicht der Augenblick, ihn in die Mangel zu nehmen. Dazu brauchte sie mehr Hintergrundwissen über die Details der geschäftlichen Beziehung zwischen ihm und Judith Holzberger. Außerdem wollte sie mindestens einen ihrer Kollegen dabei haben. Insgesamt aber war sie zufrieden. Dieser Dr. Krissert war entweder grundsätzlich sehr nervös, oder ihr Besuch hatte ihn unruhig werden lassen.

*

Hartmann schaffte es trotz des dichten Verkehrs noch rechtzeitig von Kempten nach Pfronten. Dort wartete Batthuber schon vor dem Sechsparteienhaus in Meillingen. Im Erdgeschoss lebte eine Familie mit drei kleinen Kindern. Die Frau hatte am betreffenden Montag die beiden älteren Kinder in den Kindergarten gebracht und war mit dem gerade Zweijährigen zu einer Freundin nach Kappel gefahren – eine Handvoll Häuser am Rande der Straße nach Nesselwang und einer der unzählbaren Ortsteile von Pfronten.

Ihr Mann hatte schon um sechs Uhr das Haus verlassen und war erst spät am Abend wieder zurückgekehrt. Keiner der beiden konnte etwas zum Geschehen sagen und betonten mehrmals, dass man eben in einen Menschen nicht hineinschauen könne. Sie stellten sich auch keine Fragen, weshalb die Polizei nochmals nachfragte, und blieben von dem, was in ihrer nächsten Nähe geschah, innerlich unberührt.

Die Wohnung gegenüber war nur zeitweise bewohnt. Das Augsburger Ehepaar war nur an den Wochenenden hier, und auch das nur im Frühjahr und im Herbst. Sonst stand die Wohnung leer. Eine Tochter kam noch ab und an vorbei, überwiegend in schneereichen Wintern, um Skifahren zu gehen. Hartmann und Batthuber setzten große Hoffnungen in die Wohnung des ersten Stocks, die genau unter der von Judith Holzberger lag.

Doch schon als die Tür geöffnet wurde und sie die alte Frau sahen, die ihnen freundlich entgegenblickte, verflog ihre Hoffnung. Die alte Dame war schwerhörig, von drinnen hallte das Radio so laut in den Gang, dass eine Unterhaltung beinahe unmöglich war. Frau Haaf war sehr freundlich, konnte aber keinerlei Auskunft geben. Außerdem schien sie nicht recht zu erfassen, worum genau es eigentlich ging. Als Hartmann den Namen Judith Holzbergers erwähnte, fing sie an zu weinen. Zwischen den Schallpausen des Radios drang das klirrende Zwitschern von Wellensittichen. Sie gaben auf. Frustriert klingelte Batthuber an der Tür gegenüber. Ein Mann öffnete, und sein Äußeres ließ darauf schließen, dass er gerade zu einer Radtour aufbrechen wollte. Er war um die vierzig, hatte schütteres dunkelblondes Haar, eine außerordentlich sportliche Figur und eine ungesund tiefbraune Gesichtsfarbe. Das Outfit war professionell. Kaum ein Flecken am Radlerdress, der nicht neonfarben leuchtete. Die silbern spiegelnde Brille sah cool aus und passte zu dem gealterten Yuppie. Er zögerte kurz, als Hartmann ihm Grund und Anlass ihres Besuches erläuterte. Verständlich, wer wollte schon an so einem herrlichen Samstag in seiner Freizeitgestaltung beeinträchtigt werden. Dennoch trat er zur Seite und ließ die beiden eintreten und betrachtete Hartmann ein wenig amüsiert. Der fragte direkt: »Sie kannten Judith Holzberger, Herr ...?«

»Gallenberger. Markus Gallenberger«, entgegnete der und lud mit einer Handbewegung dazu ein, sich zu setzten.

»Vielen Dank, Herr Gallenberger ... und? Kannten Sie sie?«

»Natürlich kannte ich Judith Holzberger. Es ist mir völlig unverständlich, wie sie das hat tun können.«

»Wie meinen Sie das?«, fragte Batthuber fast wie nebenbei und blätterte sein Notizbuch auf.

Gallenberger sah irritiert zu Hartmann. »Naja ... sich ... umzubringen ... aufzuhängen. Sie war ja schließlich auch schwanger und ...«

»An diesem Montagvormittag ... waren Sie da zu Hause?«, setzte Hartmann die Fragen fort, um schneller zu einem Ergebnis zu kommen.

Gallenberger schüttelte bedächtig den Kopf. Es sah aus, als würde er über die Frage nachdenken, und Batthuber hatte den Eindruck, er wolle sich dadurch etwas Zeit verschaffen. »Nein, ich war nicht zu Hause.«

»Sie waren arbeiten?

»Nein. Ich war das letzte Wochenende über in München und bin erst am Dienstag zurückgekommen.«

»Wann genau?«, wollte Batthuber wissen.

»Am Nachmittag.«

»Wie gut kannten Sie Judith Holzberger, nur so vom Sehen, oder haben Sie vielleicht auch manchmal etwas zusammen unternommen?« Hartmann bemühte sich, die Frage sehr neutral, ohne zweideutigen Unterton zu stellen. Trotzdem sah er, dass es Gallenberger missfiel. Er sträubte sich innerlich.

»Wir kannten uns als Nachbarn«, und nach einer Pause fügte er hinzu, »wir pflegten eine gute Nachbarschaft.«

»Was sind Sie von Beruf?«

»Ich bin Finanzberater, freiberuflich.«

Hartmann ließ die Antwort unkommentiert auslaufen, und auch Batthuber schwieg. Stille war für viele Menschen nur schwer auszuhalten, und beide spürten, welches Unbehagen Gallenberger erfasste.

Hartmann erlöste ihn. »Wer war denn der Freund oder Lebenspartner von Judith Holzberger?«

Gallenberger zuckte mit der Schulter. »Keine Ahnung. Habe ich nie gesehen.«

»Sie hatte nie irgendwelchen Besuch?«, hakte Batthuber ungläubig nach.

»Ich sitze nicht hier in der Wohnung und verbringe meine Zeit damit, anderer Leute Leben zu beobachten. Ich habe keine Ahnung, wer ihr Partner war. Jedenfalls ist mir niemand aufgefallen. Aber fragen Sie doch diesbezüglich Frau Meichlbrink droben. Die kann Ihnen da sicher mehr Auskunft geben als ich.«

Hartmann ging nicht darauf ein. »Haben Sie mal ein Mädchen hier im Haus gesehen, so um die fünf Jahre alt, glatte dunkle Haare?«

»Sie meinen die Kleine, die bei ihr in der Wohnung war, als es passiert ist?«

Hartmann nickte, Batthuber notierte.

»Nein. Ein Mädchen habe ich bei ihr nie gesehen. Ich kann mir auch gar nicht erklären, wo dieses Mädchen herkommen sollte.«

»Wieso nicht?«

Die Frage irritierte ihn. »Ja, weil sie ja nie ein Kind dabei hatte ...«

»Mhm. Da sind Sie sicher, dass sie nie ein Kind mit in ihrer Wohnung hatte?«

»Soweit ich das beurteilen kann, eben nicht. Judith ... Holzberger habe ich jedenfalls sonst nie mit einem Mädchen gesehen.«

»Danke Herr Gallenberger. Vielen Dank für ihre Zeit«, beendete Hartmann das Gespräch. Ihm war die nur Sekundenbruchteile währende Pause sehr wohl aufgefallen, die zwischen dem Vor- und Nachnamen geklungen hatte.

In der Tür drehte sich Batthuber um, den Notizblock schreibbereit in der Hand, und fragte unschuldig. »Fast hätte ich es vergessen, aber bei wem bitte, sagten Sie nochmal, waren Sie in München, das Wochenende über?«

Gallenberger sah ihn etwas erschrocken an, beantwortete die Frage aber dennoch. Batthuber notierte den Namen und folgte Hartmann zufrieden.

»Gut gemacht, Kleiner«, sagte der und lachte böse, »an dem Typen ist was faul.«

*

Kurz darauf saß Hartmann mit Batthuber in der Wohnung von Frau Agnes Meichlbrink. Sie bewohnte zusammen mit ihrem Mann, der auf Montage war, eine Vier-Zimmer-Wohnung auf derselben Etage, auf der Judith Holzbergers Wohnung lag. Frau Meichlbrink war Anfang sechzig, noch relativ gut beieinander, wie Batthuber meinte, und weinte gerade wieder, was den beiden Gelegenheit verschaffte, den Teller mit frischen Waffeln zu leeren.

Unter Tränen hatte sie ihnen erzählt, dass sie die Waffeln

aus reiner Verzweiflung gebacken hätte und nun gar nicht wisse, was sie damit anstellen solle. Der Appetit sei ihr seit dem furchtbaren Anblick regelrecht vergangen, obwohl ihr, wie sie in einem Anflug von Koketterie an Hartmann gewandt meinte, die Diät sicher nicht schaden würde.

Hartmann, den Mund voller Waffeln, winkte theatralisch ab und bemühte sich um einen Gesichtsausdruck, der ihr mitteilte, dass sie dies nun wirklich nicht notwendig hatte. Er fühlte sich schuldig, als sie daraufhin wieder von einem Weinkrampf geschüttelt wurde. Als der Teller geleert war, Frau Meichlbrink ausgiebig die Tränen hatte laufen lassen und die beiden ihren Wissensdurst stillen wollten, war die Zeit der Fragen gekommen.

Vorsichtig setzte Hartmann an. »Das war ja ein schlimmes Erlebnis für Sie, Frau Meichlbrink, aber glauben Sie mir, es war auch sehr couragiert von Ihnen, in die Wohnung zu gehen und nachzusehen. Heutzutage findet man das nicht mehr oft. Wir erleben das ja fast täglich, dass Nachbarschaft nichts mehr bedeutet, sich einer nicht mehr um den anderen kümmert. Das haben Sie sehr mutig gemacht.«

Batthuber nickte zustimmend und war begeistert von der Tour, die Hartmann einschlug. Frau Meichlbrink lächelte gerührt.

»Sie waren ja schließlich ganz allein. Ihr Mann ist doch auf Montage, nicht wahr. Ist er im Ausland, wenn ich fragen darf?«

Sie nickte. »Ungarn. Die bauen da eine Maschine auf.«

»Mhm. Nun ja. Ich weiß, es ist nicht einfach für Sie, aber wenn Sie uns vielleicht noch mal erzählen könnten, wie das war an diesem Tag, am …«

»Montag«, ergänzte sie brav. Hartmann lächelte sie an.

Sie sammelte sich. »Ja, also … ich wollte drüben im V-Markt einkaufen gehen und bin aus der Wohnung gegangen, da habe ich im Gang schon diesen Geruch in der Nase gehabt.« Sie rümpfte die Nase und sah Hartmann ins Gesicht, der ihr verständnisvoll zunickte. »Ich wollte eigentlich schon die Treppe runtergehen. Wissen Sie, den Aufzug, den nehme ich nie. In meinem Alter braucht man Bewegung, Bewegung und noch mal Bewegung. Und deswegen gehe immer die Treppe.« Hartmann stimmte zu. Batthuber tat es ihm gleich. »Der Geruch war aber derart penetrant .... ich habe mich noch mal umgedreht und dann gesehen, dass die Tür offen stand«

»Die Wohnungstür ...?«

»Ja. Die Wohnungstür von Frau Holzberger.«

Hartmann bemerkte ein leichtes Schwingen in ihrer Stimme, als sie den Namen Holzberger aussprach. Sie sagte Frau Holzberger und nicht etwa Judith. Eine freundschaftliche Beziehung hatte also nicht bestanden.

Hartmann hakte nach: »Wie offen war die Tür denn. Stand sie ganz offen, nur halb, oder war sie nur angelehnt?«

Sie musste nicht überlegen. »So einen Spalt eben. Also zwischen halb offen und angelehnt etwa.«

»Ah so, also. Das ist gut, danke.«

»Nicht dass Sie denken, ich wäre neugierig ...« Batthuber schüttelte den Kopf, ließ es aber sofort sein, als er sah, dass Hartmann auf diese Bemerkung in keiner Weise reagierte.

» ... Es ist nur so, dass das schon seltsam war. Ich bin also in die Wohnung gegangen und habe laut gerufen: ›Hallo, Frau Holzberger‹, und als ich keine Antwort bekommen habe, bin ich eben weitergegangen. Ich habe noch kurz in die Küche gesehen, denn da kam ja dieser Qualm her.«

»Und dann haben Sie natürlich die Herdplatte ausgeschaltet«, stellte Hartmann anerkennend fest.

Sie hob entrüstet die Hände. »Nein. Ich habe nichts angerührt. Wieso hätte ich die auch ausschalten sollen. Es hat ja nicht mehr gekokelt.«

»Wie haben Sie das festgestellt?«

Sie schüttelte entrüstet den Kopf. »Na, das hört man doch. Da war nichts mehr am Kochen, gequalmt hat es halt noch.«

Hartmann nickte zustimmend. Hundert Punkte, Frau Meichlbrink, dachte Batthuber.

»Ich bin dann weitergegangen, weil ich mir Sorgen gemacht habe ... es war vielleicht auch so eine Ahnung ... und ... die

Tür zum Schlafzimmer stand auch offen … und da habe ich sie gesehen …«

Die letzten Worte erstickten wieder in Tränen. Die beiden warteten das Ende ab und fühlten mit ihr, denn der Anblick war in der Tat schrecklich gewesen.

»Als Sie die Wohnung wieder verlassen haben, Frau Meichlbrink, wie war das da mit der Wohnungstür. Haben Sie die geschlossen oder offen stehen lassen?«

»Die stand sicher weit offen, denn ich bin ja wie von Sinnen hinausgerannt …, also … ich kann mich da gar nicht mehr genau erinnern, aber … ich denke die Tür habe ich einfach offen gelassen. Habe ich vielleicht etwas falsch gemacht?«

»Nein, nein. Überhaupt nicht«, beschwichtigte Hartmann, »an diesem Montag, Frau Meichlbrink, ist Ihnen da irgendetwas aufgefallen. War irgendjemand Fremdes im Haus unterwegs, jemand, der hier nicht wohnt?«

Sie überlegte angestrengt und sprach dabei leise. »Nein. Also da fällt mir gar nichts ein. Da war gar nichts. Der Herr Lotter war ganz früh schon hier, das ist der Hausmeister; er hat die Heizungsabrechnungen ausgetragen, und ansonsten war da gar nichts. Drunten ist der Mann ja wieder sehr früh weggegangen, und sie ist dann mit den Kindern weg. Ich wollte noch zur Frau Haaf und fragen, ob ich ihr was vom V-Markt mitbringen soll. Also wenn ich so überlege. Nein, da war nichts. Nur die Leute vom Telefon, die im Haus zu tun hatten.«

»Telefon?«, fragte Hartmann nach.

»Jaja, die Telefonleute eben, Telekom. Da stand ja der VW-Bus hinten am Haus. Die hatten hier wohl was zu tun. Es waren die mit den rosa Mützen.«

»Magenta«, sagte Batthuber automatisch.

Sie sah ihn fragend an. Er verkniff sich eine Erklärung.

»Ein VW-Bus von der Telekom stand also vor der Tür. Wann genau war das?«

»Nein, nicht vor der Tür. Hinten, am Eingang zum Heizkeller. Aber wann genau das war, also … das war so etwa zwischen halb zehn und zehn. An den Bus erinnere ich mich genau. Es war so ein älterer, genau wie unserer ... wir hatten mal einen Camper, wissen Sie, das war genau der gleiche.«

»Und der Herr Lotter war auch deswegen hier, wegen der Telefonleute?«, fragte Hartmann.

»Nein, das denke ich nicht. Die Telefoner sind ja erst gekommen, da war der Lotter schon längst wieder weg. Der arbeitet ja beim Kneissl, wissen Sie. Der macht da alles Mögliche.«

»Noch eine Frage, Frau Meichlbrink. Bisher wissen wir noch überhaupt nicht, wer der ... ja, der Lebensgefährte von Judith Holzberger ist. Ich meine, so als Nachbarin, da bekommt man doch mit, wer da ein- und ausgeht oder regelmäßig zu Besuch kommt. Was die Wohnung angeht, in der lebte Frau Holzberger ja wohl alleine.«

Frau Meichlbrink nickte heftig. »Aber glauben Sie mir, ich habe keine Ahnung. Ich interessiere mich auch nicht für das Privatleben von anderen Leuten. Da war ja auch nie jemand zu sehen.« Sie lachte kurz auf und sagte halblaut und spitzbübisch: »Ich hab ja auch schon mal zu meinem Mann gesagt, dass man sich schon fragen muss, wie das mit der Schwangerschaft wohl hergegangen ist.« Hartmann lächelte zurückhaltend, und Frau Meichlbrinks Lachen erstarb verschämt. Sie fuhr sich mit der Hand über die Lippen, als müsse sie etwas abwischen.

Hartmann lenkte das Gespräch auf Gallenberger. »Der Herr Gallenberger, da unten, was ist denn das so für einer?«

Sie verzog das Gesicht. »Naja.«

»Wie, naja?«

»Etwas ..., also ich finde, er ist ein wenig arrogant.«

»Aha. Gibt es da Schwierigkeiten?«

»Nein, nein. Das nicht. Man sieht sich, man grüßt sich, und so, sicher redet man schon auch mal kurz über das ein oder andere, ... aber nicht mehr.«

Hartmann nickte. »Mit Judith Holzberger war das anders?«

Frau Meichlbrink schnitt eine Grimasse und wog den Kopf. »Mhm. Naja. Eigentlich war es mit ihr auch nicht so viel anders, wenn ich recht überlege. Also eigentlich hätten die beiden gut zusammengepasst.«

»Hätten?«, fragte Hartmann halblaut und verschwörerisch grinsend.

Sie senkte kurz den Blick. »Naja, einmal …«

Hartmann hielt den Kopf schräg, sah sie an und wiederholte verschwörerisch »… einmal …?«

»Es ist ja schon einige Zeit her, aber … einmal in der Nacht, also schon fast früh, da habe ich den Gallenberger gesehen … draußen im Gang, wie er aus der Wohnung von drüben kam.« Sie verzog verschämt den Mund.

»Wie haben Sie das denn gesehen?«, fragte Hartmann verschmitzt nach.

»Naja. Ich habe ein Geräusch gehört von draußen und dann … dann halt durch den Spion raus gesehen. Das Licht war an, und da habe ich ihn gesehen … «, sie lachte kurz auf, »nur in der Unterhose …«

»Naja … dann«, sagte Hartmann schmunzelnd.

»Gab es sonst noch Männer, die Frau Holzberger näherstanden? Sie wissen schon, was ich meine.«

Frau Meichlbrink überlegte ernsthaft und schüttelte dann den Kopf. »Nein. Da fällt mir keiner ein. Der Waldemar Kneissl war ja narrisch hinter ihr her. Der war ja rücksichtslos. Aber der ist abgeblitzt, wie nur sonst was, der grobe Bock, der grobe.«

Hartmann nickte wissend und überlegte. »Wie rücksichtslos war er denn, der Waldemar Kneissl. Das ist doch der Bauunternehmer, nicht wahr?«

Sie nickte. »Ja, das ist der. Ich sage Ihnen. Vor ein paar Wochen erst, nach dem Steinacher Feuerwehrfest, ist der hier in der Nacht aufgekreuzt und hat einen Lärm geschlagen, ja aber hallo! Und was der nicht alles gesagt hat, dieser brunftige Bock, mein Gott, völlig schamlos im Suff, der Kerl. Und dabei wohnt seine eigene Frau nur das kurze Stück von hier entfernt. Schlimm war das. Schlimm.« Sie holte Luft. »Mein Mann wollte ja schon rausgehen, weil sie ihm nicht aufgemacht hat – also nicht deswegen, sondern um ihn zur Ruhe zu bringen. Ich habe ihm aber verboten, das zu tun, weil … den Kneissl kennt man ja. Und wenn ein solcher auch noch so besoffen ist. Ich habe dann die Polizei angerufen.«

»Und die kamen dann auch.«

»Ja. Zwei so Grischperle, ein junger Bursch und ein Mädele, sind da angekommen und haben eine Weile mit ihm rumgestritten, dem Hammel, dem elenden. Das Mädchen, so ein ganz junges, dürres Ding, hat ihm dann was ins Gesicht gespritzt, und ab da war dann Ruhe. Wie ein Stück angeschossenes Vieh ham sie ihn weggezerrt. Und eingeseucht hat er sich auch dabei, die Wildsau, die grobe. Eine Schande, so ein Kerl.« Sie schwieg.

Hartmann fiel nichts mehr ein. »Sonst war nichts?«

»Nein. Sonst …«

Hartmann ließ ein paar Sekunden verstreichen. »Sie wissen ja, Frau Meichlbrink … in der Wohnung von Frau Holzberger war ein Mädchen, etwa fünf Jahre alt …«

Sie nickte und legte eine Handfläche über ihren Mund.

»Wissen Sie etwas über das Kind, haben Sie es früher schon mal gesehen?«

Sie schüttelte den Kopf, die Handfläche immer noch über den Lippen. Schließlich sagte sie: »Vor vielleicht zwei Wochen habe ich die beiden schon mal gesehen, und letzte Woche auch. So im Gang. Aber ich habe mir nichts dabei gedacht. Mein Gott, hat sie halt mal ein Kind dabei, von einer Freundin oder einer Arbeitskollegin. Aber dass das Kind quasi bei ihr in der Wohnung gelebt hat, das wusste ich nicht. Wirklich nicht.«

Hartmann beschwichtigte mit einer Handbewegung. Vorerst hatte er keine Fragen mehr. Batthuber schwieg und machte Notizen, während Hartmann sie beide verabschiedete. »Vielen Dank, Frau Meichlbrink. Falls wir noch Fragen haben, kommen wir einfach wieder auf Sie zu. Wir melden uns dann aber vorher an … wegen der Waffeln. Die waren wirklich köstlich. Vielen Dank noch mal.«

Sie war glücklich und Hartmann zufrieden.

Sie schauten in der Wohnung von Judith Holzberger vorbei. Die Spurensicherer gaben an, bestenfalls noch eine halbe Stunde zu benötigen. Auf dem Weg zum Auto meinte Hartmann: »Hätte gute Lust, den Gallenberger vom Rad zu ziehen, aber der wird später noch schmoren, das schwöre ich dir.«

Batthuber lief einige Meter schweigend neben Hartmann her. Dann sagte er: »Also Alex, wirklich. Wie du mit diesen alten Weibern rumschäkerst. Da könnte es einem manchmal richtig schlecht werden.«

»Sonst noch was?«, blaffte Hartmann.

»Nein. Das war eigentlich alles.«

Hartmann blieb stehen und sagte ohne jeden Ärger in der Stimme: »Dann hör mal her, Kleiner! Es ist nun einmal unser Job, die Leute dazu zu bewegen, uns Dinge zu sagen, die für uns wichtig sind, und das funktioniert nun mal nicht mit der Methode ›*Ich bin von der Polizei und nun erzählen Sie mal gefälligst*‹. Ich schäkere auch nicht mit alten Weibern, sondern ich unterhalte mich mit unseren Zeugen auf die Art und Weise, die sie erwarten, die sie gewohnt sind oder die ihnen gerecht wird. Das hat auch nichts mit Anbiederung zu tun, sondern mit Respekt. Vielleicht glaubst du es nicht, aber … vor dieser Frau Meichlbrink habe ich Respekt. Sicher, man könnte sie als eine neugierige, nicht aufs Maul gefallene Alte bezeichnen, aber immerhin war ihr ihre Nachbarin nicht egal, denn spätestens als sie in die Küche gesehen hatte, war klar, dass es nichts Angenehmes sein würde, was in der Wohnung auf sie wartete. Ich finde, sie hat super reagiert. Und daher hat sie meinen Respekt verdient. Und noch etwas – ich hasse Waffeln!«

Batthuber hatte Hartmann mit ernster Miene gelauscht, ging aber auf das Gesagte nicht weiter ein, sondern meinte: »Ich werde mir mal diese Telekomtruppe vornehmen. Wenn die im Haus waren, müssen die doch irgendwas mitbekommen haben. Heute geht da aber nichts mehr. Drüben auf der Dienststelle lasse ich mir die Liste vom Einwohnermeldeamt für das Haus ausgeben, und natürlich alle Autokennzeichen. Gehst du zu Johannes?« Sie gingen weiter, und Hartmann klopfte ihm auf die Schulter.

*

Ein Büro im oberen Stockwerk diente als Vernehmungszimmer. Bucher saß still da und wartete auf Gerhard Holzberger. Hartmann kam herein und berichtete in knappen Sätzen von ihren Befragungen. Auf die Frage, wie er das bevorstehende Gespräch gestalten wollte, zuckte Bucher gedankenverloren mit den Schultern, so als hätte er die Frage gar nicht vernommen. Kurze Zeit darauf erschien Gerhard Holzberger, der von dem jungen rotbackigen Kollegen heraufgebracht wurde, dessen Name Bucher nicht mehr geläufig war.

Das Zimmer war spärlich ausgestattet. Ein beigefarbener Tisch, vier Stühle, ein hüfthohes Aktenregal an der Wandseite und eine vergilbte Luftaufnahme von Pfronten mit Breitenberg und Aggenstein. Das war alles. Mehr war auch nicht nötig, denn das breite Gaupenfenster öffnete den Blick über die Dächer hinweg nach Süden. Dieser Blick war es, der Bucher fast von seiner Aufgabe ablenkte. Von der Tiroler Straße her drang angenehm fern das Geräusch sich stauenden Verkehrs herauf. Er saß an der Längsseite des Tisches, ihm gegenüber Gerhard Holzberger. Hartmann hockte sich leger auf die leere Oberseite des Aktenregals und befand sich seitlich hinter Holzberger, dessen Gesicht und Körperhaltung Gram und Leid ausdrückten. Er wusste noch nichts von dem, was ihn hier erwartete.

»Schön, dass Sie gekommen sind, Herr Holzberger. Wir wissen, dass das nicht einfach für Sie ist«, begann Bucher, der die Unterarme auf der Tischplatte aufgelegt hatte und die Hände gefaltet hielt. Er ließ einige Male die Finger ineinandergreifen, da ihm immer noch nicht eingefallen war, wie er beginnen sollte. Holzberger nahm von dem dadurch entstehenden Zeitraum notleidender Stille keine Notiz. Mit gesenktem Kopf saß er schlaff an die Rücklehne des Stuhls gelehnt.

»Wir gehen davon aus, dass ihre Tochter Judith keinen Selbstmord begangen hat.«

Keine Gesülze, kein Geschwafel. Das hatte er in dem Job früh gelernt und wichtiger noch – auch begriffen.

Holzberger nickte in seinen Schoß hinein. Bucher blieb still. Er wartete auf eine andere Reaktion als die ergebener Kenntnisnahme.

Nach einigen Sekunden hob Holzberger den Kopf und fragte: »Wie?«

»Es war kein Selbstmord«, sagte Hartmann halblaut.

Holzberger drehte sich ihm kurz zu, sah dann wieder zu Bucher, der mit einem kurzen Senken des Kopfes bestätigte.

»Wie, kein Selbstmord?« War da Enttäuschung zu hören gewesen? Bucher sagte: »Ihre Tochter wurde ermordet.«

Holzberger richtete sich auf, lehnte sich über die Tischplatte und fragte mit belegter Stimme. »Von wem?«

Aus Holzbergers Gesicht war jegliche Farbe gewichen. Die Haut glänzte wächsern und grau, und Bucher begann, sich zu sorgen, war aber dennoch über die Frage von Holzberger verwundert. Warum wollte der sofort wissen, von wem seine Tochter ermordet worden war? Das wirkte unnatürlich.

Bucher sagte: »Das wissen wir noch nicht. Wir haben die Ermittlungen gerade erst aufgenommen.«

Holzberger drehte sich kurz zu Hartmann um und lachte. Es wirkte irr.

»Wir haben einige Fragen, von denen wir denken, dass Sie sie beantworten können. So würden wir gerne wissen, wer der Vater des Kindes ... gewesen wäre. Ihre Tochter hatte eine feste Beziehung ...« Bucher formulierte den letzten Satz nicht als Frage.

Holzberger blieb stabil. Er schüttelte den Kopf. »Weiß ich nicht. Meine Frau auch nicht. Wir wissen es nicht.«

Bucher blickte irritiert zu Hartmann. Der übernahm. »Sie wissen nicht, von wem ihre Tochter das Kind erwartete.«

Er nickte. Stumme Tränen rannen über die unrasierte Wange und tropften auf die Tischplatte. Langsam schüttelte er den Kopf und sprach weiter. »Nein, wir wissen es nicht, und es ist ja jetzt auch egal, oder. Jetzt ist eh alles egal.«

»Sie waren nicht der leibliche Vater von Judith Holzberger«, sagte Bucher leise.

Er heulte nun laut und vorwurfsvoll zu Bucher hinüber. »Na, da haben Sie ja schon prächtig ermittelt. Respekt. Und ... bin ich vielleicht verdächtig deswegen ... sie war meine Tochter, verstehen Sie ... haben Sie Kinder? ... verstehen Sie. Ich habe Sie gemocht und geliebt, wie mein eigenes Kind.«

Er schluchzte. »Es war wirklich nicht einfach mit ihr, das gebe ich ja zu. Ich habe mich immer bemüht, aber unser Verhältnis war nie sonderlich gut, aber sie hat Paps zu mir gesagt.«

Bucher hatte den Blick gesenkt und wartete. Holzbergers Tränen sammelten sich auf der hellen Tischplatte und mit wischenden Bewegungen verteilte er das Nass mit dem Handrücken seiner rechten Hand. Dort glitzerte nun ein feuchter Film. Bucher beobachtete die Szene wie nebenbei und meinte plötzlich, die fremde Nässe auf seinem Handrücken zu spüren. Dazu das drängende Bedürfnis, dieses imaginäre Nass auf seiner Hand durch einen Wisch zu beseitigen, was er verstohlen tat.

»Welche Veränderung hat im letzten Jahr mit Ihrer Tochter stattgefunden, Herr Holzberger. Ist Ihnen oder Ihrer Frau etwas aufgefallen?«

»Natürlich ist uns etwas aufgefallen. Schwanger war sie halt, aber fragen Sie mich bitte nicht, von wem.«

»Gab es Schwierigkeiten am Arbeitsplatz?«, fragte Hartmann.

Schweigendes Kopfschütteln. »Im Grunde wissen wir nichts von ihrem Leben«, sagte er schließlich, »seit sie vor etwa drei, vier Jahren bei diesem Krissert in der Kanzlei angefangen hat, war es anders. Sie hat sich stark verändert.«

»In welcher Weise hat sie sich verändert?«

»Wir haben sie seltener gesehen, immer seltener. Und irgendwann hatten wir das Gefühl, dass sie nichts mehr mit uns zu tun haben will.«

Er sah auf. »So, jetzt ist es raus! Wir hatten in den letzen zwei Jahren kaum noch Kontakt miteinander, und glauben Sie mir, es ist uns nicht gut gegangen dabei. Aber vor zwei, drei Monaten, da hat sie plötzlich angerufen. Sie hat uns besucht und ... wir dachten, es kommt alles wieder in Ordnung ... «

»Sie wissen von dem Mädchen, das in der Wohnung ihrer Tochter war?«

»Ja. Wir haben davon gehört.«

Bucher und Hartmann stellten keine Fragen, warteten einfach. »Wir sind da auch überrascht. Ich habe die Kleine noch nie gesehen und weiß wirklich nichts von ihr.«

»Sie leben alleine«, sagte Hartmann.

Holzberger drehte sich um. »Was hat das damit zu tun.«

Hartmann beschwichtigte. »Nichts. Ich habe es lediglich festgestellt. Weil man es nicht vermuten würde, wenn man Sie reden hört. Sie sprechen immer in der Mehrzahl, so als würden Sie noch mit Ihrer Frau zusammenleben.«

»Das eine hat mit dem anderen doch gar nichts zu tun.«

Bucher übernahm, stellte eine Reihe eher belangloser Fragen, die mehr dazu dienten, die Befragung ausklingen zu lassen, als Informationen zu gewinnen. Nachdem sie Holzberger verabschiedet hatten, ging es einen Stock höher, in den großen Besprechungsraum unter den Dachschrägen. Zur Besprechung holten sie Wanger und Gohrer dazu.

*

»Was für einer ist denn dieser Staatsanwalt Schatzmann?«, richtete sich Bucher zuerst an Hartmann.

»Also, ganz sicher keiner von der Sorte *lustiger Kumpel.* Oberseriös, grau melierte Haare, dunkler Anzug, goldfarbene Krawatte, wortkarg, sachlich, vermutlich eisenhart.«

»Korbinian hat mir erzählt, dieser Schatzmann macht eigentlich Staatsschutz«, stellte Bucher fest.

Gohrer nickte, Wanger bestätigte, und Hartmann hob entschuldigend die Hände. Er hatte lediglich die Beschlüsse für die Durchsuchungen besorgt, und dabei hatte es überhaupt keine Probleme gegeben. Alles war völlig unproblematisch abgelaufen. Nicht mal Fragen hatte Schatzmann gestellt.

»Genau darüber mache ich mir ja Gedanken«, entgegnete Bucher. In vergleichbaren Fällen schreibt man sich die Finger wund, um überhaupt mal *Grüß Gott* sagen zu dürfen, und jetzt wird einem der Beschluss für die Durchsuchung einer Steuerkanzlei geradezu aufgedrängt.« Er wiederholte die Silben: »Steu-er-kanz-lei! Da werden sonst alle Schotten dichtgemachen. Irre ich mich, liege ich damit vielleicht falsch, oder was ist plötzlich los?«

»Ist doch auch mal 'ne schöne Erfahrung«, meinte Batthuber und kaute gedankenverloren an seinem Kugelschreiber.

»Es ist vor allem eine sehr neue Erfahrung, dass ein Staatsschützer problemlos Beschlüsse in einer Mordsache ausstellt«, sagte Bucher beharrlich.

»Worauf willst du eigentlich hinaus?«, fragte Lara Saiter, die bisher aufmerksam zugehört hatte.

Er winkte ab. »Dazu kommen wir später noch. Also, was habt ihr zu bieten.«

Batthuber berichtete von den Ergebnissen ihrer Befragung in Meillingen. Davon, dass Frau Meichlbrink die Herdplatte sicher nicht ausgeschaltet hatte und der Nachbar Gallenberger vor einiger Zeit, nächtens und spärlich bekleidet, aus Judith Holzbergers Wohnung entschwunden war, wohin der Bauunternehmer Waldemar Kneissl es gerne geschafft hätte, es aber nur zu einer Ladung Pfefferspray gebracht hatte. Unbefriedigend im wahrsten Sinne. Und dass der Spurenbericht der Kollegen am Montag vorliegen würde.

»Kneissl? Ist das nicht dieser grobe Kerl, den wir vor deinem Haus getroffen haben?«, fragte Bucher in Richtung Gohrer.

Der war von dem Gehörten wenig beeindruckt. »Das ist nichts Besonderes. Der ist hinter fast allem her, was nach Frau aussieht. So ist er eben, der Waldemar.«

»Was ist denn das für einer?«, wollte Lara Saiter wissen.

Abraham Wanger räusperte sich. »Ein grober Kerl ist er

halt, der Kneissl. Seine Baufirma ist spezialisiert auf Renovierungen und Restaurierungen und hat einen verdient guten Ruf. Er baut aber auch neue Sachen, Wohnblocks und so, aber nicht so Schachtelkisten, sondern exklusive Häuser – alles im traditionellen Stil, modern und gediegen, keine Legebatterien. Er hat ein Faible für alte Allgäuer Häuser. Der Kerl selbst ist ein absolutes Arbeitsvieh. Leider hat er öfter mal Probleme mit dem Gesetz.«

» Probleme welcher Art?«, hakte Lara nach.

»Also im Moment hat er den Führerschein wieder, und dann gibt es hin und wieder Schwierigkeiten mit seinen Leuten.«

»Ein schlechter Arbeitgeber?«

»Nein. Im Gegenteil. Er hat eine Stammbelegschaft, die seit sicher zehn, fünfzehn Jahren nahezu unverändert ist. Die machen für ihn alles, und er drückt bei denen auch beide Augen zu. Jeder weiß, dass es beim Kneissl manchmal laut zugeht. Das ein oder andere Mal hat er auch schon mal hingelangt, also einen seiner Leute geschüttelt, oder so. Aber damit ist's dann auch gut und erledigt. Der Kneissl hat noch keinen seiner Leute hängen lassen. Daneben aber holt er sich auch manchmal so ein paar Halbschalige. Manche von denen haben keine Aufenthaltserlaubnis, und ein paar Mal waren schon welche dabei, die wir mit Haftbefehl festgenommen haben. Im letzten Jahr sind drei von diesen Typen mit einem Baustellenfahrzeug auf Bruch gegangen. Haben das ganze Oberallgäu abgegrast. Böse Zungen behaupten, der Kneissl würde da mit drinstecken, in den Geschichten, aber das ist nur dummes Gerede. Der hat das nicht nötig, und so was macht der auch nicht. Dem sein Lebensrhythmus besteht aus buckeln, saufen und wegen der Weiber Streit anzetteln, dafür ist der alte Depp halt immer noch zu haben. Irgendwann wird er sicher auch mal alt und ruhiger.«

»Also viele Frauengeschichten?«

»Jeder und jede kennt den Kneissl. Bei der einen hat er Glück, bei der andern weniger.«

»Die Judith Holzberger hat doch ziemlich isoliert gelebt.

Wie kam er denn ausgerechnet auf die, sie ist ja nicht gerade auf Männersuche gewesen und war auch nicht auf Festen unterwegs, oder? Und zum weiteren Kreis von Kneissl Bekanntschaft dürfte sie auch nicht gezählt haben«, meinte Lara Saiter.

Keiner kommentierte oder widersprach ihr. Sie gab sich vorerst zufrieden und berichtete von Dr. Krissert und seinem eigenartigen Benehmen. Aus der Kanzlei in Füssen hatten sie zwei Umzugskartons mitgebracht, vollgepackt mit den Dingen aus Judith Holzbergers Büro, die noch eingehend gesichtet werden mussten. Die Kollegen aus München hatten auch ihr Notebook aus der Kanzlei mitgenommen.

Bucher erzählte nun seinerseits von dem Gespräch mit Gerhard Holzberger, in dem vor allem eines zum Ausdruck gekommen war: eine Entfremdung zwischen Eltern und Tochter, die laut Gerhard Holzberger mit der Tätigkeit der Tochter in der Kanzlei Krissert in zeitlichem Zusammenhang stand.

Gohrer schaltete sich ein. Seine Frau hatte mit ihm nach der Begegnung mit Judith Holzberger genau darüber gesprochen und sich gefreut, dass man von der Judith wieder etwas hören und sehen würde. Und wenn er es recht überlege, so stimmte das, was der Gerhard Holzberger berichtete, durchaus, denn die Judith sei ja früher eine lebenslustige Frau gewesen, die überall dabei war und mitgemacht hatte. Aber die letzten Jahre sei sie gar nicht mehr aufgetaucht, wenn er es recht bedenke.

Bucher kniff die Augen zusammen. »Wir wissen noch nicht einmal, wer der Vater des Kindes gewesen wäre. Nicht mal die Eltern von ihr wissen das. Was war diese Judith Holzberger für ein Mensch? Mir scheint, da lauert ein wenig mehr, als nur die Geschichte der jungen, erfolgreichen Steueranwältin. Ist es denn nicht unüblich, gleich als Partnerin in einer Kanzlei einzusteigen?«

»Naja. Was heißt üblich«, meinte Lara Saiter. »Zumindest in dieser Kombination halte ich es für fragwürdig. Die kannten sich ja nicht, keine familiären oder gesellschaftlichen Verbindungen à la *Papa kennt da jemanden vom Lions-Club oder von den Rotariern* und die Plagen sind versorgt. Die Sache ist in diesem Fall eher etwas unstimmig. Aber mich interessiert das, was du vorhin angesprochen hast, das mit dem Staatsschutz. Um es auf den Punkt zu bringen … bist du der Meinung, Judith Holzberger war eine Agentin?«

Die anderen horchten auf.

»Eine was?«, rief Batthuber in die Runde.

Bucher zögerte, denn er wusste nicht, ob er vor Wanger und Gohrer dazu etwas sagen sollte. »Also. Ich halte das nicht für ausgeschlossen. Die Art und Weise wie Weiss den Fall an uns übertragen hat, wirft schon Fragen auf. Dann noch ein Staatsanwalt, dessen Bereich eigentlich Staatsschutzdelikte sind. Macht mich eben alles etwas stutzig. Und wenn es wirklich Mord war …, wir sind ja noch gar nicht so weit gekommen, dass wir uns vorzustellen können, wie das abgelaufen sein muss. Wir wissen jedenfalls, dass wir es mit mehreren Tätern zu tun haben, die organisiert sind und Zugang zur Polizei haben. Und die Entfremdung von den Eltern könnte ja auch eine Art Selbstschutz gewesen sein. Das klingt zwar alles etwas abenteuerlich, aber so ganz ausschließen sollten wir das nicht.«

Als er in die erstaunten Gesichter sah, wiegelte er ein wenig ab. »Ganz ruhig. Es ist nur so eine Idee. Wir sind ja hier, um genau solche Zusammenhänge zu diskutieren. Und das bleibt unter uns, klar.«

Aber die Agentenstory war zu beherrschend, um am Samstagnachmittag noch ein anderes Thema anzufangen.

Nur Lara schien das Wort *Agentin* nicht zu überraschen. Und es gab noch jemanden, der ganz sachlich auf seinen Notizblock blickte: Abraham Wanger.

»Bevor das Ergebnis der Obduktion nicht vorliegt, brauchen wir mit einer Tatrekonstruktion gar nicht erst anzufangen. Die Obduktion ist am Montag, so gegen zehn Uhr am Vormittag. Mittags treffen wir uns dann hier. Ich möchte das nicht in die Länge ziehen.« Bucher sah Abraham Wanger an. »Ist das mit den Streifen am Kinderheim geregelt, und ist die Heimleitung informiert worden, dass sie ein besonderes Augenmerk auf die Kleine haben sollen?«

»Alles erledigt.«

»Gut. Wer hat noch was?«

»Wie war es bei Schlomihl?«, fragte Lara Saiter.

Das Thema hatte Bucher ausgelassen, weil er noch zu keinem für sich befriedigenden Ergebnis gekommen war.

Er zögerte. »Mhm. Es war ein sehr eigenartiges Zusammentreffen. Ich bin nicht begeistert darüber, wie es abgelaufen ist, und kann mir nicht vorstellen, dass Schlomihl sonderlich glücklich ist mit seiner Situation. Jedenfalls hat er keinen glücklichen, ja, nicht einmal einen zufriedenen Eindruck bei mir hinterlassen. Er lebt mit seiner Frau in einem Reihenhaus. Alles, wirklich alles, war derart gezwungen und karg. Schwer zu beschreiben, aber es war eine Stimmung in der Hütte, wie ... ja wie in einem Trauerhaus. Ich kam mir schon fast selbst wie ein alttestamentlicher Unglücksbote vor, eine ganz komische Situation war das. Ihr kennt doch diese Stimmung, wenn alles frostig wird zwischen den Menschen, die in einem Raum sind. Und zu meinen Fragen bezüglich der Unstimmigkeiten, die uns beschäftigten, meinte er nur lapidar, dass jeder mal Fehler machen könne. Ich möchte da aber im Moment nicht weiter nachhaken und es ersteinmal dabei belassen. Der ist so verschlossen, da kommen wir nicht weiter. Außerdem kennt er das Geschäft und ließe uns gehörig zappeln.«

Hartmann und Lara Saiter sahen ihn fragend an, sagten aber nichts. Sie verstanden seine Zurückhaltung nicht.

Bucher wechselte das Thema. »Wer hatte die Möglichkeit, an den Freigabebescheid der Staatsanwaltschaft zu kommen?«

Gohrer und Wanger hoben die Köpfe, denn die Frage war zweifelsfrei für sie bestimmt.

Mit zusammengepressten Lippen brachte Gohrer hervor: »Jeder. Das Ding lag in der Einlaufkiste. Da hat jeder Zugang, der sich im Gebäude befindet. Das kriegt auch niemand mit. Wenn vorne die Wache besetzt ist und hinten zwei, drei Leute sind, das ist ganz normaler Dienstalltag.«

»Gibt es da eine Trennung zwischen den Stockwerken?«, wollte Lara Saiter wissen.

»Eigentlich nicht. Oben sind halt die Verwaltungsbüros untergebracht und ein paar Zimmer für die Fahndung.«

»Also nicht eingrenzbar«, konstatierte Bucher ohne Enttäuschung.

»Aussichtslos«, bestätigte Wanger.

»Wird euer Kopierer eigentlich kontrolliert?«, fragte Batthuber.

»Was meinst du mit kontrolliert?«, wollte Gohrer wissen.

»Ja, wird mitgefilmt, was da so kopiert wird.«

Gohrer sah ihn verständnislos an. Bisher hatte er von dieser Möglichkeit gar nichts gewusst. Batthuber unterließ es, weiter nachzufragen.

Keiner von ihnen wollte sich in Mutmaßungen ergehen, aber Wanger und Gohrer gegenüber bestand seitens des Teams auch in der aktuellen Situation keinerlei Ablehnung. Bucher war müde. Zu viele Informationen, die verarbeitet werden mussten. Er fragte: »Sonst noch was?«

Batthuber meldete sich noch einmal zu Wort. »Also, ich habe mir die Meldelisten vom Haus in Meillingen rausgelassen und die Autos, die auf die Bewohner zugelassen sind. Vielleicht eher etwas für die Kollegen …«, er sah zu Gohrer und Wanger, »da gäbe es eine Zwangsentstempelung für einen Porsche Boxster, Kennzeichen: *Ostallgäu*, *Berta*, *Quelle*, *sechs*, *sechs*, *sechs*.«

»Uhhh, das Zeichen des Tieres«, unkte Hartmann und sank theatralisch in sich zusammen. Lara strafte ihn mit einem Blick. Hoffentlich fing er nicht wieder mit diesen Ameisen an.

»Zwangsentstempelung? Und weswegen?«, fragte Gohrer.

»Versicherung nicht bezahlt.«

»Mhm. Kommt vor, und wem gehört der Porsche?«

»Markus Gallenberger.«

Hartmann klatschte in die Hände. »An dem Typen ist was faul, ich hab's doch gleich gewusst. Aber, dass er pleite ist, der Herr Finanzakrobat, das hätte ich nicht gedacht. Wirklich nicht.«

»Wer hat eigentlich diese Freundin von Judith Holzberger angerufen, die, bei der sie sich für einen Besuch angekündigt hat«, wollte Bucher wissen.

»Ich«, meldete sich Hartmann. »Das gleiche Bild wie bisher auch. Die beiden kannten sich vom Studium. Vor einigen Jahren hat Judith Holzberger den Kontakt einschlafen lassen und sich vor einigen Wochen völlig überraschend wieder gemeldet. Ihre Freundin war wirklich sehr überrascht, hat sich aber gefreut, auch auf den Besuch. Über das Leben, das Judith Holzberger in den letzten Jahren geführt hat, konnte sie nichts erzählen. Es war eh eine blöde Situation. Sie wusste ja noch nichts von dem, was geschehen war. Wenn ich in München bin, werde ich sie noch mal persönlich aufsuchen.«

*

Miriam war noch immer mit Gohrers Frau unterwegs, wenngleich Gohrer über eine SMS informiert war, dass sie bald zurück sein würden. Nachdem die anderen aufgebrochen waren, stand Bucher etwas verloren herum. Lara Saiter führte ein offensichtlich amüsantes Telefonat, bevor sie eilig verschwand.

Hartmann fuhr in eines seiner zwei Zuhause – entweder zu seiner Familie oder zu seiner Geliebten. Zuvor aber machte er noch im Landeskriminalamt halt, holte ein Glas aus dem Schrank, füllte es mit Wasser, zog ein Blatt Papier aus dem Drucker und beschrieb es mit den Worten, die er sich gemerkt hatte. Kundermann-Falckenhayn hatte sich schon lange ins Wochenende verabschiedet, sein Büro war nicht verschlossen und auf dem Gang war auch nichts mehr los.

Hartmann fand eine geeignete Stelle am Fensterbrett hinter dem Vorhang. Er stellte das Wasserglas aufs Papier, betrachtete sein Werk, hüpfte wiegend herum, machte wirre Figuren mit seinen Händen, lachte über seinen Spuk und sprach, soweit es ihm möglich war. »Hokus Pokus Fidibus, Hummel Schummel Scheißpapier – weg mit dir.« Dann wischte er sich die Lachtränen aus dem Gesicht und trat mit dem eines Beamten würdigen, ernsten Gesichtsausdruck auf den Gang hinaus.

Batthuber machte sich mit Fexi und Reinhard Pentner zu einer Berghütte auf. Für Sonntag war eine Klettertour geplant. Bucher rief ihnen noch hinterher, dass er den Kleinen wohlbehalten zurück haben wollte, und überlegte dann, ob er am Abend vielleicht doch mit den Erkennungsdienstlern und Miriam ins Bierzelt gehen sollte. Irgendwann kam Wanger vorbei, packte ihn am Arm und zog ihn mit sich. »Komm mit. Wir fahren eine Naturschutzstreife. Da vergeht die Zeit, und du lernst die Gegend kennen. Ist immer wichtig, die Gegend.«

Wanger quälte die Ventile des alten Synchro über die Tiroler Straße, als mit ausladenden, energischen Schritten die Gestalt einer alten Frau ums Babeleck kam. Das dunkelblaue Gewand flutete um ihren langen Körper, die weißen Haare leuchteten unter dem Kopftuch hervor, das im Nacken zu einem Knoten gebunden war. Als sie den Streifenwagen erkannte, hob sie mit einer herrischen Geste den Stock empor, der an ihre rechte Hand verwachsen zu sein schien. Wanger bremste abrupt, sodass Bucher unangenehm nach vorne in den Sicherheitsgurt gedrückt wurde. Hinter dem Streifenwagen stoppte der gesamte Verkehr und – noch eigentümlicher – auch die Fahrzeuge der Gegenrichtung waren stehen geblieben. Konnte die Alte mit ihrem Stock auch das Meer teilen?, fragte sich Bucher und rappelte sich wieder in den Sitz zurück. Wanger kurbelte die Seitenscheibe herunter.

Ohne sich von der Stelle zu rühren, rief die Alte ihm zu. »Sag deiner Mutter Dank. Vergelt's ihr Gott. Das Paket ist gut angekommen. Im nächsten Monat, nach Michaeli, ist's dann wieder so weit. Bestell es ihr. Wenn ich wieder Zeit verliehen bekomme, suche ich euch auf.«

Sie ließ den Stock niedersinken, den sie die ganze Zeit emporgehalten hatte, und ging weiter. Wanger fuhr an, alle anderen auch, und Bucher fragte: »Ist das eure Hügelheilige hier, oder was?«

Wanger antwortete ernst, fast ehrfürchtig. »Sie ist eine besondere Frau.«

»Das habe ich gemerkt«, sagte er spöttisch, war aber durchaus von der Erscheinung der Alten beeindruckt.

»Gar nichts hast du gemerkt. Sie kann vieles bewirken«, entgegnete Wanger sachlich.

»Hab ich gesehen. Zum Beispiel Autos anhalten«, provozierte Bucher.

»Sie hat ein besonderes Wissen«, stellte Wanger fest.

»Und dadurch eine besondere … Macht?«

Wanger drehte ihm den Kopf zu. »Man sagt, sie sei eine Kriegerin gewesen … früher.«

Bucher lachte und senkte die Stimme. »Ja sicher. Herr der Ringe, Teil vier, Gandalfs Schwester. Was hat sie eigentlich in ihrem kleinen Rucksack. Eine Zauberwurzel?«

Wanger sah ihn kurz und durchdringend an. »Ohne sie wäre alles noch viel schlimmer.«

Bucher ließ es dabei bewenden, aber irgendetwas in ihm wehrte sich gegen das, was von dieser Frau ausging.

Wanger verließ die Hauptstraße und fuhr auf Weidewegen weiter. Bucher hatte bald keine Ahnung mehr, wo sie waren. Ab und an entdeckte er den Breitenberg – mal in der Ferne, dann wieder etwas näher. Die Kühe sahen für ihn auch immer gleich aus, und nach einiger Zeit war ihm auch der markante Breitenberg keine Orientierung mehr. Was Wanger ihm zeigte waren Ortschaften, Weiler, Höfe, Weiher und Flurstücke, die so seltsame Namen trugen wie Schweinbach, Rindegg, Schönkahler, Köglweiher, Finsteres Tal, Zirmen, Fallmühle und – Steinrumpel. Diese sagenumwobene, ihrer Unscheinbarkeit wegen unterschätzte Steigung kannte Bucher inzwischen. Dann fuhr Wanger die Vilstalstraße weit über den Bereich hinaus, den Bucher kannte. Die bewaldeten Fels- und Wiesenhänge kamen einmal näher an den schmalen Fahrweg heran, dann wieder weitete sich das Tal zu einem Kessel mit sanft ansteigenden Weiden. Alte und neue Stadel standen seitlich des Weges, und im Licht der schon flachen Sonne glitzerten die ersten Bäume schon mit einem zarten Gelb aus dem schattigen Dunkel des Talhintergrunds. Der Weg wurde immer schlechter. Immer wieder kamen ihnen Wanderer entgegen, einsame alleine, und lachende oder schnatternde Gruppen. Die Mountainbiker waren weniger kommunikativ. Der Weg endete an einer flachen Hütte, umgeben von Kuhweiden. Wanger stellte den Motor ab und stieg aus. »Kalbeler Hof«, war alles was er sagte.

Sie machten hier Pause mit all den anderen und erlebten in dieser Zeit ein Stück heile Welt in umwerfender Naturkulisse. Das verschaffte Bucher andere Gedanken, und er freute sich nun darauf, Miriam endlich in die Arme schließen zu können.

»Ganz schön verzweigt, die Gegend hier«, meinte Bucher zu Wanger, als er sich verabschiedete.

»Und kannst du nicht geradeaus gehen, so können dir tausend andere Wege helfen; dies dünkt mich, lehrt uns die Natur«, lautete Wangers kryptische Antwort.

»Ist das von dir?«

»Nein. Ich kann nur lesen. Das ist von Galileo – dem Rehabilitierten.«

Miriam fuhr ihn nach Hause. Vor dem Haus, hoch über dem Lech, türmten sich die verschweißten Isolierungsmatten. Wann würde er endlich die Zeit finden, diese elende Arbeit zu verrichten?

Peter Manner hatte auf den Anrufbeantworter gesprochen. Er war auf einer Bergtour bei Buching und wollte sie am Sonntagabend, auf dem Rückweg nach Augsburg, besuchen kommen. Sie freuten sich, und Bucher kam es außerdem nicht ungelegen.

Die Küche blieb heute kalt, und Bucher holte einen 99er Lanessan aus dem Keller. Der war ihm neulich erst in den Sinn gekommen und außerdem reif. Er verzog sich nach oben ins Giebelzimmer und lauschte Beethovens siebter oder vielmehr dem, was Carlos Kleiber mit den Wienern vor vielen

Jahren daraus gemacht hatte. Immer wenn sein Blick auf die offenen Querbalken unter der Decke fiel, schloss er die Augen. Ihm grauste es jetzt schon vor Montag. Manchmal horchte er auf. Am Giebel brach sich der Wind, und ein leises, dennoch eindringliches Pfeifen kroch durch Dach und Wände. Endlich kam Miriam.

Nachtwolken

Im Pfrontener Tal war Mitternacht bereits Vergangenheit, als ein zorniger, böiger Wind von Nesselwang her vor die Berge drang. Die Tage der Kalenderidyllen waren dahin, und als Vorhut eines Tiefs fegten, im Lichte eines halben Mondes, marodierende Wolkenfetzen über Anhöhen und Senken. Es schien, als spiegele das Wetter den gewalttätigen Jammer des Geschehens wider, mit welchem die Woche ihren Anfang genommen hatte. Was mochte der Wind wohl bringen?

Auf einer Anhöhe, im Schatten des Waldrandes, hockte eine Gestalt. Vom Kopf abwärts fiel ein alter, muffiger Filzüberhang, der Wetterschutz und Tarnung zugleich war. In regelmäßigen Abständen hoben sich die Hände und führten ein Nachtglas zu den Augen, die gleichmäßig, geübt und voller Ruhe im grünen Sucherlicht das Gelände abspürten. Drunten, im Kinderheim von Gschwend, waren die Lichter schon lange erloschen.

Ein grelles, sich bewegendes Licht erhellte den Sucher, und in langsamer Fahrt näherte sich ein VW-Bus. Er fuhr gemächlich die Weidewege rund um das Kinderheim ab, wendete an einer Weggabelung und blieb im Schatten einer Hecke stehen – mit Sicht auf die ehemalige Hofstelle.

Aus dem Filzumhang war ein anerkennendes Raunen zu vernehmen, das umgehend erstarb, denn nicht weit entfernt knackten Äste. Viel zu laut, als dass es Wild hätte sein können. Der Blick nach rechts, von wo das Geräusch kam, war durch den Filzbehang verdeckt. Unter dem fror alle Bewegung ein, und der Körper verharrte in tiefer, vertrauter Bauchatmung. Als einige Zeit später die Lichter des Streifenwagens wieder aufleuchteten, das gleichmäßige Rasseln der Ventile bis nach oben drang, und der altersschwache Synchro verschwunden war, richteten sich die Augen erneut nach rechts und registrierten kühl, wie ein geduckter Körper aus dem Schatten drang und hinaus auf die offene Weide schlich – dem Gehöft entgegen, das unten in nächtlichem Frieden lag. Mit einer gleichförmigen Bewegung beider Oberarme schob der Wartende den Filzbehang von den Schultern, nahm den knotigen Prügel fest in die Hand und folgte.

Auf einem Hügel gegenüber stand, wie eine Wächterin, die Lechnerin, aufrecht, den Stock fest in der Hand. Für einen kurzen Augenblick war ihre Gestalt in den matten Schein spärlichen Mondlichts getaucht und schemenhaft weithin sichtbar. Sie sah hinunter auf den Hof und spürte das Unheil. Sie wusste, dass es an der Zeit war, zu handeln.

*

Als es gemächlich Tag wurde, hing eine gleichmäßig graue Wolkendecke über Pfronten. Selbst das leuchtende Gelb des Kirchturms von St. Nikolaus wirkte bleich, und niemand trauerte dem fahlen Tageslicht nach, als es endlich Abend wurde.

Peter Manner saß schon geraume Zeit in der Küche bei Bucher. Der hatte Miriams Wunsch entsprochen und von seinem aktuellen Fall nichts erwähnt, um ihn nicht zum abendfüllenden Gesprächsthema werden zu lassen.

Es hatte ihm während der ersten Stunden auch geholfen, den Montag aus seinem Bewusstsein zu verdrängen. Jetzt jedoch, zum Ausklang des Tages, nach gutem Essen, Wein und langen Gesprächen, zog es seine Gedanken immer wieder zu Judith Holzberger, und er wurde schweigsamer, stiller. Zudem wollte er Manners Anwesenheit nutzen. Miriam würde nun nicht mehr allzu böse sein, und Bucher überlegte, wie er es geschickt anstellen konnte, auf unverfänglichem Weg zum Thema zu kommen. Manner hatte in begeisterten Schilderungen von einer Oper Monteverdis erzählt, die er gesehen hatte – die Krönung der Poppea – und so fand Bucher seine Frage unverfänglich und vor allem unverdächtig.

»Monteverdi, schön. Renaissance, oder?«

»Ja, schon, aber eher der Übergang von Renaissance zu Barock.«

»Ah ja. Botticelli lebte viel früher, oder?«

Bucher wusste es. Elegant war etwas anderes, aber irgendwie musste er dahin kommen, wohin er wollte.

»Botticelli?« Peter Manner wiederholte den Namen des Malers langsam und nachdenklich. Seinen Augen, die nichts fokussierten, war anzusehen, wie vor seinen inneren Augen Bilder entstanden.

Schließlich hob Manner die Hände und sah schelmisch zu Miriam. Die rollte mit den Augen.

»Er ermittelt schon wieder, wetten?«

Bucher setzte sein Pokergesicht auf und forderte Manner mit einer Kopfbewegung auf, etwas zu erzählen.

»Ja, grandios natürlich, Johannes. Botticelli, einfach grandios. In der Alten Pinakothek in München, in der Sehnsuchtsecke … also ich nenne die eben so … also da haben die einen Botticelli. *Die Beweinung Christi.* Schaut euch das mal an.«

Manner zog mit beiden Händen einen Bogen durch die Luft. »Die Farben, warm, voll, brennend. Und gleich dahinter, zentral dem Gang zugewandt, Dürer, *Die vier Apostel*, daneben Grünewald, *Heiliger Erasmus* … gegenüber wieder …«

Miriam lachte. »Hast du die Bildfolge der Alten Pinakothek auswendig gelernt oder bist du so oft dort?«

»Wenn ich in München bin und Zeit habe, schaue ich schon, dass ich in eines der Museen komme. Die liegen ja so nahe beieinander, da am Königsplatz. Fantastisch.«

Bucher fragte. »Und *Compagnacci*?«

Miriam schnitte eine Grimasse und räumte die Teller ab, die nicht mehr gebraucht wurden.

Manner überlegte, schüttelte den Kopf. »Mhm. Compagnacci. Klingt italienisch. Weißt du, was es auf Deutsch heißt? Es klingt irgendwie nach Kompagnon, oder so?«

Bucher lehnte sich zurück und atmete gepresst aus. »Habe ich noch nicht nachgesehen.« Dann folgte ein kräftiger Schluck vom Lagrange. Er winkte ab. »Vergiss es bitte, Peter.

Ich dachte nur, die beiden Worte stünden in einem Zusammenhang und du wüsstest vielleicht etwas darüber zu berichten. Du weißt so viel …«

»Du hast also einen neuen Fall?«, fragte Manner.

Bucher nickte und schwieg.

»Wir sehen uns ja nächstes Wochenende wieder. Vielleicht weiß ich dann etwas mehr … über Botticelli und Compagnacci.«

Obduktion

Montagmorgen. Bucher war gerade auf dem Weg unter die Dusche, als sein Handy klingelte. Er meldete sich missmutig. Am anderen Ende hing Professor Menger am Telefon, Leiter der Rechtsmedizin. Er war schlecht gelaunt, weil sie ihm im Landeskriminalamt Buchers Telefonnummer nicht hatten geben wollen und alleine das Gewicht seines Namens dazu nicht ausgereicht hatte. Lediglich die Gutmütigkeit eines Kollegen, der den Professore, seine Stimme und seine Stimmungen kannte, hatte Menger letztendlich zum Ziel gebracht. Geradezu demütigend war das. Hatte denn nichts mehr in dieser Welt Bedeutung? Mehrfach viel das Wort *unglaublich*.

Als Bucher endlich realisiert hatte, wer da mit ihm sprach, brachte er vor Schreck kaum einen Ton hervor. Mengers Anruf konnte ja nur etwas mit der Obduktion zu tun haben. War der Leichnam vielleicht schon wieder verschwunden? Er lauschte ins Haus – Miriam schlief noch tief und fest, ebenso Peter Manner, der im provisorischen Gästezimmer ein Nachtlager gefunden hatte. Es war einfach zu viel Wein geflossen in der letzten Nacht.

Menger zeterte weiter darüber, dass früher alles anders gewesen sei; dass er allen im Landeskriminalamt wenn nicht persönlich so doch wenigstens der Stimme nach bekannt gewesen sei, aber seit eine Verwaltungsreform die andere jage, gäbe es wohl in der Hauptsache nur noch Pantoffelpolizisten. Der letzte Satz brachte Buchers Stimme zurück, denn Gotthold Bierle erschien vor seinem inneren Auge – der geerdete Filzpantoffel aus Pfronten.

Er unterbrach Mengers morgendlichen Weltschmerz unwirsch und fragte, weshalb er ihn eigentlich zu Hause anrufe, mit besonderer Betonung auf den Worten *zu Hause*. Menger, hellwach, antwortete bissig, dass er kein *zu Hause*, sondern eine Handynummer angerufen habe. Bucher schnaufte laut und sah zum Küchenfenster hinaus. Draußen fuhr Engelbert mit seinem alten Eicher vorbei. Er beneidete ihn. Wahrscheinlich besserte er die Weidezäune aus.

Das Wort »Bitte« holte ihn zurück in diesen Montag und zum Telefonat. Hatte Menger *dieses* Wort tatsächlich ausgesprochen? Bucher fragte nach, und tatsächlich – Menger bat darum, die Obduktion zeitlich vorziehen zu dürfen, auf acht Uhr, wegen der besonderen und seltenen Möglichkeit. Um acht Uhr hätte er einen Kurs und zudem einige Kollegen, auch international, zugegen. Er ließ den Satz ausklingen. Bucher verstand, was so besonders an der Sache war, sah auf die Uhr und verzog das Gesicht. Keine Chance, bis acht Uhr würde er es niemals schaffen und Wanger schon gar nicht. Menger schien seine Gedanken erraten zu haben, denn er meinte, es sei ja nicht unbedingt erforderlich, dass Bucher zugegen sei. Es würde ja genügen, wenn sie sich am Vormittag träfen und die Ergebnisse besprechen könnten.

Das war natürlich etwas anderes, stellte Bucher erfreut fest. Wie herrlich können doch manche Montage beginnen. Dieser Kelch war noch einmal an ihm vorübergegangen.

Nachdem er aufgelegt hatte, versuchte er, Wanger zu erreichen. Auf der Dienststelle war Schommerle am Telefon, der junge Strebsame, den er so vertraut tuschelnd mit Wanger gesehen hatte. Der sicherte zu, Wanger irgendwie Bescheid zu geben, meinte aber, dass der immer noch kein Handy habe. Bucher war es gleich. Der junge Kerl sollte sich darum kümmern, egal wie. Er freute sich auf das Frühstück mit Miriam und Peter.

*

Zuerst war der Wind gekommen, hatte Wolken und Dunst zwischen die Täler getrieben. Als er vergangen war, blieb eine feine graue Hochnebeldecke zurück, die sich über das Voralpenland breitete. Im Laufe des Tages wechselten die Grautöne einander ab, verdunkelten das unter ihnen liegende Stück

Erde einmal mehr und einmal weniger und legten einen Hauch von Gleichgültigkeit über das Land.

Als Bucher im morbiden Gebäudeblock des Rechtsmedizinischen Instituts in der Frauenlobstraße auftauchte, traf er schon im Gang auf Wanger, der kreidebleich an der Wand lehnte. Einzig die Verletzung am linken Backenknochen leuchtete von hell rosa bis tief blau.

Bucher blieb stehen. »Schaut ja übel aus. Was hast du denn gemacht?«

»So was passiert einem eben beim Holzen«, entgegnete Wanger knapp und schluckte.

»Sieht eher nach einer Schlägerei aus. Hast du Prügel bekommen, oder was?«

Wanger ging nicht darauf ein. Er deutete Richtung Sektionsabteilung. »Ich kann da nicht mit reinkommen. Ich glaube, ich habe mich in der Hinsicht etwas überschätzt.«

Bucher sah ihn an. Wanger sah wirklich schlecht aus.

»Nicht dass du meinst, ich wollte mich einfach so drücken, es ist nur …«

Bucher winkte ab. »Die Obduktion hat bereits stattgefunden. Menger hat sie vorgezogen, wegen einer Schar Studenten und Kollegen – *auch internationale* – die heute zufällig da waren. Er hat mich heute Morgen angerufen. Ich habe diesem jungen Kerl in Pfronten gesagt, er solle dich verständigen, aber das hat wohl nicht geklappt. Wir besprechen demnach nur noch die Ergebnisse. Der unangenehme Teil ist bereits erledigt. Und ich bin darüber überhaupt nicht traurig. Also komm.«

Er ging weiter und wartete auf Abraham Wanger, der einige Sekunden benötigte, um zu verstehen, was Bucher gerade gesagt hatte.

Menger empfing sie mit einem ernsten Gesicht. »Böse Sache. Ganz böse Sache. Also um es kurz zu machen, Todesursache eindeutig Erstickungstod. Wichtig für euch: Selbsttötung scheidet aus. Ganz böse Sache. Ich muss sagen, das begegnet einem nicht oft.«

Sie saßen an einem hölzernen runden Tisch im Vorraum

der Sektionsräume. Aus dem gekachelten Raum drangen die Laute von elektrischen Sägen und das metallische Klirren der Edelstahlbestecke. Wanger hing bleich im Stuhl, hielt sich an der Tasse mit schwarzem Kaffee fest und bemühte sich, einen einigermaßen konzentrierten Eindruck zu machen.

Menger erklärte. »Also die Strangulationsmale am Hals sind klassisch ausgeprägt. Soweit wäre alles in Ordnung ... «

Er holte einen Farbabzug hervor, auf dem Judith Holzbergers untere Gesichtshälfte abgebildet war. »Jedoch! Wenn diese junge Frau mit ihrem Gewicht, sie war ja schwanger noch dazu, also wenn sie den Stuhl, auf dem sie gestanden hat, weggedrückt hätte, dann wäre sie in die Schlinge gefallen.«

Er sah auffordernd in die Runde. Bucher nickte. Wanger starrte in die Tasse.

Menger fuhr fort. »In einem solchen Fall hätten in dem Bereich, in welchem die Schlinge sich ruckartig an den unterseitigen Kieferknochen anlegt, Abschürfungen, Risse, ja sogar Verbrennungen entstehen müssen. Diese werden dann zwar von weiträumig auftretenden Hämatomen überlagert. Nur! In unserem Fall ist da aber überhaupt nichts zu entdecken. Keine Abschürfungen, keine Einrisse, geschweige denn Mikroverbrennungen, wie sie bei der Verwendung von Kunststoffseilen auch auftreten können. Was wir gefunden haben – lediglich ein paar Druckstellen. Und die passen nicht zu der Geschichte dieser jungen Frau.«

»Das heißt?«, fragte Bucher artig, obwohl er wusste was kommen musste.

»So wie sich das darstellt, ist diese Frau geradezu sanft und sachte in die Schlinge geglitten. Das ist ja aber kaum möglich. Daher könnte man davon ausgehen, dass eine andere Person sie in die Schlinge hat gleiten lassen ...«

»Das hätte sie kaum zugelassen, jedenfalls nicht ohne Gegenwehr«, konstatierte Bucher.

Menger nickte. »Dann hätten wir ja Spuren an der Haut, an Händen und Fingern finden müssen, die auf eine Gegenwehr hinweisen. War aber nichts. Wir haben alles abgesucht, glauben Sie mir Bucher, teuflische Sache, teuflische Sache. Aber der alte Menger gibt so leicht nicht auf.« Er holte eine weitere Fotografie hervor. Diesmal waren Fuß und Knöchel darauf zu sehen. »Sehen Sie hier, meine Herren, ein Einstich an der kleinen Knöchelvene. Die nehmen Junkies dann her, wenn es woanders nicht mehr geht. Gut versteckt, muss ich sagen, und ziemlich hinterhältig.«

Bucher schwieg. Menger packte weitere Fotografien aus, auf welchen die betreffende Stelle im Aufschnitt fotografisch dokumentiert war und auf denen die Einstichstelle deutlich sichtbar wurde.

»Aber auch der Einstich am Knöchel war nicht gegen ihren Willen durchzuführen«, stellte Bucher fest.

Menger hob den rechten Zeigefinger und sagte ernst: »Den – hat sie gar nicht mehr mitbekommen. Das Ergebnis unserer Toxikologen weist eine hohe Konzentration von Dolosuccinatprolol nach. Ein sehr schnell wirkendes Betäubungsmittel, das übrigens auch über die Schleimhäute wirkt.«

»Wie kann man sich das vorstellen?«

»Da gibt es verschiedenen Möglichkeiten, denn das Zeug lässt sich in unterschiedlicher Weise einsetzen. Einmal auf dem Weg über die Nahrungsaufnahme, was eine längere Anlaufphase für die Medikamentenwirkung erforderte, je nach Dosierung eben. Wir prüfen den Mageninhalt da noch genauer, aber das dauert ein wenig länger. Dann gibt es natürlich auch die Möglichkeit einer Injektion, was aber hier ausgeschlossen werden kann, denn ohne Gegenwehr hätte sie sich ja nicht in die Knöchelvene spritzen lassen. Tja – bleibt als letzte Möglichkeit etwas sehr Ungewöhnliches, aber nichts Unmögliches: Spray.«

Bucher sah ihn überrascht an und wiederholte. »Spray?«

Menger schürzte die Lippen. »Spray. Genau. Das wäre die Variante, die ich für am wahrscheinlichsten halte. Ich habe mich da auch schon kundig gemacht. Es gibt da drei Fälle in der Vergangenheit. Die Russen haben das mal eingesetzt … KGB … in Wien seinerzeit, wenn ich mich recht erinnere. Die gute alte Zeit des kalten Krieges.« Menger wurde fast wehmütig. Eine völlig neue Seite an ihm. Bucher nahm trotzdem keine Rücksicht und fragte: »Und wie kann man sich das praktisch vorstellen.«

»Ach, ganz einfach. Der hochkonzentrierte Wirkstoff wird mit einer Spraydose ins Gesicht gesprüht, so erfolgt die Einatmung über Mund oder Nase beziehungsweise der direkte Kontakt des Wirkstoffes mit den Nasen- oder Augenschleimhäuten, und schon geht's dahin. Wissen Sie, Bucher, eine solche Aktion kann ganz lustig daherkommen, so ein bisschen mit einer Spraydose rumtun. Wenn man nicht weiß, was da drinnen ist und was … folgt.«

Als Menger Buchers ungläubiges Gesicht sah fügte er hinzu: »Im Einstichbereich der Nadel haben wir übrigens Succinylcholin nachgewiesen. Das Zeug gehört zur Grundaustattung eines jeden Notarztes. Es lähmt sehr schnell die Stimmritzenmuskulatur und wird verwendet, wenn man intubieren muss. Im Körper wird das Zeug dann in körpereigene Bestandteile zerlegt und wäre nicht nachweisbar, aber wie gesagt – an der Einstichstelle haben wir es nachgewiesen. So wie es aussieht – also erst mit Spray betäubt, dann der Muskellähmer. Da wollte jemand auf Nummer sicher gehen. Glauben Sie mir, das ist keine Science Fiction, was ich da zu berichten habe. So wie ich das sehe, also wer das getan hat, war in professioneller Weise vorbereitet. In jedem Fall war es … jemand der über medizinische Kenntnisse verfügt.«

»Und völlig frei von Skrupeln«, ergänzte Bucher.

»Das zudem. Die Untersuchung der betreffenden Schleimhautpartien reichen wir nach. Sie werden sehen … meine Vermutung wird sich bestätigen.«

Bucher brauchte diese Bestätigung nicht, um den Mutmaßungen von Professor Menger Glauben zu schenken. Er ließ das eben Gehörte noch einen Augenblick wirken. Das Wesentliche war gesagt, und er stand langsam auf. Wanger war immer noch bleich. Er hatte nichts gesagt, keine Fragen gestellt und folgte Bucher nun wie ein Schatten. Sie verabschiedeten sich von Menger. Als sie schon an der Türe waren, rief dieser ihnen mit heiserer Stimme nach: »Übrigens,

Bucher! Es … wäre ein Mädchen gewesen. Gesund. Sehr traurig … sehr traurig.«

Bucher sah Menger ernst und zustimmend an. Der fragte traurig: »Ach ja, wie geht es denn dem anderen Kind. Ist doch noch eines da, nicht wahr?«

Bucher ging einige Schritte zurück, auf Menger zu und fragte dunkel: »Welchem anderen Kind?«

Menger fuhr sich über die Stirn. »Heute bin ich wirklich nicht auf der Höhe. Ich hab total vergessen, es Ihnen zu sagen. Diese Frau … sie hat schon einmal ein Kind zur Welt gebracht und ich dachte eben … naja, aber könnte auch eine Fehlgeburt gewesen sein.«

Bucher schüttelte den Kopf. »Wir wissen offiziell nichts von einem weiteren Kind. In ihrer Wohnung haben wir ein etwa fünfjähriges Mädchen gefunden … es spricht nicht …«

Menger starrte ihn entsetzt an. »Das Mädchen war in der Wohnung?«

»Mhm.«

Menger sah zur Decke. »Bringen Sie Vergleichsmaterial. Wir machen einen Abstammungstest, den erforderlichen Beschluss, Papierkram eben, den müssen Sie halt noch besorgen.«

Damit hatte er sein Entsetzen in formelle, geordnete Bahnen gleiten lassen. Man konnte etwas tun.

»Geht klar«, sagte Bucher, schon abgewandt im Gehen.

Er trottete mit Wanger in Richtung des Ausgangs, als er aus den Augenwinkeln wahrnahm, wie Abraham Wanger plötzlich stockte, fast sah es aus, als taumele er. Er griff mit der Hand kurz zur Wand, hielt zwei, drei Sekunden inne, bekam wieder Halt und folgte Bucher.

Was war heute nur los mit diesem Kerl?, fragte sich Bucher. Er ging weiter und versuchte, seine Gedanken zu ordnen. Eigentlich hätte er nicht überrascht sein dürfen, denn Menger bestätigte ja nur, was sie bereits wussten: Judith Holzberger war Opfer eines perfiden Mordes geworden. Was Bucher zu schaffen machte, war der Gedanke daran, wie das Ganze stattgefunden haben musste. Es waren mehrere gewesen, daran hatte er keinen Zweifel. Aber die Zusammenhänge? Im Moment war er noch sprachlos, wusste nicht so recht weiter. Mit wem hatten sie es da zu tun? Er musste dringend mit Weiss reden. Sie brauchten mehr Informationen. War dieses sprachlose Mädchen am Ende Judith Holzbergers Tochter? Ein Kind, von dem niemand wusste, das niemand vermisste und das nirgends offiziell auftauchte?

*

Batthuber saß auf der Dienststelle im Allgäu und hatte keine Augen für den grauen Himmel oder die laut plappernden Gruppen der Trekkingbiker und Nordic Walker, die in leuchtender Funktionskleidung dem Vilstal entgegenzogen. Batthuber war auf eine Unschlüssigkeit gestoßen. Da er wie jeden Montagmorgen von einer speziellen Müdigkeit geplagt wurde und nicht so recht wusste, womit er die Ermittlungen beginnen sollte, hatte er sich die vermeintlich leichteste Arbeit zuerst vorgenommen und bei der Deutschen Telekom angerufen. Er wollte in Erfahrung bringen, welche Techniker am Montag vergangener Woche im Haus von Judith Holzberger tätig gewesen waren. Es konnten ja wichtige Zeugen sein.

In keiner der möglicherweise zuständigen Stellen wusste jemand von Arbeitsaufträgen unter der von Batthuber genannten Adresse. Er telefonierte sich durch unzählige Verbindungen, doch es gab niemanden, der Unterlagen, eine Notiz, oder wenigstens mündlich Kenntnis von diesem Termin in Pfronten hatte. Er war darüber nicht verwundert, denn es war ihm wie vielen anderen bekannt, dass man nicht an seinem Verstand zweifeln musste, wenn die Auskünfte der Telekom im Gegensatz zu eigenen, nicht selten leidvollen Erfahrungen oder Kenntnissen standen.

Trotzdem machte er weiter, hatte sich in die Sache verbissen, kannte bald alle Servicenummern und Telefonmenüs auswendig – *wenn Sie dies wollen, dann drücken Sie die drei, wenn Sie jenes wollen, drücken Sie die vier* –, und nachdem der halbe Vormittag vorüber war, erhielt er tatsächlich eine

Auskunft – die ihn elektrisierte. Er brauchte eine Weile, bis er verstand, was ihm ein Montageleiter aus Kempten am Telefon erklärte. Batthuber nahm nun einen anderen Weg, und es begann eine weitere Odyssee durch Telefonmanagementzirkel. Er sprach mit freundlichen Callcenter-Mitarbeitern, die mit seinen Fragen völlig überfordert waren, wurde weiterverbunden, landete beim Betriebsrat, wurde mehrfach aus der Leitung geschmissen, doch er gab nicht auf.

Schließlich hatte er endlich einen unfreundlichen Menschen mit schwäbischem Dialekt am Hörer, der in der Telekomzentrale Bonn saß und sich Batthubers Geschichte mufflig anhörte. Zwei Stunden später kam ein Fax auf der Pfrontener Dienststelle an, und Batthuber hatte es nun schriftlich. Bucher und die anderen würden Augen machen.

*

Wanger befand sich auf der Rückfahrt von München und sollte die anderen vom Sachstand in Kenntnis setzen. Bucher selbst wollte später als ursprünglich geplant nachkommen; die Besprechung musste eben warten. Er parkte im Innenhof des Landeskriminalamtes, und es kostete ihn einiges an Überwindung, nicht jedes Detail seiner Büroheimat mit den durchweg paradiesischen Gegebenheiten der Pfrontener Dienststelle zu vergleichen. So hässlich Mülltonen, Fahrradständer und Waschbetonarchitektur auch waren – am Eingang zum Altbau standen die Drei von der Fahrstaffel und leisteten einem der letzten Raucher in gehässiger Solidarität Gesellschaft. Als Bucher in freudiger Erwartung mit ihnen zusammentraf, tauschte man in rituellem Gehabe Bosheiten aus, gab sich freundlich die Hand, bekam und erteilte Ratschläge, die überwiegend Regionen unterhalb der Gürtellinie betrafen, und trennte sich wieder – ein wenig besser gelaunt.

Weiss wartete bereits, und sie beschlossen, ihre Unterredung nicht im Büro fortzusetzen. Kaum dass Weiss das Wort Mittagessen in den Mund genommen hatte, verspürte auch Bucher Hunger, und sie gingen die paar Meter zur Maillingerstraße und fanden ein Plätzchen im *Grasso*. Bucher aß Penne mit Auberginen und Parmesan, und zwischen den einzelnen Bissen berichtete er über den bisherigen Ermittlungsstand. Weiss hörte stumm zu, senkte ab und an zustimmend den Kopf, aß, trank und schüttelte hier und da den Kopf, sagte nur einmal, wie wichtig es sei, das Mädchen in Sicherheit zu haben.

Die Erkenntnisse, die die Obduktion erbracht hatten, hob Bucher so lange auf, bis beider Teller geleert waren und der Espresso auf dem Tisch stand.

Weiss zuckte zusammen, als Bucher Mengers Ausflug in den Kalten Krieg wiedergab. Bucher fragte: »Und was hast du mir jetzt zu sagen?«

Weiss nahm einen Schluck Wasser, tupfte den Mund mit der Serviette ab und sagte betont sachlich. »Ein Herr Bröhle wird sich mit dir in Verbindung setzen. Ich habe ihm deine Handynummer gegeben.«

Mit dieser Auskunft war Bucher nicht wirklich zufrieden. Er lachte bitter. »Und wer bitte ist Herr Bröhle, ein Überläufer vom KGB, den es seit fast zwei Jahrzehnten nicht mehr geben dürfte?«

Weiss blickte misstrauisch auf. »Wie weit bist du denn wirklich mit den Ermittlungen gekommen, Johannes?«

»Also doch«, sagte Bucher grimmig und etwas zu laut, »Geheimdienstscheiße.«

Weiss schüttelte den Kopf. »Das hätte ich dich wissen lassen, und das ist es auch nicht. Ich kann dir aber im Moment nicht mehr sagen, denn wir haben es mit einem sehr heiklen Thema zu tun.«

»Es ist vor allem heikel, wenn schwangere Frauen in Geheimdienstmanier ermordet werden und man sich auf den eigenen Laden nicht mehr verlassen kann. Da hört der Spaß bei mir auf, weißt du. Das ist das Letzte! Es ist mir übrigens auch total egal, ob sich einige der Herrschaften in dieser völlig verfetteten Ministerialbürokratie auf den Schlips getreten fühlen. Hier wird nichts unter den Tisch gekehrt. So läuft das hier nicht. Und dafür ist es eh zu spät … da brauchen wir nur zu warten, bis die Presse den Riecher hochbekommt. Sag mal, spielen die da drüben vielleicht irgendwelche Spielchen, ist es denen langweilig geworden, gibt es nichts mehr, was man noch umstrukturieren oder reformieren könnte. Mir fiele da schon noch was ein.«

Die letzten Worte gerieten etwas zu heftig, und Weiss legte seine Hand beschwichtigend auf die Buchers Arm.

»Du täuscht dich, niemand will etwas vertuschen. Wir unterstützen euch, und diesen elenden Kerl, der das getan hat, den werdet ihr auch noch erledigen. Glaub mir, der soll froh sein, dass ich nicht unterwegs bin …«

»Mit nur einem haben wir es sicher nicht zu tun«, sagte Bucher.

»Wie geht's dem Mädchen?«, fragte Weiss, abrupt das Thema wechselnd.

»Es ist in einem Kinderheim untergebracht. Die Heimleitung weiß Bescheid, und wir sind übereingekommen, die Kleine erst mal nicht mit Fragen zu bedrängen. Hartmann wird sich im Lauf der Woche noch mal sehen lassen, und vielleicht bekommen die im Heim ja was heraus.«

»Gut«, sagte Weiss, »Mitte, Ende der Woche haben wir einen Platz hier in München oder besser noch ein Stück weiter weg bei Landshut. Mit dem Landrat in Marktoberdorf ist das bereits abgeklärt. Da ist sie erstmal aus der Schusslinie …« Er erschrak selbst über seine Wortwahl.

Bucher meinte: »Hoffen wir mal, dass sie da gar nicht drin ist, aber ich habe bei der Sache kein gutes Gefühl. Alles da drunten ist mir irgendwie fremd.«

»Aber du bist doch in den Bergen groß geworden.«

»Das ist es ja nicht. Außerdem ist das mit dem Allgäu nicht vergleichbar. Die sind irgendwie ganz eigen dort. Es ist so, als gäbe es dort noch eine Welt hinter der, die man zu Gesicht bekommt. Dieser Lech, also das stimmt, was man sagt, der ist mehr als nur Knödelgrenze und Bajuwarenmauer, der trennt fürwahr ganze Welten.«

»Wie meinst du das? Du wohnst doch direkt am Lech«, sagte Weiss und sah ihn etwas besorgt an.

»Ja schon. Aber am Ostufer.« Mehr konnte Bucher ihm,

dem Straubinger, zu der Sache nicht sagen. Sie wählten einen etwas umständlicheren Rückweg, der sie am Friseur Fritsch vorbeiführte. Bucher war hier Kunde, und gerade jetzt, wo ihm der Kopf brummte, wäre eine dieser belebenden Massagen so angenehm gewesen. Das Gemeine an diesem Laden war ein großer Spiegel, der zum Gehweg blickte und auf dem in großen, weißen Lettern die Frage stand: *Gefällt Ihnen Ihre Frisur?*

Schon mehrfach hatte Bucher darüber nachgedacht, ob dieser Spiegel nicht vielleicht irgendeinen Straftatbestand oder wenigstens den einer Ordnungswidrigkeit erfüllte. Denn wer konnte da schon mit einem selbstgewissen, inneren *Ja* vorbeigehen. Alles am und im Laden war es wert, erlebt zu werden. Alles war original, alt, ohne eine Antiquität zu sein, und das Gesamtkunstwerk war völlig frei von Einflüssen ostasiatischer Gestaltungsphilosophien wie Feng-Shui. Wenn man eintrat, war es zunächst Sache der Augen, den Füßen den Weg zu bereiten. Es war ein Friseurgeschäft, dessen Kompetenz darin bestand, den Kunden die Haare zu schneiden, und nicht darin, die teuerste, avantgardistischste, coolste Coiffeureinrichtung Münchens vorzuzeigen. Dabei bestand der Clou gerade im nicht vorhandenen Wirken hipper Innenarchitekten. Barocke, goldglänzende Spiegelfassungen warfen einem das *Ich* entgegen und rundum, in hohen Regalen, konnte man die unterschiedlichsten Perücken betrachten. Dazwischen Gerätekisten, Shampoo, Lockenwickler, Handtücher, Haarfestiger und allerlei Gel, Wässerchen, Plakate, Kartons, Kisten und sonstiges Zeug. Auch die Friseurin, bei der Bucher sich gut aufgehoben fühlte, war eine besondere Persönlichkeit: eine geborene Neuhauserin – und stolz darauf. Sie konnte dialektfrei sprechen, so als käme sie aus Norddeutschland, und war ein Fan von Greuther-Fürth.

Bucher seufzte. Es blieb einfach keine Zeit für einen Abstecher, und außerdem war ja noch Weiss dabei. Auf dem kurzen Stück bis zum Eingang des LKA trug er diesem seinen Unmut bezüglich der innovativen Einsparungszirkel Kundermann-Falckenhayns und der neuen Reisekostenanordnung vor, und wies ihn darauf hin, dass derartige Ermittlungen wie die in Pfronten mit einem solchen Verwaltungswahnsinn nicht durchführbar wären. Weiss tat so, als höre er gar nicht, wovon Bucher erzählte.

Später, im Büro, löschte Bucher den Anrufspeicher seines Telefons, ohne die Liste überhaupt durchgesehen zu haben, sah im Posteinlauf nach und machte sich wieder auf den Weg, nicht ohne vorher noch bei einem Kollegen im Stab vorbeizusehen. Als er gleichzeitig anklopfte und die Türe öffnete, dröhnte von drinnen ein lautes und warnendes »Vorsichtig! Kunst!« Bucher tat wie geheißen und drückte die Tür mit Bedacht und voller Erwartung nach innen auf. Der Schreibtisch, der Boden die Stühle – alles stand voll mit Hummel-Figuren. Rosa Engel verdrehten die Augen, blaupastellfarbene Pärchen schwangen miteinander die Arme, Schäfer weideten unsichtbare Herden.

Ernst Nehbel lachte, als Bucher den Raum vollends betreten hatte, und ließ seinen mächtigen Arm über den Schreibtisch kreisen. »Mein Gott, so eine Kunst, he! Da fällst ja ohnmächtig vom Stuhl. Noch zwei, drei Tage länger mit dem Scheiß und ich brauche nie mehr Sex.« Es folgte ein dröhnendes Lachen. Buchers Frage, ob es mit einem Termin auf der Wiesn klappen könnte, beantwortete er mit: »Mei. De Wiesn. Des hälst ja nur aus, wenn'st selber besoffen bist. Ja dann.« Es folgte wieder dröhnendes Lachen. Nach einigen Minuten Informationsaustausch, der im Abgleich von Gehörtem und Aufgeschnapptem über Beförderungen, Versetzungen und Beziehungen aller Art bestand, verschwand Bucher mit weitaus besserer Laune.

*

Weiss saß eine Weile stumm hinter seinem Schreibtisch. Was er von Bucher gehört hatte, war wenig erfreulich gewesen. Schlimmer noch war, dass er selbst nicht wusste, was hinter der Sache mit diesem Bröhle steckte. Fast wäre er mit seinem alten Freund Hocke aneinandergeraten, denn er hatte keine

Lust, seine Leute im Allgäu verheizen zu lassen. Bisher hatte er bei Ermittlungen immer die Fäden in der Hand gehabt, hatte gewusst, wie es lief und worum es ging. Sicher – die jeweiligen Details waren ihm nicht bekannt, und so manches wollte er auch gar nicht wissen. Doch diesmal kam er sich wie ein Spielball vor, und selbst Hocke – der saß schließlich im Ministerium – schien keine rechte Ahnung zu haben, was da genau vor sich ging. Es waren die Ungewissheit und das Gefühl keine Kontrolle über die Dinge zu haben, die ihm schlechte Laune bereiteten.

Dann noch die Sache mit den Einsparungen und Reisekosten. Dass Bucher und Kundermann-Falckenhayn nicht miteinander auskamen, war im ganzen Haus bekannt. Es waren allerdings erwachsene Menschen, und die Scharmützel die sich beide lieferten, waren ihm gleich, solange die Ermittlungen dadurch nicht beeinträchtigt wurden. Aber eines mochte er ganz und gar nicht – übergangen werden.

Er griff zum Telefon und tippte drei Nummern ein. Als abgehoben wurde, sagte er bestimmt: »Bei mir im Büro.«

Kurz darauf erschien Kundermann-Falckenhayn, schloss die Tür, grüßte devot und griff nach dem Stuhl vor Weiss' Schreibtisch. Weiss, der den Eindruck machte, bisher angestrengt in Unterlagen gelesen zu haben, sah irritiert auf, machte eine kleine Bewegung mit der Hand, die besagte: Nicht nötig, sich zu setzen, wir haben es gleich. Kundermann-Falckenhayn blieb brav stehen.

»Einsparungskommission. Reisekosten«, sage Weiss lakonisch, und las weiter in Papieren, die sein Gegenüber nicht einsehen konnte. Obenauf lag ein Brief, handgeschrieben in großen, ungelenken Buchstaben. Weiss blickte mit äußerlich grimmiger Miene darauf und las mit freudigem Herzen: *Lieber Opa! Heute haben wir dein ...*

Kundermann referierte. »Aus den neuen Reisekostenrichtlinien ergibt sich, dass bei Hin- und Anreise zum Dienstgeschäft, innerhalb der Rahmenzeit, also wesentlich weiter gefasst als in der Kernzeit, nicht die volle Dienstzeit, sondern lediglich ein Drittel der Anreisezeit innerhalb der Differenz zwischen Rahmen- und Kernzeit anzurechnen ist. Wir in der Kommission haben angeregt, diese Regelung sehr rigide anzuwenden ...«

Er stoppte, denn Weiss sah verunsichert auf, richtete den Blick wieder in die Akten und fragte. »Verstehe, verstehe. Nur – was ist der Unterschied zwischen Hin- und Anreise?«

Kundermann lachte kurz. »An ... ich meine natürlich Hin- und Rückreise, wobei es Kollegen im Gremium gibt, die die Auffassung vertreten es sei Hinreise wenn es dienstlich sei und Anreise, wenn es nicht dienstlich ist.«

Weiss schloss die Akte und sah mit ernster Miene an Kundermann-Falckenhayn vorbei. Er rieb einige Male an seiner Nase. Wer ihn kannte, wusste, dass dies keines der als positiv zu interpretierenden Zeichen war. Er fragte. »Welche neuen Reisekostenrichtlinien?«

Kundermann-Falckenhayn apportierte wie ein Hündchen. »Ja, sicher. Eine neue Regelung. Sie ist zwar erst in einem ersten Entwurf vorhanden. Ich habe aber angeregt, dass wir das, was sich darin ausdrückt, bereits *leben*, bis es letztendlich vom Ministerium genehmigt und zur Umsetzung freigegeben wird. Im Gesamten betrachtet, sparen wir dadurch in enormer Weise Stundenarbeitsleistung und können bereits im frühen Herbst der erforderlichen Überstundenmeldung an das Ministerium gelassen entgegensehen.«

Weiss rieb wieder an seiner Nase. »Und das Ministerium hat diesen Entwurf genehmigt und umgesetzt?«

»Nein. Noch nicht. Aber davon ist auszugehen.«

»Wie kommen Sie darauf?«

Kundermann war von dieser Frage überrascht und fragte »Wie ... äh?«

Weiss' Stimme wurde leiser und bekam einen anklagenden Beiklang. »Ich meine, wie können Sie davon ausgehen, dass die da drüben im Ministerium das tun, nämlich diesem Entwurf zustimmen!? Habe ich vielleicht etwas übersehen, ein Schreiben, oder so?«.

Kundermann zuckte mit den Schultern. »Äh ... Nein.«

»Hören Sie. Ich habe es bisher noch nie erlebt. Noch! Nie!,

dass irgendein Entwurf aus diesem Hause vom Ministerium da drüben übernommen worden wäre, ohne dass man daran herumgefummelt hat. Das geht schon aus rein psychologischen Gründen nicht, denn irgendeiner da drüben, und wenn es das trübste Licht unter dunklem Meereshimmel ist, weiß immer etwas besser, verstehen Sie. Das ist so! Das war so! Und das wird hoffentlich in Zukunft auch so bleiben! Und bevor von da drüben nichts offiziell erklärt oder freigegeben wurde, *leben* wir hier gar nichts, denn es ist nicht unser Auftrag, irgendetwas zu *leben*, was schriftlich nicht angeordnet ist. Gibt es dazu noch Fragen.« Der letzte Satz war nicht als Frage formuliert. Kundermann schüttelte den Kopf.

Wenigstens musste er nicht aufstehen.

*

Bucher eilte sich, ins Allgäu zu kommen. Auf der A96 erwischten ihn die Kollegen mit einer hinterlistigen Radarfalle vor dem Tunnel bei Etterschlag. Es war eigentlich seine Hausstrecke, und er kannte sie. Bisher war das Ding immer hinter dem Tunnel aufgestellt gewesen. Er fluchte laut: »Miese Bande! Wegelagerer, hinterhältige Räuberbrut. «

Bei Buchloe wechselte er auf die Bundesstraße 12 und es ging flott bis nach Marktoberdorf voran. Hinter dem ambitionierten Bauernstädtchen begann das Elend. Es kam ihm vor, als wollte man allein durch Straßenzustand und Straßenführung deutlich darauf hinweisen, dass eine andere Welt betreten wurde. Da ihn keiner der anderen angerufen hatte, war davon auszugehen, dass nichts geschehen war.

*

Sie trafen sich wie gewohnt im Raum unter den Dachschrägen. Wanger teilte ihm mit, dass er vom Ergebnis der Obduktion noch nichts weitergegeben habe, und so berichtete nun Bucher von den erschreckenden Erkenntnissen.

Zunächst wollten sie ein Zeitdiagramm erstellen. Deshalb sammelten sie alle Informationen, denen eine Zeit zugeordnet werden konnte. Bucher hatte dazu bereits Notizen gemacht und ging die Spiegelstriche durch.

Der erste Zeitanker war der Mann aus dem Erdgeschoss, der um sechs Uhr morgens das Haus verlassen hatte. Er hatte nichts Auffälliges gehört und gesehen. Seine Frau war eineinhalb Stunden später mit den Kindern gegangen und hatte ebenfalls nichts bemerkt. Kein Geräusch, keine fremden Autos oder Personen. Gegen acht Uhr dreißig war der Hausmeister Lotter kurz in der Wohnanlage gewesen. Nur für eine gute halbe Stunde, wie Hartmann inzwischen herausgefunden hatte. Gegen neun Uhr dreißig bemerkte Frau Meichlbrink den VW-Bus der Telekom vor dem Haus.

Bucher hielt inne. »Wer hat das eigentlich überprüft. Wie lange waren diese Telefonheinis im Haus?«

Batthuber kostete kurz die Pause aus, die entstand. Dann sagte er beiläufig: »Es waren keine Telefonleute im Haus.«

Bucher hielt seinen Notizzettel hoch. »Hier steht aber Telekom ... das habt ihr mir gesagt, dass diese Nachbarin das beobachtet hätte. Also was ist damit?«

Hartmann stimmte Bucher zu und sah irritiert zu Batthuber. Der kramte einige Papiere hervor. »Das stimmt schon. Aber die Information ist falsch, denn am letzten Montag waren definitiv keine Telekomtechniker im Haus. Alle Disponentenstellen der Telekom haben mir bestätigt, dass es zu diesem Zeitpunkt weder einen Technikertermin noch einen anderen Einsatz dort gegeben hat.«

»Also auf Auskünfte der Telekom würde ich mich da mal nicht verlassen«, sagte Hartmann, »das ist doch ein totaler Chaoshaufen. Da weiß die Linke nicht, dass es zwei Rechte gibt, und die beiden wissen voneinander ebenfalls nichts, also ...«

Die anderen lachten. Batthuber blieb eigentümlich ernst. »Da gebe ich dir ja recht, Alex. Damit hätte ich mich auch nicht zufrieden gegeben, aber die wirklich wichtige Information ist eine völlig andere: die Telekom hat keinen VW-Bus mehr im Einsatz.«

Lara Saiter sah ihn fragend an. »Ich komme im Moment nicht ganz mit.«

Batthuber erklärte. »Also. Frau Meichlbrink hat am Montagmorgen – und das ist wirklich unstrittig – einen VW-Bus der Deutschen Telekom vor dem Haus gesehen. Sie hat sogar noch darauf hingewiesen, dass sie selbst mal so einen als Camper hatten. Sie weiß also, wovon sie redet und erfindet da nichts. Ich habe das auch überprüft, die hatten wirklich einige Jahre lang so ein Ding.

Wie sie uns sagte, hat sie irgendeinen Typen mit einer dieser rosa Mützen gesehen – also Magenta, so heißt die Farbe richtig. Es ist aber so, dass die Deutsche Telekom im ganzen Allgäu keinen VW-Bus mehr im Einsatz hat. Der letzte ist vor acht Jahren außer Dienst genommen worden. Die Techniker fahren heute ausschließlich Astra oder Megane-Kombi, und die mobilen Werkstätten benutzen Mercedes Sprinter, Peugeot oder Fiat Ducato. Der Verdacht liegt also sehr nahe, dass die Leute, die da mit dem VW-Bus und den lustigen Mützchen aufgekreuzt sind, alles Mögliche waren, nur keine Leute von der Telekom. Das war getürkt. Und da stellt sich dann die Frage – wieso machen Leute so was.«

Bucher lehnte sich zurück und atmete laut aus. Die anderen schwiegen verdutzt. Batthuber reichte das Fax aus Bonn herum.

»Das würde schon passen«, meinte Hartmann, »da hätten wir unsere Tätergruppe. Und das passt auch zu dem, was Menger sagt, dass einer alleine das nicht hinbekommen hätte. Das war eine Exekution, eine kühl geplante Exekution. Womit hatte diese Holzberger denn zu schaffen? Da muss sich doch was finden lassen, Mensch?«

»Okay. Machen wir noch mit dem Zeitdiagramm weiter«, sagte Bucher, »um zwölf Uhr dreißig bemerkt unsere Zeugin, was geschehen ist, und die Verständigungen erfolgen. Laut Befund am Tatort lag der Todeseintritt in der Zeit zwischen zehn Uhr dreißig und elf Uhr dreißig. Dieses Gemüsezeug benötigt eine dreiviertel Stunde ... als die Meichlbrink in die Wohnung kam, war die Platte ausgeschaltet. Das passt eigentlich alles gut zusammen ...«

Lara Saiter stimmte zu. »Klar. Zwischen zehn und halb elf kommen die beiden Typen in die Wohnung, betäuben sie ... Schlinge um den Hals, und fertig. Dann durchsuchen sie die Wohnung und tauschen am PC die Festplatte aus.«

»Das mit der Festplatte könnte ein böser Fehler gewesen sein«, warf Batthuber ein, »die wird von einem Kollegen noch genauer unter die Lupe genommen.«

»Was kann man da rausholen?«, fragte Bucher.

»Wann wurde die installiert, was war vorher auf der Platte, wer ist für den Betriebssystemschlüssel registriert. Das kann man zwar alles faken, aber vielleicht hat jemand doch geschlampt.«

»So wie die arbeiten, wird das wohl kaum der Fall sein«, meinte Wanger, der inzwischen wieder ein wenig Farbe im Gesicht hatte.

Hartmann war da anderer Meinung. »Also, das denke ich nicht. Der Aufwand, den die betreiben, ist enorm. Das kann man nicht komplett im Griff haben, und irgendwo haben die einen Fehler gemacht – ich wette darauf. Wenn die diese Festplatte mitnehmen, dann liegt doch nahe, dass darauf etwas gewesen sein muss, was die unbedingt wollten. So unbedingt, dass die sogar bereit waren, so einen Mord durchzuziehen. Was könnten das für Daten gewesen sein, für die man so etwas macht, und wer ist dazu überhaupt in der Lage?«

Da Hartmann keine Antwort erhielt, machte er weiter: »Unsere Leute haben die Wohnung ja noch mal unter die Lupe genommen. Der Bericht kommt nach, aber das schon mal vorweg: Die Wohnung macht nicht den Eindruck, dass da jemand wild und aufgebracht nach etwas gesucht hätte. Entweder wussten die, wo das Betreffende war, das sie interessierte, oder sie haben sich ausreichend Zeit genommen. Interessant ist – am Herd gab's keinerlei Fingerabdrücke. Da war alles sauber. So wie es aussieht, haben wir nur Fingerspuren von Judith Holzberger und der Kleinen.«

»Die Kleidung von Judith Holzberger ist bei unserem Erkennungsdienst, die erledigen alles, was an DNS beziehungsweise Faser- und Mikrospuren zu sichern ist. Das mit der DNS ist halt ein Jammer. Es waren nach der Tat so viele Leute in der Wohnung … da kommt ganz schön was zusammen an DNS-Spuren. Da brauchen wir von jedem eine Vergleichsprobe zum Ausschließen«, sagte Bucher.

Hartmann hob entschuldigend die Hand. »Was ich noch sagen wollte, also in der Wohnung ist sicher kein Versteck mehr. Unsere Leute haben wirklich alles auseinandergelegt, Hohlräume geöffnet, Tapeten und sogar den Teppich aufgeschnitten, wo ein Verdacht bestand, mit Ultra- und Infraschall nach Hohlräumen gesucht. Nichts. Wir haben übrigens kein Handy gefunden, aber sie hatte eins. Im Netz ist das Ding nicht angemeldet, und wir prüfen gerade, wann sie zuletzt telefoniert hat; natürlich auch das Festnetz. Ihre Brieftasche mit dem Bargeld lag mitten auf dem Schreibtisch. Wir überprüfen alle Kreditkarten auf Zugriffe. Was die Wohnung angeht, die ist soweit clean. Und was die Sache mit dem Computer betrifft – also diese Judith Holzberger war doch eine intelligente Frau. Ich kann mir einfach nicht vorstellen, dass sie keine Kopie von eventuell heißen Informationen hat und das Material nur auf ihrer Festplatte herumliegen lässt. Ich denke da an so eine Art Lebensversicherung.«

Batthuber schaltete sich wieder ein. »Vielleicht wussten die ja auch, wo diese Lebensversicherung zu finden ist. Sicherungen waren auch nicht mehr vorhanden. Also keine Daten-CDs oder andere Speicher mehr. Die haben die Wohnung schon gründlich durchsucht und alles mitgenommen.«

»Das meine ich nicht. Ich denke, sie könnte das irgendwo außerhalb geparkt haben, im Büro vielleicht, oder ein Bankschließfach … und was das Durchsuchen angeht. Also da ist denen ja ein riesiger Patzer unterlaufen – das Mädchen haben sie schließlich nicht gefunden. So genau war es dann doch nicht.«

Lara Saiter wog den Kopf. »Naja. Es kann ja auch so gewesen sein, dass sie wussten, was sie mitnehmen wollten und nur an gezielten Stellen nachgesehen haben. Jedenfalls sind sie nicht in Panik oder Hektik verfallen. Aber das mit dem Bankschließfach ist, denke ich, eine gute Idee. In Sachen Steueranwältin habe ich auch schon etwas herausbekommen. Judith Holzberger wollte sich von der Kanzlei Dr. Krissert lösen und selbstständig arbeiten. So ganz habe ich die Unterlagen noch nicht durch, aber das scheint klar zu sein. Und noch etwas – für diesen Krissert wäre das wirtschaftlich ein großes Problem geworden.«

»Wie groß?«, fragte Bucher nach.

»Existenzbedrohend. Er hat fast ausschließlich ihre Kunden betreut, sozusagen die Brosamen ihrer Beratungstätigkeit. Kaum zu glauben, aber der Mann steht ziemlich blank da. Die Kohle jedenfalls, die hat Judith Holzberger rangeschafft. Außerdem habe ich den Eindruck, dass Krissert überhaupt nicht so recht weiß, was Judith Holzberger in ihren Projekten so machte. Ich war in einem, übrigens wunderbar gelegenen Restaurant in Hopfen, direkt an der Uferstraße mit Blick auf den Hopfensee und die Berge … wozu eigentlich noch Italien … aber egal. Ich habe da ein wenig dumm herumgefragt. Die Kellnerin stammt aus Erkenbollingen, klingt nett, oder? Das ist ein Weiler gleich in der Nähe …«

Hartmann wandte ihr den Kopf zu und rief ungeduldig: »Laaaraaa!«

»Ist ja gut. Also der Krissert hat in der Spielbank in Garmisch Hausverbot und in Lindau und Bad Wiessee genauso. Er zockt jetzt am liebsten in Bregenz.«

»Ein Spieler, also«, stellte Batthuber trocken fest und hakte nach. »Was machte diese Holzberger denn eigentlich genau?«, fragte Batthuber.

»Unternehmensberatung. Sie hat bis vor einigen Monaten mit einer Münchener Consultingagentur zusammengearbeitet. Ihre letzte Mandantschaft war eine Firma PVG in Gilching, seriöse Adresse, was ich bisher so über die in Erfahrung bringen konnte. Die produzieren hochwertige Plastikverpackungen. Morgen habe ich ein Gespräch mit der Chefin.«

Lara Saiter hielt kurz inne und fixierte Alex Hartmann. »Und nur für dich, Alex. Es gibt eins.«

»Was, eins?«, echote er nach.

»Ein Bankschließfach. In Rietzlern.«

»Wo bitte ist Rietzlern?«

»Das ist ein sehr schöner Ort im Kleinwalsertal, österreichisches Staatsgebiet, allerdings nur von Deutschland aus, über Oberstdorf, erreichbar. Dort gibt es mehr Banken als Einwohner. Wer da rüberfährt, um einige entspannte Tage zu verbringen, tut das nicht unbedingt der tollen Landschaft wegen, sondern um nachzusehen, ob sich die Kohle auch schön vermehrt hat.«

»Noch nie gehört«, sagte Batthuber.

»Österreich. Wie kommen wir am schnellsten an das Schließfach ran?«, fragte Bucher.

»Ich habe schon mit dem Vater von ihr geredet. Der wäre bereit, mit mir da rüber zu fahren. Ich bin dann halt eher so privat unterwegs. Wir benötigen noch die Sterbeurkunden und den Erbschein vom Nachlassgericht. Das geht aber erst, wenn die Leiche zur Bestattung freigegeben ist.«

»War sie ja schon mal«, sagte Gohrer sarkastisch.

Bucher hatte einiges notiert. »Eine Menge Fakten und gute Ermittlungsansätze. Mir ist jetzt schon wohler, wobei mir nach wie vor der Mensch Judith Holzberger fremd und verschlossen bleibt. Ich komme da zu keinem rechten Bild. Niemand weiß doch eigentlich, wie sie in den letzten Jahren gelebt hat. Sie könnte die Mutter dieses Mädchens sein, aber auch wieder nicht. Und dieser Krissert, der – nach dem, was wir bisher wissen – noch am nächsten mit ihr zusammentraf, hatte noch nicht mal Einblick in ihr berufliches Tätigkeitsfeld. Ihre Nachbarn wissen nichts von ihr, ja nicht einmal die Eltern können etwas sagen. Wie kann man über Jahre hinweg nur derart isoliert leben?«, er hob beide Hände und sagt ungläubig: »Sie war schwanger, und wir wissen noch nicht einmal, von wem das Kind stammen könnte, und da geht es uns wie allen Leuten, die sie kannten. Das ist doch nicht normal, oder? Es kommt mir ja gerade so vor, als wenn sie die letzten Jahre gar nicht existent gewesen wäre. Oder was meint ihr?«

»Das ist mir auch aufgefallen. Die Sekretärin im Büro drüben wusste nichts Persönliches zu erzählen. Nicht mal ein wenig Tratsch, oder so. Heute Vormittag habe ich mit dieser ehemaligen Ex-Freundin, so muss man wohl richtigerweise sagen, über sie gesprochen, die die Korbinian erwähnt hatte. Sie erzählte mir, dass die Holzberger so etwa vor drei, vier Jahren begonnen hat, sich von den andern abzugrenzen, nicht mehr zu Feiern gekommen ist, keine Telefonate mehr. Ganz seltsam. Und dabei hat es nichts gegeben, ist nichts vorgefallen – also kein Streit, kein Eklat. Aber vor vielleicht zwei Monaten, so hat sie mir erzählt, habe sie Judith Holzberger im Feneberg getroffen, beim Einkaufen halt. Und da habe die sich richtig über das Treffen gefreut, mit ihr geredet … ganz so wie früher, und ohne darauf einzugehen, dass sie sich ein paar Jahre lang gar nicht hat sehen lassen. Seltsam. Also irgendwas ist da noch im Verborgenen.«

Bucher stimmte zu. »Wie ihr Vater und auch Korbinian schon erzählt haben. Seit einigen Jahren völlig isoliert, und dann ein plötzlicher Wechsel im Verhalten vor einigen Monaten, Wochen.«

»Auf Basis der Informationen, die wir bis jetzt haben, kann ich nur vermuten, dass sie da in etwas ganz Übles reingeraten ist«, meinte Hartmann.

»Was ist eigentlich mit diesem Gallenburg, oder wie der heißt, der Lover aus dem Haus?«, fragte Bucher.

»Hab ihn heute nicht erwischt«, antwortete Hartmann.

Es entstand eine Pause, in der keiner etwas sagte, sondern über das nachdachte, was gerade gesprochen worden war. Ein hohes, pfeifendes Geräusch drang Batthuber in die Ohren. Seine Augen suchten die Quelle des Klangs und stießen nach einigem Suchen auf eine kleine, rote LED, die über dem Fenster leuchtete. »Was ist das?«, fragte er bestimmungslos gegen das Fenster, und Gohrer fühlte sich angesprochen. Er folgte Batthubers Blick in Richtung Fenster und sagte etwas abwesend. »Unsere Webcam. Voll auf den Breitenberg ausgerichtet.«

In Batthubers Augen blitzte es kurz auf.

Bucher hing anderen Gedanken nach. »Einen großen Fehler haben sie aber schon begangen.«

Die anderen sahen ihn überrascht an.

»Das Mädchen«, sprach er leise weiter, »das Mädchen.«

Wanger räusperte sich. »Das hast du glaube ich noch nicht gesagt ...«

Bucher sah die anderen an. »Ach ja, das hätte ich fast vergessen. Judith Holzberger hat schon einmal ein Kind geboren. Könnte allerdings auch eine Fehlgeburt gewesen sein.«

Nach einer kurzen Phase, in der alle durcheinanderredeten, fuhr er fort: »Niemand weiß offensichtlich davon. Die Eltern nicht, die Freunde nicht. Nirgends ist eine Geburt erfasst. Trotzdem werden wir da noch mal genau nachforschen müssen. Es ist durchaus möglich, dass das Mädchen Judith Holzbergers Tochter ist. Wir werden einen Abstammungstest beantragen und durchführen.«

Hartmann schüttelte den Kopf. »Die Kleine ist von keiner Behörde erfasst worden. Wir haben das alles schon überprüft, Johannes. Rein behördlich dürfte es dieses Kind nicht geben. Und wo war es die vergangenen fünf Jahre? So ein Kind muss doch sicher mal zu einem Arzt, und da werden Formulare ausgefüllt, Namen werden eingetragen ...«

»Das sind die Fragen, die wir zu klären haben. Sicher ist zumindest, dass es dieses Kind wirklich gibt, und ich glaube, es ist in Gefahr. Das ging im Ort ja sofort rum wie ein Lauffeuer, dass da ein Mädchen in der Wohnung war, also wissen *die* es auch. Daher bitte ich dich, noch heute mit der Heimleitung in Dingsda, da draußen halt, Kontakt aufzunehmen. Die sollen ein besonderes Auge auf die Kleine haben. Ende der Woche bringen wir sie ins Niederbayrische. Die Streifen fahren das Kinderheim weiterhin zur Kontrolle an.«

Gohrer nickte und sah zu Abraham Wanger.

»Die Kleine kann noch nicht lange bei ihr gewesen sein«, sagte Bucher versonnen. »Alex, wie war das in der Wohnung.

War eigentlich ein Schrank mit Kleidern für das Mädchen eingeräumt, Essen, Spielzeug, was man halt so für ein Kind braucht?«

Hartmann zuckte die Schultern. »War alles vorhanden, ja. Sah auch alles ziemlich neu aus, also nicht so, als ob es längere Zeit getragen und schon öfters gewaschen worden wäre. Ich habe aber keinerlei Rechnungen oder so gefunden. Nur die Anschaffungen für das ... ganz Kleine eben.«

»Eine Frage, Alex«, schaltete sich Lara Saiter ein, »Du hast vorhin von Kreditkarten gesprochen. Welche Karten genau habt ihr denn gefunden?«

Hartmann kramte ein Blatt Papier aus seinem Hefter hervor. »Mastercard, EC-Karte, Diners und zwei von diesen Kundenkarten. Wieso?«

»Ach, ich hab da so eine Idee. Mal sehen. Ich beschaffe mir die Dinger.«

Bucher hatte dem Dialog nachdenklich zugehört. Hartmanns Frage riss ihn aus seinen Gedanken. »Wie machen wir jetzt weiter?«, wollte er wissen.

Bucher überlegte einen Augenblick. Eigentlich lag alles auf der Hand. Lara würde diese Plastikfirma aufsuchen, Hartmann und Batthuber sollten versuchen, etwas über diese vermeintlichen Telekomtechniker mit diesem ominösen VW-Bus herauszufinden. Bucher selbst wollte sich um den Papierkram kümmern. Wichtig waren die erforderlichen Unterlagen, um an das Bankschließfach zu gelangen.

Consulting

Am Morgen des nächsten Tages peitschte Regen, von heftigen Böen getrieben, die Bergkette entlang, während Bucher gemächlich und einem staunenden Touristen gleich in Richtung Füssen fuhr. Er war in Gedanken, und jenseits der sichernden Autoscheiben gab es nichts zu bestaunen, außer Wassertropfen. Vom herrlichen Naturerlebnis, das Lara Saiter noch letzte Woche an gleicher Stelle bewundert hatte, blieben nichts als dunkelgraue Regenwolken und eine düstere vom Wind zerzauste Seefläche des Weißensees. Der Gipfel des Säulings war wie alle anderen Bergspitzen auch, schattenlos im Regennebel versunken, und von Füssen war erst etwas zu sehen, als Bucher die Autobahn querte.

Er folgte Schildern und Straßen, vorbei an Kasernenmauern, Supermärkten, Autohändlern und einem McDonald. Der ausgewiesene Parkplatz auf einem Gelände, das den Namen *Morisse* trug, war wegen eines Marktes gesperrt, daher wich er nach links in eine Seitenstraße aus, ließ sich vom Orientierungssinn leiten und parkte kurz darauf vor einer schlichten, in den Proportionen aber wohlgelungenen Kirche. Gleich daneben stand das Pfarrhaus, und dem Schaukasten entnahm er, dass es sich um die evangelische Christuskirche handelte. Er würde also wieder zurückfinden.

Telefonisch hatte er sich bei der Geschäftsstelle des Amtsgerichtes angemeldet, um die erforderlichen Unterlagen für die Öffnung des Bankschließfaches zu erhalten. Er war jedoch zu früh und wollte nun die Zeit für einen Spaziergang durch die Altstadt nutzen. Der Regen hatte ein wenig nachgelassen, und das Amtsgericht befand sich hoch über der Stadt – im Hohen Schloss, was allerdings nicht allzu weit entfernt lag. In wenigen Minuten war er in der Reichenstraße, die nach Süden, den Bergen zu, mäßig anstieg. Die Fassadenachse der einem Miniatur-Schmuckkästchen gleichenden Bürgerhäuser zwang den Blick nach oben, wo auf einem Felsen das Hohe Schloss thronte. Eindrucksvoll konstruiert, dachte Bucher: Schutz und drohender Schatten zugleich. Es wäre sicher interessant, die Geschichte dieser Stadt etwas näher kennenzulernen, doch dafür hatte er im Moment wahrlich keine Zeit.

Er nahm eine Seitengasse, die zu einem übersichtlichen Platz führte. Eine Markthalle zog ihn an, und drinnen stieß er auf ein Gemisch aus überbordenden Marktständen und Schänken. Ein intensiver Duft von Gewürzen, gegrilltem Fleisch, Oliven, frischem Brot und geräuchertem Fisch lauerte auf den Eintretenden, benebelte und umfing seine Sinne und zerrte ihn schließlich an einen der Stände. Er probierte mal hier, mal da, nur dem Wein widerstand er, wenn auch mit Mühe. Doch dafür war es noch zu früh am Tag, und in seinem Zimmer des Kurcafés Pfronten wartete ein alter *Malescasse*, in Gesellschaft einer etwas jüngeren *la Dominique*. Das war für schwere Zeiten gedacht, und leichte Zeiten – leichte Zeiten … ja, gab es das überhaupt?

Gesättigt zog er weiter, in der Hoffnung, nicht zu arg nach Knoblauch zu riechen, und stellte fest, dass das Gassennetz des Städtchens sich in steter Regelmäßigkeit um die Ankerpunkte Kirche und Wirtshaus spann. Dazwischen durfte das Geschäftsleben toben, welches im Moment mit Regenjacken und Schirmen gut zu bestellen war.

Am südlichen Ende der Reichenstraße betrat er die Buchhandlung Bruhns, wo er sich nach etwas Bestimmten umsah – und fündig wurde. Zufrieden steckte er das Taschenbuch in die Manteltasche und strebte, vorbei an St. Mang, den Hügel empor. Was er hinter den Malerfassaden des Hauptgebäudes entdeckte, stimmte ihn nicht froh.

Er dachte an seine Bürobehausung in München, im *Landeskriminalamt*, was, wie er fand, nicht schlecht klang. Fast ein wenig imposanter als *Amtsgericht Füssen*. Aber dazwischen lagen Welten. Genauer gesagt Bürowelten. Die Büros hier waren …, wie sollte er es nennen, Räume? Zimmer? Nein, es waren Gemächer!

Ein Richter, Staatsanwalt, vielleicht war es auch der Vogt, kam ihm im Gang mit offenem wehenden Talar entgegen, grüßte freundlich, doch bestimmt, wie es Herzögen eben eigen ist, und verschwand hinter einer großen, schmuckvoll gearbeiteten Holztür mit Eisenbeschlägen. Wahrscheinlich verbarg sich dahinter ein Baldachinbett für die Mittagsruhe, und im Keller wartete das Gesinde auf ein Klingeln, um endlich Gans, Fasan und Wildbret servieren zu können. Bucher musste an die Waschbetonfassade in München denken, die Ansammlung von Müllcontainern, die Baustraftaten des staatlichen Hochbauamtes. So ein altes Gemäuer hatte schon was, machte was her, und ganz sicher veränderte es einen auch. Jedenfalls waren die Unterschiede eklatant und für Gemüter, die im Übermaß Neid empfinden konnten, eine echte Zumutung.

Entgegen Buchers davongaloppierenden Fantasie funktionierte das Geschäftszimmer neuzeitlich korrekt und präzise. An einem modernen Bürotisch saß eine moderne Frau in hellgrauem Hosenanzug, und kein Burgfräulein. Sie gab die Daten, die ihr Bucher nannte, in den Computer ein, und der Laserdrucker arbeitete verhalten in der Ecke. Die Schreiben, die Bucher am Ende erhielt, wurden nicht mit Wachs und Siegelring gezeichnet. Ein wenig aufgewühlt und etwas weniger zufrieden wanderte er zum Auto zurück. Die Stadt hatte ihn für eine kurze Zeit lösen können von den drängenden Fragen die ihn zu martern begannen. Es waren in der Tat keine leichten Zeiten – und der 91er *Malescasse* würde heute Abend sein Ende finden.

*

In München klingelte das Telefon im Büro von Hans Weiss. Sein Freund Hocke vom Ministerium war am anderen Ende – und tobte. Nach dem ersten verbalen Sturm folgten sehr aufgebrachte Sätze, die von Wort zu Wort zu einem ruhigen, halblauten und eindringlichen Ton wechselten. Weiss saß regungslos da, horchte aufmerksam und brummte ab und an ein ernstes »Mhm«. Nur einmal, fast am Ende des Gespräches, zuckte Weiss kurz auf, als das Wort »*Schadensbegrenzung*« sein Ohr erreicht hatte, und er folgerte, was und vor allem wer alles sich hinter einem solchen an sich politischen Begriff verbergen und verstecken konnte. Nachdem er aufgelegt hatte, sank er nachdenklich in seinen ledernen Bürosessel und dachte nach. Als er sich endlich seiner selbst gewiss war, griff er zum Telefonhörer und wählte eine Handynummer.

Bucher meldete sich.

»Wo bist du?«, fragte Weiss freundlich und unaufgeregt.

»Auf dem Weg von Füssen nach Pfronten, wieso?«

»Hat Bröhle sich schon bei dir gemeldet?«

»Nein. Wieso? Was ist?«

»Es geht einiges schief hier. Ich bin nur froh, dass ihr da unten seid und die Sache übernommen habt.« Nach einer kurzen Pause sagte er: »Sorg dafür, dass die Kleine in Sicherheit ist. Ich melde mich wieder, wenn ich mehr weiß.«

Ohne eine Antwort abzuwarten, drückte er das Gespräch weg und gleich danach die Ruhetaste des Telefonapparates. Dann zog er den Mantel über, denn von Westen kamen immer neue, dunkle Wolken, die nichts Gutes brachten. Eine halbe Stunde später saß er im Büro von Hocke, zusammen mit einem schmalgesichtigen Herrn in dunklem Anzug, der eine randlose Brille und eine fahle Gesichtsfarbe zur Schau trug – und der keinen Namen hatte.

*

Weiss' Anruf hatte Bucher in Aufregung versetzt. Er kannte Weiss, und der sprach keine Warnungen alleine wegen eines unguten Gefühls aus. Er zuckelte die Weißenseer Steig hinauf und hing hinter einem Traktor, den er wegen des ständigen Gegenverkehrs nicht überholen konnte. Er fluchte und ließ seinen Unmut am Lenkrad aus. Auch der Motor musste höher drehen, als gut für ihn war.

Hartmann ging nicht ans Handy, Batthuber war nicht zu erreichen, und die Nummer der Pfrontener Dienststelle war ständig besetzt. Aufgeregt klickte er sich durch die Wiederwahlliste des Handys. Endlich tutete die Freisprecheinrichtung, und das Kinderheim Gschwend meldete sich in Form einer monotonen Männerstimme. Bucher erfuhr, dass Hartmann gerade bei der Kleinen war, und beruhigte sich ein wenig. Als er Hartmann endlich am Hörer hatte, bat er ihn, vor Ort zu bleiben und unterrichtete ihn über den seltsamen Anruf von Weiss.

»Sie heißt übrigens Laura«, sagte Hartmann, bevor Bucher auflegte.

»Woher weißt du das?«

Ein wenig Stolz klang mit als Hartmann antwortete. »Sie hat es mir gesagt.«

»Sag niemandem, dass sie spricht, Alex.«

*

Lara Saiter trieb antizyklisch zum morgendlichen Berufsverkehr auf der Autobahn nach Westen bis zur Ausfahrt Gilching und fand die Firma PVG schnell. Eine der Assistentinnen vom Empfang brachte sie ins Chefbüro, wo eine sympathisch lächelnde Frau auf Lara Saiter wartete. Lara Saiter hatte den üblichen Businessdress erwartet – grau bis dunkler Hosenanzug oder Kostüm. Ihr gegenüber aber stand eine sportliche Frau Ende vierzig in ausgewaschenen Jeans und braunem Kaschmirpulli. Außer der an sich unauffälligen Uhr trug sie keinen Schmuck. Sie stellte sich als Hildegard Bernack vor und meinte, dass es für sie etwas völlig Neues sei, einer Kriminalkommissarin gegenüberzusitzen, und schickte ein *Gottseidank* hinterher.

Lara Saiter fragte, ob sie wisse, was mit Judith Holzberger passiert sei. Es war ein Schock für sie, als Lara Saiter in kurzen Worten berichtete, was geschehen war. Sie ließ ihrer Gesprächspartnerin Zeit, sich zu fassen. Hildegard Bernack war aufgestanden und stand stumm, mit verschränkten Armen an der Fensterfront ihres riesigen Büros.

»Was stellen Sie hier eigentlich her?«, begann Lara Saiter

nach einer Weile und holte Hildegard Bernack aus ihrer Versunkenheit zurück.

»Entschuldigen Sie bitte. Ich bin noch ganz benommen. Wir … also ich habe mich erst vor knapp einem Monat mit Frau Holzberger getroffen.«

Lara Saiter nickte und wartete. Hildegard Bernack winkte entschuldigend ab, kam zurück und setzte sich wieder. »Wir stellen Plastikbehältnisse her. PVG heißt einfach Plastikverschweißungen Gilching.«

Lara Saiter wies hinaus auf den Hof und auf die gegenüberliegenden Produktionshallen. »Eine recht große Firma, wenn ich mich so umsehe.«

»Fast fünfhundert Mitarbeiter, allein hier in Deutschland. Insgesamt, also weltweit, haben wir an die siebenhundert Leute. Mein Vater hat eine spezielle Technik entwickelt, mit der sich Plastikbehältnisse ganz einfach sehr dicht verschließen lassen. Nichts für den Haushalt. Wir fertigen ausschließlich für den industriellen und wissenschaftlichen Bereich und sind da Marktführer.«

»Und Sie sind die Chefin. Respekt.«

Hildegard Bernack lachte. »Ja. Inzwischen bin ich die Chefin. Aber das war nie so geplant. Ich hatte völlig andere Ziele. Die Firma übernehmen, das war nie mein Ding, und wohl auch nicht in der Absicht meines Vaters gelegen.«

»Keine Geschwister?«

»Nein, und Sie?«

Lara Saiter verzog den Mund. »Drei Brüder.«

»Au weia, das macht tough. Kein Wunder, dass Sie da Polizistin geworden sind.«

Lara Saiter machte ein wegwerfende Handbewegung und kam zu ihrem Thema zurück. »Und wie ist das so zugegangen … ich meine Ihren Weg in dieses Büro, das interessiert mich wirklich.«

Hildegard Bernack breitete beiläufig die Hände aus. »Tja. Nach der Schule wusste ich nicht, was studieren, und rettete mich in eine Banklehre, während meine Freundinnen mit dem Rucksack durch Asien zogen.«

Lara Saiter lachte.

»Nach der Banklehre studierte ich dann Volkswirtschaft, aber nur, weil mein Vater das gerne wollte.«

»Also doch.«

»Nein, nein. Nach der Sache mit der Volkswirtschaft machte ich endlich das, worauf ich Lust hatte – Literatur- und Kunstgeschichte. Ich lebte bis vor einigen Jahren in London und war da für ein Auktionshaus tätig. Dann wurde mein Vater krank, und da meine Mutter schon vor einigen Jahren gestorben war, fand ich mich immer öfter hier in Gilching wieder – und zudem immer stärker in die Firmengeschäfte eingebunden. So ist das dann ganz langsam geworden. Als mein Vater starb, stand ich dann plötzlich mit der Verantwortung für ein paar hundert Leute da. Schwierig.«

Lara Saiter nickte. »Kann ich mir denken.« Nach einer Pause fragte sie: »Wie kamen Sie in Kontakt mit Judith Holzberger?«

»Das geschah in dieser Phase, als mein Vater gestorben war und ich die Firmenleitung übernehmen wollte.«

»Hatten Sie die Leitung nicht automatisch nach dem Tode ihres Vaters?«

»Nein. Es gab einen Beirat. Und da saßen einige Herrschaften, die die Meinung vertraten, eine Frau, also ich, könne das nicht. Das hat meinen Sportsgeist doch sehr angestachelt.«

»Mhm. Netter Beirat.«

»Naja. Es wurde vereinbart, dass ich externe Unterstützung beiziehen sollte, um die Firmengeschäfte zu führen. Und da kam es zum ersten Kontakt mit Judith Holzberger. Sie arbeitete damals für eine Münchner Kanzlei, war eine exzellente Anwältin und hatte bereits Erfahrung, was den Beratungsbedarf mittelständischer Firmen anlangt.«

»Judith Holzberger hat Sie also beraten?«

»Nein. Sie stellte lediglich die Schnittstelle zu einer Beratungsfirma her. XPro Consult, hier in München. Die wurden beratend tätig und suchten auch einen Geschäftsführer für uns.«

»Einen Geschäftsführer?«, fragte Lara Saiter überrascht, »Aber das wäre doch Ihre Tätigkeit gewesen, operativ.«

Hildegard Bernack stimmte ihr zu. »Eigentlich schon. Ich saß damals im Beirat – in meiner Eigenschaft als ... *Tochter*. Jedenfalls übernahm die XPro Consult in Zusammenarbeit immer mehr das operative Geschäft, wie Sie schon sagten, und zum Bruch kam es dann vor über einem Jahr.«

»Zum Bruch?«

»Ja. Der Geschäftsführer wollte PVG als Aktiengesellschaft an die Börse bringen. Das war auch das erklärte Ziel von XPro Consult. Und da habe ich dann nicht mehr mitgemacht. Da ging es heiß her. Auweh.«

»Und wo war da Judith Holzberger zu finden. Auf welcher Seite stand sie? Sie war ja inzwischen auch in Füssen.«

»Ja. Aber das hatte keine Auswirkungen. Sie betreute ihre Mandanten so wie zuvor auch. Sie stand zunächst auf der Seite von XPro Consult und Herrn Dr. Geisser.«

»Zunächst?«

»Ja. Also sie hat zu Beginn das Projekt mit der Aktiengesellschaft sehr vorangetrieben. Bis etwa vor einem halben Jahr. Da ergab sich eine Änderung.«

»Inwiefern?«

Hildegard Bernack überlegte. »Ja. Es war im Frühjahr, da hatte ich überhaupt nicht mehr den Eindruck, dass sie die Sache noch engagiert fortführen wolle. In den Besprechungen zuvor war da immer ein sehr enges Verhältnis zu den Leuten von XPro Consult und Dr. Geisser erkennbar. Aber das schien auf einmal sehr abgekühlt zu sein. Und sie hat dann Schritt für Schritt auch meine Argumentation übernommen. Ich war sehr verwundert, obwohl ... im Nachhinein muss ich sagen, ich war mehr erfreut als verwundert.«

»Haben Sie eine Erklärung für diesen doch überraschenden Sinneswandel?«

»Nein. Ich muss Ihnen sagen, ich war einfach froh, diese XPro Consult und Dr. Geisser loszuwerden, denn die spielten sich zum Schluss wirklich wie die Eigentümer der Firma auf. Es war ganz vertrackt. Am Anfang hatte ich das gar nicht mitbekommen, aber einige Schlüsselpositionen in der Firma wurden neu besetzt. Leute, die Jahrzehnte gut und vertrauensvoll für uns gearbeitet hatten, suchten sich plötzlich einen andern Job.«

»Wie das?«

»Mobbing«, lautete die trockene Antwort.

»Und wer hat gemobbt?«

»Dr. Geisser hat zwei Assistenten mitgebracht. Eine ganz üble Truppe.«

Sie legte ihre Hand auf den Bauch. »Mir wird ganz flau, wenn ich an diese Zeit denke.«

»Sie sagten, Sie hätten Judith Holzberger vor Kurzem erst wiedergetroffen. War das geschäftlich?«

»Ja. Es gab noch einige Unterlagen und Akten, die aufgearbeitet und zum Abschluss gebracht werden mussten. Dazu brauchte ich sie.«

»Und wie war das?«

»Es war eine andere Frau, die da vor mir stand. Nicht mehr diese überkorrekte, exakte, unnachgiebige Anwältin, mit der man sich über nichts anderes als das aktuelle Projekt unterhalten konnte. Nein. Sie sah blendend aus, der Bauch war ja auch schon zu sehen, und … ja, sie war aufgeschlossen. Wir haben hier fast einen Tag zusammen verbracht und … geratscht. Es war schön. Wenngleich ich trotzdem eine gewisse Distanz zu ihr verspürt habe. Wissen Sie, es war so eigentümlich an diesem Tag. Eigentlich waren wir beide uns von unserer Persönlichkeit her sehr nahe, aber an diesem Tag … es war so, als gingen wir an einem Bach entlang, jede auf einer Uferseite, und wir unterhielten uns über das trennende Wasser hinweg – jede von uns hätte sich eine Brücke gewünscht, die uns zusammengebracht hätte, aber die kam nicht.« Ihre Hand fasste um das Kinn. »Das, was Sie erzählt haben, ist so unvorstellbar.«

»Was ist eigentlich mit diesem Dr. Geisser und seinen Mobdogs?«

»Ach der. Der wird in seinem Haus in Oberkirch sitzen und nach einer neuen Herausforderung Ausschau halten.«

»Oberkirch, wo ist denn das?«

»Ach, das ist ein kleiner Ort an einem See, sehr schön gelegen, zwischen Füssen und Pfronten.«

Lara Saiter wurde hellhörig. »Waren Sie schon mal dort?«

Sie lachte. »Ja, mit Google Earth. Fantastische Sache, oder?«

»Sicher. Ich nutze das auch regelmäßig. Noch eine Frage zu dieser XPro Consult, haben Sie zufällig die genaue Anschrift von denen zur Hand?«

Hildegard Bernack stand auf, holte eine Visitenkarte und reichte sie Lara Saiter.

Die hatte noch eine Bitte. »Hätten Sie vielleicht irgendetwas, was noch zu dieser XPro gebracht werden müsste?«

»Sie wollen da rein, nicht wahr?«, fragte Hildegard Bernack.

Lara Saiter nickte.

*

Eine Stunde später parkte sie den Benz in der Lothstraße. Sie wartete eine Weile und beobachtete den Eingang zur Villa. Nichts tat sich. Von außen war gleichförmiges Bürolicht erkennbar, das einen Blick hinter die seidigen Stores ermöglichte. Doch auch dahinter war keine sonderliche Aktivität festzustellen. Es schien ein konzentriertes, ruhiges Büroleben zu sein. Sie stieg aus und marschierte mit dem großen Kuvert in der Hand hinüber, klingelte und verkündete in die Sprechanlage, dass sie von der Firma PVG komme und etwas persönlich abzugeben habe.

Lediglich ein auffallend kleines Messingschild wies auf die XPro Consult hin. Der Türöffner summte, und sie drückte die unerwartet schwere Holztür auf, deren dunkelbrauner Lack wie neu glänzte.

So heimelig die alte Villa von außen wirkte, so kühl und schmucklos war sie in ihrem Innern gestaltet. Kühle schmucklose Steintreppen, kahle, cremefarbene Wände. Als die Tür ins Schloss fiel, hallte es nach.

Lara Saiter stieg eilig die Stufen empor und gelangte in einen breiten Gang, der links und rechts abzweigte. Auf dem Parkettboden lag ein roter Läufer. Auch hier waren die Wände kahl. Die Türen, die vom Gang abzweigten, standen offen. Da sich niemand sehen ließ, sie aber Geräusche von hinten links hörte, ging sie zurück ins Treppenhaus, nahm mehrere Stufen gleichzeitig und gelangte in die oberste Etage, deren Zugang eine mit Milchglasscheiben besetzte Holztür versperrte. Lara Saiter drückte die Klinke herunter und stand wieder in einem Gang, der sich nicht von dem unteren unterschied.

Sie hielt inne, denn es waren Stimmen zu hören, die aus einem der hinteren Zimmer kamen. Sie lauschte. Den Stimmlagen nach waren es ausschließlich Männerstimmen, die im Gleichklang murmelten. Es war kein Gespräch, keine Diskussion, keine Unterhaltung, und es hörte sich nachdrücklich und angespannt an. Der Klang trug nichts Beruhigendes in sich, eher so, als würden die Sprechenden die Kühlheit und das Kahle des Hauses aufnehmen

Lara Saiter schauderte. Irgendwie klang es … ja, es kam ihr vor wie ein gemeinsam gesprochenes Gebet. Die Worte konnte sie nicht verstehen, aber sicher war, dass etwa fünf, sechs Männer in gleichem Rhythmus sprachen, und es gab Wiederholungen.

Von unten waren kurze, klackende Schritte zu hören. Leise schloss sie die Tür wieder, rief ein fragendes »Hallo« und ging wieder nach unten. Dort traf sie auf eine ältere Frau, deren Gesichtsausdruck keinerlei Interpretationsspielraum ließ. Sie trat Lara Saiter unfreundlich und abweisend entgegen. Sah an ihr vorbei nach oben und fragte: »Was hatten Sie da oben zu suchen?«.

»Die wichtigen Leute sitzen doch immer oben«, antwortete Lara Saiter dreist, was zu keiner Vertiefung ihrer kurzen Beziehung führte.

Die Empfangsdame bat sie in ein großzügiges Büro, wo sie artig den völlig unwichtigen Brief abgab und sich wieder verabschiedete. Beim Hinausgehen erhaschte sie noch einen kurzen Blick durch die halb geöffnete Tür, die nach hinten in einen weiteren Raum führte. An der Wand hing ein Bild oder ein Foto. Lara Saiter musste grinsen. Manche Leute hatten schon einen seltsamen Geschmack. Zufrieden setzte sie sich ins Auto. XPro Consult war eine interessante Adresse für Ermittlungen.

*

»Und was machen wir jetzt?«, fragte Bucher.

Hartmann zuckte mit der Schulter. »Ich denke, sie ist hier gut aufgehoben. Was wollte Weiss denn eigentlich genau?«

»Dass die Kleine in Sicherheit ist. Er sagte noch, dass einiges schieflaufe und dass er sich wieder melden würde, wenn er mehr wüsste.«

Hartmann schüttelte den Kopf und sah zum Fenster hinaus auf die Weide, wo drei Haflinger ruhig grasten.

Bucher presste die Lippen zusammen und schlug mit der rechten Faust in die linke Handfläche. »An der Sache ist alles faul und ich bin mir nicht sicher, ob wir alle Informationen erhalten, die die da oben haben.«

»Du glaubst doch nicht etwa, dass Weiss uns an der langen Leine verhungern lässt.«

Bucher winkte ab. »Natürlich nicht. Der hängst doch selbst in der Luft. Er hat wohl einen Anruf aus dem Ministerium erhalten.«

»Komisch ist die Sache schon, aber was Laura angeht habe ich keine Sorge. Sie ist hier wirklich gut versorgt. Wir reden noch mal mit den Heimleitern, dass immer jemand ein Auge auf sie hat, wir kommen, so oft es geht selbst hierher, und sobald wie möglich bringen wir sie an diesen neuen Ort. Wer weiß eigentlich, wo das sein wird?«

»Bisher nur Weiss, das Präsidialbüro und die Zieladresse.«

»Na also.«

»Ich bin trotzdem beunruhigt. Wir haben da kein kleines Mädchen, sondern die Zeugin eines perfiden Mordes; das ist es, was mich beunruhigt. Und wer eine Schwangere so eiskalt tötet, macht auch vor kleinen, süßen Mädchen nicht halt, weißt du, was ich meine!?«

Hartmann verfolgte stumm die Haflinger, die am Fenster vorbeizogen. »Ich werde ab sofort hier schlafen.«

»Gut«, stimmte Bucher beruhigt zu, »wo ist eigentlich unser Kleiner.«

»Der hat sich in die Sache mit dem VW-Bus verbissen. Wir waren nochmals bei der Meichlbrink und haben versucht, den Fahrzeugtyp weiter einzugrenzen. Ich hatte nicht den Eindruck, ihm helfen zu können und bin hier raus gefahren.«

»Hast du was von Lara gehört?«

»Nein, aber die wollte ja bei dieser Plastikklitsche vorbeischauen.«

»Mhm.«

»Was hast du jetzt eigentlich vor … hat das mit den Unterlagen beim Gericht geklappt?«, fragte Hartmann, ohne Bucher anzusehen. Die Haflinger waren inzwischen aus dem Sichtbereich verschwunden.

»Habe ich alles bekommen. Morgen ist das Schließfach dran. Da soll sich Lara drum kümmern. Ich will noch mal in die Wohnung, und dann wäre es, glaube ich, gut, wenn ich nach München fahre. Ich muss mit Weiss reden.«

»Verstehe ich.«

*

Batthuber saß in einem Büro der Pfrontener Dienststelle und starrte auf den Computerbildschirm. Immer wieder wanderte sein Blick vom Bildschirm zu seinem Notizbuch und zurück. Es folgten einige Tastenanschläge und darauf wieder der gleiche Vorgang. Er war derart konzentriert, dass er die Gestalt überhaupt nicht wahrnahm, die draußen im Gang an der Wand lehnte und ihm zusah. Batthuber hatte für die Arbeit, die er sich vorgenommen hatte, Ruhe geschaffen. Er hörte nicht das ständige Klingeln der Telefonanlage im Nebenraum, nicht die über mehrere Büros hinweg geführten Gespräche der Kollegen oder das Knarren der Holzdielen, wenn jemand den Gang entlangging und am Büro vorbeikam. Schon gar nicht nahm er die Geräusche wahr, die das alte Haus an sich von sich gab. Auch das Pfeifen des Laserdruckers, dem er selbst die Druckaufträge mit einem nachdrücklichen Mausklick gab, drang nicht bis zu ihm vor. Er hatte eine Spur aufgenommen und schnürte wie ein Raubtier auf digitalen Pfaden dem nach, was für ihn das Wild war. Batthuber war ein geborener Ermittler.

Er schrak zusammen, als eine feste Stimme in die Welt seiner imaginären Jagd eindrang.

»Kann ich dir vielleicht helfen?«

Batthuber drehte sich zur Tür und nahm nun erst jetzt Notiz von dem jungen Kerl in Uniform, der an der Wand gegenüber lehnte und ihn ruhig betrachtete: Carsten Schommerle. Batthuber musterte ihn skeptisch, entschied sich dann für ein Lächeln und machte weiter. Die Uniform verschwand. Kurz darauf wurde er erneut gestört. Markus Rindle trampelte ohne Ankündigung ins Büro, stellte eine Tasse Kaffee auf den Schreibtisch und zwinkerte Batthuber zu. »Gib dem Streberle halt einen kleinen Job. Der träumt von der Kripo, weißt du.«

Batthuber lachte ihm zu, bedankte sich für den Kaffee und machte weiter.

Vor ihm liefen Listen mit Kennzeichen über den Bildschirm. Immer wieder schüttelte er resigniert den Kopf. Er hatte sich weniger Treffer erwartet, und es graute ihm vor der Arbeit, die Bucher ihm würde aufdrücken müssen.

Er ging hinaus in den Gang und suchte diesen Markus Rindle mit seinen roten Backen. Der hatte ihnen ja die Computer installiert, also würde er ihm helfen können bei seinem nächsten Vorhaben. Rindle war inzwischen verschwunden, aber dieser Schommerle saß im Kaffeezimmer und kaute auf den Fingernägeln herum. Batthuber machte ihm eine Freude.

*

Lara Saiter saß in einer Zweigstelle des Münchener Amtsgerichtes, wo sie in den endlosen Tabellen des Handelsregisters recherchieren konnte. Es war eine jener Arbeiten, wie sie auch Batthuber gerade verrichtete – geduldiges Abrufen von Datenbeständen, Sichten von Einträgen, Verfolgen von Verbindungen. Was allerdings kein Computer konnte, war die Präsenz von Wissen, das sich aus Fakten, Gehörtem, Gesehenem und erlebten Stimmungen zusammensetzte. Dieses Wissen versetzte einen in die Lage, alleine anhand eines Namens, einer Adresse oder eines Begriffes, Zusammenhänge zu konstruieren. Dieses Durchforschen von zu Wort gewordenen Fakten könnte trocken und langweilig erscheinen, aber im Grunde war genau dies die Arbeit, die Lara Saiter liebte, war dies die Tätigkeit, in welcher nicht weniger Spannung lag als in einer Vernehmung oder in dem Zeitpunkt, an welchem sich die Dinge klärten.

Sie hatte ihr Notizbuch aufgeschlagen und notierte Namen, forschte weiter, notierte wieder, verband die Namen mit Pfeilen und Strichen. Geduldig. Als sie ihre Recherchen beendet hatte, wechselte die Behörde, und sie landete im Katasteramt, sah dort Pläne ein und fotografierte die für sie informativen Eintragungen mit der kleinen Digitalkamera. Die Telefonate, die erforderlich waren, erledigte sie vom Büro aus. Es war ungewohnt, so alleine in diesem Trakt zu arbeiten. Es war beunruhigend still.

*

Bucher fuhr voller unruhiger Gedanken in Richtung München, ohne Blick für das Land. Die sanft über die Hügel schwingende Straße war ihm vor Tagen noch als Inbegriff der Entschleunigung erschienen. Die romantischen Gedanken waren verflogen, und die Kurven erschienen ihm nun eher als Hindernis, standen einem zügigen Fortkommen im Wege. Mehrfach versuchte er, Hans Weiss telefonisch zu erreichen – vergeblich. Eigentlich hätte er ihn aufsuchen wollen, doch nun entschied er sich anders und fuhr am Landeskriminalamt vorbei, direkt ins Stadtzentrum. Er fand ein passabel gelegenes absolutes Halteverbot in der Brienner Straße, stellte den

Wagen ab und suchte die Galerie auf, in der Judith Holzberger das Stillleben gekauft hatte.

Eine vornehme, stolze Frau mit dunklen, kurzen Haaren empfing ihn. Ihr professionelles Lächeln offenbarte eine werbefähige Zahnreihe, die ihm ebenso hell entgegenglitzerte wie die Perlenkette, die sanft auf dezent gebräunter Haut die Bewegungen des Körpers auszugleichen versuchte und es ihm schwermachte, den Blick nicht immer wieder einmal dem Dekolleté zuzuwenden. Er stellte sich vor und bemerkte wie ihre schmalen dunklen Augen noch ein wenig schmaler wurden, konnte verfolgen, wie die freundliche Ausstrahlung ihres Körpers verfiel, als er das Signal bekam, dass es kein Kunde war, dem er gefallen musste, sondern ein Kriminalbeamter. Die Zähne verschwanden, die Perlenkette blieb.

Bucher registrierte es wie nebenbei, ohne davon in irgendeiner Weise betroffen zu sein, holte sein Notizbuch hervor, las still und teilte ihr die Lebensdaten des Stilllebens mit.

»Ich erinnere mich«, kam die zurückhaltende Antwort. Eine kluge Reaktion, denn sie verschaffte ihr Zeit, weiter nachzudenken, ohne dass sie sich eine Blöße gegeben hätte. Auf Fragen zu schweigen konnte peinlich sein. Phrasen zu beherrschen, die dies verhinderten, war eine höhere Stufe bürgerlicher Erziehung.

Bucher fragte freundlich: »Woran erinnern Sie sich?«

Sie spielte kurz mit den Lippen, so als wollte sie eine Spur Lippenstift verteilen. »Mhm ... der *van Heyden* ist von einwandfreier Herkunft. Wir sind ein seriöses Haus und haben dies alles korrekt überprüft ...«

Bucher unterbrach sie. »Nein, nein. Es geht nicht um die Herkunft des Gemäldes, auch nicht in erster Linie um dieses wunderbare Bild. Erinnern Sie sich an den Käufer? Erzählen Sie einfach, was Ihnen dazu einfällt.«

Er sprach absichtlich von einem Käufer. Sie zuckte mit den Schultern, was Ausdruck echter Verwunderung war. »Aber sicher erinnere ich mich. Es war eine junge Frau, die das Bild erworben hat.«

Bucher nickte ihr aufmunternd zu.

»Es war ein sehr unkompliziertes Geschäft ... also, ich meine ... sie hatte das Bild in unserem Fenster gesehen, kam herein, fragte, was es kosten würde, und eine Stunde später hat sie die Galerie mit dem Gemälde verlassen. Sie schien sich sehr über den Kauf gefreut zu haben, und das konnte sie auch ... ein wunderbares Bild, wie es selten auf den Markt kommt. Wir hatten es gerade mal zwei Tage im Fenster. Das kommt wirklich selten vor, glauben Sie mir. Sozusagen ein Highlight.«

»Mhm. Eine Stunde war sie weg ...«, wiederholte Bucher und sah sie fragend an.

»Naja. Sie musste noch Geld holen, denn Sie wollte unbedingt bar bezahlen.«

Sie verstand Buchers Blick und sagte: »Neuntausendachthundert.«

»Ja. Es ist ein sehr schönes Gemälde. Sehr alt und die Farben – voller Leuchtkraft, Wärme. Man riecht förmlich die Blumen und Früchte.«

Sie lächelte wieder. Diesmal weniger offen, dafür eine Spur freundlicher. »Die Restauration ist in Landsberg durchgeführt worden. Es war nicht viel auszubessern. Aber eine gründliche Reinigung tut den meisten Ölschinken gut. Jedenfalls eine meisterhafte Arbeit. Aber sagen Sie bitte, aus welchem Grund interessiert sich die Polizei für dieses Gemälde?«

»Die junge Frau ist tot«, sagte Bucher ohne Umstände und Emotion.

Erschrocken und doch mit einer vornehmen, fast zärtlichen Geste legte sie die linke Hand an den Mund. Nur die Spitzen von Zeige- und Mittelfinger berührten sanft die Lippen.

»Sie wurde ermordet«, ergänzte Bucher.

Kurz darauf versuchte er, dem anschwellenden Feierabendverkehr zu entrinnen und möglichst schnell die A96 stadtauswärts zu erreichen. Er klingelte Lara an, die zu seiner Verwunderung im Büro war, und erzählte ihr vom Besuch in der Galerie und von dem, was er sonst noch erfahren hatte.

»Sie hat mit fast zehntausend Euro in bar bezahlt und hatte

das Geld innerhalb einer knappen Stunde. Sie muss also über eine Bank in der Innenstadt verfügen, die noch einen Kundenschalter hat, wo man so viel Geld erhalten konnte. Vielleicht hilft dir das weiter.«

Sie dankte und fragte: »Hast du Weiss schon erreicht?«

»Nein.«

»Komische Geschichte, oder, was meinst du?«

Er ging nicht darauf ein. »Wir sehen uns morgen früh zur Besprechung in Pfronten. Ich fahre nicht mehr runter und bleibe heute zu Hause. Alex schläft im Kinderheim und der Kleine ist bei seinem Bergführer gut untergebracht.«

Je näher er dem Lech kam, desto besänftigender wirkte das träge Dahinfließen des unter Kuratel gestellten Flusses auf sein Gemüt. Er drosselte schon vor Landsberg das Tempo, rollte gemächlich dahin, überquerte den Lech und hatte wieder Freiraum für einen Blick auf die frühherbstlichen Baumreihen, die das Ufer begleiteten. Kurz hinter der Brücke kam ihm Engelbert auf dem Eicher, Typ Königstiger, entgegen. Erna saß auf den zerrissenen Resten des Kunstlederpolsters auf der rechten Sitzbank. Sie ruckelte im metronomischen Takt der Zylinder, die das Gefährt seit Jahrzehnten durchschüttelten.

Engelbert hatte Buchers blauen Passat von Weitem erkannt und übermittelte gestikulierend nicht nur einen Gruß, sondern auch die Aufforderung, anzuhalten. Sie hielten mitten auf der wie immer einsamen Straße. Bucher kurbelte die Seitenscheibe herunter, und Engelbert lehnte sich über den Seitensitz.

»Wann kommt dein Pfarrer wieder?«, lautete die Frage.

»Es ist nicht mein Pfarrer.«

»Jetzt …«, forderte Engelbert mit Nachdruck.

»Am Wochenende. Samstag vermutlich. Wieso?«

Engelberts Miene erhellte sich, und er wandte sich lächelnd zu Erna um.

Dann war Bucher wieder an der Reihe. »Ist die Miriam auch da am Wochenende?«

»Ja, sie kommt am Freitag, aber was ist denn?«

Statt einer Antwort erhielt er einen Gruß, bestehend aus

einem kurzen Wink mit der Hand und einem breiten Lächeln. Engelbert beugte den Oberkörper nach vorne, legte den Gang ein und zuckelte davon.

Nur wenige Minuten später trat Bucher in die Einsamkeit des alten Bauernhauses. Es war still. Nichts summte, ratterte, brummte. Kein Fernseher, kein Radio übertönte das Sein. Er entledigte sich der Schuhe und kroch in die löchrigen Stoffpantoffeln, die er vor Miriams Zugriff bisher hatte bewahren können. Vor denen, die hier hereinkamen, waren ihm die alten Dinger nicht peinlich. Das Jackett warf er auf die Liege am Kachelofen. Müde zog er einen Stuhl heran, setzte sich und nahm diesen rundum wohltuenden Blick aus dem Fenster, hinaus auf den Wald, die abfallenden, offenen Weidestücke und die Lechschleife. Zurzeit erlaubten die Elektrizitätswerke einen hohen Wasserstand, und so schimmerte ein metallischer Schein zwischen den Baumwipfeln hindurch. Bucher saß eine ganze Weile gedankenverloren da, hörte dem leisen Rauschen in seinem rechten Ohr zu, das merklich verebbte. Ein gutes Zeichen.

Die Stadt, ihr Klang und ihre Geschwindigkeit hatten ihm zugesetzt. Er war gerade mal wieder in einer jener Phasen, in denen es ihm schwerfiel, sich Menschenansammlungen auszusetzen, wo selbst die Gesellschaft eines Einzelnen zu viel war. Obgleich er diesen fremden Menschen gegenüber, denen er auf den Straßen, in den U-Bahnen und Geschäften begegnete, sich in ihrer Gesellschaft befand und mitschwamm wie ein Fisch in einem Schwarm, wegen einer fehlenden Beziehung eigentlich gleichgültig hätte sein müssen, fühlte er sich dennoch bedrängt. Er brauchte ab und an seine Einsamkeit, und die Zahl der ihm Vertrauten, die diese Einsamkeit aufheben durften, war sehr übersichtlich.

Es ging ihm gut, und in Gedanken, zart, ganz aus der Ferne hörte er Georges Moustaki singen: *No, je ne suis jamais seul, avec ma solitude*. Manchmal, in Augenblicken, die diesem ähnlich waren, fürchtete er, zu einem Misanthropen zu werden, der alt, hässlich, unnahbar und einer märchenhaft riesigen Unke gleich, in einem Bauernhaus über dem Lech hockte und dem bösen Geist in sich damit ein ansehnliches Heim verschafft hatte, von dem aus es alltäglich war, voller Arg und Missmut auf die Welt zu blicken, den Mitmenschen gegenüber sich nur noch durch Boshaftigkeit und Bösartigkeiten mitteilend. Er war froh um Miriam.

Er tat so, als gäbe es kein Allgäu, kein Pfronten, kein Füssen, keine Laura, und keine Judith Holzberger, zog sich aus und duschte lange. Seelisch etwas frischer ging er in die Küche und schnitt bretonische Schalotten. Um sich zu quälen und wieder klarer denken zu können, hielt er sich an Siebecks Befehl, die Würfelchen maximal zwei Millimeter groß werden zu lassen. In Spanien geißelten sie sich. Das war pures Mittelalter. Das deutsche Bürgertum hatte dafür kultiviertere Methoden ersonnen, die dazu noch Weltläufigkeit und Bildung vermittelten.

Der Duft von Knoblauch, schmorenden Schalotten, Olivenöl und einfachen Gewürzen öffnete die Brust. Zum Thunfisch kam noch eine kleine, grob gehackte rote Zwiebel, ein Schuss fränkischer Silvaner, das Ganze harsch aufgekocht und schließlich unter die Penne gemischt – so wurde man wieder zu einem Philanthropen.

Er legte *All Improvviso* von Christina Pluhar auf und aß alleine mit sich selbst und voller Genuss und lauschte den wohligen Klängen und dynamischen Phrasen, die große Sehnsüchte stillten, kleine weckten und einen in andere Welten und Zeiten entführten.

Danach saß er wieder da und blickte auf den Fluss hinab. Als er die leere Flasche *Bionade Kräuter* zwischen seinen Händen gewahrte, fiel sein Blick auf den 1999er Haut-Cabut. Der *Malescasse* fiel ihm ein. So weit war es also mit ihm gekommen. Er brachte die Weine schon durcheinander. Zeit, dass Miriam und Peter Manner auftauchten.

Er schlief unruhig, war von Träumen gepeinigt. Telekomtechniker fielen in sein Haus ein und versuchten, mit Kunststoffseilen Telefondosen anzuschließen. Sie hörten nicht auf

Buchers Hinweise und Ratschläge. Jedes Mal, wenn er einen der in magentafarbene Overalls Gekleideten berühren wollte, versagten seine Muskeln. Unter der Telefonnummer, die ihm die Männer gaben, meldete sich eine freundliche Frauenstimme, die ihn bat, die Eins zu drücken, falls er einen Telefonanschluss anmelden wolle. Bucher drückte und landete in der nächsten Zahlendrückorgie. Landete er irgendwo bei einer echten menschlichen Stimme, so flog er aus der Leitung. Diese Sequenz wiederholte sich unzählige Male, bis er schließlich erwachte, sich im Bett drehte, nur um jetzt von VW-Bussen mit Telekom-Logo zu träumen, die durch seinen Garten fuhren; im Briefkasten lagen Schreiben mit horrenden Rechnungsforderungen für Telefongespräche, dazu packenweise Mahnungen. Gerichtsvollzieher mit magentafarbenen Mützchen liefen im Haus herum, beklebten alles mit Kuckucken. Irgendwann, spät am Morgen, fiel er doch noch in einen kurzen, tiefen Schlaf.

Der Wind, der während des Regens zur Ruhe gebracht worden war, frischte wieder auf und zerstieb die dunkle Wolkenwand in einzelne Fetzen. Zwischen ihnen wurden rosa Himmelsstreifen sichtbar. Es war nicht ersichtlich, wie lange man vor stürmischem Regen sicher war.

Hans Weiss meldete sich nicht.

Waidmannsheil

Martin Well war mitten in der Nacht aufgestanden. Seine Ahnung hatte ihn nicht getrogen, wie er feststellen konnte, als er aus dem Fenster blickte. Ein klarer Himmel breitete sich über das östliche Allgäu. Der jüngste Sohn, der noch zu Hause wohnte, schlief tief und fest – und Wells Frau sowieso. Leise wusch er sich und zog sich an. Sira, der Pointerhündin, gebot er, still zu sein. Sie ahnte den Gang, freute sich hündisch und unterdrückte das freudige Winseln, wenn auch mit Mühe. Das Schwanzwedeln war nicht weniger leise. Vorsichtig zog Martin Well die Haustür zu.

Die Nacht war schon zerrissen, und er war alleine unterwegs. Den Geländewagen steuerte er den Obweg entlang, passierte kurz darauf das Hotel Bavaria. In drei Fenstern des Gästetraktes brannte schon – oder immer noch – Licht. Eine Jagdgesellschaft konnte es jetzt, im frühen Herbst, noch nicht sein. Das hätte er als angestellter Jäger schließlich gewusst.

Er fuhr nach Süden, und die schmale Straße führte mitten in einen breiten Schlund, der aus beidseits der Straße in die Höhe wachsenden Felsen erwuchs. Rechts der Straße fiel die Aach dem Tal zu. Nadelwald mischte sich beidseits des Weges in das Gestein. Die Abzweigung zur Fallmühle ließ er rechts liegen, holperte über ein Einlassgitter, das Paarhufern den geteerten Weg versperrte, und bog bald darauf nach rechts in einen Schotterweg ein. Die letzten hundert Meter bis zum bewaldeten Berghang querte er auf einer offen gelassenen Weide. Dann stellte er den Geländewagen ab.

Er holte Rucksack, Fernglas und die Bockbüchsflinte aus dem Kofferraum, setzte den Hut auf, richtete Jacke, Wollweste und Leinen, obschon ihn niemand hätte sehen können. Doch Martin Well war mit ganzem Herzen Jäger, hatte Freude an seinem Beruf und achtete die Tradition, sofern sie zweckmäßig war und ihm achtenswert erschien. Dann marschierte er los.

Sira durfte frei gehen. Den Pfad, den er ausgesucht hatte, kannten nur wenige. Steil und mit nur wenigen Kehren ging es durch dichten Wald bergan. Well spürte, wie die Brust nach anfänglichem Druck weiter wurde, wie Gelenke und Muskeln sich dehnten, und er den Schritt anziehen konnte. Er mochte seinen Körper und schonte ihn nicht. Beides bedingte einander.

Als er auf die Lichtung trat, schimmerte über den Felsgraten ein rosa Schleier. Der Wind war beständig und trieb die Wolken weiter. In weitem Bogen umrundete er die Bärenmoos-Alpe, musterte ab und an die Losung, die er fand, und stieg an verborgener Stelle wieder in den Wald ein. Im Osten hatte die Sonne gerade die Bergkette der Ammergauer Alpen überwunden und warf sich wie seit Beginn der Ewigkeit auf die vom gleißenden Schein nicht zu beeindruckende Felswände.

Well ging langsam bergab und kam an die Lichtung auf halber Höhe, deren obere Hälfte in wolkenlosen Phasen in gleißendem Licht lag. Von hier konnte man auch einem groben Fahrweg folgen, der in harschen Kehren nach unten leitete. Am Westhang der Lichtung stand ein alter, teilweise verfallener Holzstadel, der dem alten Kneissl gehörte und nicht mehr genutzt wurde. Alle legalen und illegalen Versuche, aus dem Schuppen eine repräsentative Jägerhütte zu machen, verliefen im Nichts, nachdem der junge Kneissl das dritte Mal durch die bayerische Jägerprüfung gefallen war. Die Jagd interessierte den Kerl ab diesem Zeitpunkt nicht mehr, wie Well sich erinnerte.

Sira, die ein Stück voraus war, hob ihre Nase in die frische Morgenluft und witterte. Tänzelnd und doch wie von einer unsichtbaren Leine gezogen, schnupperte sie dem Stadel entgegen. Martin Well sah auf die Uhr. Er wollte mit frischen Semmeln seines Namensvetters aus Steinach nach Hause zurückkommen und pfiff. Sira drehte sich kurz zu ihm um, bellte und kratzte am Holztor.

Er spürte ihre Aufregung und unterließ weitere Kommandos und querte die Lichtung. Als ein erster Sonnenstrahl auch den Stadel erfasste, sah er zwischen den fauligen Schlitzen des

Tores etwas Rotes aufleuchten. Seine rechte Hand griff unbewusst an den Schaft seiner Flinte, und für einen Wimpernschlag unterbrach er seine Schrittfolge. Im Rucksack hatte er die Kleinkaliberpistole.

Das Tor war durch eine quergelegte Latte verschlossen. Mehr brauchte es auch nicht, denn nichts Wertvolles befand sich unter dem alten Dach und hinter teilweise schon aufgefaulten Wänden. In der Nähe des alten Stadels roch es modrig, und das mitten in saftigem Gras und umgeben von Wald. Die Zeit des Stadels ging unwiederbringlich seinem Ende zu.

Durch die Schlitze und Löcher war schon von außen deutlich ein Auto zu erkennen. Zuerst schoss ihm der Gedanke durch den Kopf: »Wilderer …« Doch das war nicht möglich.

Er öffnete das Tor. Fahles Morgenlicht drang langsam in das muffige Dunkel, und Well erkannte die Heckpartie eines roten Subaru. Irgendetwas stimmte hier nicht. Er ging einen Schritt zur Seite. Erschrocken stellte er fest, dass auf dem Fahrersitz etwas – jemand – saß. Regungslos.

Unter den Schweiß der körperlichen Anstrengung, der körperlichen Leistung, zwang sich ihm nun ein kühler, feuchter Film. Sein Blut pochte in den Ohren, und Sira sprang aufgeregt um ihn herum und winselte. Zögernd machte er einen weiteren Schritt zur Seite und atmete kurz. Nach erzwungenen weiteren Kontrollblicken erkannte er den Oberkörper eines Mannes. Der Kopf war leicht nach links geneigt, und sein Gesicht bewegte sich. Wells Augen folgten dem Schlauch, der locker an der Seite des Fahrzeugs hing. Das eine Ende war in die hochgefahrene Windschutzscheibe geklemmt, das andere steckte im Auspuff. Ein paar Lappen waren um das Endrohr gewickelt.

*

Hartmann war spät dran. Die anderen warteten schon. Er sah gehetzt aus und setzte sich nach einem gemurmelten Gruß neben Lara, die seine beige karierte Hose bewunderte. Gluckenhaft, aber doch gehässig grinsend, wendete sie sich ihm zu, wischte über das gelbe Hemd und meinte. »Du hast hier gekleckert, Alex … oh, Entschuldigung … *das* … ist ja die Krawatte.« Kopfschüttelnd drehte sie sich weg. Die anderen grienten.

»Was macht Laura?«, fragte Bucher, starrte auf Hartmanns Krawatte und fragte sich, wo es Derartiges zu kaufen gab.

»Stumm wie ein Fisch, aber ansonsten gut drauf.«

»Gut. Also wer fängt an?«, richtete sich Bucher an die Runde.

Gohrer und Wanger fühlten sich nicht angesprochen. Hartmann hatte noch mit sich zu tun, und Lara verhielt sich still.

Batthuber stöhnte. »Na gut. Wir waren gestern noch mal bei dieser Frau Meichlbrink und haben sie über diesen ominösen VW-Bus befragt. Das Kennzeichen hat sie sich natürlich nicht gemerkt, aber wir konnten den Typ eingrenzen. Ich habe über das Kraftfahrtbundesamt alle VW-Busse in den Zulassungsbereichen Ostallgäu, Oberallgäu, Kempten, Kaufbeuren und Lindau herausgelassen. Also OAL, OA, KE, KF und LI. Das Ergebnis ist ziemlich ernüchternd. Das Allgäu scheint ein Nest für diese Kisten zu sein. Insgesamt habe ich einhundertsiebenundachtzig Halter ermittelt.« Er sah zu Bucher hinüber. »Das ist unmöglich zu schaffen. Jedenfalls nicht ohne Unterstützung.«

Bucher sah das genauso, notierte etwas, sagte aber nichts. Die anderen stöhnten in Erwartung der Klinkenputzerarbeit.

»Ich habe aber auch noch etwas … Spannendes«, sagte Batthuber leise.

»Oh, er hat etwas Spannendes«, ätzte Hartmann und wackelte mit dem Kopf wie ein Wackeldackel.

Batthuber war gar nicht beleidigt.

»Und?«, fragte Bucher trocken.

»Ich habe ein Bild von dem VW-Bus.«

Bucher schnaufte. Es klang nach Schmerz. Lara zog eine Grimasse, und Hartmann blätterte betont nebensächlich in seinem Notizbuch und murmelte. »Ein Bild hat er … vom VW-Bus …«

Batthuber griff in seine Mappe und holte ein paar Blatt Papier heraus. »Oben im Fenster haben die doch eine Webcam. Ihr erinnert euch? Die rote LED? Ist ja auch egal. Ich habe mir gestern diesen Schommerle gekrallt. Der hat das Ding installiert und eingerichtet. Diese Webcam filmt ununterbrochen vom Gebäude aus in Richtung Süden. Ein Ausschnitt des gewonnenen Bildes – der Breitenberg – wird an einen Internetrechner übergeben. Alle dreißig Sekunden wird das aktuelle Bild im Internet eingestellt.«

Inzwischen hörten ihm alle aufmerksam zu.

»Die aus der Kamera gewonnenen Bilddaten werden zwar täglich gelöscht, der Cache des Rechners allerdings, der wird nur alle vierzehn Tage geleert. Eine Standardeinstellung. Und aus dem haben wir dieses Bild hier herausholen können.«

Batthuber verteilte die DIN-A4-Blätter, auf denen – wenn auch in sehr schlechter Qualität – die Tiroler Straße, die Vilsbrücke und im Hintergrund die Bergkette abgebildet waren. Im unteren Bildrand war ein VW-Bus erkennbar. Das Kennzeichen war nicht mehr erfasst, aber auf der Fahrertür prangte deutlich das stilisierte T der Telekom. Und im Fahrzeug saßen zwei Personen. Bucher sah Batthuber ungläubig an.

»Die Kamera überträgt nur einen definierten Ausschnitt ins Internet. Die Originalaufnahmen zeigen den gesamten Bildausschnitt. Die Sequenz, die wir haben, stammt vom Montag letzter Woche, zehn Uhr sechs. Das Problem ist die Auflösung. Die ist so schlecht, dass man da schwerlich mehr Sichtbares wird hervorholen können. Das Material ist schon bei unseren Leuten im LKA. Mal sehen, ob die Zaubern können.«

Die anderen betrachteten den grobkörnigen Ausdruck, auf dem im Grunde nicht mehr als eine Straße, eine Bergkette und ein Fleck zu sehen waren. Das Gehirn bastelte aus vorhandenen Mustern das Bild, das wirklich existiert hatte, an jenem Montag, kurz nach zehn. Alle betrachteten stumm den Ausdruck, und doch sahen sie eine Wohnung, eine erhängte Frau und ein Mädchen.

Bucher verzichtete auf Lob, sah den Jüngsten im Team nur eindringlich an und fragte. »Noch was?«

Aber es gab nichts weiter, was der zu berichten hatte.

Lara Saiter legte die Aufnahmen beiseite und nahm ihr Notizbuch zur Hand. »Also. Ich war gestern bei dieser Plastikfirma und hatte ein anregendes Gespräch mit der Chefin. Judith Holzberger hat demnach eng mit einer Consultingfirma XPro Consult aus München zusammengearbeitet. Die Chefin der Firma berichtete mir von einer klaren, zielstrebigen Judith Holzberger, die sehr konsequent die Linie dieser Beratungsfirma verfolgte. Im konkreten Fall ging es darum, die Firma an die Börse zu bringen. Aber vor etwa einem halben Jahr gab es eine Veränderung. Judith Holzberger vertrat zusehends eine andere Meinung, die, anfangs kaum merklich, in den letzten Monaten aber immer deutlicher, der von XPro Consult vertretenen Strategie entgegenstand.«

Sie sah in die Runde und in ausdruckslose Gesichter. Niemand konnte mit dem, was sie erzählt hatte, so recht etwas anfangen. Sie warteten auf mehr.

Lara Saiter stöhnte. »Mit nichts zufrieden. Ich habe mir den Laden, also diese XPro Consult, natürlich gleich etwas näher angesehen. Eigentümliche Veranstaltung, sehr eigentümliche Veranstaltung. Interessant wird es aber immer dann, wenn man oben anfängt. Der Chef nämlich, ist ein gewisser Dr. Geisser, der ein paar Kilometer von hier entfernt wohnhaft ist, und zwar in Oberkirch. Auf dem Rückweg bin ich an seiner Hütte vorbeigefahren. Ein echter Alpenbunker – breite Giebelseite, mächtige Balkone, viel Holz. Also wäre diese Hütte eine Frau, dann hieße die Pamela Anderson.

Dieser Geisser selbst muss ein unangenehmer Typ sein. Habe allerdings noch nichts Wesentliches über ihn in Erfahrung bringen können. Hat das Abitur in Füssen gemacht, direkt danach Bundeswehr in Sonthofen. So weit bin ich gekommen. Danach hat er wohl studiert und war weg. Weiß aber noch nicht, wo. Genaueres kommt noch.

Er schleust wohl echte Kotzbrocken in die Firmen ein, die

er … *berät*. Diese Kerle mobben dann munter drauflos, ekeln die informellen Führer weg und die Leute aus der Führung, die sich inhaltlich nicht auf die Linie von XPro Consult bringen lassen, und übernehmen dann den Laden mehr oder weniger.

Ich habe mir das Handelsregister angesehen und war in den Grundbuchämtern. Diese XPro Consult verfügt über einen immensen Immobilienbesitz. Zum einen die Firmenniederlassung in München; eine schöne Villa übrigens, gleich bei uns in der Nähe eigentlich.« Sie unterbrach und richtete sich entrüstet an ihre Kollegen. »Sagt mal – fällt es euch eigentlich auch auf, dass – egal wo wir hinkommen – alle eine bessere Arbeitsumgebung haben als wir?« Als ihr von allen Seiten uneingeschränkt zugestimmt wurde, fuhr sie beruhigt fort: »Dann besitzen die aber noch mehrere Häuser in Füssen.«

Die anderen horchten auf.

»Als Mitinhaber der Firma sind eine Julia Dengjö und ein Wolfram Siehler aufgeführt. Beide wohnhaft in Füssen.«

Sie sah Gohrer und Wanger an. »Sagen euch die Namen was?«

»Nie gehört«, sagte Gohrer.

»Schade. Aber gleich, nun. So wie es aussieht, haben da einige über Bande gespielt.«

»Wie meinst du das?«, fragte Hartmann.

»Naja. Es ist für Banken und die Beratungsfirmen ein riesiges Geschäft, Firmen, selbst kleine und mittelständische Unternehmen, an die Börse zu bringen. Da wird so richtig Geld gemacht, und ich habe den Eindruck, dass Judith Holzberger zusammen mit dieser XPro Consult genau auf diesem Gebiet unterwegs war.«

»Aber das ist doch nicht strafbar«, meinte Bucher.

»Das nicht. Aber so, wie mir diese Frau Bernack das Vorgehen geschildert hat, verfügt dieser Dr. Geisser auch über Leute für die groben Sachen – professionelle Mobber. Der Typ selbst muss sich nach kurzer Zeit so aufgespielt haben, als gehöre ihm die Firma. Wenn er nicht an diese Frau geraten wäre, die sich vehement quergelegt hätte, wäre die Firma heute eine Aktiengesellschaft, XPro Consult hätte vermutlich einen Haufen Aktien, oder die Firma wäre bereits liquidiert.«

»Liquidiert?«

»Naja – ein krimineller Hintergrund wäre dann gegeben, wenn man eine Firma erst an die Börse bringt, die Schlüsselpositionen mit eigenen Leuten oder Strohmännern besetzt, die nach dem Börsengang einige fundamental *falsche Entscheidungen* treffen, und danach die sekundären Firmenwerte versilbert. Wenn die Bude dann ausgeraubt ist, zieht man zur nächsten Baustelle. Die Zeche zahlen die nicht eingeweihten oder entmachteten Aktionäre und natürlich die Beschäftigten. Klingt plump und ist im Grunde genommen auch genau so. Gerade in Familienbetrieben und Erbengemeinschaften ist das Interesse am produktiven Geschäft nicht sonderlich hoch. Es geht darum, an Kohle zu kommen, an Cash. Und der fließt natürlich. Wenn andere sich dann an der Substanz laben – was interessierts die dritte, vierte Generation. Kommt nicht selten vor.«

»Die Welt ist schlecht«, sekundierte Hartmann.

»Aber das ist doch nicht wirtschaftlich«, meinte Gohrer, »wenn eine Firma gut läuft, dann wirft die doch beständig Gewinn ab. Davon hat man doch viel mehr.«

Lara Saiter grinste durchtrieben. »Falsch. Bei dem Vorgehen, das ich gerade geschildert habe, geht es darum, in kürzester Zeit den maximalen Gewinn herauszuschlagen. Für die Leute, die so was tun, stellt eine Firma, die leidlich gut läuft und auch Gewinn erwirtschaftet, keinen Wert an sich dar. Das interessiert die gar nicht.«

»Was sind bitte sekundäre Firmenwerte?«, wollte Batthuber wissen.

»Beteiligungen an anderen Firmen und vor allem – Grundstücke, Immobilien, Cash.«

»Gut. Du bleibst auf alle Fälle da dran«, sagte Bucher, »sonst noch was?«

Sie nickte. »Ich war gestern noch im Büro. Eine aktuelle Spurennachricht ist am Abend noch reingeflattert. Es geht um diese düstere Postkarte, die du mitgenommen hast. Es waren keine Spuren vorhanden, die man hätte sichern können.«

Bucher sah sie ungläubig an und fragte. »Du meinst, gar keine Spuren?«

»Blank wie sonst was«, bestätigte sie.

Gohrer und Wanger warfen einander fragende Blicke zu.

Bucher bekam es mit und fragte: »Stellt euch vor, ihr kauft eine Postkarte, nehmt die mit nach Hause und stellt sie aufs Fensterbrett. Könnt ihr euch vorstellen, dass man das machen kann, ohne Finger- oder andere Spuren zu hinterlassen?«

»Völlig unmöglich«, sagte Wanger.

»Eben. Und auf der betreffenden Postkarte stand hinten sogar noch etwas drauf. Mit der Hand geschrieben, dieses … fremde Wort da. Kümmerst du dich um die Sache, Lara? Handschriftengutachten, und was man eben sonst noch so herausholen kann.«

Sie sagte zu. »Zwei Sachen dann noch. Unser Erkennungsdienst war ja inzwischen in der Wohnung. Wir bekommen noch Bescheid, aber Aufregendes scheinen die nicht entdeckt zu haben. Wir müssen abwarten, was in den Laboren aus dem Material noch hervorgezaubert wird. Die andere Sache ist eher unangenehm. Es gab einen Anruf von der Presse hier.«

»Allgäuer Zeitung? Wissen die inzwischen Bescheid?«

»Nein. Ich meine, hier auf der Dienststelle wurde angerufen, von einer Reporterin aus München. Die hiesigen berichten ja exzessiv über Viehscheid, Feuerwehrfeste und Blasmusiktreffen.«

»Was wollte diese Reporterin, und wie kam die auf die Sache?«, fragte Bucher.

»Sie wollte nur allgemeine Informationen. Welchen Fall wir denn im Allgäu verfolgten. Sie war nicht unangenehm, aber immerhin …«

»Dass wir im Allgäu ermitteln, wusste sie also …«

Lara verzog den Mund. »Sie erwähnte einen Namen, auf den sie sich berief: Kundermann-Falckenhayn.«

Buchers Backenmuskeln begannen zu mahlen.

Gemurmel füllte den Raum. Bucher blieb ein Kommentar erspart, denn sein Handy klingelte, und um in Ruhe sprechen zu können, ging er zum Fenster und sah hinüber auf die Bergkette, während er Weiss halblaut begrüßte. Aus dem Hof der Polizeistation stach ein Streifenwagen mit Blaulicht und Sirene in die Straße hinein und verschwand hinter den ersten Kurven nach der Vilsbrücke.

Bucher vernahm die fragende Stimme von Weiss. »Alles klar bei euch?«

»So weit schon.«

»Gut. Also pass auf. Ich war gestern in einer Besprechung. Du hattest wirklich den richtigen Riecher. Die Freunde von der Schlapphuttruppe hängen tatsächlich in der Sache drin. Das Schlimme ist nur, dass die selbst nichts Genaues wissen ... wie immer halt. Sie vermissen sogar einen ihrer Leute. Es ist zum Haare raufen, wenn ich denn noch genügend hätte.«

Bucher hörte gleichmütig zu und verfolgte, wie die Schatten und Lichtflecken sich an der Steilwand des Breitenbergs abwechselten. Es sah dramatisch aus.

Er fragte: »Du sagtest, die vermissen einen Mann. Was ist darunter denn zu verstehen?«

Weiss knurrte. »Die wollten oder konnten mit der Sprache nicht so recht rausrücken. Sie wollten noch abwarten, ob sie vielleicht noch einen Kontakt herstellen können.«

»Pfeifen.«

»Du sagst es.«

»Und dieser ominöse Kontakt, weißt du was ... so grob wenigstens?«

Weiss überging Buchers Frage, denn er hatte keine befriedigende Antwort. Er fragte: »Kommt ihr zurecht, braucht ihr Unterstützung?«

»Wir müssen eine ganze Menge Fahrzeuge überprüfen, direkt vor Ort. Das werden wir kaum ohne zusätzliche Leute schaffen. Es wäre also schon gut, wenn wir da Unterstützung bekämen.« Bucher sah hinüber zum Besprechungstisch, wo sich die anderen halblaut unterhielten, sah, wie sich die Tür öffnete, der rotbackige Rindle den Kopf in den Raum streckte und Wanger zu sich winkte.

Bucher drehte sich wieder dem Fenster zu und senkte die Stimme. »Ich möchte nicht, dass das Leute hier von der Dienststelle machen, verstehst du. Vier Zweierteams sollten reichen, vielleicht mit Leuten von der Bereitschaftspolizei oder von uns, können auch gerne junge sein. Ich bräuchte aber jemanden, der die führen und anleiten kann. Da wäre ein Emotionskompetenzler fehl am Platz, verstehst du. Am liebsten wäre mir der Ernst Nehbel. Der kann Druck ausüben und lässt nicht zu, dass schlampig gearbeitet wird.«

Im Raum war zuerst Unruhe entstanden, und dann war es so ruhig geworden. Bucher drehte sich wieder dem Tisch zu. Die anderen standen da und sahen ihn ernst an. Warteten auf seine Aufmerksamkeit. Er sprach in den Hörer. »Warte mal kurz, Hans ...«, und dann zu Lara gewandt: »Was ist los?«

Sie markierte mit ihrem Zeigefinger einen Schnitt am Hals. »Ein neuer Suizid ... diesmal oben in den Bergen. Ein Auto in einem Holzstadel mit Regensburger Kennzeichen. Abgase. Männliche Leiche, vermutlich.«

Er überlegte einen Augenblick was sich hinter dem *vermutlich* verbergen konnte. »Du, Hans, ich erfahre gerade, dass man in einem Holzstadel ein Regensburger Auto gefunden hat mit einem toten Mann drinnen. Suizid durch Abgase. Ich möchte unsere Leute hier haben, kannst du das veranlassen?«

Am anderen Ende herrschte eine lange Weile Schweigen. »Wird veranlasst, Johannes.«

Nach einer weiteren Pause sagte Weiss. »Du denkst das Gleiche wie ich, oder?«

Buchers Bestätigung dieser Frage bestand darin, sie nicht zu beantworten und einen Schritt weiterzugehen. »Morgen früh komme ich nach München. Ich will eine Besprechung, um die Verhältnisse zu klären. Da sollten dann alle da sein – du verstehst was ich meine? Alle.«

Auf dem Weg zum Auto nahm Bucher Lara in einem günstigen Moment zur Seite und informierte sie über den Inhalt des Telefonats mit Weiss und bat sie, den Einsatz zu übernehmen. Sie fuhren mit einem alten VW-Synchro auf holprigem Weg bis kurz vor den Holzstadel. Ein Streifenwagen mit Fexi und Schommerle war bereits vor Ort.

Lara ordnete die weiträumige Absperrung der Lichtung an. In der weitestmöglichen Entfernung zum Stadel, am Rande des Waldes, saß ein Mann in grüner Kleidung. Er war bleich im Gesicht. Batthuber nahm seine Personalien auf und erfuhr, dass der Grünrock sich mehrfach hatte übergeben müssen. Batthuber hatte den Eindruck, dass der Mann froh war, endlich erzählen zu können, denn er redete, ohne durch ständiges Fragen dazu gedrängt werden zu müssen. Wie er mitteilte, war er angestellter Berufsjäger, hieß Martin Well und hatte auf seinem morgendlichen Rundgang, den er einmal in der Woche in diesem Teil des Reviers machte, das Auto in dem Stadel vorgefunden, nachdem seine Hündin am Stadeltor angezeigt hatte.

Lara fragte Fexi und Schommerle, wo in und um den Stadel sie bisher gewesen wären und was genau sie jeweils getan hatten.

Schommerle hob entschuldigend die Hände. »Wir waren nur am Stadeltor und haben reingesehen. Das hat uns gereicht. Dann kam ja schon der Funkspruch, dass ihr das übernehmt. Von da an waren wir nur hier heraußen und haben den Well nach drüben gebracht, der hat des Kotzen ja nicht mehr sein lassen. Ich versteh des gar net, grad er als Jäger …« Schommerle schüttelte den Kopf. Selbst machte er einen gefestigten Eindruck.

Lara Saiter war zufrieden. »Gut. Notier dir bitte alles, was dir jetzt noch einfällt. Das brauchst du später für den Bericht. Da ist es ganz nützlich, wenn man ein paar Notizen hat, Gedankenstützen eben.«

Bucher und Hartmann hatten inzwischen die Overalls angezogen und gingen, den Boden genau inspizierend, zum

Stadel. Hartmann hatte die Videokamera und zeichnete jeden Schritt, jedes Detail auf.

Vor dem dreiviertel geöffneten Stadeltor summte es dunkel. Fliegen in allen Größen. Ab und an schillerte es im hellen Licht, das jetzt auf dem Stadel lag. Mit jedem Schritt, den sie näher kamen, wurde es lauter. Als sie durch das windschiefe Tor traten, steigerte sich das Schwirren zu einem dumpfen Brummen. Der schmale Spalt an der Seitenscheibe, der durch den festen Schlauch entstanden war, diente den Fliegen als Zugang. Die Scheiben waren von dunklen, schwarzen Leibern übersät. Die beiden hielten kurz inne. Jeder wusste, was das zu bedeuten hatte. Sie sahen den Schlauch, der zur Seitenscheibe führte, lenkten den Blick dann auf den abgewinkelt an der Nackenstütze ruhenden Kopf. Auf Höhe der Hinterachse zogen sie den Mundschutz über, da im wilden Gewimmel der Fliegen das Atmen fast unmöglich wurde. Auf dem Rücksitz lag nichts außer einem Regenschirm und einer Packung Tempotaschentücher.

Ohne bewusst den Blick auf den Fahrersitz zu lenken, ging Bucher bis nach vorne, betrachtete das Auto und machte sich ein Bild von der Lage. Das, was sich im Inneren des Fahrzeugs darbot, nahm er mit großer innerer Distanz zur Kenntnis. Hartmann verfuhr genauso.

Vier Stunden später war ein Team der Spurensicherung an der Arbeit. Batthuber hatte inzwischen alle Daten über den Subaru und seinen Halter ermittelt. Die Arbeiten am Fall Judith Holzberger blieben vorübergehend liegen, denn alle warteten darauf, zu erfahren, welche Geschichte sich hinter dem roten Subaru und dem Mann ohne Gesicht verbergen konnte – und jeder ahnte bereits, dass die beiden Fälle in Zusammenhang miteinander standen. Bis spät saßen sie auf der Dienststelle und warteten auf einen Anruf aus München. Weiss hatte zugesagt, so schnell wie möglich etwas über die Person in Erfahrung zu bringen.

Hartmanns Handy klingelte zuerst. Eine aufgeregte Stimme meldete sich aus dem Kinderheim in Gschwend. Hartmann war zunächst unfähig, einen vernünftigen Ton herauszubringen. Laura wurde vermisst.

Selbst der grausige Fund vom Vormittag vermochte keine solche Wirkung zu erzeugen, wie die von einem fassungslosen Hartmann übermittelte Nachricht vom Verschwinden Lauras. Bucher hatte geschrien, irgendwas, er wusste danach selbst nicht mehr was, aber – er hatte geschrien. Keiner konnte sich erinnern, ihn jemals schreien gehört zu haben.

Er selbst dachte nach seinem Ausbruch für einen Augenblick, es läge ein Fluch auf dem Fall, und seiner, ihrer aller Arbeit. Es kam ihm wieder diese dunkle Ahnung in den Sinn, die ihn befallen hatte, als Wanger und Gohrer ganz zu Beginn bei ihm im Büro in München aufgetaucht waren. Dieser dunkle Hauch, dieser düstere Schatten, dessen Ursprung er nicht kannte, er war ihm nun zu einer Last geworden, zu einem wesenlosen, schwarzen Joch, das ihm auferlegt war.

Es kostete ihn Kraft, sich von diesen Gedanken an Fluch, Verderben und Versagen zu lösen, die mit nichts als Schwärze gefüllt waren, die ihn Gefahr laufen ließen, vom düsteren Strudel ihres Wesens mitgerissen zu werden. Er spürte sein Herz hart schlagen und den Schweiß auf seiner Haut.

Es war, als stiege er aus einem tiefen Grab, als er Anordnungen traf, sich reden hörte wie einen Fremden und Halt fand, an dem Gewöhnlichen seiner Sätze.

Alles Suchen brachte keinen Erfolg. Der Heimleiter war verzweifelt. Laura war zusammen mit anderen, schon älteren Kindern nur hinaus zu den Pferden gegangen. Sie hatten Karotten dabei. Als alle wieder zurück im warmen Bauernhaus waren, stellte man fest, dass alle eben nicht alle waren. Niemand hatte ein Auto gesehen, keiner einen Fremden, alles war wie immer gewesen. Das Verschwinden des Mädchens war ein Rätsel. Gohrer war vor Wut und Verzweiflung zeitweise nicht mehr ansprechbar. Wanger setzte Hartmann in den Streifenwagen und trug Sorge, dass niemand sonst mitbekam, in welchem Zustand er war. Vor allem seine Kollegen aus dem LKA sollten es nicht merken.

Bucher verständigte Weiss noch in der Nacht. Sie wechselten nur wenige Worte. Weiss reagierte professionell. Einzig seine Stimme klang müde. Sonst war keine Reaktion erfassbar. Er sagte: »Schlechte Nachrichten, Johannes. Wir sehen uns morgen früh. Und da ich dich schon am Telefon habe – wir lagen richtig mit unserer Ahnung. Das Auto aus Regensburg gehört deren Mann.«

Bucher war nicht überrascht. »Er sieht grausam aus. Wir können ihn nicht identifizieren … jedenfalls nicht, wenn wir es mit der Scheinidentität eines Agenten zu tun haben. Seine Leute müssen aus der Deckung, was ihn angeht … und überhaupt …«

Er hörte einfach auf zu reden. Der Zustimmung Weiss war er sich sicher.

Hartmann bewegte sich wie in Trance. Er musste hier weg. Und als die Dunkelheit über das Tal gekommen war, setzte er sich ins Auto und rollte in Richtung München. Er ließ das Radio ausgeschaltet, fuhr einsam, nur begleitet vom sanften Rauschen des Windes und dem Summen des Motors durch die Nacht. Irgendwann, in der Nähe von Schongau, musste er überlegen, zu welcher Frau er fahren würde.

Leise öffnete er die Tür, zog im Gehen die Schuhe aus, ließ das Jackett auf den Boden fallen, fuhr fort, bis er nackt und im Bad angekommen war. Er duschte, solange noch heißes Wasser kam, dann ging er ins Schlafzimmer. Sie schlief tief, wie er an ihrem Atem hören konnte. Er blieb stehen und lauschte eine Weile. Langsam kroch er unter die Decke, nahm vorsichtig ihre linke Hand, die sie zur leeren Bettseite hin ausgestreckt hatte, und legte die warme Handfläche auf seine Brust und schloss die Augen. Er sah Laura vor sich.

Die Hand bewegte sich, der Körper dazu. Er drehte sich ihr

zu. Ihr linkes Knie berührte seine Oberschenkel, teilte sie sanft und schob sich vorsichtig nach oben. Er legte seinen Arm um ihre Hüfte. Es war froh, hierhergekommen zu sein. Keine Fragen. Keine Erklärungen. Keine Diskussionen. So konnte er irgendwann einschlafen.

Zweiter Teil

Kontaktmann

Die dunklen, teilweise schmuddeligen Gänge im Landeskriminalamt kamen Buchers Gemütslage entgegen. Er wollte niemanden sehen und auch nicht gesehen werden. Daher nahm er den zentralen Ausgang der Tiefgarage und verzichtete darauf, auf direktem Weg in die Büroetagen zu gehen. Stattdessen folgte er den Katakombengängen mit den rauen Betonwänden und den an der Decke offen verlaufenden Kabelschächten. Er passierte eine Allee aus Türen. Obwohl er schon so lange im LKA war, wusste er immer noch nicht, was sich hinter den vielen düsteren Eisentüren verbarg, die beiderseits des Ganges den Zutritt in ihm unbekannte, mysteriöse Räume verhinderten. So oft er hier auch schon gewesen war – diese Katakomben behielten etwas Fremdes.

Die anderen waren schon da und füllten den nüchternen Besprechungsraum mit aufgeladenem Schweigen. Hans Weiss hatte den Platz an der Stirnseite des langen Tisches eingenommen, womit seine Rolle geklärt war. Zwei Stühle entfernt von ihm wartete mit ausdruckslosem Blick ein Mann in schwarzem Anzug, den Bucher noch nie gesehen hatte. Er reagierte in keiner Weise auf Buchers Ankunft, wandte ihm nicht einmal den Kopf zu, sondern musterte stumm die gegenüberliegende Wand.

Links vom wortlosen Bleichen blieben zwei weitere Stühle frei. Es folgten schließlich drei früh gealterte Herrschaften, die Bucher vom Sehen her kannte. Ministerium. Sie trugen mit ministeriellem Gleichmut ihre grauen Anzüge, braunen Schuhe, und ihre von langen Besprechungen grau gewordenen Gesichter.

Ihr Schweigen hingegen war anders, als das des Fremden. Es entsprang nicht dem beklemmenden Hintergrund der Situation, sondern hatte etwas Erlerntes und Anerzogenes an sich. Sie hatten nichts zu sagen, sondern ihre Aufgabe bestand darin, zu hören, das Gehörte hernach in die Form einer Aktennotiz zu bringen, anhand derer ihre Vorgesetzten die Fähigkeit erlangten, über die Dinge zu reden, von denen sie noch nie gehört hatten. Aktenwissen.

Bucher trat ihnen nicht mit Verachtung entgegen. Es gab sie, so wie es ihn gab. Er konnte ihre Gedanken nachvollziehen, wenn sie ihn so sahen, in Jeans, dem Jackett, das eine Spur zu lässig war, und den ungeordneten Locken seiner dunklen und zu langen Haare.

Er verzichtete nach einem »Guten Morgen« auf jegliche weitere Begrüßung, die die Höflichkeit vielleicht erfordert hätte, und wählte einen Stuhl auf der vollständig freien, rechten Seite des Tisches. Zu Weiss hin ließ er einen Sitzplatz frei und war ihm so nahe genug und hielt doch den erforderlichen Abstand ein. Kaum dass er sich gesetzt hatte, öffnete sich die Tür aufs Neue, und Ernst Nehbel trat ein. Das tat Bucher gut. Er setzte sich neben ihn und nahm ihm dadurch das Gefühl, allein vor einem Tribunal zu sitzen. Ernst hatte den Auftrag, Protokoll zu führen, und als er die Schreibkladde bereit hatte, erhob Weiss das Wort. Er wies auf die bleiche Gestalt zu seiner Linken und stellte sie als Herrn Bröhle vor; Verfassungsschutz. Der Verfassungsschutz nickte daraufhin der Wand zu.

Bucher regte diese Geste auf, die ihm arrogant erschien. Gespannt wartete er darauf, wie Weiss eröffnen würde, denn davon hing ab, wie er die Situation einschätzen konnte. Weiss drehte sich zu Bröhle. »Herr Bröhle, wenn Sie bitte erläutern könnten, in welcher Weise Ihr Amt mit unserem Fall in Pfronten in Verbindung steht.«

Das war gut, dachte Bucher. Hätte er beginnen sollen, so hätte über allem, was er sagte, der Ruch der Rechtfertigung gelegen. Und das wäre ihm gar nicht recht gewesen.

Bröhle verzog den Mund, und es hätte wohl ein bitteres Lächeln werden sollen. Offensichtlich hatte er ähnliche Gedanken wie Bucher. Er sah zu Weiss und hielt Bucher sein

Habichtsprofil entgegen. Die kurzen schwarzen Haare glänzten. Kein Gel, dachte Bucher, eher so etwas wie Haarwasser. Die Backen- und Kinnknochen traten stark hervor, und die schmale Nase war nicht gebogen, sondern hatte einen akkuraten Knick. Er wirkte insgesamt kantig und spitz.

»Nun ja«, begann Bröhle, »vor etwa einem Jahr bekam einer unserer Mitarbeiter, Frank Wusel, erstmals Kontakt zu einer gewissen Judith Holzberger. Im Verlauf dieses Kontaktes kam es zu mehreren Treffen der beiden. Das letzte sollte vor etwa vierzehn Tagen stattfinden. Seither hatten wir keinen Kontakt mehr zu Frank Wusel.«

Alle warteten auf Weiteres, doch Bröhle schwieg.

»Ein bisschen wenig Fleisch am Knochen, angesichts der Tatsache, dass die beiden Personen, von denen sie sprachen, inzwischen ermordet worden sind«, sagte Bucher und seiner Stimme war noch mehr als seinen Worten anzuhören wie und vor allem was er dachte.

Die drei Graugeier hoben die Augenbrauen.

Bröhle neigte den Kopf und sah ihn von unten her an. »Sind sie das wirklich … ermordet worden?«

Weiss sah Bröhle skeptisch an. Immerhin ging es um einen Mann von Bröhle, und dessen Reaktion und Verhalten war ihm zu entkrampft.

Auch Bröhle merkte, dass er sich in Ton und Art vergriffen hatte. »Ich meine … liegen die Ergebnisse der kriminaltechnischen Untersuchungen schon vor?«

Bucher wollte keine Konfrontation mit Bröhle; vielmehr brauchte er Informationen von ihm. Er erläuterte deshalb sachlich: »Im Fall Judith Holzberger liegen alle Ergebnisse vor, und Fremdeinwirkung steht außer Zweifel. Im Fall ihres ehemaligen Mitarbeiters Frank Wusel haben wir im Moment noch keine kriminaltechnischen Ergebnisse vorliegen. Wir wissen aber, wonach wir suchen müssen, und es ist nur eine Frage der Zeit, bis unsere Kriminaltechnik die entsprechenden Beweise vorliegen haben wird. Depressionen und Suizidgefährdungen sind von Wusel doch nicht bekannt oder aktenkundig?«

Bröhle verneinte.

»Fremdbeteiligung ist im Fall Wusel zweifelsfrei gegeben«, sagte Bucher wie nebenbei.

Die drei Grauen sahen ihn mit ernster Miene an. Bröhle legte den Kopf etwas schief.

»Die Holzverriegelung«, sagte Bucher. »Das Stadeltor war von außen mit einer Holzlatte verriegelt worden. Von innen war das nicht möglich. Der Täter hatte wohl nicht bedacht, dass das Stadeltor in unverriegeltem Zustand vollkommen aufgeht. Zudem deutet einiges darauf hin, dass der oder die Täter vielleicht gestört worden sein könnten. Die Sache mit dem Tor war jedenfalls ein kapitaler Fehler, und wir sind sicher, dass es weitere geben wird. Lara Saiter hat den Fall übernommen.«

Bröhle senkte den Kopf. Die drei Grauen entspannten sich.

Hans Weiss fasste Bröhle in den Blick. »Wie kam der Kontakt zwischen Wusel und Holzberger zustande und worum ging es; welchen Auftrag hatte Wusel?«

Bröhle spürte den wachsenden Druck. Seine Stimme klang etwas belegt. »Soweit ich weiß, trafen sich die beiden das erste Mal bei einer Veranstaltung einer Investmentbank hier in München.«

Als er wieder eine Pause entstehen lassen wollte, fragte Weiss mit ruhiger Stimme nach: »Und welchen Auftrag hatte Wusel?«,

»Frank Wusel bewegte sich überwiegend im Finanzmilieu und knüpfte dort seine Kontakte.«

»Sie sind doch vom Verfassungsschutz, oder?«, fragte Bucher.

Bröhle ging nicht darauf ein.

»Welche Aufträge führt ein Mitarbeiter des Verfassungsschutzes in diesem Milieu aus?«, hakte Bucher nach.

Bröhle antwortete genervt, als erkläre er einem begriffsstutzigen Kind zum letzten Mal, wie sich die Dinge verhielten: »Frank Wusel hatte keine konkreten Aufträge. Es ging einzig und alleine darum, Kontakte zu knüpfen.«

Bucher hatte einen bösen Verdacht. »Wusel hat Judith Holzberger also im Bankenmilieu kennengelernt. Und es kam daraufhin zu weiteren Kontakten. Hatten die beiden eine Affäre miteinander, hatten ihre Treffen einzig und alleine mit der Tätigkeit von Wusel beim Verfassungsschutz zu tun, oder treffen beide Varianten zu?«

Bröhle sah Bucher böse an und sprach sehr betont. »Sie hatten keine Affäre miteinander, de-fi-ni-tiv. Das steht fest.«

»Worum ging es also?«, konterte Bucher sofort. Als er keine Antwort erhielt, war dies Nahrung für eine andere Ahnung. Er wartete bis zu dem Augenblick, wo die entstehende Pause eine Peinlichkeit geworden wäre, und sagte wissend, während er sich entspannt zurücklehnte: »Sie haben keine Ahnung, Herr Bröhle, nicht wahr? Ihr Mitarbeiter war über Judith Holzberger an irgendwelche Informationen gekommen, und Sie haben keine Ahnung, worum es da genau ging. Und jetzt sind beide tot, und man fragt sich in den höheren Etagen Ihres Amtes, wie man Schadensbegrenzung betreiben kann, um nicht als ahnungslose Trottel dargestellt zu werden. So ist es doch!?«

Es hatte beinahe unterhaltsamen Charakter zu verfolgen, wie bleich ein bleiches Gesicht noch werden konnte. Bröhle antwortete, ohne Emotionen durchklingen zu lassen. »Es ist bei uns bis zu einem bestimmten Punkt innerhalb von Projekten nicht üblich, konkret zu werden. Frank Wusel war ein hervorragender Mitarbeiter. Wir waren darüber informiert, dass er an einem sehr interessanten Projekt arbeitete. Vor vierzehn Tagen sollte es zu einem Treffen der beiden kommen. Dabei sollte Material übergeben werden. «

»Naja. Einen Materialaustausch hat es vielleicht gegeben, nur dumm, dass wir so gar nicht wissen, wer da was getauscht hat. Aber zwei Menschen haben ganz sicher ihr Leben gegen den Tod getauscht. Und die Art und Weise, wie beide umgebracht wurden, legt nahe, dass wir es mit Profis zu tun haben könnten. Nicht unbedingt mit perfekter Schlapphutarbeit, aber ein Einzeltäter scheidet aus – de-fi-ni-tiv.«

Bröhle schüttelte den Kopf und sprach zur Tischplatte. »Niemand arbeitet perfekt. Sie ja auch nicht, wenn ich an das Mädchen denke.«

Abrupt füllte eine aggressive Stille den Raum. Bröhle lehnte sich zurück und schluckte. Er wusste, dass er einen Fehler gemacht hatte. Bucher blieb äußerlich gelassen, beugte sich lediglich etwas nach vorne und fragte: »Von welchem Mädchen sprechen Sie?«

Bröhle antwortete nicht.

Weiss fragte tonlos, aber mit eiskalter Stimme: »Niemand sprach bisher von einem Mädchen. In unserem Schriftverkehr ist von einem Mädchen keine Rede. Wie kommen Sie also darauf?«

Bröhle lehnte sich zurück und führte die rechte Hand zum Kinn; der Daumen stützte es, während sich der Zeigefinger über die Lippen legte. Es sah so aus, als ob er überlegte, dabei versuchte er nur, einen Weg aus der Sackgasse zu finden, in die ihn seine dumme Bemerkung manövriert hatte.

Bucher sagte: »Eine schwangere Frau wird heimtückisch ermordet. Ein Mitarbeiter des Verfassungsschutzes, der mit ihr in Kontakt stand, ebenfalls. Ein fünfjähriges Mädchen ist im Spiel und wird entführt. Die Ermittlungen der Polizei werden sabotiert – und Sie sind wirklich der Meinung, Sie haben diese Story noch im Griff, könnten das Geschehen manipulieren und steuern? Ich glaube, Sie schätzen die Situation vollkommen falsch ein, und vielleicht haben wir es hier mit Realitätsverlust zu tun. Eines ist aber sicher, Herr Bröhle. Wir werden für das Versagen des Verfassungsschutzes den Kopf gewiss nicht hinhalten. Ich frage mich außerdem, wo überall der Verfassungsschutz seine Finger drin hat. Wer kontrolliert das eigentlich noch? Und habt ihr noch einen Mitarbeiter in eurem – Projekt – vielleicht zufällig bei der Polizei in Pfronten? Einer, der unsere Arbeit sabotieren soll, damit die Akte, wenn wir gescheitert sind, still und heimlich in der Versenkung verschwinden kann? Denkt ihr vielleicht, das läuft so?«

Weiss langte nach rechts und legte seine mächtige Hand kurz auf Buchers linken Unterarm. Bucher schwieg.

»Das Mädchen. Woher wissen Sie davon?«, wollte Weiss wissen.

»Selbstverständlich gibt es niemanden, der Ihre Arbeit sabotieren soll. Wir haben einen Mitarbeiter verloren und vertrauen darauf, dass Sie herausfinden, wer das getan hat«, beschwichtigte Bröhle, der Buchers Zorn gespürt hatte. Und zornige Polizisten sollte er nicht hinterlassen. Das war nicht sein Auftrag.

»Das Mädchen«, sagte Weiss, und als Bröhle nicht gleich antwortete, sagte er: »Ich nehme keine Rücksicht, glauben Sie mir, keinerlei Rücksicht.«

Bröhle schluckte und sagte: »Kundermann-Falckenhayn.«

»Wie?«, fragte Weiss und seine Stimme glitt dabei nach oben weg. Das hatte Bucher noch nie bei ihm erlebt. Weiss wiederholte, diesmal mit tiefer, bedrohlich klingender Stimme: »Wie?«

»Ich hatte gestern eine längere Unterredung mit dem zuständigen Dezernatsleiter Kundermann-Falckenhayn, um mich auf dieses Gespräch hier vorzubereiten.« Dann fügte er unschuldig hinzu: »Wussten Sie denn nichts davon?«

Bucher sah zu Weiss. Natürlich wusste der nichts davon, und das Vorgehen von Bröhle war ganz und gar hinterhältig. Es wurde nur durch das dümmliche Verhalten Kundermann-Falckenhayns noch übertroffen. Fast fühlte Bucher so etwas wie Mitleid, wenn er Weiss ansah und an seinen Dezernatsleiter dachte.

Für Weiss war die Besprechung am Ende angelangt. Er wartete bis Nehbel die letzten Notizen gefertigt hatte. Er verabschiedete die Teilnehmer förmlich und fragte in die Runde. »Gibt es noch etwas?«

Bucher meldete sich nach einigen Sekunden nochmals zu Wort. Sehr sachlich, bittend, fast ein wenig bedauernd. »Ja, ich hätte noch eine Bitte an Herrn Bröhle.«

Der nickte Bucher freundlich zu.

»Es ist so, Herr Bröhle. Die Leiche von Frank Wusel ist bereits nach München überführt worden. Wir würden jemanden benötigen, der Frank Wusel identifiziert, und ich denke, dass Sie das übernehmen sollten.«

Weiss Augen flackerten böse. Die drei Grauen nickten unsichtbar und unwissend. Bröhle stimmte ahnungslos zu. Er war über die Details nicht informiert.

*

Als die Runde sich aufgelöst hatte und Bucher im Büro von Weiss saß, ließ der sich auf keine weitere Diskussion hinsichtlich der gerade beendeten Zusammenkunft ein. Er sagte nur, dass er Ernst Nehbel zur Unterstützung vorgesehen hatte. Dann sprach er die Ermittlungen an. »Was wissen wir denn bis jetzt strukturell?«

»Eine junge schwangere Frau ist ermordet worden. Vorgetäuscht war ein Suizid. Sie war eine erfolgreiche, materiell abgesicherte Steueranwältin; hat mittelständische Unternehmen beraten und dabei eng mit einer XPro Consult zusammengearbeitet. Die Spuren einiger Beschäftigter dieser Firma führen zurück ins Allgäu. Mysteriös sind die vergangenen Jahre im Leben des Opfers. Sie hat den Kontakt zu ihrer Familie und ihren Freunden vor einigen Jahren abgebrochen, um sie dann, vor einigen Monaten, zaghaft zwar, aber doch zielstrebig, wieder aufzunehmen. Seit einiger Zeit ist dieses Mädchen Laura bei ihr gewesen. Niemand vermisst dieses Kind. Judith Holzberger selbst freute sich auf das Kind, das sie erwartet. Sie kaufte einige Tage vor ihrem Tod hier in München ein wertvolles altes Gemälde – ein farbenfrohes Stillleben. In ihrer Wohnung lag ein Postkarte mit einem düstern Bild von Sandro Botticelli – Der Höllentrichter. Weißt du, das alles passt noch nicht zusammen.«

Als Bucher geendet hatte, sagte Weiss mit trockener Stimme. »Es stimmt nicht, dass sie niemand vermisst.«

»Ich weiß, wir vermissen sie alle«, antwortete Bucher, diesmal mit einer Spur Resignation, die auch Weiss nicht entging.

»Was ist eigentlich mit diesen beiden Polizisten, die damals aufgekreuzt sind und den Fall heiß gemacht haben?«

Bucher schüttelte den Kopf. »Aus welchem Grund sollten die bei uns auftauchen und uns auf den Fall anspitzen, wenn sie selbst damit zu tun hätten, das wäre doch unlogisch.«

»Du darfst nicht vergessen, dass unabhängig von den beiden, der Ermittlungsauftrag schon unterwegs war. Es wäre doch vorstellbar, dass jemand, der um eine drohende Ermittlung weiß, sich noch schnell als Helfer positioniert. So bekommt man alle erforderlichen Informationen, befindet sich in relativer Sicherheit und kann die Dinge sogar noch beeinflussen.«

Bucher schnaufte laut aus. »Habe ich mir ja auch schon gedacht. Aber die beiden … ich vertraue ihnen. Natürlich habe ich unsere Leute beauftragt, eine Sicherheitsüberprüfung durchzuführen. Das Ergebnis liegt inzwischen vor – negativ. Die zwei sind sauber. Wenngleich der eine, dieser Abraham Wanger, schon ein ganz eigenartiger Kauz ist. Wir werden sie trotzdem ab sofort von den kritischen Informationen isolieren.«

Weiss stimmte stumm zu und fragte: »Deine Vermutung?«

»Wir haben eine Geheimdienstsache am Hals hängen. Schwierig. Äußerst schwierig. Es ist das erste Mal, dass ich nicht weiß, ob ich die Sache im Griff habe. Ich muss dir ehrlich sagen, dass ich im Moment nicht so recht weiterweiß. Mir fehlt diese eine Idee, dieser eine Ansatz, von dem man weiß, er führt in die richtige Richtung. Jedenfalls weiß ich im Moment nicht, mit welchen sinnvollen Ermittlungsarbeiten ich meine Leute beschäftigen soll. Das mit dem Mädchen war demoralisierend … für uns alle. Besonders Hartmann ist tief getroffen, obwohl er nicht groß darüber redet. Du weißt, wie sehr er Kinder liebt …«

Weiss nickte. »Niemand erwartet eine schnelle Lösung von euch. Die Sache ist zu komplex und wirklich rätselhaft. Wichtig ist jetzt das Mädchen, und letztlich werden wir auch erfolgreich sein Johannes.«

Bucher nickte. »Sie lebt … ganz sicher. Und ich bräuchte wirklich Unterstützung. Ich möchte eine zweite Ebene aufbauen, einen verborgenen Ermittlungsschleier. Wir sind das inzwischen bekannte, sichtbare Zentrum und hinter uns … Du weißt was ich meine?«

Weiss nickte.

Sie verabredeten noch einige weitere Maßnahmen wie Telefonüberwachung und Objektobservationen. Bucher hatte eine Liste mit Namen, Adressen und Informationen. Sie verabschiedeten sie sich kurz und ohne Worte, nur mit einem Händedruck und einem kurzen Blick.

Beim Gang über den Hof kam ihm ein Kollege entgegen, der verdrießlich vor sich hinmurmelte und ab und an den Kopf schüttelte.

»Was ist denn los, Manni?«, fragte Bucher, als sie sich gegenüberstanden.

Manni rollte mit den Augen. »Komme gerade aus einer Einsatzbesprechung für eine Durchsuchungsaktion morgen früh. Gleich um sechs Uhr geht's los. Diesmal macht unser Chef die Sache.«

»Und?«

»Was machst du, wenn für zu viele Objekte zu wenige Leute vorhanden sind.«

Bucher überlegte ernsthaft. Manni wartete die Antwort nicht ab und sagte: »Richtig, du bildest eine Reserve«, ließ Bucher stehen und ging weiter. Der wollte ihm noch nachrufen, dass man das Ganze durch Optimierung verbessern könnte, verzichtete aber darauf.

*

Die Rückfahrt ins Allgäu nutzte Bucher, sich Gedanken zu machen, und gleich nach seiner Ankunft trafen sie sich im Besprechungsraum. In wenigen Sätzen erläuterte er, was aus dem Gespräch des Vormittags als Erkenntnis nutzbar war. Er selber war zu dem Ergebnis gekommen, dass einzig die Routine sie wieder in die Spur zurückbringen konnte.

Lara Saiter sollte sich um das Bankschließfach und diesen Dr. Geisser kümmern. Hartmann und Batthuber waren für die Einweisung von Ernst Nehbel und seinem Team zuständig. Jeder hatte also einen Auftrag.

Der Tag schlich sich mit dem Schreiben von Berichten und anderen Routinearbeiten in den Abend. Bucher hatte für sich selbst nichts anderes finden können, als Aktenstudium. Viel Aufmerksamkeit widmete er dem Spurenbericht. Es war ernüchternd. So wie es sich las, waren die Kollegen mit der Lupe durch die Wohnung gerutscht und hatten trotzdem nichts gefunden. Ein paar Fasern waren gesichert worden, dazu daktyloskopische Spuren. Aber schon aus dem lapidaren Text konnte Bucher ersehen, dass auf den ersten Blick nichts Aufregendes dabei war. Es gab zwar jede Menge gesicherter Spuren wie DNS, Haare, Hautschuppen und Fingerabdrücke. Doch es waren Allerweltsspuren, die nicht sofort in Beziehung zum Geschehen gesetzt werden konnten. Die Auswertung würde lange Zeit in Anspruch nehmen.

Interessant war die Auswertung der Staub- und Faserdichte. Hier gab es Unterschiede zwischen Flur, Gang, Küche und Schlafzimmer im Vergleich zu den übrigen Bereichen der Wohnung. Der Schluss lag nahe, dass die genannten Bereiche mit einem Staubsauger gereinigt worden waren. Man hatte überdies festgestellt, dass auch der in der Wohnung vorgefundene Staubsauger gesäubert worden war. Der Staubbeutel war frisch und auch der Gebläsefilter war erneuert worden.

Die Verzweiflung der Kollegen musste groß gewesen sein, denn sie hatten letztlich drei Baumnadeln sichergestellt, die sie im Schlafzimmer gefunden hatten, wo sie zwischen Boden und Schrank klemmten. Ob Fichte, Tanne oder Kiefer war noch nicht bekannt. Bucher legte den Bericht zur Seite und ächzte. Es war dürftig, was sie bisher an Spuren hatten.

*

In München tippten den ganzen Tag über drei Herren in grauen Anzügen Vermerke, telefonierten, organisierten, bestätigten, nickten ernst mit dem Kopf, beantworteten Fragen. Weiss erging es nicht besser. Er hing überwiegend am Telefon. Am Abend schließlich, als in Häusern und Bürotürmen die künstlichen Lichter sichtbar hervortraten, traf sich eine große Runde. Wieder saßen die drei Grauen am Ende eines Tisches.

Diesmal saß Weiss ihnen schweigend gegenüber. Es waren andere, die redeten, abwägten – und zu später Stunde, als alles erörtert war, blickten sie fragend zu Weiss, und der sagte, was zu tun war. Die drei Grauen nickten unsichtbar und notierten.

Schutzschleier

Bucher saß alleine beim Frühstück im Kurcafé Pfronten. Lara Saiter war schon unterwegs. Gerade als er sich dem Milchkaffee zuwenden wollte, vibrierte sein Handy, fräste über die Tischplatte, stieß gegen die Untertasse und fabrizierte ein hässliches Zahnarztbohrergeräusch.

Weiss war dran. Er klang frisch, voller Energie und angriffslustig. »Erstens: Es ist eine Polizeiangelegenheit – mit allen Vor- und Nachteilen. Zweitens: Du bekommst, was immer du willst. Die Staatsanwaltschaft weiß Bescheid. Drittens: Du hast freie Hand.«

»Im Rahmen des Erlaubten«, sagte Bucher und nahm einen Schluck Kaffee.

»Im Rahmen des Erforderlichen. Alle haben Furcht. Der Fall ist zu schockierend.«

Bucher war überrascht von der Deutlichkeit, die in Weiss' Worten lag.

»Ich brauche unsere Reinigungsfirma.«

»Sind schon auf dem Weg.«

»Gut.«

»Du wirst ein Paket in deinem Zimmer finden.«

»Überraschung?«

»Wir waren der Meinung, dass sei eine sinnvolle Maßnahme … eine von vielen … wirst schon sehen. Die Fotos von den Leuten auf der Namensliste, die du mir gegeben hast, sind auch schon beauftragt. Ihr seid also nicht mehr alleine – *unsere Leit* passen auf.«

»Mhm. Kundermann-Falckenhayn soll sich raushalten.«

Weiss Stimme bekam einen grimmigen Schlag. »Der geht dich nichts an! Kümmere du dich um deine Aufgaben, da bist du gut beschäftig!« Er wartete und fuhr etwas versöhnlicher fort: »Der Fall liegt nun ganz in deiner Hand, der Verfassungsschutz ist jedenfalls raus aus der Sache. Außerdem …

Du unterschätzt den Bröhle übrigens und lässt dich in dieser Sache zu sehr von Sympathie und Antipathie leiten. Ach ja, und noch etwas: Pressesperre. Sollten Anfragen kommen, so werden die ausschließlich von unserer Pressestelle behandelt. Niemand sagt ein Sterbenswörtchen.«

»Sag das mal …«

Am anderen Ende wurde aufgelegt.

*

Der Drucker der Polizeistation Pfronten gab eine E-Post des Polizeipräsidiums Schwaben Süd aus. Die Sicherheitseinrichtungen der Dienststellen im Bereich mussten einer routinemäßigen Überprüfung unterzogen werden. Im Laufe des Tages würde hierzu ein Technikertrupp auf der Dienststelle erscheinen, der sich mittels eines Kennwortes zu identifizieren hatte. Bereits zwei Stunden später fuhr ein Mercedes Sprinter in den Hof der Dienststelle. Drei Männer in dunkelroten Overalls betraten das Gebäude und identifizierten sich an der Wache mit dem geforderten Kennwort.

Sorgfältig gingen sie ihrer Arbeit nach und überprüften die Telefonanlage, alle Leitungen im Haus, gingen durch alle Räume, wobei der eine oder andere Raum etwas mehr Aufwand erforderte. Als sie nach über zwei Stunden endlich zum Ende gekommen waren, übergaben sie ein mehrseitiges Prüfungsprotokoll. Der Polizist in der Wache sah die Blätter durch und verstand nichts von dem, was da aufgeführt war. Er unterzeichnete dennoch widerspruchslos, weil er die wortkargen und unzugänglichen Typen endlich loswerden wollte.

Der Mercedes fuhr die Vilstalstraße entlang, überquerte den Fluss und wendete sich wieder nach Osten. Hinter dem Eisstation von Pfronten bog er in die Schlickestraße ein, folgte ihr und hielt eine Kurve weiter vor dem Kurcafé Pfronten. Dort bezogen die Männer ihre Zimmer. Einzig die Zimmerwirtin wunderte sich, aus welchem Grund Handwerker an einem Freitag noch ein Zimmer nahmen und nicht nach Hause fuhren.

*

Bucher nahm die Unruhe, die das Überprüfungsteam in die von Gelassenheit erfüllte Dienststelle brachte, mit Gleichmut. Er wählte das Büro des Geschäftszimmers, um mit Korbinian Gohrer und Abraham Wanger zu sprechen, die er abgepasst hatte.

»Was sind das für Typen, die hier rumschleichen?«, fragte er argwöhnisch.

»Sicherheitsüberprüfung«, antwortete Gohrer lakonisch.

»Mhm. Und die können hier so einfach durch die Dienststelle spazieren?«

Wanger beruhigte ihn. »Jetzt sieh mal keine Gespenster. Die sind vom Präsidium mit E-Post angekündigt worden und mussten sich sogar mit einem Kennwort identifizieren, das uns vom Sicherheitssachbearbeiter des Präsidiums telefonisch übermittelt worden ist. Das ist eine ganz normale und korrekte Sache.«

Bucher gab sich damit zufrieden. »Gut. Weshalb ich euch hierhergebeten habe – ihr erinnert euch sicher an euer ungebetenes Erscheinen bei uns im LKA.«

Beide grinsten.

»Also. Ich habe damals meinen Vorgesetzten gebeten, sich um die Beauftragung für den Fall zu kümmern.«

Wanger spitze die Lippen. Gohrer hörte aufmerksam zu.

»Als der am nächsten Tag im Ministerium anrief, bekam er zur Antwort, dass sein Anruf ganz gelegen käme, denn man hätte einen etwas diffizilen Auftrag – es ginge um den Suizid einer gewissen Judith Holzberger in Pfronten. Und das, bevor er einen Ton über sein eigentliches Anliegen vorbringen konnte.«

Abraham Wanger nickte zustimmend. Gohrer sah Bucher fragend an.

»Kapiert!?«, fragte der nach.

Wanger sah ihn irritiert an. »Wie?«

»Der Auftrag an uns war schon auf dem Wege, als ihr bei mir im Büro erschienen seid.«

»Ach du Scheiße«, sagte Gohrer, dem mit einem Male die Situation klar wurde.

Wanger, der auf einer Schreibtischkante gesessen hatte, stand auf und winkte mit erhobenem Zeigefinger. »Aber wirklich nicht, mein Lieber, aber wirklich nicht.«

Bucher blieb gelassen. »Was glaubt ihr, wieso ich euch das erzähle? Sicher nicht, weil ich der Meinung bin, ihr hängt in der Sache mit drin.«

»Was dann?«, fragte Gohrer.

»Judith Holzberger hatte enge Kontakte zum Verfassungsschutz. Vorletzte Woche sollte ein Informationsaustausch mit dem Kontaktmann stattfinden. Nur ... leider hat der ja auch Suizid begangen – droben ... im Stadel.«

Abraham Wanger setzte sich wieder, und schwieg.

*

Batthuber hatte im Auftrag Buchers die Listen mit den Kennzeichen und Halterdaten der VW-Busse zusammengestellt und an Ernst Nehbel übergeben. Der hatte seine Teams schon beisammen und schnell deutlich gemacht, worin die Aufgabe bestand. Alle Fahrzeuge mussten persönlich in Augenschein genommen werden. Auf dem Bildmaterial, das er verteilte, waren die Firmenlogos so zu sehen, wie sie am betreffenden Fahrzeug angebracht waren. Das hatte die Webcam genau aufgezeichnet. Der geschlossene Kasten hatte seitlich hinter dem Fahrersitz ein längliches Fenster, was die Suche vereinfachen sollte, denn viele der gelisteten VW-Busse würden anhand dieses Kriteriums ausgemustert werden können. Alle zutreffenden Internetanbieter waren nach entsprechenden Fahrzeugen durchforstet worden, und Google entwickelte sich zunehmend zu einem der wichtigsten Recherchewerkzeuge. Wenn sie Glück hatten, würden sich noch Klebespuren der Logos finden lassen. Lackierungen hingegen waren kaum zu erwarten. Wichtig war ihm zudem, festzuhalten, wo und wann die Fahrzeuge zuletzt bewegt worden waren. Über den Hintergrund dieser Ermittlungsarbeit sagte er nichts, beantwortete aber ausführlich jede Frage, denn Ernst Nehbel wusste: Wirklicher Gehorsam setzt Einverständnis voraus.

Er selbst war alleine unterwegs, hatte für sich den Bereich nördlich von Kaufbeuren bestimmt. Im Bereich Pfronten und Füssen wurden Batthuber und Hartmann von einem seiner Teams unterstützt.

Als alle Zieladressen in den Navigationssystemen der Fahrzeuge gespeichert waren, fuhren sie los. Nehbel sah ihnen nach und ging dann hinunter in die Tiefgarage. Er schmiss den schweren Koffer in den Laderaum des Geländewagens. Die Waffen und die Munition wogen doch schwerer als er gedacht hatte. Bevor er einstieg, nahm er die großformatigen Fotos aus dem Kuvert. Er studierte die Gestalten, die Gesichter. Las nochmals die weiterführenden Daten zu den abgebildeten Personen. Dann schmiss er das Kuvert auf den Beifahrersitz und verließ das LKA. Er hatte einen ergänzenden Auftrag erhalten.

*

Bucher hatte sich nach der kurzen Unterredung mit Gohrer und Wanger ins Auto gesetzt und war ohne ein bestimmtes Ziel davongefahren. Was er dringend brauchte war – eine Idee.

Nesselwang nahm er bewusst wahr, bog dort an der erstbesten Gelegenheit nach rechts ab und folgte einem Schild, das Rückholz auswies. Hinter einer Brückendurchfahrt ging es steil bergauf, und er geriet auf eine sich durch die Weiden windende enge Landstraße, die ihn und seine Gedanken forttrug, über lange Geraden, durch enge Kurven, begleitet von beidseits des Weges grasenden Kühen. Im Grunde war er auf der Fahrt mitten durch eine riesige Kuhherde. Er bewältigte Auf- und Abfahrten, durchfuhr Orte wie Lengenwang und Seeg und orientierte sich in Letzterem an den Schildern, die Füssen auswiesen. Das alles geschah, als wären *zwei* Bucher unterwegs – einer, der das Fahrzeug steuerte, und der andere, der nachdachte.

Irgendwann passierte er ein Schild, auf dem er *Wiesbauer* las. Er bremste, setzte zurück, bog nach links in das Grundstück ein und parkte.

Im Gasthaus war wenig los. Er suchte sich einen Tisch an der Fensterreihe und starrte auf den Hopfensee, noch immer in Gedanken versunken. Vom gegenüberliegenden Ufer leuchtete der farbfrohe Flickenteppich geparkter Autos, hallten die Geräusche eines verwunschen schönen Fleckens wider; irgendwo oben am Hang stand Krisserts Haus – doch Bucher nahm das alles nicht wahr. Als die Bedienung in ihrem blaurosa Dirndl an seinem Tisch aufkreuzte, ihn herzlich und freundlich nach seinen Wünschen fragte, drehte er sich ihr zu und sagte: »Wieso Suizid?«

Sie erschrak ein wenig, und ihm war es peinlich. Er bestellte ein Haferl Kaffee und einen Apfelstrudel mit Vanillesoße ohne Sahne und sah wieder aus dem Fenster. Hinter ihm hörte er Tuscheln, das von der Theke kam, dann Gekicher. »Wieso Suizid?«, ging es ihm durch den Kopf. Man hätte sie doch auch vergiften können, einen Unfall inszenieren, vielleicht erschießen …

Nein. All das hätte Fragen aufgeworfen. Eine gesunde Schwangere, die plötzlich tot daliegt. Das hätte zwangsläufig eine Obduktion zur Folge gehabt. Diejenigen, die sich diese komplexe Sache mit dem fingierten Selbstmord ausgedacht hatten, bezweckten damit nur eines: Sie wollten unter allen Umständen Nachforschungen vermeiden – unter allen Umständen. Dafür nahmen sie sogar das gewaltige Risiko in Kauf – und es hätte ja auch fast geklappt. Ein Suizid war aus Sicht dieser Leute die beste Lösung … und wenn die Sache auch noch nach Aktenlage schnell und still abgewickelt würde …

Je mehr er darüber nachdachte, desto sicherer wurde er,

dass erst der Mord an Judith Holzberger die Täter auf Frank Wusel gebracht hatte – durch Unterlagen, den Computer oder anderswie. Der an Frank Wusel inszenierte Selbstmord war die panische Reaktion, das chaotische Ergebnis eines gescheiterten Versuchs. Die Gefährlichkeit der Situation bestand darin, dass das Konstrukt gerade in sich zusammenbrach und niemand wissen konnte, wie diese Leute reagierten und über welche Möglichkeiten sie verfügten. Bucher stöhnte.

Der Kaffee kam, und der Duft frischen Apfelstrudels stieg ihm in die Nase. Er sagte halblaut, nur für sich bestimmt: »Ja. Genau so ist es. Die sind gewaltig unter Druck …!«

Die Bedienung erschrak und verließ mit eiligen Schritten den Tisch. Buchers Stimmung hellte sich auf, was weniger an der Exklusivität seines Platzes lag. An warmen Tagen musste es draußen auf der Terrasse, unter den Bäumen, einfach herrlich sein.

Was ihn beruhigte war, dass sich nicht die Ermittlungen in einer chaotischen Situation befanden, sondern dass alleine ihre Arbeit diejenigen in Durcheinander und Konfusion stürzte, die er jagte. Sie hatten Laura, aber was nutzte ihnen das. Eine Laura wurde nirgends vermisst. Es gab sie eigentlich gar nicht, und darin bestand ihr Schutz, ein geringer, aber immerhin. Zudem hatten sie es mit mehreren zu tun, die bisher zusammenarbeiteten und strukturiert vorgingen. Bucher war sich aber sicher: Dem ein oder anderen von ihnen würde es schon durch den Kopf gehen, was es bedeutete, den einmal beschrittenen Weg auch noch mit dem Mädchen fortzusetzen – und sicher gab es auch diesen oder jenen, der immer noch etwas zu verlieren hatte.

Er aß den Apfelstrudel, schüttete den Kaffee hinunter, zahlte und ging zum Auto.

Draußen wartete bereits eine Streife der Füssener Polizei auf ihn. Er war auffällig geworden.

Nach einigem Hin und Her – einer der beiden lachte ihn aus, als Bucher sagte, er sei vom Landeskriminalamt – konnte er weiter. Er fand sich inzwischen gut zurecht, wie er meinte, und fuhr schnurstracks – seinem Orientierungssinn folgend – nach Pfronten, was sich wegen der schwierigen Verkehrsführung etwas hinzog. So kam er unter anderem durch einen Ort namens Stötten und musste feststellen, dass Pfronten in dieser Region nicht ausreichend Bedeutung hatte, um überall ausgeschildert zu sein.

*

Lara rief an und sagte, dass sie bereits in Pfronten auf ihn wartete. Als er endlich eintraf, stand Hartmanns Auto auch schon da. Sie waren also komplett.

Bucher grüßte wortlos mit einer Handbewegung und ging zu einem Tisch in der Ecke, an dem drei Gestalten hockten und Karten spielten. Er fragte, ob sie sich gestört fühlen würden, wenn er sich später mit drei Freunden im angrenzenden, abgeteilten Frühstücksraum ein wenig unterhalten würde. Die Sicherheitstechniker murmelten ihr Einverständnis, ohne vom Kartenspiel aufzusehen, nur einer von ihnen sagte noch so etwas wie: »Ist eine saubere Stube, gell.«

In Buchers Zimmer lag ein Paket auf dem Bett. Er schnitt die Paketbänder an und zog den metallenen Faden heraus. Er war unversehrt. Ein verschlossenes Kuvert lag obenauf. Darunter fand er fünf originalverpackte Handys, die bereits mit SIM-Karten bestückt waren. Das hatte Weiss also gemeint. Sie wurden mit neuen Handys ausgestattet. Kurz lief ein Schauder über Buchers Rücken. Mit welchen Leuten hatten sie sich angelegt?

Er öffnete das Kuvert. Es standen nur wenige Sätze auf dem Blatt Papier.

»Besprechungsraum im Dachgeschoss: verschmutzt; Standardtechnik. Weiterhin in Betrieb. Pension: vollständig clean. Wohnung Holzberger: clean. Nur noch neue Handys nutzen. Nummern sind intern gespeichert und freigegeben. Die alten ausschalten und an uns retournieren. Viel Glück.«

Er verbrannte den Brief im blechernen Papierkorb. Dann packte er die Handys in die Taschen und marschierte wieder nach unten. Die anderen machten große Augen, als er die neuen Dinger hervorholte und verteilte. Die alten Handys wurden eingesammelt und blieben auf einem Stuhl liegen. Der Reinigungsdienst würde sie später mitnehmen. Die Augen wurden noch größer, als er sie davon in Kenntnis setzte, dass der Besprechungsraum auf der Dienststelle verwanzt war. Er unterrichtete sie weiter von den Maßnahmen, die mit Weiss abgesprochen waren, und von seiner Absicht, die Abhöreinrichtung unter Umständen aktiv nutzen zu wollen.

Er fühlte neue Kraft und sah fordernd in die Runde. »Und?«

Hartmann streckte sich, stöhnte und nahm sein Weißbier zur Hand. Batthuber brauchte er dann gar nicht erst anzusehen. Bucher erzählte ihnen von dem, was ihm am Mittag so durch den Kopf gegangen war.

Lara zog einige Ausdrucke aus der Tasche und schob sie Bucher zu. »Die Kleine war seit genau vier Wochen bei Judith Holzberger.«

Bucher nahm die Papiere zur Hand und überflog die Listen. In einer übersichtlichen Tabelle fand er Datum, Uhrzeit, eine nicht näher definierte Nummer, einen Artikelnamen, eine Artikelgruppe und einen Preis. Einige Zeilen in der Liste waren mit einem Textmarker hervorgehoben.

»Kundenkarten«, sagte Lara Saiter, »Judith Holzberger hat mit Kundenkarten eingekauft. Und vor genau vier Wochen tauchen plötzlich Artikel auf, die nur für Kinder sein können. Ich habe sie bereits markiert. Ein Bewegungsbild ließe sich da auch erstellen.«

Bucher pfiff leise.

»Aber das bringt uns auch nicht sonderlich weiter. Etwas anderes vielleicht schon eher. Ich habe mir heute diesen Holzberger gekrallt. Wir sind ins Kleinwalsertal gefahren und haben uns das Bankschließfach vorgenommen. Es war eine interessante Erfahrung.«

»War es denn so nobel?«, fragte Bucher.

»Nee. Überhaupt nicht. Da war ein kahler Raum, ein Angestellter hat das Schließfach aufgemacht, den Kasten auf einen Tisch gestellt und ist dann gegangen. Es gab noch eine Bucht, so ähnlich wie diese Wahlkabinen, in der man den Metallkasten hätte aufmachen können. Also von wegen roter Samt, dunkle Vorhänge, Teppichboden und so. Ganz kühl. Wie in der Pathologie.«

»Mhm. Und was war so interessant?«

»Papi! Ja das ist ja vielleicht ein Herzchen, sage ich euch.«

Bucher spitzte die Ohren.

»Wir kommen vor der Bank an, ich mache mit den Leuten alles klar, da kommt mir der Typ plötzlich schräg von der Seite und verlangt, dass ich draußen warten, also nicht mit in den Schließfachraum kommen soll. Es könnten ja persönliche, die Familie betreffende Dinge in dem Schließfach sein, und er wolle nicht und blablabla. Da hat er aber bei mir auf Granit gebissen.«

»Und?«

»Ich habe ihm klargemacht, dass ich der Meinung bin, dass *er* da drinnen nichts verloren hat. Naja. Er hat sich bluffen lassen. Es war aber eine wirklich blöde Situation, ich war ja schließlich rein privat unterwegs und auf österreichischem Hoheitsgebiet. Kurz und gut. In der Blechkiste lagen fünfundzwanzigtausend Euro, zehntausend Franken und zehntausend Dollar – bar cash. Der war eigentlich ganz schön bescheuert, dass er mich da mit rangelassen hat. Hätte er noch eine Weile gewartet, wäre er still und heimlich an das Zeug rangekommen.«

Bucher richtete sich auf. Die anderen blieben gelassen, weil sie die Einzelheiten schon kannten.

»Und das war alles?«

»Ich finde, das reicht schon«, meinte Hartmann gelangweilt.

»Nur das Bargeld, sonst also nichts?«

»Doch«, meinte Lara, »ein Kreuz lag drin. So ein bronzefarbenes Kreuz, wie man es bei euch zur Konfirmation bekommt, so mit gerundeten Ecken. Hinten drauf war der Spruch aufgeklebt und ein paar alte Fotos, auf denen sie als Kind und junges Mädchen abgebildete ist.«

»Was heißt da *bei euch*, wenn ich fragen darf?«

»Ja bei euch Luthrischen halt.«

»Ja gibt es denn bei ... euch ... keine Kreuze, oder was?«

»Ja schon, aber du weißt schon, was ich meine, so klar protestantisch war das eben, typisch halt.«

»Mhm«, sagte Bucher etwas enttäuscht und sank in den Stuhl. Auch er griff jetzt zum Weißbier. Hartmann prostete ihm zu und grinste.

»Ach«, sagte Lara betont unbeteiligt, »fast hätte ich es vergessen ..., aber ... ein kleiner Memorystick ist auch noch aufgetaucht. Er war in einem Kuvert mit Fotos. Ich habe das Ding mit den Fingern spüren können. Habe dem Holzberger aber nur die Fotos gezeigt. Das war eine ganz dumme Situation, aber ... egal nun. Das kleine Ding ist bereits per Kurier auf dem Weg zu unseren forensischen Bitverschiebern im LKA, denn wir konnten es nicht auslesen. Es war verschlüsselt.

Der Holzberger war übrigens einverstanden, dass ich den Inhalt des Schließfaches vorerst verwahre. Das Geld und die anderen Sachen liegen jetzt im Tresor bei der Füssener Polizei.«

Bucher nahm einen genussvollen, langen Schluck. Irgendwann später, ihr Gespräch war weniger flüssig als das Bier, das sie tranken, tippte Bucher Lara Saiter an.

»Was, denkst du, könnte auf diesem Chip drauf sein?«

Lara Saiter zuckte mit den Schultern. »Vielleicht Listen mit Bankkonten, Passworten, Buchungswege, Echtnamen, Adressen, Telefonnummern, Kontaktleute, Kanzleien. Alles, was wehtut eben. Könnte ich mir gut vorstellen.«

»Wäre gut möglich. Aber noch eine andere Frage. Diese Fotos von Judith Holzberger, die da im Schließfach waren ...«

»Ja?«

»War da vielleicht eines dabei, das ... abgeschnitten oder durchtrennt worden war?«

Sie legte den Kopf leicht schräg und fragte fordernd. »Woher weißt du das?«

*

Der Fall hatte Ausmaße angenommen, die er so nicht erwartet hatte. Es war Freitagabend, und er spürte die Notwendigkeit, abzuschalten. Die Überwachungs- und Ermittlungsmaßnahmen, die er gefordert hatte, liefen bereits. Von Wochenende konnte keine Rede sein, und doch wollte er, dass für sie ein wenig Zeit blieb, den Kopf leidlich freizubekommen. Nach einem weiteren Weißbier verzogen sie sich. Lara und Hartmann machten sich auf in Richtung München. Batthuber blieb im Allgäu. Er wollte mit Pentner und Fexi eine Bergtour gehen, was Bucher gar nicht gefiel. Er beschloss, am nächsten Tag erst nach Hause zu fahren. Zu viel Weißbier.

*

Ernst Nehbel wartete im Fahrzeug. Sieben Adressen hatte er geschafft. Alle Fahrzeuge, die er sich angesehen hatte, waren aus dem Rennen und auf seiner Liste durchgestrichen. Er hätte mehr erledigen können, doch sein Handy hatte geklingelt. Das Zimmer im Kurcafé war für ihn reserviert worden. Die Koordinaten, die ihm anschließend übermittelt wurden, gab er in das Navigationssystem ein und schaltete sich auf. Es war schon gespenstisch, wie das System ihn den richtigen Weg leitete. Als er seinerzeit den Beruf angefangen hatte, waren Telefonate noch reglementiert und Fernschreiben mit Lochstreifen gesendet worden. Heute war auf allen Kanälen Gequatsche, und der geschriebene Irrsinn verteilte sich unkontrolliert per Mail. Die Kommunikationsordnung begann sich zusehends aufzulösen.

In Pfronten-Kappel kam ihm der Geländewagen entgegen. Er sah den roten Punkt am Display und erkannte das vorbeifahrende Fahrzeug im Scheinwerferlicht. Er wendete bei nächster Gelegenheit und folgte. Kurz vor Pfronten-Berg hatte er aufgeholt und beobachtete, wie der Geländewagen nach rechts abbog, in Richtung Kirchturm. Nehbel folgte und verzog den Mund, als er sah, wie seine Zielperson unverschämt rücksichtslos gleich gegenüber des Gasthofs *Oberer Wirt* parkte. Der Fahrer schlug im Weggehen die Türen zu, die Blinker leuchteten zweimal kurz auf, und er verschwand im Wirtshaus.

Ernst Nehbel wartete etwa eine Viertelstunde und konzentrierte sich. Dann holte er das Trachtenhemd und die Wollweste aus dem Koffer und zog sich in der frischen Herbstluft um. Bevor er hinüber zum Wirtshaus ging, holte er noch mal die Fotos aus dem Kuvert – studierte Gesichter und Namen.

Mit kräftigem Griff drückte er die Türklinke zur Wirtsstube nieder und zog die Tür auf. Es war ein rechteckiger Raum mit dunklen Tischen und Stühlen. An der langen Wandseite, gegenüber der Theke waren kleine Vierertische, in der Mitte des Raumes und an der Wandseite standen lange Tischgruppen. Gläser klirrten, Geschirr klapperte, die Bedienungen trugen auf und räumten ab. Gemurmel, Lachen, Wortfetzen drangen an Nehbels Ohren – und alles zusammen vermittelte ein wohliges Gefühl. Hier war es im besten Sinne gastlich und gemütlich.

Ernst Nehbel betrat den Gastraum nicht – er erschien. Die knappen zwei Meter, die sehr guten einhundert Kilo, sein kantiges Gesicht und der interessierte Blick, den er durch den Raum gleiten ließ, verfehlten ihre Wirkung nicht. Auch wenn es nur zwei, drei Sekunden waren, die er in der geöffneten Tür stehen blieb – alle im Raum spürten ihn, wenn sie ihn schon nicht sahen. Er wusste um seine Wirkung und lächelte selbstbewusst, während er auf einen der beiden freien Tische zuging. Ihm schräg gegenüber saßen fünf Männer. Einer von ihnen bekam gerade eine Schweinshaxe gebracht.

»Ja, ob des so gsund ist!«, dröhnte Nehbel lachend in die Runde. Ein Teil der Umsitzenden drehte sich der Szene zu.

Der Angesprochene sah zuerst abschätzend zu Nehbel, quittierte dann die leutselige Art des Fremden mit fröhlichem Sarkasmus. »Wer g'sund stirbt, ist auch tot.«

Ernst Nehbel lachte. »Ja, schon. Man ist länger tot, als g'sund.«

Er setzte sich, nahm die Speisekarte zur Hand, studierte sie zielgerichtet, entschied sich für den Zwiebelrostbraten und bestellte ein Weißbier dazu. Ohne viel gesagt zu haben, alleine durch seine Art, gewann er die Aufmerksamkeit des Raumes für sich. Dem übernächsten Tisch schenkte er nur ein, zwei halbe Blicke. Dort saß mit zwei anderen Männern Waldemar Kneissl und blickte missmutig zu ihm herüber – zu dem Kerl, der gerade hereingekommen war. Es war der Missmut des Rivalen, der erkannte, dass auf der Wiese einer erschienen war, der auf Augenhöhe agierte. Kneissl spürte, wie der Fremde es mit seinem Gehabe und zwei, drei Sätzen geschafft hatte, die Leute für sich einzunehmen. Das war Kneissl noch nie gelungen, Leute auf so eine Weise für sich einzunehmen.

Ernst Nehbel bekam seinen Zwiebelrostbraten. Er zwinkerte der Bedienung zu, die ihn mit sichtlicher Freude bediente. Ernst Nehbel aß gerne und gut. Was vor ihm stand, war eine bodenständige, grundsolide Köstlichkeit, und so nahm er das Besteck zur Hand und gab dem Gericht die Ehre. Er aß nicht alleine der Nahrungsaufnahme wegen. Ernst Nehbel machte ein Ereignis daraus. Er schnitt mit Bedacht und kaute mit einem solchen Genuss, dass den anderen, die ab und an verstohlen einen Blick zu dem Tisch schwenkten, das Wasser im Munde zusammenlief. Die Bedienung stand hinter dem Schanktisch, polierte fast eine Minute lang ein Weißbierglas und vergaß glatt die Bestellung eines ihrer Tische beim Anblick dieses Mannsbildes.

Ab und an hob Ernst Nehbel den Kopf, tupfte sich mit der Serviette die Lippen und Mundwinkel ab, hob das Glas und prostete demjenigen strahlend zu, dessen Augen gerade die seinen trafen. Als er fertig war, sprach ihn der mit der Schweinshaxe an: »Sitzt mer gern alloinigs?«

Ernst Nehbel benutzte ein letztes Mal die Serviette, grinste und rutschte hinüber an den Tisch.

»Urlaub?«, traf ihn sogleich die erste Frage.

»Nur ein Wochenende. Ist schön hier bei euch.«

So fing das Gespräch an, das sich fortan nicht mehr um Privates drehte. Man unterhielt sich angeregt über die Landschaft, das Wetter, die Straßenverhältnisse, Touristen im Allgemeinen, über entweder fehlenden oder übermäßigen Schnee im Winter, auch über Politik und letztlich darüber, dass es einem trotz aller Krisen gut gehe bei Bier und Zwiebelrostbraten, solange die Krisen nicht den Weg in die Täler fänden.

Die Zeit verging schnell. Ernst Nehbel schnappte aufmerksam einige Brocken auf, die am Tisch fielen. Ein hagerer mit ledernem, versengtem Gesicht, in dem jeder einzelne Muskel bei der Arbeit zu sehen war, sagte einmal abschätzig: »Der Holzberger, letzte Woche noch das große Elend, heut hockt er mit dem Kneissl schon wieder in der Wirtschaft rum.«

»Na, lass ihn doch«, sagte ein junger Kerl mit roten Backen, »soll er dahoim verfaulen. Außerdem hat der schon beim alten Kneissl das Büro gschmissn.«

Ernst Nehbel merkte, wie der mit der Schweinshaxe kurz aufsah und nachfragte. »Der Holzberger? Des hab ich ja gar nicht gwusst.«

Der Rotbackige nickte. »Ja, und der andere, des ist dem Kneissl sein Hausverwalter, der Lotter, aus'm Steinach drunten.«

»Wer kennt den net«, sagte der braun Gebrannte mit Widerwillen, »ein Gauner hat noch immer den besten Büttel abgegeben.«

Der mit der Schweinshaxe meinte: »Vergangenheit, alles Vergangenheit.«

»Abraham, Abraham«, sagte der Lederne spöttisch, »du bist einfach zu gut für diese Welt.«

Irgendwann, als alle gerötete Gesichter hatten, ihnen wohliger Schweiß auf der Stirn stand und im Gastraum das Durcheinander unterschiedlicher Stimmen, Lachen und Gläserklirren einen Höhepunkt erreicht hatte, holte Ernst Nehbel eine kleine Digitalkamera heraus, gerade als die Bedienung kam und eine neue Bestellung aufnehmen wollte. Er zwinkerte ihr zu und machte ein Foto. »Schau her«, lachte er sie an, »so klein sind die Dinger heutzutage, so gar nichts für grobe Kerle wie mich … «, die anderen lauschten seiner Ansprache, »… aber glaube mir, nicht alles ist heutzutage so klein!« Er lachte verschmitzt, die anderen prusteten. Er machte noch einige Fotos und verabschiedete sich kurze Zeit darauf, als die Stunde noch nicht spät war und alle anderen noch einmal bestellten. »Vielleicht trifft man sich ja wieder«, lachte er, drehte sich der Gaststube zu und grüßte mit einer freundlichen Geste alle anderen. Die Bedienung strahlte ihm nach, und es war nicht wegen des Trinkgeldes.

Er musste fast eine Stunde im Schatten von St. Nikolaus warten, bis Kneissl mit den beiden andern herauskam. Die Bilder der Digitalkamera waren bereits übermittelt. Als die drei Gestalten in Kneissls Wagen davonfuhren, telefonierte er.

Kriegerin

Bucher war sehr früh aufgestanden, hatte schon vor der eigentlichen Zeit gefrühstückt und es gewagt, Miriam anzurufen, die sowieso eine Frühaufsteherin war. Sie war unerwarteterweise schon am Vorabend am Lech angekommen und wollte am Vormittag in Landsberg einkaufen gehen. Beide freuten sich auf zwei Tage und zwei Nächte. Peter Manner hatte sich, wie verabredet, angekündigt. Engelbert und Erna waren auch eingeladen. Bucher war gespannt, worum es den beiden ging.

Der Mercedes-Sprinter war schon weg. Zwei der Männer waren in früher Dämmerung mit ihm davongefahren.

Er folgte der Rechtskurve der Tiroler Straße, fuhr ums Babeleck und hätte eigentlich gleich darauf nach rechts abbiegen müssen, doch er sah ein Stück weiter vorne, unter den betonierten Arkaden der örtlichen Bauernbank, zwei ihm bekannte Gestalten. Er hielt das Lenkrad gerade, drosselte das Tempo und fuhr in Richtung Fenebergmarkt weiter.

Im fahlen Schutz des neoideenlosen Überdachs der örtlichen Kartoffelbank standen Abraham Wanger und diese alte Frau mit den schlohweißen Haaren. Die energische Gestik der beiden ließ vermuten, dass es ernste Dinge waren, die beide miteinander zu besprechen hatten. Sie redete auf Wanger ein und tippte immer wieder mit dem Stock, der in ihrer rechten Hand fest umschlossen lag, gegen Wangers Brust. Wenn er antwortete, so war seine Körperhaltung defensiv und die Haltung seiner Hände vermittelte Rechtfertigung. Bucher fuhr langsam vorbei, lugte in den Außenspiegel, den er in die gewünschte Position brachte. Hinter *Blumen Lotter* fuhr er an den Straßenrand, missachtete das wütende Hupen seines Hintermannes, dem der behindernde Fahrstil schon seit einigen Metern auf die Nerven gegangen war, und wartete. Nach einer Weile sah er die Alte auf sich zukommen. Sie hatte es eilig. Vor der Tankstelle bog sie links ab. Wanger konnte er im Rückspiegel und auch sonst nicht mehr entdecken. Vielleicht war er in die Bank gegangen. Ein kurzer Blick auf die Uhr und seine Entscheidung stand fest. Er folgte der Frau, ohne so recht zu wissen warum.

Am Krankenhaus drehte er zwei Runden, als ob er einen Parkplatz suchen würde. Auf engen Wegen gelangte er in die Vilstalstraße. Sie war schnell unterwegs. Er fuhr bis hinter die Brücke und parkte am Wegrand, wartete bis sie vorbei war. Selbst im Rückspiegel war ihr markanter Gesichtsausdruck zu erkennen. Sie strahlte Stärke und Willen aus. Kurz überlegte er, wie alt sie sein mochte, ließ es dann aber bleiben. Es war unbedeutend. Sie wechselte über die Brücke und lief wieder in Richtung Osten, zweigte aber vorher nach links ab. An einem einzeln stehenden Haus stoppte sie, öffnete das hölzerne Gartentor und ging zur Tür. Als Bucher vorbeifuhr, sah er noch ein Stück dunkelblauen Stoffs hinter der Tür verschwinden. Er notierte die Hausnummer, die freundlicherweise in Form eines getöpferten Schildes über der Haustür hing. Ein richtig kleines Hexenhäuschen, dachte er und beschleunigte. Gerade in diesem Moment kam ihm Abraham Wanger mit seinem japanischen Monstrum entgegen. Der Kerl erkannte Buchers Auto sofort und blinkte ihn an. Sie hielten nebeneinander.

»Wohin des Weges, mein Sohn?«, fragte Wanger mit gutturalem Laut.

»Zu des Heimes Herd«, erwiderte Bucher.

Wanger lachte.

»Und selbst?«, fragte Bucher.

Wanger deutete nach hinten zum Kofferraum. »Einkäufe für eine alte Frau. War gerade noch im Feneberg und habe meinen Wochendienst erledigt. Hast du noch Zeit?«

Bucher verzog das Gesicht. »Eher weniger. Meine … Frau … wartet.«

»Verstehe. Aber ich muss nur ein paar Meter weiter, und wir hätten vielleicht noch einen Kaffee zusammen trinken können … bei der mit der Zauberwurzel, du kennst sie ja inzwischen. Sie wohnt gleich da hinten. Aber ... vielleicht ein anderes Mal dann. Grüße zu Hause ... und versuch zu vergessen, wenn du bei deiner Frau bist. Trag so wenig wie möglich in dein Haus, außer – einen Strauß Blumen vielleicht.«

Sie trennten sich, und jeder fuhr seines Weges. Bucher hatte ein schlechtes Gewissen – einmal wegen seines Misstrauens und andererseits, weil er an so etwas wie Blumen für Miriam nicht gedacht hatte.

Wanger sah ihm im Rückspiegel nach, solange es ging. Er hatte Bucher die ganze Zeit zuvor schon beobachtet. Von dem Zeitpunkt an, als er aus den Augenwinkeln wahrgenommen hatte, wie er langsam an der Raiffeisenbank vorbeigefahren war und dann rechts der Straße angehalten hatte, ohne Blumen kaufen zu gehen, wie Wanger es eigentlich erwartet hätte. Vertrauen ist ein rares Gut, dachte Wanger.

*

Miriam war bereits zurück aus Landsberg, als Bucher endlich in die Hofeinfahrt fuhr. Er hatte sich Wangers Worte zu Herzen genommen und nahm von seiner Arbeit so wenig wie möglich mit in sein Haus. Sie nahmen sich Zeit bis in den Nachmittag, um sich am Wiedersehen zu freuen, und begannen dann gemeinsam, das Essen für den Abend zuzubereiten. Im Kühlschrank lag ein riesiges Stück Rinderfilet, das Erna am Vormittag vorbeigebracht hatte. Bucher betastete das Fleisch, das von einem der Viecher stammte, die er irgendwann gesehen und getätschelt hatte. Es fühlte sich kühl und fest an, steckte noch voller Kraft. Ihm lief das Wasser im Munde zusammen. Inzwischen war er in der Küche auf Handlangerdienste zurückgestuft worden. Er tat, was ihm gesagt wurde, und dies ohne Rückfragen oder gar Widerrede. Die Küche war jener Ort, an welchem es schneller zu Streit kommen konnte, als an jeder anderen Stelle einer Wohnung. Wollte man also Streit vermeiden, so konnte man einmal den Ort selbst meiden, oder aber man fügte sich dem Schicksal, soff brav den Kochwein und wartete auf den Zeitpunkt, ab dem es sinnvoll war, das Messer wegzulegen und die Liege am Kachelofen aufzusuchen.

Am späten Nachmittag ratterte Manners elfhunderter BMW vor dem Haus. Unter dem Sturzhelm kam ein verschwitzter, rotbackiger und vor Freude strahlender Peter Manner zum Vorschein. »Mensch, bin ich gerast«, flüsterte er Bucher zu, der als Erster bei ihm war und ihn bereits in die Arme schloss, während er noch auf dem Motorradsitz saß. Miriam wartete ab, bis er die Funktionsjacke über die Sitzbank geschmissen hatte.

Kurz darauf, geduscht und ein wenig erholt, saß er bei den beiden in der Küche, nahm teil an den Vorbereitungen für den Abend, indem er mit Bucher einige Gläser jungen Haute-Canteloupe trank; ein aufstrebender Premières Côtes de Blaye. In der Karaffe wartete eine halbe Magnum la Croix Canon – ebenso jung wie der Haute-Canteloupe, aber gefühlte zehn Jahre weiter in seiner Entwicklung. Miriam bevorzugte einen frischen Silvaner aus Iphofen. Nachdem die Glocken der Kirche gegenüber zum Abendgebet geläutet hatten, kamen Engelbert und Erna.

Zum Entree gab es Foie Gras auf Dinkelweißbrot, ein wenig gepfeffert mit einem Dip Zwiebelgelee. Engelbert lobte die gute französische Streichwurst und prostete mit dem dunklen Weizen in die Runde. Nach dem Feldsalat mit in Kirschfond gedünsteten Schalotten folgten grüne Bohnen im Speckmantel, Rind und Kartoffelgratin. Es war ein Fest. Der drehbare Käseteller leitete zum Apfelkuchen über. Der Espresso schuf wieder einige Klarheit. Es war das Essen, es waren die Gespräche, es war der Wein – es war die Gesellschaft, die Bucher für den Augenblick Lichtjahre von dem entfernte, was ihn spätestens am Sonntagabend wieder einholen würde.

*

Ein Auto hielt spät in der Nacht auf der Straße im Waldstück, das den Hügel hinter Buchers Haus bedeckte. Eine dunkle Gestalt stieg behände aus, und aus dem Dunkel kam ein schemenhafter, sich geschmeidig bewegender Körper und kroch in das schon anfahrende Fahrzeug. Zuvor tauschten die beiden ein Nachtglas aus. »Keine besonderen Vorkommnisse. Er hat Besuch. Seine Liebste, der Pfarrer und Nachbarsleute«, sagte der junge Mann.

Der Fahrer nickte und fuhr stumm weiter.

»Ist es eigentlich wirklich so ernst?«

»Du hast die Bilder nicht gesehen, oder?«

Der andere schüttelte den Kopf.

»Habe ich mir schon gedacht. Denn dann würdest du nicht fragen.«

*

»Sie sind ja öfters hier zu Besuch«, begann Engelbert, und Peter Manner stimmte ihm mit einem »Was ich jedes Mal sehr genieße« zu.

»Wir haben ja leider keinen Pfarrer mehr.«

»Mhm.«

»Kennen Sie unsere Kirche da drüben?«

»Ja sicher. Ich habe sie mir mit Johannes und Miriam im Frühjahr einmal angesehen. Kurz nach Ostern war das.«

»Ah, schon«, sagte Engelbert froh.

Auch Erna freute sich.

»Der polnische Pater, der einige Zeit lang hier war und ab und zu auch Gottesdienst gehalten hat, war wirklich in Ordnung.«

»Ein netter Mensch, man hat ihn nur manchmal so schlecht verstanden«, sagte Erna.

Peter Manner hörte interessiert zu. Bucher wunderte sich. Alles, was er über den polnischen Patre gehört hatte, war, dass sich die Leute zum einen darüber aufregten, dass er ständig betrunken war, und zum anderen, dass man ihn nicht verstand

– weder in betrunkenem noch in nüchternem Zustand. Er sprach kein einziges Wort deutsch.

Engelbert nickte sich selbst zu. »Ein guter Kerl, aber der musste wieder zurück zu seinem Orden. Danach hatten wir dann einen indischen Priester, mit dem wir eigentlich auch sehr zufrieden waren.«

Erna ergänzte: »Der war sehr freundlich und so weltoffen«, und etwas keck fügte sie im Stillen hinzu: »Ein hübscher Kerl war er auch.« Sie lachte. Engelbert grinste.

Bucher nahm einen Schluck Kanonenkreuz. Seine Informationen den Inder betreffend sagten, dass es sich ausschließlich um vier, fünf Damen handelte, die voneinander nicht wussten und die mit diesem indischen Priester *sehr zufrieden* waren. Und das lag nicht an seinen theologisch-seelsorgerischen Fähigkeiten, sondern vielmehr daran, dass er ein *hübscher Kerl* war. Bucher grinste böse in sein Glas, sagte aber keinen Ton. Miriam hatte ihm einen strengen Blick zugeworfen. So war das eben.

Engelbert stöhnte. »Jetzt finden sie keinen mehr, der hier Gottesdienst halten will. In Landsberg ist am Tag dreimal Messe, und hier verkommt die schöne Kirche. Der Neue lässt sich gerade einmal im Monat blicken. Vor guten zwanzig Jahren haben wir ein paar Hunderttausend in das neue Dach, den Putz und die Renovierung des Altars und der Bänke gesteckt. Es gab neue Heizungen und teilweise neue Holzbänke. Und jetzt … es ist ja eigentlich eine Schande.«

Peter Manner sah ihn ernst an. »Es ist eine schwierige Situation, und auf dem Land gibt es nun mal viele Kirchen. Da kann man sich schon zerteilen.«

Engelbert war ein Bauer und gewohnt, schnell zur Sache zu kommen. »Es wäre ja nicht ums Zerteilen gegangen. Wir haben ihn ja nur gebeten, eine Michaeli-Messe zu halten. Aber der hält sich stur an seinen Plan und nichts bringt ihn davon ab.«

»Mhm … Michaeli-Messe«, sinnierte Peter Manner.

Engelbert beobachtete ihn einige Sekunden. »Es wäre ja nur … ich weiß ja nicht … aber falls Sie unter Umständen zufällig … ich meine … eine Messe …«

Peter Manner grinste, war er doch auch ein bisschen ein Bauer. »Miriam hat mir erzählt, dass das Rindfleisch von Ihnen war. Ganz große Klasse, kriegt man bei uns in der Stadt so nicht. Ausgeschlossen.«

Engelberts Augen glänzten. »Bio! Das ist Bio! Die ganzen Weiden stehen voll davon.«

»Also Michaeli«, sagte Manner und hob sein Glas. Man war sich einig.

Savonarola

Als seine Nachbarn schon gegangen waren, saßen die drei eine Weile schweigend am Tisch und lauschten den Klängen von *Celeste Sirene.* Gol o Bolbol – Rose und Nachtigall. Akkorde und Laute dieser Musik waren voller Wärme und Sehnsucht, und selbst diese empfindsame Musik war nicht imstande, Buchers Gefühlswelt in wärmere, hellere Regionen zu heben. Ein gefährlicher Zustand, wenn Musik nicht mehr funktionierte, ihre Wirkung auf ihn nicht mehr entfalten konnte. Als *accente queruli* verklungen war, sagte Manner ehrlich: »Du siehst angestrengt aus.«

Bucher nippte am Glas, ohne zu antworten.

»Der Fall?«

Bucher begann leise und distanziert zu erzählen.

Manner stöhnte. »Zwei Morde, ein entführtes Kind …«

Miriam hob das Glas. »Gerade Leute in den schönsten Gegenden begehen am häufigsten Selbstmord, sie sind sozusagen Selbstmordlustiger.«

Die beiden sahen sie verwundert. »Was redest denn du?«, meinte Bucher kopfschüttelnd.

Sie lachte nur, scheinbar gänzlich unberührt. »Ist nicht von mir, sondern von Thomas Bernhard – Holzfällen. Der hat einfach den richtig morbiden Witz für Menschen, die mit Leuten wie dir zusammen sind. Es sind immer so lustige Themen, mit denen man sich da befassen muss. Erst ein Bordeaux und Rinderfilet – dann die Gemeuchelten.«

Manner lächelte und nach Miriams herausfordernder Unbeschwertheit redeten sie befreiter über die beklemmende Aura des Themas Selbstmord, über das, was sich damit verband und ängstigte.

Als Miriam sich später ins Bett verabschiedete, zog Bucher mit Manner nach oben ins Giebelzimmer, wie beim letzten Mal. Die Glasfront war dem Lech zu gewandt. Jetzt, in dunkelster Nacht, waren nur einige Sterne zu erkennen, die es zwischen den Wolkenlücken hindurch geschafft hatten, und die Wipfel der Bäume, die noch schwärzer waren als die Nacht. Der Fensterfront gegenüber stand eine Dreiercouch, daneben zwei Sessel mit Beinhocker. Dazwischen ein Tischchen, gerade genug für Gläser und ein wenig zu essen. Es gab noch eine Stereoanlage. Das war alles. Eine Halogenleuchte schuf gedimmtes Schummerlicht.

Das Giebelzimmer war inzwischen Miriams Reich. Hier arbeitete sie an ihren Aufträgen und Reportagen. Ihre Wohnung in München stand fast zur Hälfte leer. Eine Entscheidung stand irgendwann an.

Bucher und Manner nahmen die Sessel. Sie hatten die Reste des La Croix Canon mit nach oben gebracht, und beide sahen einige Zeit in die Schattenwelt außerhalb der Fensterfront.

»Es ist schön, so ein Paar wie deine Nachbarn zu erleben. Du hast wirklich Glück«, sagte Manner.

»Es ist ein Segen, ich mag die beiden wirklich sehr. Sie leben ein Leben, nach dem ich mich eigentlich sehne. Es scheint, dass sie im Einklang sind und einen völlig anderen Umgang mit der Zeit haben«, sagte Bucher.

Sie schwiegen. Bucher fragte sich, wieso Peter Manner jetzt auf Engelbert und Erna zu sprechen kam.

»Miriam ist ein Glück für dich«, ergänzte Manner.

Bucher konnte sein Lächeln nicht sehen.

»Das, womit du dich beruflich befassen musst, ist gefährlich, kann zu einem schwarzen, gefräßigen Schlund werden, in den man geraten kann. Ich meine – wenn man die Gefahr kennt, ist sie schon ein Stück weniger gefährlich.«

Bucher musste schlucken und war froh, dass halbes Licht auch halben Schatten bedeutete. Peter Manner hatte wieder einmal tiefer in ihn geblickt, als in das Weinglas.

»Du sprachst letzte Woche von *Sandro Botticelli* und diesem Wort – *Compagnacci.*«

»Ja.«

»Bist du in der Sache weitergekommen?«

Bucher verneinte. »Ich wollte, aber es war so viel anderes zu tun.«

Manner stellte das Weinglas auf den Tisch. »Gut. Vielleicht kann ich dir ja helfen. Ich habe mich ein wenig damit beschäftigt, und es gibt durchaus eine sehr interessante Verbindung zwischen diesen beiden eigentlich unabhängigen Begriffen.«

Bucher stellte sein Weinglas ebenfalls auf dem Tisch ab. »Ich höre, Dottore.«

»Über Botticelli ist nicht viel weiter zu sagen – einer der begnadetsten Maler der Renaissance. Ich persönlich liebe seine frühen, allegorischen Gemälde, die ihre Themen der griechischen Mythologie entnahmen. Ein Höhepunkt der Malerei, zweifelsohne. Aber zu Botticelli kommen wir später noch. Du erwähntest auch dieses Wort – *Compagnacci*. Wenn ich mich recht entsinne, stand es auf der Rückseite einer Postkarte.«

»Ja. Genau so war es. Auf der Postkarte mit diesem Höllentrichter von Botticelli.«

»Nun. *Compagnacci* heißt so viel wie *die Kumpane*.«

Bucher verzog den Mund und nahm sein Glas wieder zur Hand.

Manner fuhr fort. »Botticelli und Compagnacci haben auf den ersten Blick natürlich nichts direkt miteinander zu tun. Es gibt jedoch eine Art goldene Brücke, einen weiteren Begriff oder Namen, der die so unterschiedlichen Bedeutungen von Botticelli, dem Maler, und Compagnacci, einer allgemeinen Bezeichnung, zu einem Sinn bringen kann.«

»Und die wäre?«

»Savonarola«, sagte Manner.

Bucher wiederholte. »Savonarola, Savonarola. Mhm. Könnte ich schon mal gehört haben. Kommt mir irgendwie bekannt vor.«

Manner sprach leise weiter. »Er war einer der bedeutendsten Kirchenmänner der Renaissance, wirkte in Florenz und stand in der Blütezeit seines Einflusses den Medici oppositionell gegenüber. Ein die Menschen begeisternder Prediger zudem. Du musst dir vorstellen, gegen Ende seines Wirkens kamen tausende in seine Gottesdienste, um seine Predigten zu hören. Er lebte sehr asketisch und streng nach seinen Glaubengrundsätzen, und war von dieser anspruchslosen, einfachen und harten Lebensführung zeitweise derart entkräftet, dass er manchmal seine Predigt unterbrechen musste und für eine Viertelstunde oder länger ein Nickerchen machte. Die Gläubigen warteten in diesen Situationen geduldig, bis er wieder aufwachte – dann ging es weiter. So sehr gierten sie nach seinen Worten, nach dem, was er ihnen zu sagen hatte.«

Bucher lachte ein wenig hämisch. »Unvorstellbar ... und heute ... polnische Pater ... indische Playboys ... geschiedene Bischöfinnen ...«

Manner winkte ab. »Savonarolas Einfluss war enorm und ging weit über den kirchlichen Raum hinaus. Er war politischer Vermittler, trat dominant gegenüber dem Vatikan auf, präferierte politische und gesellschaftliche Kräfte, die seinen stringenten Vorstellungen einer fundamental christlichen Gesellschaft entsprachen. 1491 war er Prior des Klosters San Marco geworden und verweigerte einen Antrittsbesuch bei Lorenzo de Medici, ein gewaltiger Affront, aber auch mutig. Savonarola konnte politisch denken und war sich der tyrannischen Herrschaft der Medici durchaus bewusst, ebenso, dass die republikanische Staatsform nur noch eine Farce war. Kurzum: Mit seinen Predigten und seinem Verhalten spaltete er Florenz, die florentinische Gesellschaft, in Unterstützer, Anhänger – und in seine Gegner. Letztere, also seine Gegner, fanden sich in verschiedenen Gruppierungen wieder. Da waren einmal die, die *Arrabiati* genannt wurden, die Erzürnten. Deren Ziel war ein aristokratisches Herrschaftssystem, allerdings ohne die Medici. Dann gab es noch die *Bigi* und die *Tiepidi*, die Grauen und die Lauen. Beide Gruppierungen waren erbitterte Feinde von Savonarola.«

Peter Manner unterbrach für einen Augenblick. »Und schließlich waren da noch die *Compagnacci* – die Kumpane. Vorwiegend junge Leute aus aristokratischen, begüterten Familien, die sich den strengen Sittengesetzen, die Savonarola predigte, fundamental entgegenstellten und auch bereit waren, mit Gewaltakten gegen Savonarolas Herrschaft vorzugehen. Es ging also ziemlich rund, damals in Florenz.«

Bucher hatte gespannt zugehört und fragte: »Und was hatte Botticelli mit denen zu tun?«

»Der schuf seine allegorischen Werke in der Zeit, bevor Savonarola seinen Einfluss in Florenz festigen konnte. Die *Geburt der Venus*, der *Frühling, Venus und Mars* und all diese anderen grandiosen, befreienden Werke entstanden allesamt zwischen 1480 und etwa 1490.«

Manner hielt inne und neigte sich im Sessel nach vorne. »Und dann passierte Folgendes – Botticelli wurde zu einem glühenden Anhänger von Savonarolas Lehren. Und ab diesem Zeitpunkt – keine allegorischen Darstellungen mehr, die ja in ihrer Bildwirkung auf den ersten Blick – und Eiferer, so einer war Savonarola gewiss, haben immer nur den ersten Blick – etwas frivol und freizügig wirken. Du weißt …«

Bucher hob zustimmend die Hand und sah die bleichen Brüste der Venus vor sich; und die Muschel, aus der sie entstieg. Für einen religiösen Eiferer sicher die blanke Zumutung. Und das Antlitz der Venus erschien vor seinem inneren Auge, doch nicht jenes aus *Die Geburt der Venus*, sondern das aus dem Werk *Venus und Mars*, das er so liebte. Alle sprachen von der wunderbaren Mona Lisa, doch Buchers Star war die Venus in jenem Bildnis, ihr Gesichtsausdruck, ihre Haltung, faszinierten ihn noch mehr, und es war völlig unmöglich, Mars nicht auf ewig zu beneiden.

»Botticelli verbrannte im Gefolge seiner Anhängerschaft zu Savonarola und dessen Lehren einige seiner Gemälde auf einem öffentlichen Platz in Florenz – unvorstellbar, was dabei verloren gegangen sein muss. Welch ein Jammer. Auch andere Anhänger brachten zu diesen öffentlichen Verbrennungsstätten das, woran ihr eitles Herz hing, und diese Feuer erhielten von Savonarola einen prägenden Namen: Fegefeuer der Eitelkeiten. So nannte er sie.«

Bucher, dessen Körper sich während des ruhigen Erzählens seines Freundes in ein sanftes Korsett der Spannung gebracht hatte, lehnte sich wohlig zurück. Draußen schrie ein Käuzchen, die Balken rumorten träge, und Kasseiopeia tauchte im weiten Giebelfenster auf. Manner nahm einen Schluck Wein, bevor er weitermachte. »In der Gefolgschaft des Mönches Savonarola änderte Botticelli die Themen, mit denen er sich als Maler auseinandersetzte. Es entstanden Werke wie zum Beispiel auch der *Höllentrichter*, den du erwähnt hast. Es handelt sich dabei um einen Bildzyklus, der Dantes *Göttliche Komödie* ... ja, wie soll ich sagen ... illustrieren sollte. Die von Dante geschilderten Höllenstufen, so sage ich wohl besser, hat Botticelli in savonarolischer Sichtweise ins Bild gesetzt. In dieser Darstellung wird die Vorstellungswelt Savonarolas auf geniale Weise sichtbar gemacht. Pein, Leiden, Höllenqualen, Feuer, Folter ...«

Bucher sah schweigend zu Manner, dann hinaus zu den Sternen. Er wusste nun, dass man zwischen den Begriffen Compagnacci und Botticelli durchaus einen abstrakten Bezug herstellen konnte, dass es einen eifernden, florentinischen Mönch gegeben hatte, und dass dies alles etwas mit dem perfiden Mord an einer jungen Frau in Pfronten zu tun hatte. Und er war das eitle Menschlein, welches sich einbildete, Licht in dieses schwarze Geschehen bringen zu können. In ein Geschehen, das zunehmend mittelalterliche Dunkelheit auf seine Seele legte und seine Selbstgewissheit in einem Fegefeuer der Eitelkeiten leiden ließ. Da konnte nur Wein helfen. Er nahm einen sehr kräftigen Schluck.

»Erzähl doch einfach mal von diesem Fall«, forderte Manner, »vielleicht fällt mir ja was dazu ein.«

»Lass mich noch ein wenig über das nachdenken, was du mir gerade erzählt hast.«

Dann, nach einigen Minuten, als er seine Gedanken von den Schatten und dem Alkohol gelöst hatte, begann er und berichtete Manner so, als würde er einen Kollegen in den Fall einweisen. Peter Manner hörte gebannt zu. Als Bucher zum Ende gekommen war, sagte er: »Diese Judith Holzberger war also eine intelligente, attraktive junge Frau, mit gesicherter

Existenz, fest in ein soziales Gefüge eingebunden – Familie, Freunde, Vereine.«

Bucher nickte.

»Und dann kam es vor einiger Zeit zu einem Bruch, zu einer zunehmenden Entfremdung von Familie und Freunden, bis hin zu einer vollständigen Isolation von der existierenden sozialen Umgebung.«

»Mhm. So ist das richtig beschrieben, ja.«

»Und ihr habt nichts herausgefunden, was der Grund dafür sein könnte, denn das ist ja nun ein ziemlich markanter Einschnitt.«

»Nein. Die Gespräche mit den Eltern gestalten sich der Situation wegen sehr schwierig, wobei wir den Vater, es ist nicht ihr leiblicher Vater, nochmal befragen müssen. Aber, es war auch so viel los. Wir sind noch kaum tief in die Zusammenhänge eingedrungen. Aber so, wie du fragst ... hast du eine Ahnung, Idee, Vorstellung.«

Manner zögerte kurz. »Naja. Also das, was ich gehört habe, stellt sich so dar, also ob es sich um einen klassischen Verlauf handeln könnte ... eigentlich geradezu exemplarisch ...«

»Was ist klassisch ... exemplarisch ...«

»Ich könnte mir vorstellen, dass Judith Holzberger an eine Sekte geraten ist.«

»Eine Sekte?«, wiederholte Bucher und sprach mehr zu sich, »aber das wäre doch irgendjemandem bekannt geworden.«.

»Nicht unbedingt, Johannes. Sekten sind ja nicht deshalb so erfolgreich, weil sie Menschen ansprechen, die über keine Leistungs- und Leidensfähigkeit verfügten. Das Gegenteil ist der Fall. Sekten ziehen überwiegend engagierte, fleißige, intelligente Menschen an, die sich auf der Suche befinden. Es sind Menschen, die ihr Dasein – zunächst in positivem Sinne – infrage stellen und eine Aufgabe, eine Bestimmung suchen, die über die Bewältigung des Alltags hinausgeht, und jenseits von Mode, Konsum, Medieneinfluss und all dem anderen noch, das unser Leben so schnell werden lässt, und für den Augenblick ein wenig erlösend wirkt. Es gibt strikte Rituale, Spiritualität und nicht immer die einfachen Antworten auf die komplexen Fragestellungen unserer modernen Welt. Weitere Gründe können darin liegen, vor der Einsamkeit zu fliehen, oder alleine vor der Angst vor Einsamkeit zu fliehen. Andere wollen – ich weiß es ist eine Floskel –, aber Menschen wollen Gemeinschaft erleben. Für viele Menschen hat es einen für ihr Leben entscheidenden Wert, ein gemeinsames Ziel in der Zusammenarbeit mit anderen zu erreichen.«

Bucher blieb skeptisch. »Was du beschreibst kann man doch in jeder Kirchengemeinde erleben, oder boshafter ausgedrückt, in jedem Kegelverein.«

Manner winkte energisch ab. »Alles zusammen macht den richtigen Brei. Und was du sagst, stimmt nicht. Die Kirche hat es da schon schwieriger. Wir stehen, ob wir es wollen oder nicht, in Konkurrenz zu dem ganzen Spektakel, das um uns herum geschieht, und in all dem Bunten, Grellen, Wunderbaren wirkt unser Angebot auf den ersten Blick etwas grau und altbacken. Ich denke, wir haben bei all dem etwas zu sehr mitgemacht, haben versucht, mitzuhalten, haben diese bunte, glitzernde Welt als Konkurrenz empfunden und sind aktiv geworden. Dabei haben wir zu einem großen Teil unser Gesicht, unsere Erkennbarkeit, unsere Kanten verloren. Ich war schon in Gottesdiensten, die als solche gar nicht mehr erkennbar waren, und bei euch ist das nicht anders, wenn ich recht informiert bin.

Aber zurück zu den Sekten. Sie sind erfolgreich, weil sie zum einen das, was ich gerade beschrieben habe, verfügbar machen – und noch etwas: Sie versprechen Erlösung – und zwar schon hier auf Erden. Da tut sich die Kirche, zumal die Amtskirche schwer, die die Aufklärung in weiten Teilen verinnerlicht hat und eine zum Teil brutale Säkularisierung über sich ergehen lassen musste und hat ergehen lassen.«

Bucher grinste ihn kopfschüttelnd an und sagte: »… in weiten Teilen.«

Manner ignorierte es und nahm seinerseits einen kräftigen Schluck.

»Was hat denn die Kirche zu bieten und was macht euch so grau und wenig bunt?«

»Ich denke, das Problem besteht darin, dass wir die Bitterkeit nicht verschweigen, die ein Leben auch hat, die Unfreude, die Krankheit, die Last, die Pein, Enttäuschung und Scheitern – und damit stehen wir natürlich diesem gigantischen Freudenmoloch gegenüber, der den Menschen genau das vergessen machen will – und unsere Botschaft spricht gerade nicht von einer Erlösung schon hier auf Erden. Verstehst du, das ist schon ein großer Unterschied. Eine Sekte funktioniert übrigens auch nicht mit einem dieser ausdruckslosen Typen, wie sie durch die Vorabendserien geschoben werden. Es braucht entweder eine charismatische Führerfigur – eine Lichtgestalt – oder einen brutalen Typen – dann läuft der Laden.«.

Bucher verspürte Lust, ein wenig zu sticheln. »Naja, und Lichtgestalten gibt's ja auch nicht gerade viele bei Kirchens, wenn ich mir diese verbeamteten Religionsbewahrer so ansehe. Und an brutalen Typen scheint mir auch kein Mangel zu bestehen – denke nur an den Fall in Augsburg zurück. Du weißt, wie ich dazu stehe, ich wünschte mir etwas mehr säkulares Gedankengut, mehr Trennung von Kirche und Staat – mir ist das zu viel Beamtentum und Kirchenverwaltungsmief.«

Manner kannte Buchers Meinung sehr wohl, ließ diese Diskussion aber heute sein. »Ich weiß, ich weiß, wie du dazu stehst. Aber was Sekten angeht – es sind hocheffizient funktionierende Systeme, und ist jemand erst einmal in dieses System eingebunden – also eines der Rädchen, die sich drehen – und den wirkenden Zwängen und Kräften ausgesetzt, dann ist es schwer, diesem Ausbeutungsschema wieder zu entweichen. Ohne Schaden für die Seele, ist das in den seltensten Fällen möglich. «

Bucher stöhnte. »Jetzt also auch noch eine Sekte. «

Manner referierte weiter. »Der Erfolg von Sekten besteht ja auch in ihrer klaren hierarchischen Struktur. Da gibt es keine Matrix, keinen Diskussionsbedarf oder Richtungsstreit – sondern klare Zuständigkeiten und Kompetenzbereiche. Es ist ein System von Befehl und Gehorsam. Wer aus seiner Kirche austritt und einer Sekte anhängt, wird deren Ziele sehr schnell verinnerlichen und diese fortan mit der Verve eines Konvertiten vertreten. Problematisch für Sekten sind Phasen der Führungslosigkeit oder wenn eine zweite Lichtgestalt in Konkurrenz tritt, denn der Verlust des Führers führt in den allermeisten Fällen dazu, dass sich die Kräfte einer solchen Vereinigung gegen die Gruppe selbst oder gegen das Umfeld richten. Das sind dann Ereignisse wie große schwarze seelische Löcher, die alles mit sich reißen, was in ihren Einflussbereich gelangt. Es gibt ja diese fürchterlichen Geschehnisse von Massenselbstmorden, Weltuntergangs-, Bedrohungs- und Verfolgungsszenarien. Haben wir alles schon erlebt. Sekten ziehen die Menschen an, beuten sie seelisch und wirtschaftlich aus und kollabieren spätestens beim Verlust ihrer Führungsfigur.«

Bucher spürte wie seine Zunge schwerer wurde. »Eine Sekte also.«

»Es ist nur ein Gedanke. Wenn du also nach Mustern suchst, dann achte auf – eine Lichtgestalt, ein Erlösungsversprechen, eine Aufgabe, eine Gemeinschaft … und denke das alles ohne spirituelles Gehabe. Es kann völlig banal daherkommen. Ach ja – Symbole, gemeinsame Symbole spielen eine wesentliche Rolle. Das habe ich noch vergessen.«

»Mhm. Symbole. Wir haben in einem Bankschließfach von Judith Holzberger ein Kreuz gefunden. So ein bronzefarbenes, wie man es zur Konfirmation erhält. Hinten klebte der Konfirmationsspruch noch drauf.«

»Naja. Deutet nicht gerade auf eine Sektenzugehörigkeit hin, wenngleich unser Vatikan euch Luthrische ja nicht als Kirche sieht und die Frage offenbleibt, was ihr denn dann seid … und somit … aber gut damit, was war noch in dem Schließfach?«, fragte Manner.

»Sehr viel Bargeld in unterschiedlichen Währungen, eine Speicherkarte, die allerdings verschlüsselt war, und ein paar alte Kinderbilder, auf der sie mit einer Freundin abgebildet war.«

»In einem Bankschließfach – ein Kreuz, alte Fotos. Neben dem Geld und diesem Speicherding. Jedenfalls sind es die Dinge, die ihr wirklich etwas bedeuteten«, meinte Manner.

»Weshalb das Kreuz, was meinst du?«

»Naja. Damit ist sie ja aufgewachsen, Erinnerung, Sentimentalität, Glaube, vielleicht eine heimliche Rückversicherung – vielleicht wollte sie aber auch einfach nur kein Rädchen mehr sein.«

Der Sonntag verging wie der Morgennebel, unbeschwert und voller Leichtigkeit, so als wäre er nie da gewesen. Sie frühstückten, verabschiedeten Peter Manner, der an seinem Urlaubswochenende eine Pässetour fahren wollte, mit guten Wünschen und freundschaftlicher Sorge. Danach ließen sie die Zeit einfach sein, mit Musik, Lesen, ungeordnetem Essen und kurzem, halbwachem Dahindösen.

Bucher hatte sich in einer warmen Nachmittagsphase nach draußen, in den Garten gelegt. Nichts drängte, was wert gewesen wäre, es als verpasst zu empfinden. Von drinnen kamen vertraute, beruhigende Klänge. Alfred Brendel spielte Jeunehomme, und heute wusste man, dass es Madame Jenamy war, welcher das Klavierkonzert gewidmet war. Danach verlangte Miriam nach Miles Davis schafottiger Fahrstuhlbegleitung – und nach Belmondo. Mit der Dämmerung und einige Sonaten später folgte ein karges Abendbrot, ein d'Armailhac und Rachmaninows aufwühlendes Drittes mit Martha Argerich. Der letzte Schluck aber war vorbehalten für Georges Moustaki und sein so süßes wie bitteres: *Non, je ne suis jamais seul, avec ma solitude*.

Bucher hatte zusammen mit Menschen, die ihm lieb waren, getrunken, geredet, gelacht. Er hatte Musik gehört, gelesen, etwas über Malerei und das Florenz der Renaissance erfahren. Es brauchte also gar nicht viel, um sich wieder als Mensch zu fühlen, um wieder Kraft und Energie zu spüren. Seine emotionalen Reservoirs waren prall gefüllt.

Bocelli malt

Früh am Morgen wurde er wach. Er fror, denn Miriam hatte die ganze Decke zu sich gezogen. Die matten digitalen Zahlen der Uhr sagten ihm, dass es sich nicht lohnen würde, den Schlummer noch einmal zu suchen. Er richtete sich auf, blieb auf der Bettkante sitzen und prüfte zuerst den Körper, dann den Geist. Alles fühlte sich gut an, erholt und erfrischt zugleich. Es wurde noch besser nach der Dusche.

Sie hatten sich in Judith Holzbergers Wohnung verabredet, und er war zuerst angekommen. Er betrachtete das Bild, das immer noch an der kahlen Wand lehnte, ging zur Schublade und kramte die abgeschnittene Bildhälfte mit dem Mädchen hervor. Hartmann kam kurz darauf. Dem Ort des Treffens angemessen – gedeckt gekleidet. Schwarze Hose, schwarze Schuhe, graues Jackett. Wären das pastellgrüne Hemd und die dadaistische Krawatte nicht gewesen – man hätte sich Sorgen machen müssen.

Lara Saiter hing in seinem Dunstschweif von *Eau Sauvage*. Einzig Batthuber, der es von allen am nahesten hatte, ließ auf sich warten. Sie saßen auf der Ledergarnitur im Wohnzimmer und sahen hinaus in den grauen Morgen. Ein zähes, eintöniges Grau hatte sich über den Gipfeln eingerichtet und nahm der Natur rundherum jeglichen Effekt, wobei alles an ihr den großen Auftritt, den extremen Kontrast verlangte, der aber nur durch die Gnade einer willigen Sonne zu erhalten war.

Bucher begann von seinem Gespräch mit Peter Manner zu erzählen. Als es kurz darauf an der Wohnungstür klingelte, setzte sich Hartmann mürrisch in Bewegung und öffnete dem Verspäteten. Batthuber suchte unschlüssig, die anderen kaum beachtend, den Raum nach einer Sitzgelegenheit ab. Bucher war gerade bei Botticelli angelangt.

Batthuber unterbrach seine Suche und fragte für die Stimmung etwas zu laut: »Der Sänger!?«

Die Blicke der anderen trafen ihn.

»Welcher Sänger?«, fragte Bucher irritiert.

Batthuber schnippte mit den Fingern, so als hätte er das Gesuchte endlich gefunden, setzte sich vorsichtig auf die Schubladenkonsole der Regalwand, wiegte dabei sanft den Kopf und sülzte fürchterlichst: »*Tiiime tooooo say good byyyye ...*«

»Der Maaaler Botticelli!«, rief Bucher dem Verträumten entgegen.

»Sag ich doch – Bocelli. Aber, wieso Maler? Der ist doch blind, malt der jetzt auch?«, entgegnete Batthuber ehrlich überrascht.

Bucher sah Lara Saiter entnervt an, die fassungslos im Leder versank.

Bucher berichtete ausführlich über Peter Manners Hinweis auf eine mögliche Sektenverbindung.

Lara Saiter hatte von den Leuten im LKA erfahren, dass es noch eine Weile dauern würde, bis sie auf den Inhalt des Memorysticks würden zugreifen können. Das ganze Wochenende hatten sie schon daran gearbeitet, aber es war ihnen immer noch nicht gelungen, die Verschlüsselung auszuhebeln.

Hartmann hatte ein paar Fotos dabei, für die sich alle interessierten. Es waren die Aufnahmen, die Ernst Nehbel im Dorfwirt gemacht hatte.

»Der freche Hund«, sagte Lara Saiter, »hockt sich eiskalt an den Tisch von Wanger.«

»Der Gohrer ist auch drauf, der Pentner und ... der Fexi«, deutete Batthuber alle Genannten ab.

»Der Tisch da hinten, das ist der spannende«, meinte Bucher, »dieser Unsympath Kneissl .... «, er sah die anderen aufgebracht an, »Papa Holzberger ... und dann das Narbengesicht hier ...«

»Das ist der Lotter, dem Kneissl sein Hausl, Mädchen für alles und so. Das ist der gleiche Lotter, der hier im Haus als

Hausmeister unterwegs war, am Morgen, als die falschen Telekomleute da waren. Die Wohnanlage hier hat nämlich der Kneissl gebaut.«

»Ihr beide kümmert euch um den Kneissl und diesen Lotter. Ich will alles von denen wissen, den kompletten Lebenslauf einschließlich Gerüchte und Gerede.« Er gab Lara das halbe Foto. »Und du versuchst rauszubekommen, wer diese beiden Mädchen sind. Die Mutter müsste doch wissen, wer das auf dem Bild da ist. Wie geht es der eigentlich?«

Lara Saiter kniff die Augen zusammen. »Soweit ich weiß, steht sie immer noch unter Medikamenten. Ich versuche einfach mal mein Glück.«

»Tu das.«

Sie verließen die Wohnung und verteilten sich auf die Ortsteile, die sich wie eine Flechte in die Täler breiteten.

Lara Saiter nahm die verwirrend schmale Straße namens Achweg, die der Vils nach Süden folgte. So umging sie den Verkehr der Tirolerstraße und klingelte kurz darauf an der Wohnungstür von Judith Holzbergers Mutter.

Vorsichtig öffnete diese die Tür, sah erst durch einen Spalt, um zu kontrollieren, wer da im Gang stand. Ihr Blick, der zusammengekrümmte Körper, das vom Weinen verschwollene Gesicht – alles zeugte von großer Verletzlichkeit. Sie erkannte Lara Saiter, zog die Tür ganz auf und ging mit vorsichtigen Schritten den Gang entlang voraus. Lara Saiter schloss die Tür und folgte ihr in die geräumige Küche.

Ein runder Tisch stand abseits der Kochzeile.

Erna Holzberger saß bereits, hatte die Ellbogen auf die Tischplatte gestützt und starrte an Lara Saiter vorbei an die Wand. Lara Saiter setzte sich auf den Stuhl neben ihr, wählte nicht den gegenüberstehenden. Sie wollte keine Konfrontation. Sie wartete. Nach einer Weile, in welcher Geräusche, die sonst nie zu vernehmen waren, ans Ohr drangen, stand Erna Holzberger auf und machte sich an der Spüle zu schaffen.

»Ich mache einen Kaffee«, sagte sie. Die letzte Silbe ging in

Weinen unter. Lara Saiter sah zu ihr, hörte zu, wie das Wasser aus dem Hahn schoss und die Kaffeekanne flutete. Erna Holzberger stand mit dem Rücken zu ihr.

Lara Saiter stand auf, ging zu ihr und legte ihre Handflächen vorsichtig auf ihre Schultern und leitete sie sanft zurück zum Tisch. Als Erna Holzberger wieder saß, kümmerte sich Lara Saiter um den Kaffee. Sie verschaffte sich einen Überblick über die Organisation der Küche, öffnete einige Klappen, Türen und wusste bald Bescheid. Erna Holzberger hatte keine Kaffeemaschine. In dieser Küche wurde der Kaffee noch aufgebrüht. Eine gute Adresse.

Lara Saiter setzte das Wasser auf, tat den Papierfilter in den Porzellanhalter, holte die Tassen aus den Schränken, die nicht fettarme Kondensmilch aus dem Kühlschrank und fand auch die Zuckerdose. Es dauerte nur einen Gedanken lang, und sie bewegte sich wie zugehörig zu dem, was sie umgab. Erna Holzberger wurde zusehends ruhiger.

Durch das, was Lara Saiter tat und wie sie es tat, machte sie vergessen, wer sie war, verschleierte sie ihre Eigenschaften und wurde zu einem Jemand, war nicht mehr die Kriminalhauptkommissarin Lara Saiter, zu der Distanz zu halten für jeden, der unvorbereitet in Kontakt mit ihr geriet, ein Gebot zum Schutz der eigenen Integrität war. Durch ihr unmittelbares Eindringen in die Privatsphäre von Erna Holzberger wurde sie zu jemandem, mit dem man sich unterhalten konnte.

Der Duft von Kaffee, zumal wenn er eigens gebrüht worden war, wirkte belebend.

Die Wohnung war einfach eingerichtet, hatte aber etwas Menschliches, angenehm Bewohntes, war kein Möbelhausklon.

»Sind Sie der Meinung, dass Sie das ohne fremde Hilfe bewältigen können«, lautete Lara Saiters erste Frage.

»Ich war, seit es geschehen ist, nur einmal aus der Wohnung«, kam die Antwort.

Lara Saiter wollte nicht um den heißen Brei herumreden. »Sie wissen, warum ich hier bin?«

»Ich bin so froh.« Erna Holzberger schluchzte kurz.
»Froh?«
»Ja.«
»Aus welchem Grund?«
»Ich habe mir solche Vorwürfe gemacht. Seit Jahren hatte ich keinen rechten Kontakt mehr mit Judith. Können Sie sich vorstellen, wie schlimm das ist, wenn man so wenige Meter voneinander entfernt lebt und gar nicht weiß, was das soll, warum die eigene Tochter plötzlich nichts mehr mit einem zu schaffen haben will?«
Lara Saiter schwieg, denn sie wusste nicht, wie das war, und Erna Holzberger erwartete auch keine Antwort.
»Wieso sind sie dann froh?«
»Die Vorwürfe ... ich habe mir solche Vorwürfe gemacht, ich dachte, ich werde wahnsinnig, dachte sogar selbst einmal daran ... es ist wegen der Schuld. Ich konnte es nicht ertragen, von den anderen angesehen zu werden. Es sind alle doch immer nur auf der Suche nach der Schuld. Es muss doch jemand schuld sein, wenn so etwas passiert. Darum geht es, um die Schuld. Ich selbst war doch der Meinung, schuld an dem zu sein, was passiert ist, verstehen Sie. Das ist schon schlimm, aber die anderen ... es sagt ja keiner was, aber es ist doch so, dass man weiß, was die denken, wenn sie einen ansehen, und das ist ... schlimmer.«
Lara Saiter sah stumm einer Wasserblase zu, die auf der Oberfläche ihrer Kaffeetasse kreiselte, und wartete.
»Als ich erfahren habe, dass es wohl so ist, dass sie sich gar nicht ... selbst ... umgebracht hat. Es ist doch so, oder?«
Lara Saite nickte. »Das ist wohl so, ja.«
»Und das hat mir so gutgetan. Bitte verstehen Sie mich nicht falsch, aber es war in all dem Unglück eine gute Nachricht ... nicht mehr schuld zu sein ... weil jemand anders es getan hat ... deswegen war ich froh, weil ich damit besser leben kann, als wenn es anders gewesen wäre.«
Lara Saiter sah sie an und dachte an die Suche nach der Schuld, von der sie zuvor gesprochen hatte. Auch Erna Holzberger war auf der Suche nach Schuldigen und hatte einen Teil

einer vermeintlichen Schuld an noch Unbekannte abgeben können.

»Und Ihr Mann?«, fragte Lara Saiter.

Schweigen. Erna Holzberger schluchzte nicht, zeigte keine Regung. »Er wohnt ein Stück weiter, schon über ein Jahr. Er war auch mal mit einer anderen Frau zusammen, die beim Kneissl im Büro gearbeitet hat. Eine aus dem Osten, die ist aber wieder gegangen.«

»Sie sind nicht geschieden?«

»Nein.«

»Er hat diese Adresse immer noch als Anschrift angegeben.«

»Ja. Wenn jemand für ihn anruft, der die andere Nummer nicht hat, gebe ich ihm Bescheid, bringe ihm die Post rüber, die noch hier ankommt. Die meisten Anrufe kriegt er eh auf dem Handy. Ab und zu kommt er her und hilft, wenn etwas zu tun ist. Das ist halt so.«

»Mhm. Ihre Tochter hat sich vor einigen Jahren von Ihnen abgesondert und isoliert. Dafür muss es ja einen Grund gegeben haben, eine Veränderung in ihrem Leben, etwas Einschneidendes. Haben Sie eine Erklärung für dieses Verhalten, gab es etwas, einen Vorfall, Streit. Das wäre wichtig für uns zu wissen.«

Erna Holzberger rührte gedankenverloren mit dem Löffel in der Kaffeetasse. Sie brauchte nicht mehr nachzudenken. »Glauben Sie nicht, ich hätte mir darüber keine Gedanken gemacht. Aber es ist so, dass mir nichts, aber auch gar nichts dazu einfällt. Es gab nichts, nichts.«

Lara Saiter unterließ es, nachzuhaken. Die Art, wie Erna Holzberger geantwortet hatte, machte deutlich: Sie wusste wirklich nichts. Die nächste Frage war schwierig. »Ihre Tochter ist nicht die leibliche Tochter Ihres Mannes?«

»Mhm. Ich war mit Gerhard schon zusammen, als Judith lange noch nicht geboren war. Ich habe in Sonthofen bei Kunert gearbeitet, und er war dort bei der Bundeswehr, droben in dieser düsteren Festung. Aber nach der Bundeswehrzeit ist er weggegangen, ins Ausland und war einige Jahre fort.

Judith ist zur Welt gekommen, und als er nach einigen Jahren wieder hier auftauchte, da sind wir eben wieder miteinander gegangen.«

»Wie war das Verhältnis der beiden zueinander.«

»Es hätte besser sein können.«

»Streit?«

»Es war nicht so, dass er sich nicht bemüht hätte, wirklich nicht. Aber Judith, sie hat schon als kleines Kind nicht zu ihm gefunden. Das war schwierig, vor allem später, als sie dann älter wurde, und in der Pubertät dann ganz besonders.«

»Das Verhältnis hat sich auch nie gebessert?«

»Nein, nicht wirklich. Aber es lag nicht an ihm, wirklich nicht. Im Gegenteil, er hatte eine Engelsgeduld, und ich hatte wegen ihrer Ablehnung und Boshaftigkeiten oft Streit mit ihr.«

»Das Verhalten von Judith Ihrem Mann gegenüber, war das boshaft, wie Sie gerade sagten, oder könnte man es schon als bösartig bezeichnen.«

Erna Holzberger sah sie erstaunt an. »Nein. Nicht bösartig. Dazu war sie nicht der Typ. Boshaft. Wie junge Mädchen eben sein können, naja.«

Sie lächelte das erste Mal.

»Es hat sich aber wieder etwas verändert, im Leben Ihrer Tochter, nicht wahr.«

»Ja. Vor einigen Wochen, da hat sie angerufen, von sich aus. Es war ja nicht so, dass wir zuvor nicht ab und an geredet hätten, aber eher so wie Fremde. Ich habe es sein lassen, sie zu fragen, nach ihrem Leben und weshalb sie so ist … mir war es nur wichtig, ihre Stimme zu hören, mehr nicht. Man wird bescheiden. Aber vor einigen Wochen, da hat sie von sich aus angerufen, und sie hat mich besucht. Es war nicht so, als wenn nichts gewesen wäre, das nicht. Aber sie war eben schwanger, das hat sie mir erzählt, und sie hat sich gefreut. Sie war … wie verwandelt.«

Lara Saiter holte das Foto hervor und schob es zu ihr hin. »Kennen Sie das Mädchen auf dem Foto. Es ist nicht Judith, oder?«

Erna Holzberger nahm das Bild auf und lächelte. »Ja, natürlich kenne ich das Mädchen. Es war Judiths beste Freundin.«

*

Bucher war zur Dienststelle gefahren und wollte Wanger sprechen. Der saß im Kaffeezimmer, kaute an einer Leberkässemmel und las die Allgäuer Zeitung. Es roch herzhaft. Der Getränkeautomat stellte sein Brummen mit einem leichten Zittern ein, die Flaschen klirrten dabei leise, und es klang wie ein verhaltenes Kichern. Bucher schloss die Tür und augenblicklich wurde es still.

»Eine Frage«, begann er ernst und verzichtete auf Geplänkel, »gibt es hier in der Gegend vielleicht eine Sekte.«

Wanger, der die letzten Bissen des zweiten Frühstücks mit einem Schluck Kaffee verabschiedet hatte, sah ihn belustigt an und lachte dann laut los. »Eine *Sekte*!? Ob es hier im Allgäu *eine Sekte* gibt, willst du wissen?« Er schüttelte den Kopf und feixte nochmals.

Bucher setzte sich ihm gegenüber. »Was ist daran so lustig?«

Wanger sah ihn offen wie selten an. So nahe waren sie einander noch nie gekommen, und Bucher empfand wieder diesen Zwiespalt. Einerseits eine ehrliche Sympathie für diesen kauzigen Kerl; andererseits war da diese große Ungewissheit, wie er ihn einschätzen sollte.

»Das Allgäu«, sagte Wanger ernst und fuhr mit der Hand durch die Luft, »... das Allgäu ist eine einzige, große Sekte. Ich weiß keine andere Region, in der es derart viele Verstrahlte gibt.«

»Verstrahlte?«

Wanger winkte ab. »Ich nenne sie eben so, die Marientänzer, Kräuterheiligen, Weltuntergangsapostel, Sternenflieger, Horoskopgläubigen, Handleser, Kaffeesatzleser und Gipfelpilgerer.«

»Etwas genauer, bitte.«

Wanger wurde zunehmend nachdrücklicher. »Naja, wo du

hier auch hinschaust, gibt es eben das, was du Sekte nennst. Im Unterland fuhrwerken die Marienbrüder herum. Deren Chef ist ein ehemaliger Installateur, ja bravo. Auf so eine Erleuchtung warte ich auch schon lange. Der knechtet seine Leute ohne Ende – und die haben auch noch Spaß daran, verstehst du! Die brauchen das! Und glaub mir, das sind keine Dummen nicht. Die haben einen rechten Wirtschaftbetrieb aufgezogen. Schau mal nach diesen Kleintransportern mit dieser Mariendarstellung in Hummelfigurenmanier auf der Rückseite. Da kann ein anderer Spediteur nicht mehr mithalten, bei den Preisen, die die anbieten, und was die romantische Lkw-Bemalung betrifft schon gleich gar nicht. Gleich in der Nähe von denen gibt es einen Bauernhof, da leben welche, die wissen, dass das Ende nahe ist, und die laufen auch so durch die Gegend – Jesusmaria! Und draußen bei Oy, da schweben sie in orangen Gewändern durch die Kuhweiden, lassen sich den Schädel kahl rasieren und lächeln immer nur, dass man richtig wütend wird, wenn einem ständig so eine rundum gerechte Lachfresse entgegenbleckt.«

Bucher beschwichtigte. »Buddhisten, oder was?«

»Klar, Buddhisten«, warf Wanger verächtlich über den Tisch, »kommen mit ihren Super-Geländewagen angekarrt, machen vier Wochen lang einen auf Dalai Lama, und dann geht's wieder ab in die böse, böse westliche Konsumwelt. Musst dir nur den Fuhrpark anschauen, da draußen – und die Preisliste für dieses ›*Wie fühle ich mich in vier Wochen gerecht und gut?*‹. Die wollens ja nicht werden, sie wollen sich nur so fühlen.« Das letzte Wort betonte er über Gebühr. »Das Gefühl spielt ja eine ganz wichtige Rolle in dem Geschäft. In Füssen drüben gibt es welche, die haben den neuen Jesus gefunden«, Wanger lachte bitter und rieb sich die Augen, »den musst du dir mal anschauen, den neuen Jesus ... und, und, und. Ich weiß nicht, woran es liegt. Aber mit *einer* Sekte kann ich dir leider nicht dienen. Bei uns tummeln sie sich zuhauf hinter jeder Ecke und jedem Misthaufen. Und zu diesen ganzen Leuten kommen noch all die Privaterleuchteten dazu, die Sympathiesprecher, Gutredner, Heiler, Scharlatane, Weidenheilige, Horoskopierer, Steinverkäufer, Auraforscher und Grasweisen. Hier bei uns im Allgäu – wo du gehst und stehst, ob die Sonne scheint, ob es regnet, stürmt oder schneit – hier wird besprochen, bebetet, gehext und verhext, sympathiert, verflucht, geweiht und bespritzt. Wir kennen die Leute, es wird uns zugeflüstert von Kind an, zu wem man geht und wen man meidet. Wer die guten Kräfte hat und wer ein Gefallener ist.«

Wanger stand auf und ging zum Wandkalender der GdP, sah etwas nach und sprach mit gedämpfter Stimme weiter, zog den Kopf zwischen die Schultern und fuchtelte mit den Händen herum, ganz so als ob er zaubern würde. »Und wenn es Nacht wird da draußen und Vollmond wie heut, dann geschieht es, Obskures, Okkultes, Verrücktes und dabei völlig Normales, dann wird's sinister, unheimlich und düster … uuuhhh.« Er endete abrupt, sprach wieder normal und hob beide Hände mit den Handflächen zur Decke hin. »Wenn es den Menschen hilft, wenn sie glücklich sind dabei, wenn sie im Leben weiterkommen damit … was soll's. Und es werden immer mehr, was mich auch gar nicht wundert, wenn ich mir so die Pfaffen anschaue. Bei den Luthrischen hat man es mit der Esoterikabteilung von Sozis und Grünen zu tun, und bei den unsrigen sind plötzlich die Neo-Absurden groß in Mode. Kein Wunder diese Entwicklung. Und bedenke – es gibt nicht wenige, die an fünfundzwanzig Prozent Rendite glauben, und die hält keiner für komisch oder gar verrückt, ganz im Gegenteil. Sag noch einer was über die Kraft des Glaubens. Komm heute Nacht hierher, so gegen zehn, halb elf. Ich will dir was zeigen.« Er nahm seinen Uniformanorak vom Garderobenhaken und ging.

Bucher blieb etwas sprachlos zurück. Er sah zur Wand und auf den Kalender, der unter einem Regalbrett hing, auf dem Pokale standen, die keiner mehr wahrnahm – verstaubter Glanz. Daneben Wimpel und rundherum Fotos, von den Gipfeln, von Hundeführern, alten Streifenwagen, von Fußballmannschaften und Eishockeyteams. Deutlich sichtbar war, dass ein Bilderrahmen fehlte. Zwischen der Fußballmannschaft und dem Kalender zeichnete sich ein dunkelgrauer Rand ab, in dessen Mitte eine Ahnung von Helligkeit den Rest der Wand beschämte. Bucher blieb an diesem deutlich sichtbaren Schmutzrand hängen. Sein erster Gedanke war: Man sollte ein anderes Bild darüberhängen.

*

Am späten Nachmittag meldete sich Nehbel telefonisch. Seine Teams hatten etwas gefunden. Bucher verständigte die anderen. Als er zur Pension fuhr, kam ihm ein Sprinter entgegen.

Der Nebenraum des Hotels eignete sich vorzüglich für Besprechungen. Ernst Nebel brachte noch zwei Leute mit – einen stämmigen Braunhaarigen und eine junge Frau, die etwa Batthubers Alter hatte.

Nehbel setzte sich stöhnend auf einen Stuhl, den er der Bequemlichkeit wegen ein ganzes Stück vom großen runden Tisch weggezogen hatte. Er mochte es nicht, eingeengt zu sein – das mochte er weder räumlich noch als Mensch.

»Hab ich schon lange nicht mehr gemacht ... so eine Sklavenarbeit«, stöhnte er, »Und was für Leute man trifft ...« Er massierte Kinn und Lippen, reckte den Hals und fuhr mit der sanft über den Kehlkopf bis hinunter zum Hemdkragen, »... aber wenn es sich lohnt. Wie auch immer. Meine zwei Stifte da haben tatsächlich was gefunden. Letztendlich sind von den ganzen VW-Kisten nur drei interessante übrig geblieben. Einer steht in Hergatz. Das ist ein Dorf bei Lindau drunten. Ich habe die Fotos von dem Ding schon gesehen. Der Halter ist ein älterer Herr, der sehr an seinem Veteran hängt. Ist schon interessant, wie viel Zuneigung manche doch einem Auto entgegenbringen; verbinden sich halt doch viele Erinnerungen damit. Aber zurück zur Sache, den VW-Bus in Hergatz, den hat der Enkel bekommen und gurkt damit seit fünf Wochen in Spanien rum. Stellt euch das vor ... jetzt mit einem VW-Bus in Spanien, da verbrennt dir doch alles, oder? Der zweite, der infrage kommen könnte, gehört einem Lehrer in Füssen drüben. Der hat die Kiste aber seinem Schwager in Augsburg gegeben, der den Hobel noch mal durch den TÜV bringen soll.« Er wies mit dem Kopf auf die beiden *Stifte*. »Die haben den interessantesten von allen gefunden.«

Die junge Polizistin hatte bisher schweigend und ohne jede Regung zugehört. Sie war es, die nun sprach, und sie kam gleich zur Sache. »Der VW-Bus, auf den das Suchmuster zutraf, steht hier in Pfronten. Genauer gesagt in Rindegg, so heißt der Ortsteil. Vom Äußeren her entspricht er exakt demjenigen, der auf dem Foto abgebildet war. Gleicher Frontaufbau, das Seitenfenster an der richtigen Stelle. An beiden Türen haben wir die Muster des Telekomzeichens gefunden. Es handelt sich dabei auch tatsächlich um ein ehemaliges Servicefahrzeug der Telekom. Diese markanten T's waren früher mal aufgespritzt. Die haben da einfach drübergepinselt, und im Laufe der Zeit ist der Spraydosenlack wieder abgegangen. Wie uns gesagt wurde, wird das Fahrzeug nicht mehr genutzt, und so hat es auch ausgesehen. Es stand in einer Halle in der hintersten Ecke rum.«

»Und, war der Motor noch warm?«, fragte Batthuber etwas arrogant.

Sie ging nicht darauf ein. »Im Fußraum des Beifahrersitzes lag ein zusammengeknülltes Papier. Der Kassenzettel eines Supermarktes, *V-Markt Füssen*. Jemand hat dort am Samstag vor zwei Wochen eingekauft. Zehn Sechserpacks Coca-Cola, Zigaretten, zwanzig Tüten Erdnüsse und jede Menge Tempotaschentücher, zehn Großpackungen. Eine Coladose steckte noch in der Seitenablage, das Verfallsdatum würde passen. Kann mir jedenfalls keiner erzählen, dass mit der Kiste in letzter Zeit nicht gefahren worden ist.«

Lara Saiter stimmte zu. Batthuber hielt die Klappe.

»Wem gehört das Ding?«, fragte Hartmann.

»Oh. Das ist etwas schwierig gewesen. Der Stadel in Rindegg ist nur angemietet, das allerdings schon seit Jahren, und zwar von einem Bauunternehmer Waldemar Kneissl.«

Die anderen horchten auf.

»Die waren ziemlich zickig in der Firma. Ein gewisser

Lotter ist uns als Ansprechpartner genannt worden und hat sich mächtig aufgeführt, als wir das Auto sehen wollten und er deshalb mit uns raus in diesen Weiler fahren musste. Ich habe mir auch noch die anderen Fahrzeuge angesehen, weil wir ja angegeben hatten, es handele sich um eine Routinekontrolle der Fahrtenbücher und Firmenfahrzeuge. Jedenfalls habe ich festgestellt, dass neben den Fahrzeugen für die Baustellen noch zwei Sprinter im Einsatz sind, bei denen die Kilometerleistung nicht mit dem Bereich übereinstimmt, in denen Kneissls Baustellen liegen.

»Ich verstehe nicht ganz was du damit meinst«, sagte Hartmann interessiert.

»Diese beiden Sprinter sind gerade mal zwei Jahre alt, aber haben schon jeweils über hundertdreißigtausend drauf. Das kann unmöglich sein.«

»Wieso, die fahren eben ständig zu den Baustellen, jeden Tag, da kommt schon was zusammen«, meinte Hartmann.

Sie schüttelte den Kopf, »Diese Sprinter fahren zu keinen Baustellen. Die laufen nebenher. Die sind auch pikobello hinten in der Ladefläche, keine Ladeabschürfungen am Innelack und so. Damit werden garantiert keine Baustoffe transportiert, da läuft was anderes. Rechnet mal mit – eine monatliche Kilometerleistung von gut fünftausend Kilometern.«

»An was denkst du?«, fragte Hartmann.

»Mhm. Ich weiß es noch nicht so recht. Dieser Lotter war jedenfalls ziemlich nervös. Und der Einkaufszettel verursacht mir auch Gedanken.«

Ernst Nehbel sah stolz in die Runde. »Kneissl, Lotter … nette Truppe, hä.«

Bucher überlegte und sagte, trotzdem er anders fühlte und dachte: »Ihr schnappt euch diesen Kneissl mitsamt seinem Hausmeister, diesem Lotter – und grillt beide richtig durch. Alibi und das ganze Programm. Was sind das eigentlich für Typen, dieser Lotter und der Kneissl, haben wir da schon was?«

Hartmann und Batthuber berichteten, was sie von Lotter und Kneissl bisher in Erfahrung hatten bringen können.

Lotter hatte eine beachtliche Kriminalakte, die in den letzten zehn Jahren allerdings keinen Zuwachs mehr erfahren hatte, und die letzten Delikte waren sowieso nur Verkehrsstraftaten gewesen. In den Jahren davor aber war er in einer offensichtlich lang andauernden jugendlichen Findungsphase keiner Konfrontation aus dem Weg gegangen und hatte auch vor dem Eigentum anderer Leute keinen sonderlich großen Respekt gehabt. Eine Nachbarin hatte erzählt, dass der ganze Stolz Lotters sein Enkel war, ein fixer, intelligenter Kerl, der ihn aber nicht allzu oft besuchen durfte, weil sein Vater, Lotters Schwiegersohn, das nicht so gerne sah. Was seinen Chef Kneissl anging, ließ der sich bis auf periodisch wiederkehrende Saufereien, in deren Folge er in Bedrängnis mit dem Gesetz kam, nicht mit einer kriminellen Vergangenheit in Verbindung bringen.

Eine Nachbarin von Lotter wusste allerdings zu erzählen, dass Lotter mit einem Kumpel in der Fremdenlegion gewesen sei, es dort aber wegen der strengen Disziplin nicht lange ausgehalten habe. Der Kumpel hingegen sei einige Jahre weg gewesen: Gerhard Holzberger. Ein anderer Freund der beiden, der eigentlich immer bei allem dabei gewesen war, habe bei der Schnapsidee gar nicht erst mitgemacht – Kneissl.

Lara meldete sich in der entstandenen Pause und schob die zwei Hälften eines Fotos über den Tisch. »Links, das ist Judith Holzberger, und rechts, das ist Carolina Deroy, ihre beste Freundin. Das hat mir ihre Mutter gesagt. Mehr weiß ich aber leider noch nicht über diese Carolina.«

*

Eine ruhige Stimme mischte sich in das nachdenkliche Schweigen. »Haben wir denn wirklich alle Fahrzeuge überprüft?« Es war die junge Kollegin, die neben Lara saß und zu Bucher sah, der – etwas irritiert von der Frage – aufsah.

Batthuber meldete sich. Diesmal weniger arrogant, aber immer noch mit einer guten Portion an Überheblichkeit. »Wie meinst du das … *alle*. Das müsstet doch gerade ihr wissen. Ihr habt schließlich die Liste.«

»Ich rede nicht von der Liste an sich, sondern davon, ob auf der Liste alle infrage kommenden Fahrzeug aufgeführt waren.«

Sie zog mit ihrer ruhigen und bestimmten Art zu reden die Blicke auf sich, wenn auch im Moment keiner so recht verstand, was sie meinte.

Batthuber fühlte sich merklich auf den Schlips getreten. »Was meinst du eigentlich? Ich habe die Liste selbst recherchiert!«

Sie lächelte ihn an. »Ich weiß ja nicht, worum es hier konkret geht. Es wird angesichts des Aufwands aber schon etwas mehr dahinterstecken, als ein Ladendiebstahl. Außerdem habe ich von euch auch schon gehört und weiß durchaus, mit welchen Fällen ihr euch so beschäftigt. Mich interessiert in dieser Angelegenheit nur, ob ausgeschlossen werden kann, dass es bei einer Zulassungsstelle unter Umständen hat passieren können, dass im Datensatz eines Fahrzeuges, welches für uns von Interesse ist, ein Häkchen oder Ähnliches fehlt und dadurch bewirkt würde, dass das Fahrzeug gar nicht im Bestand und somit auch nicht auf der Liste auftaucht.«

Die anderen schwiegen. Batthuber sagte langsam. »*Das* kann nicht ausgeschlossen werden.«

Bucher richtete sich auf. Diese Frau war ihm aufgrund ihrer Unauffälligkeit schon vorher aufgefallen. »Wie heißt du eigentlich?«, fragte er.

»Babette, Babette Mahler«, sagte sie und sprach ihren Vornamen französisch aus. Dann fügte sie hinzu. »Und ich mag es übrigens gar nicht, wenn man mich *Babs* nennt.«

Bucher war überrascht, denn ihre Art zu reden war ihm noch nicht oft begegnet. Sie hatte eine tiefe, sanft schwingende Stimme. Ihr Ton war unaufdringlich, doch was sie sagte, klang eindringlich, ohne einen aggressiven oder genervten Schlag zu haben.

Er musterte sie genauer. Dass sie etwas kleiner als Lara war, hatte er bemerkt, als sie den Raum betreten hatte. Sie trug eine enge Jeans, hatte breite Hüften, eine schmale Taille und unter dem eng anliegenden T-Shirt erhoben sich zwei füllige Brüste. Sie versteckte nichts. Die braunen Haare, schlicht geschnitten, fielen ihr glatt bis zur Schulter. Zwei dunkelgrüne Augen vermittelten dem Aufmerksamen eine Ahnung von dem, was sich hinter ihnen verbarg, das, worüber der breite Mund und die vollen Lippen versuchten, hinwegzutäuschen.

Es war offensichtlich und wurde Bucher augenblicklich klar: Babette war das weibliche Gegenkonzept zu Lara Saiter. Der exotischen, geheimnisvollen Eleganz von Lara war in Babette auf verblüffende Weise die gelassene, weibliche Natürlichkeit gegenübergestellt. War Lara ein Diamant, so war Babette eine Perle – und genauso hart.

Und noch etwas war bemerkenswert. Sie hatte ein gutes Ergebnis geliefert, hätte stolz darauf sein können – schlimmer noch: Sie hätte zufrieden sein können. Doch genau das war sie nicht, sie dachte den einen entscheidenden Gedanken weiter.

»Freut mich Babette. Ich bin Johannes.«, sagte Bucher. Die anderen stellten sich ebenfalls vor.

Als sich die Runde auflöste, nahm Bucher Ernst Nehbel beiseite. »Wo hast du sie her?«

»Ist mir geblieben«, antwortete der mit gespielter Gleichgültigkeit.

»Sag schon.«

»Sie kommt von der Bereitschaftspolizei und war mit uns zusammen in der Sonderkommission *Wir-sind-der-allergrößte-Wahnsinn*, du weiß schon, diese Ministeriumsscheiße. Sie arbeitet so gut, dass ich sie zusammen mit Mac bequatscht habe, doch bei uns im LKA zu bleiben. Im Moment ist sie bei den *Islamisten* drüben, aber da gefällt es ihr gar nicht.«

»Mhm, gefällt ihr nicht … und wo ist sie her?«

»Straubinger Gegend. Die Familie hat da ein Autohaus, das der Bruder übernommen hat. Zur Hälfte ist sie bei ihren Großeltern aufgewachsen. Die hatten einen Bauernhof und eine Wirtschaft auf dem Dorf draußen.«

»Du weißt aber viel …«

»Du … wir waren ein halbes Jahr zusammen und haben stundenlang observiert. Euer Gnaden Herrlichkeit! So was brauche ich nicht noch mal. Da quatscht man schon viel, und ich bin bis heute froh, dass ich sie dabei hatte. Mag gar nicht dran denken, mit wem man da sonst so gemeinsam im Auto rumhocken muss.«

»Da fiele mir auch so einiges ein. Was weißt du sonst noch?«

»Nach dem Abitur hat sie zwei Jahre lang in Frankreich in einem Ferienclub als Animateurin gearbeitet. Ein ehrbares Gewerbe, wie ich meine! Danach hat sie ein wenig rumstudiert. Irgendwas mit Kultur und Geschichte … erweiterter Taxischein eben. Wie sie zur Polizei gekommen ist, weiß ich nicht wirklich, aber sie behauptet, es sei wegen der Kohle gewesen.«

»Bei den *Islamisten*, hast du gesagt, und es gefällt ihr da nicht.«

Ernst Nehbel griente. »Würde gut zu euch passen, gelle.«

Bucher schlug ihm freundschaftlich auf die Schulter. »Ich kann Unterstützung gut gebrauchen. Sie soll vorerst hierbleiben. Die Formalitäten soll Weiss erledigen. Kümmere du dich um den Rest.«

Bucher bat Lara die *Neue*, wie er sagte, mit den Details des Falls vertraut zu machen.

*

Am späten Nachmittag lag das vollständige Ergebnis der Obduktion von Frank Wusel vor. Der war nicht an einer Kohlenmonoxidvergiftung gestorben, sondern musste schon tot gewesen sein, bevor man den Schlauch installiert hatte. Es konnte der gleiche Wirkstoff nachgewiesen werden wie bei Judith Holzberger.

Die Kriminaltechnik meldete sich ebenfall. Aus ihrem Bericht ging unter anderem hervor, dass offensichtlich geplant gewesen war, Wusels Auto in Flammen aufgehen zu lassen.

Die Fußmatten und der darunterliegende Velours waren mit einer Spiritusmischung getränkt. Ein selbst gebastelter Kerzenstumpf, der auf der Bodenmatte angebracht war, hatte zwar einen angebrannten Docht, der aber offensichtlich erloschen war, bevor es zur beabsichtigten Entzündung kam. Was verschwunden blieb, waren Wusels Ausweise, sein Handy und die Geldbörse. Diese Sachen waren auch in seiner Wohnung nicht gefunden worden. Lara Saiter beschaffte sich alle Daten von Wusels EC- und Kreditkarten und schaltete die Überwachung frei.

Eine Information aus dem rechtsmedizinischen Institut hatte sie auch noch erreicht. Laura war nicht verwandt mit Judith Holzberger.

Bucher ging aufgebracht auf und ab. »Wo kommt dieses Kind her, wo leben wir denn, bitte. Irgendwer muss dieses Kind doch vermissen.«

»Und wie kommt Judith Holzberger zu diesem Kind?«, fragte Lara Saiter.

Sie hatten keine Antwort.

*

Hartmann, Batthuber und Babette Mahler waren auf dem Weg, um Waldemar Kneissl und seinen Hausl, Lotter, zu einer ersten Vernehmung zu holen. Kneissls Haus lag gar nicht weit von der Wohnung Judith Holzbergers entfernt, auf einem freien Hangstück.

Alles an dem Gebäude war so wie Hartmann es erwartet hatte. Ein über mannshohes, schmiedeeisernes Tor kontrollierte die Zufahrt zum Hof. Schon das Summen des elektrischen Toröffners klang rau und tief. Ein mit bunten Steinen gelegter Weg kurvte durch verkommene Büsche, stieg leicht an und leitete zur Eingangstür, zu der zu gelangen erst einige Stufen einer Treppe überwunden werden mussten. Der Besitzer wollte es niemandem so ganz einfach machen, zu ihm zu gelangen, und hatte anscheinend vergessen, dass er selbst es war, der diesen Weg ja täglich gehen musste.

Eine breite Giebelseite stellte sich der Bergwand des Breitenbergs entgegen, ganz so, als wolle sie es mit ihr aufnehmen. Alles an dem Gehöft wirkte schwer, jede Leichtigkeit wurde erdrückt von dem mächtigen flachwinkligen Dach, welches wie ein großer dunkler Flügel über dem Anwesen lag. Selbst die Fensterscheiben vermittelten Schwere, denn das Glas war leicht getönt.

Unter dem vorstehenden Giebeldach protzte ein Holzbalkon. Keiner der starken, dunklen Balken war unbeschnitzt, besser gesagt unbehauen. Denn es war keine feine Schnitzkunst, die Kneissl da bestellt hatte. Im Gegensatz zu den feingliedrigen Fensterscheiben mit den Lufteinschlüssen waren die Holzstücke des Balkons roh behauen und standen so in einem sichtbaren Spannungsverhältnis. Es passte eben nichts zusammen. Keine Blüte schmückte die Hausfront. Auf der rechten Seite schimmerte das eingetrübte Blau eines Pools durch eine Thujalücke.

Hartmann schüttelte den Kopf. Wieso stellte sich jemand wie Kneissl einen Pool vor die Terrasse. Er konnte sich nicht vorstellen, dass dieser Kerl wirklich Freude an so einem Plantschbecken haben könnte. Hätte er drei Kastanien gepflanzt, feinen Kies aufgeschüttet und drei Biertischgarnituren in den Schatten der Bäume gestellt, hätte er nach Hartmanns Meinung mehr Lebensglück für sich finden können.

Aber genau hier lag Kneissls Problem. Er selbst war ein riesiger Kerl, und alles, was er hatte und machte, sollte groß sein. Er fuhr ein großes Auto, hatte ein mächtiges Haus mit einem felsernen Balkon – und nichts von all diesen großen Dingen erfüllte seinen exhibitionistischen Zweck, weil es den Dingen an Seele fehlte, weil sie nicht mit Leben, mit einer Geschichte gefüllt waren. Der Balkon verging unter der Last entglittener Proportionen, unter dem Mangel an schmückenden Blüten, dem fehlenden Sonnenschirm, der geöffneten Balkontür, aus der Musik, Gespräche, Lachen, Singen hätte dringen können – er verkam zu einer Monstrosität, und der Wille, die Absicht des Einmaligen, Großartigen, den das teure

Ensemble verströmte, geriet zu einem inhaltsleeren Nichts – dessen Haustür nun geöffnet wurde. Breitbeinig trat Kneissl ihnen mit galliger Miene gegenüber.

Sie scheiterten. Kneissl tobte und schrie, als sie ihn aufforderten, mitzukommen. Er fuchtelte mit seinen ansehnlichen Armen, brüllte, dass er sich nicht fertigmachen ließe, dass er Bescheid wisse, sich auskenne, dass man mit ihm nicht den Hampel machen könne, dass es in diesem Land noch Rechte gäbe …

Von Lotter habe er erfahren, dass am Vormittag Polizisten den alten VW-Bus hatten sehen wollen. Er bedachte sie mit allen erdenklichen Schimpfworten und regte sich – merkbar künstlich – darüber auf, dass es heutzutage wohl jedem, der kein Holzrecht habe, erlaubt sei, ihn von der Seite anzuquatschen.

Babette Mahler unterdrückte ein hinterhältiges Grinsen, als sie *Holzrecht* hörte.

Hartmann entschloss sich, einer Eskalation aus dem Weg zu gehen. Mit ein paar Milligramm Pfefferspray hätte sich die Sache wohl erledigen lassen, doch es war etwas ganz anderes, das Hartmann zu seiner Entscheidung brachte; er fühlte etwas, was ihm bei seiner Arbeit sehr selten begegnete: Mitleid.

Ein Akt kurzer, kontrollierter Gewalt hätte allen Beteiligten Schmerzen bereitet und die Sache selbst nicht vorangebracht. Also fuhren sie zurück. Kneissl sollte eine zweite Chance bekommen, obwohl er eigentlich gar keine hatte. Sein Hausl Lotter wurde vorgezogen. Bucher war einverstanden, wollte aber, dass Babette Mahler mit von der Partie sein sollte.

*

Sie holten Lotter in der Baufirma ab. In einer günstigen Gelegenheit sprach Babette Mahler, die mit den Mercedes Sprintern ein Stück weitergekommen war, kurz mit Hartmann und

Lara über die kriminologischen Muster, die ihr eine Kollegin vom Menschenhandel erläutert hatte.

Lotter folgte ihnen mit einem störrischen Grinsen, das seine Unsicherheit nicht verbergen konnte. Sein braun gegerbtes Gesicht war hager, und insgesamt hätte er einen drahtigen Eindruck hinterlassen können, wären da nicht diese feinen Hautflecken um Nase und Wangen gewesen, die trotz der gegerbten, lederigen Haut den beständigen Genuss von Alkohol sichtbar werden ließen. Von Bier oder Wein alleine konnte das nicht herrühren; und die wässrigen Augen machten ihn älter als er war. Auf seinen Unterarmen breiteten sich Tätowierungen von künstlerisch geringem Anspruch aus. Den Kriminalakten war zu entnehmen, dass es noch eine andere lustige Stelle an Lotters Körper gab, die tätowiert war. Eine verlorene Wette sei der Grund dafür gewesen. Das zumindest hatte er einmal einem Polizisten erzählt. Für jeden war sichtbar, dass seine beste Zeit lange vorbei war. Jetzt war er das Exemplar eines spießig gewordenen, alternden Ex-Kleinkriminellen. Sie zogen sich in den hintersten Vernehmungsraum der Dienststelle zurück. Vorne in der Wache ruhte Gotthold Bierle. Sonst war niemand zu sehen.

Hartmann war fair und unterbrach Lotter nicht, als dieser unaufgefordert zu reden begann. Lara Saiter und Babette Mahler hatten auf Bürostühlen hinter Hartmann Stellung bezogen, der sich Lotter gegenübersetzte und gelangweilt mit seinem Stuhl hin und her rollte. Lotter hatte einen einfachen Stuhl bekommen. Er streckte die gekreuzten Beine aus, verschränkte theatralisch die Arme und versuchte auf diese Weise, Abstand von seinem Gegenüber zu gewinnen. Sein Grinsen war tumb, und er bemerkte nicht, dass sein rechter Schuh in schnellem Takt gegen den Schreibtischkorpus hämmerte. Niemals war es der imaginäre Takt eines Musikstückes – viel zu schnell. Fast hätte Hartmann erneut Mitleid bekommen.

»Zu trinken gibt's hier nichts, oder wie!?«, fragte Lotter und hatte wirklich an Kaffee gedacht.

»Nichts was Ihnen schmecken würde«, meinte Hartmann lapidar und ordnete seine Unterlagen, ohne aufzusehen.

»Ich habe heute noch einen Termin. Den will ich nicht verpassen, nur dass das klar ist, ja!«

Hartmann sah ihn scharf an.

»Wegen dem geschissenen Bus so einen Aufstand zu machen. Ich glaub's ja nicht!«

Hartmann leise: »Würden Sie bitte aufhören ... ich meine, damit, ständig gegen den Schreibtisch zu treten. Macht Sie das hier nervös, oder brauchen Sie flüssigen Nachschub?«

Lotter zog die Beine zurück. Die Arme blieben verschränkt. Es sah so verkrampft aus, und so sprach er auch.

»Ich hab es schon gehört, vom Kneissl, mit der Tochter vom Gerhard, da soll was nicht stimmen, wie die sich erhängt hat, und so ...«, er hob kurz die Stirn, »aber die sind ja schon immer was Besonderes gewesen.«

Hartmann und den anderen war der seltsame Schlag, den Lotters Stimme bei den letzen Worten bekommen hatte, nicht entgangen.

Hartmann lächelte ihn hinterhältig an. »Ihr Enkel war zu Besuch, am Wochenende, habe ich gehört.«

Lotter sah ihn überrascht an und schwieg.

»Kommt nicht so oft vor, oder, dass der Kleine zum Opa darf, wie man so hört.«

Lotter rieb sich die Nase.

»Ist schön, so ein Wochenende, oder?« Hartmann sah ihm in die Augen und stellte den freundlichen Gesichtsausdruck ab.

Lotter zuckte mit Schultern und schluckte. Es war nicht schwer gewesen, ihn zu verunsichern. »Ich weiß gar nicht, weshalb ich überhaupt hier bin!? Habt ihr den Kneissl schon befragt, oder traut ihr euch das nicht.«

»Herr Kneissl war gerade etwas unpässlich«, sagte Lara Saiter.

»Ach! Und da war ich wohl recht. Habe ich wohl Lust?«

»Angesichts Ihrer Vergangenheit dachten wir, es macht Ihnen nichts aus, sich mit uns zu unterhalten. Ist ja nichts

Neues für Sie«, sagte Hartmann, »außerdem spielen Sie in einer anderen Liga.«

Lotter schwieg. Verzichtete darauf, zu sagen, dass er schon seit Jahren nicht mehr in Konflikt mit dem Gesetz geraten war und dass er die paar Jahre, die ihm noch blieben, am liebsten mit seinem Enkel verbringen wollte. Der ging immerhin aufs Gymnasium, ja, aufs Gymnasium, und hatte hoffentlich eine bessere Zukunft vor sich.

»Wie haben Sie das vorhin gemeint, dass irgendwer schon immer was Besonderes gewesen sei?«

»Ist doch so!«, blaffte Lotter.

»Was ist so?«

Gehässig und mit einem Anteil ekelhafter Schadenfreude sagte Lotter: »Alleweil erhängt sich jemands da herunten im Tal. Des ist halt so. Aber beim Herrn Holzberger seiner Tochter, ja da wird groß herumgemacht. Ist ja nicht möglich, dass sich Madame aufhängt. Nein, nein. Da muss dann schon die Polizei her.«

Hartmann bereitete einen kleinen Tiefschlag vor. »Welche Aufgaben haben Sie eigentlich beim Kneissl?«

Lotter zählte einige der Tätigkeiten auf und vergaß nicht, dabei auszuführen, wie gewissenhaft und selbstständig er seine Arbeit verrichtete.

»Und der Gerhard Holzberger, der ist für die Organisation der Baustellen verantwortlich, nicht wahr. Der ist so was wie der organisatorische Chef beim Kneissl, oder? Der ist also auch Ihr Chef, nicht?«

Lotter wiegte den Kopf. »Was heißt Chef.«

Hartmann grinste wieder. »Naja, er ist es, der anschafft, auch Ihnen, und somit ist er Ihr Chef. Sagen Sie, Herr Lotter. Haben Sie was gegen den Holzberger? Wie wir gehört haben, sind Sie doch alte Kumpel – der Kneissl, der Holzberger und Sie.«

Hartmann bekam keine Antwort auf die Frage.

In verständnisvollem Ton fuhr er fort. »Naja. Wir haben schon auch gehört, dass das für Sie nicht so einfach war, es bei der Fremdenlegion nicht geschafft zu haben. Der Holzberger war da wohl etwas härter im Nehmen. Wahrscheinlich hat der Kneissl ihn deswegen quasi als Vertreter in die Firma genommen. Aber was soll's, Herr Lotter, Sie haben doch da einen guten Job, und das Gerede, das kann einem doch auch egal sein.«

Lotter schluckte. Er hätte jetzt gerne etwas getrunken.

»Aber zur Sache. Mhm. Sie waren an dem Tag, als das mit Judith Holzberger geschehen ist, im Haus. Das stimmt doch.«

»Ja, weil es meine Arbeit ist.«

»Wie lange waren Sie denn im Haus, an dem Tag.«

»Nicht lang.«

Hartmann senkte die Stimme. »Ich fragte, *wie* lange!?«

Lotter zuckte mit den Mundwinkeln. »So bis halb neun. Ich hab nur ein paar Sachen in die Briefkästen gesteckt, hab im Keller ein paar Sachen geholt und bin dann nach Füssen gefahren.«

»Welche Sachen und was haben Sie in Füssen gemacht.«

»Plastikkisten ... und in Füssen hatte ich Werkstatt-TÜV mit Baustellenfahrzeugen. Da können Sie ja in der Werkstatt nachfragen.«

Lotters Haltung entspannte sich. Arme und Oberkörper sanken leicht nach vorne.

»Sie betreuen neben den Gebäuden auch die Fahrzeuge für Kneissl.«

Lotter nickte.

»Mit welchem Fahrzeug waren Sie an diesem Montagmorgen unterwegs?«

»Ich bin gleich mit dem Benz gefahren, der nach Füssen musste.«

»Und der VW-Bus. Wann wurde der zuletzt bewegt.«

Die verschränkten Arme zogen leicht in Richtung Brust.

»Der wird nicht mehr benutzt ... fliegt demnächst auf den Schrott.«

Babette Mahler schaltete sich ein: »Zum Einkaufen nehmt ihr ihn aber schon noch.«

Lotter sah sie überrascht an. »Nein ... welche Einkäufe?«

Hartmann rollte eng an die Tischkante und sah ihn eindringlich an.

Babette Mahler machte weiter. »Na, die ganzen Sachen … für die *Menschen*. Die sollen doch nicht verhungern und verdursten. Man ist doch schließlich kein Unmensch.«

Hartmann zog die Augenbrauen hoch und sah Lotter fragend an, so als hätte er seine Kollegin für sich sprechen lassen.

Lotter lachte verlegen. »Verhungern? Ja, wer soll denn verhungern, bitte?« Er schluckte wieder trocken.

»Na die Frauen und Kinder auf der Fahrt, die so lange dauert, und es ist da so eng und so heiß.«

Hartmann registrierte, wie Lotters braun gebranntes Gesicht Farbe verlor und sich gleichzeitig die Oberlippe spannte. Lara Saiter tat gelangweilt und wartete gespannt, wie ihre neue Kollegin weitermachen würde.

Babette Mahler sprach nun voller Verständnis. »Ich meine, es sind doch lange Strecken, und man kann die Leute doch nicht ganz ohne Essen und Trinken lassen. In diesen geschlossenen Kastenwagen wird das ja tierisch heiß im Sommer, man kann ja schließlich nicht immer nur während der Nacht unterwegs sein. Jedenfalls nicht in Österreich und Deutschland. Fahren Sie eigentlich auch manchmal mit, also ich meine als Beifahrer, weil in Ihrem Zustand … Sie setzen sich doch hoffentlich nicht wirklich selbst ans Lenkrad. Ich meine, man sieht es Ihnen ja an …«

»Wovon redet die?«, fauchte Lotter und erhoffte sich Hilfe von Hartmann.

Der blickte böse über den Tisch. »Keine Ahnung.«

Babette Mahlers Stimme hatte jegliche erotische Schwingung verloren, war nun voller Gift. Sie bluffte. »Was glauben Sie eigentlich, aus welchem Grund Sie hier sitzen!? Sicher nicht wegen irgendeiner blöden Autogeschichte. Was ist eigentlich, wenn doch mal jemand krepiert? Schmeißen Sie die Tote dann einfach raus, in den Straßengraben, in irgendein Waldstück, oder gibt es so etwas Ähnliches wie eine Beerdigung, verscharrt ihr die Leiche dann, oder haben ihr auch ein Herz für Tiere!? Da wird ihr Enkelchen aber seine Freude haben, mit seinem Opa. Gerade mal ein paar Jahre keinen Mist gebaut und dann die ganz große Nummer … das wird dem Kleinen nachhängen und dabei hätte er alle Chancen.«

Lotter schwitzte und sagte abwehrend, »Ich weiß wirklich nicht …«

»Sie wissen es ganz genau, oder fahren Sie zum Spaß ein paar hunderttausend Kilometer mit den Sprintern – in der kurzen Zeit.« Sie lachte verächtlich. »Cola, Nüsse und was zu rauchen. Billige Kalorien, platzsparend, gut bei Durchfall, genau wie die Tempotaschentücher … kann man für alles gebrauchen … und erzählen Sie bloß nichts von Baustellenfahrzeugen. Die Baustellen, zu denen die Kisten fahren, sind ganz anderer Art. Das wissen wir schon. Also!«

Hartmann breitete die Hände aus und ließ ihn nicht zu Wort kommen. Es klang versöhnlich. »Wissen Sie, Herr Lotter, das ist nicht gut, so wie Sie sich verhalten, angesichts der Lage …«

Lotter löste die Arme, beugte sich nach vorne. »Noch nie ist jemand gestorben!«, presste er erregt hervor.

Fehler, dachte Babette Mahler freudig.

Lara Saiter stocherte nun auch einmal ins Dunkel und fuhr ihn an: »Aber fast!«

Er zuckte zurück und hob die Hand, als wollte er schwören. »*Ich* habe dafür gesorgt, dass sie zum Arzt kommt, ich habe dafür gesorgt, dass sie zum Arzt kommt …«

Hartmann zeigte Verständnis: »… obwohl die anderen das nicht wollten, Herr Lotter, oder?«

Lotters Schweigen war so viel wert, wie ein lautes *Ja*.

Babette Mahler fragte mit sachlicher, wissender Stimme: »Wechseln Sie die Routen, oder fahren Sie immer die gleiche Strecke … ich meine, Wien ist ein echtes Problem, und Salzburg ja auch.«

»Natürlich wird gewechselt … noch nie ist jemand gestorben … da gibt's ganz andere, ganz andere. Die Weiber, die können …«

Hartmann und Lara Saiter trauten sich nicht mehr, mitzumachen, da sie Angst hatten, Lotter könnte an ihren Fragen merken, dass sie im Grunde genommen keine Ahnung hatten. Bisher hatten sie nur mitbekommen, dass in den Sprintern

Menschen transportiert wurden und dass man Wien umfahren musste. Ihre Kollegin musste das hier allein erledigen.

Babette Mahler enttäuschte sie nicht. »Also, wir glauben nicht, dass Sie derjenige sind, der das alles organisiert und aufzieht. Wirklich nicht, Herr Lotter. Denken Sie daran, dass Sie Ihren Enkel gerne zu Besuch haben. Die Fahrt nach Stadelheim … also ich kann mir nicht vorstellen, dass er daran Freude hat. Ganz zu schweigen, was er sich in der Schule anhören darf.«

Hartmann sah Lotter mit schmerzverzerrtem Gesicht an, so als litte auch er unter dem, was seine Kollegin da sagte. »Wissen Sie, Herr Lotter, wenn der Wind kalt pfeift, versucht jeder ein Jäckchen zu kriegen, und wenn es das vom besten Kumpel ist. Und von den anderen haben Sie nicht viel zu erwarten, die hängen Sie bei der ersten Gelegenheit hin.«

Lara Saiter traute sich wieder. »Uns interessiert in diesem Zusammenhang auch, wer zuletzt mit dem VW-Bus unterwegs gewesen ist? Haben Sie diesen VW-Bus an dem besagten Montag oder am Wochenende zuvor jemandem gegeben? Darum geht es uns. Wenn Sie in dieser Sache kooperieren, dann sieht die Sache vielleicht nicht ganz so düster für Sie aus.«

Lotter winkte ab. »Kein Menschenhandel. Alle hatten ein Visum. Alle hatten ein Visum.«

Babette Mahler winkte zurück. »Keine hatte auch nur einen Cent in der Tasche. Das Geld für den Transfer mussten die Frauen sich doch erst verdienen. Nicht wahr, Herr Lotter. Aber das ist jetzt nicht das Thema. Dieser VW-Bus, der interessiert uns.«

Lotter überlegte. Er war gefangen, sein Oberkörper wippte hin und her, machte sichtbar, wie er vermeintliche Lösungen fand und gleich wieder verwarf. Schließlich sagte er trocken: »Gerhard Holzberger hatte den VW-Bus. Er ist damit immer einkaufen gefahren. Ich habe mit der Sache nichts zu tun.«

Babette Mahler nahm an der abendlichen Besprechung im Hotel am Kurpark teil, ebenso wie Nehbel. Abwechselnd versuchten Bucher, Hartmann und Lara Saiter, den Tathergang im Fall Judith Holzberger zu konstruieren. Sie scheiterten jeweils an der Vorstellung, dass Kneissl und seine Kumpane ein solches Verbrechen hätte begehen können. Woher das medizinische Wissen, der Zugang zu den Medikamenten? Lara hielt Kneissl für einen protzigen Grobian, der in der Lage war, jemandem in einem Anfall von Jähzorn zu erschlagen. Doch das Perfide, mit dem sie es hier zu tun hatten, das passte so gar nicht zu ihm. Die anderen waren der gleichen Meinung.

»Lass mich noch mal an diese XPro Consult und an den Dr. Geisser ran. Die anderen können ja den Kneissl auf die Herdplatte setzen. Mich beschäftigt da noch eine Frage.«

»Und die wäre?«, fragte Hartmann.

»Wie kommt diese XPro Consult zu den Referenzen, in ein so solides Unternehmen einzudringen, wie in das von Frau Bernack. Das interessiert mich. Und mit dem Geisser, mit dem möchte ich mich auch noch mal beschäftigen.«

Bucher war einverstanden. »Vorher aber versuchst du, etwas über diese Carolina Deroy herauszufinden. Ich bin heute Nacht mit Wanger unterwegs. Geister fangen. Und du, Babette, kümmerst dich weiter um den Komplex Menschenhandel und versuchst rauszubekommen, was der Holzberger damit zu schaffen hat und wer sonst noch mit drinnen steckt.«

*

Es war schnell finster geworden, und der Herbst war schon jetzt, da an anderen Orten noch der Spätsommer genossen werden konnte, mit kühlen Nächten zwischen die Täler gekommen. Die kürzeren Tage waren gefüllt mit klarer Luft und einer Farbenpracht, die ihresgleichen suchte. Wandergruppen und Radler brachen in die Täler auf, die Ferienwohnungen quollen über. Auf den Berghütten war auf den Sonnenterrassen kein Platz mehr zu bekommen, und im Vilstal leuchteten Erlen und Buchen im ersten gelben Schimmer.

Mit der Dämmerung und der einkehrenden Ruhe, war auch wieder das Röhren der Hirsche bis zur Tiroler Straße hin zu hören.

Bucher kam wie verabredet kurz nach zehn Uhr zur Dienststelle. Reinhard Pentner hatte Bayern 2 am Radio eingestellt. Am Funk herrschte Ruhe, Zither- und Hackbrettklänge schwangen durch das Erdgeschoss. Abraham Wanger saß in seinem Büro und hackte einen Bericht in die Computertastatur. Seine Anschlagsdynamik war noch immer auf Schreibmaschine eingestellt. Er schnappte sich die Schlüssel vom alten VW-Bus und verließ mit Bucher die Dienststelle. Alles geschah, ohne ein Wort darüber zu verlieren. Schweigend rollten sie in die Nacht.

Die Straßen waren inzwischen wie ausgestorben. Wanger fuhr so, dass von den Kurven, die zwischen der Dienststelle und Pfronten-Kappel lagen, nichts zu spüren war. Hinter dem Weiler bog er rechts ab, in blankes Schwarz. Ein schmaler Teerweg, von Weidezäunen gesäumt, wurde im Licht der altersschwachen Scheinwerfer sichtbar. Nach einigen Kurven, Hügeln, Kreuzungen, die für Sekunden im Lichtkegel sichtbar wurden, hatte Bucher die Orientierung verloren. Zweimal tauchten beleuchtete Fenster im Dunkel auf, die aber verschwanden, als hätte es sie nie gegeben. Immer noch hatten sie kein Wort miteinander gewechselt.

Kurz bevor sie in den Wald fuhren, sagte Abraham Wanger: »Ah, wir haben Glück«, und deutete zur Scheibe hinaus, in den Himmel. Bucher brauchte etwas, um zu entdecken, was Wanger gemeint hatte. Aus einem unergründlichen Schwarz zeichnete sich der bleiche Saum einer gewaltigen Wolke ab. Unter ihr, der dunklen, mächtigen, zogen andere vorbei, die im matten Strahl des müde schimmernden Randes kurz sichtbar wurden. Sie waren neblig, grau und schienen leichtfüßiger voranzukommen.

Bucher hätte dem Schauspiel gerne noch eine Weile zugesehen, doch sie erreichten die Einfahrt zum Wald. Schwarze Spitzen reckten sich empor, dann wurde es wieder dunkel. Die Leuchtdiode des Funkgerätes schien auf und warf Bucher ein rotes Licht entgegen. Eine krächzende, von Rauschen begleitende Stimme wurde hörbar, bekam eine Antwort, bestätigte und verschwand.

Der Waldweg war unbefestigt. In Schrittgeschwindigkeit, immer wieder auskuppelnd, bugsierte Wanger den Bus über ausgewaschene Baumwurzeln und hervorquellende Felsköpfe. Die Strahlen der Scheinwerfer bohrten sich, den arhythmischen Bewegungen des Fahrzeugs folgend, einmal tief in die Erde, dann wieder schnellten sie an karstigen Stämmen aufwärts zu den Wipfeln, schlugen erschrockenes Grün aus der Nacht und flogen einem anderen Ziel zu, ohne jemals die Spitzen der Bäume erreicht zu haben.

Buchers Wirbel folgten dem Schwanken des Kastens in gegenläufiger Bewegung, seine Augen suchten die Täler und Grate im Weg, für Sekunden sichtbar, wenn der gelbe Schein darüber hinwegwischte, in der Hoffnung, eine Vorahnung von den Schwüngen zu erhalten, die sein Körper ausgleichen sollte. Abraham Wanger steuerte sein Gefährt nun abwärts des Weges, über eine Kante hinweg zwischen die Bäume. Einen Augenblick hing der Kasten bedenklich schräg auf Buchers Seite, grellten die Lichter irr in die Baumspitzen.

»So«, sagte Wanger, rollte auf einem Moosstück bis zum Ansatz einer Buschreihe, löschte das Licht und stellte den Motor ab. Es war wie ein Erwachen. Auf einmal war es still und reine Nacht. Was zwei Scheinwerfer und ein Motorengeräusch anrichten können, dachte Bucher und suchte, seine Augen an das Dunkel zu gewöhnen. Wanger stieg aus und öffnete die Heckklappe. Bucher verfolgte, wie er eine dunkle Plane über das vordere Dach schmiss und damit die Blaulichter abdeckte. Ein Teil der Plane hing ein Stück nach vorne über die Scheibe herab. Bucher stellte keine Fragen, auch nicht, welches Glück Wanger vorher gemeint hatte. Wanger hängte die Plane offensichtlich über den Wagen, damit sie nicht gesehen wurden. Einen anderen Sinn konnte Bucher nicht entdecken. Das fehlende Bild auf der Dienstselle fiel ihm wieder ein, und noch etwas Wichtiges, das mit Judith Holzberger zu tun hatte. Er versuchte, seine Gedanken darauf zu konzentrieren.

Als die Plane so lag, dass sie Abraham Wangers Vorstellungen entsprach, ging er auf die Buschreihe zu, drückte und schob. Bucher hörte es einige Male knacken, dann kam Wanger zurück in den Wagen und wies mit der Hand nach vorne. Langsam ordnete Bucher die Schatten, die er wahrnahm, zu einer Umgebung.

Sie standen mit ihrem Fahrzeug auf einem erhöht liegenden Plateau. Vor ihnen grenzte die Buschreihe eine felsige Kante und den steilen Absturz zum Wald hin ab. Etwa einhundert Meter vor ihnen blitzte ab und an etwas auf, doch war für jemanden, der nicht Bescheid wusste, nicht zu erkennen, was da vor sich ging. Jedenfalls war dieser Platz, den Wanger angefahren hatte, so etwas wie ein Ausguck. Und die Plane auf dem Dach diente der Tarnung. Bucher fühlte eine noch erfrischende Kühle. Es war erstaunlich, wie wenig Schutz ein Blechkasten vor den Gefühlen bot, die sich in Temperaturangaben messen ließen.

Sie sahen einander jetzt in Umrissen, Grau- und Schwarztönen. Wanger blickte skeptisch zum Himmel hin auf, grummelte und griff in die alte Ledertasche, die wie immer zwischen den Sitzen klemmte. Ein wohliges Klappern war zu hören, und alleine der Duft des Kaffees, der kurz darauf die vier Kubikmeter Dunkelheit durchströmte, vermittelte ein Gefühl der Geborgenheit. Bucher nippte vorsichtig am Plastikbecher.

Ein heller Schein schwebte vor ihnen durch das Dunkel, dort, wo Bucher es zuvor verhalten hatte schillern sehen.

»Ah«, sagte Wanger, »klappt vielleicht doch noch.«

»Was?«, fragte Bucher.

»Warte noch ein wenig, kommt schon noch.«

Es dauerte keinen Augenblick. Mit einem Mal schob sich ein fast gleißender Schein durch die Bäume, fast waren Farben zu sehen. Aus einer schwärzeren Masse, als dem tiefen Schwarz dahinter, hob sich nun Baum für Baum ab, und weit vor ihnen, in einer baumfreien Senke, schillerte der Schein des Mondes auf der stillen Wasserfläche eines Weihers, dessen Oberfläche nur einige Male ein dünnes Zittern durchlief, wenn ein mutiger Hauch sich in die Szenerie traute.

»Vollmond«, sagte Wanger beiläufig und wies nach vorne, »dauert nicht mehr lange, wenn wir Glück haben.«

»Steht ihr oft hier?«, fragte Bucher und sah auf den Weiher. Die riesenhafte Wolke war verschwunden, und in ihrem Gefolge marschierte die Nachhut. In regelmäßigen Abständen folgte Licht dem Schatten, der Wind frischte ein wenig auf, und was vorher wie ein leuchtender Spiegel zwischen den Bäumen gelegen hatte, war nun ein schimmernder Griesel, als würde eine Horde Unsichtbarer Sand auf das Wasser streuen.

Bucher erschrak zutiefst, als er die erste Gestalt sah, und war froh, es verbergen zu können. Er hatte sich sicher geglaubt, doch was sich hier vor ihm abspielte, öffnete jene Bereiche der eigenen Fantasie, die man selbst lieber verschlossene hielt. Dort lagen die verborgenen Seiten der Märchen, Geschichten, Erzählungen, Gerüchte und Reste der Vorstellungswelten, mit denen er zu schaffen hatte.

Eine Gestalt war zwischen den Bäumen aufgetaucht. Gerade, als seine Augen sie erfasst hatten und der Spur, die sie zeichnete, nacheilen wollten, schob sich eine Wolke vor den Mond. Dunkel. Nichts.

Bucher wartete. Er fühlte, wie Abraham Wanger grinste.

Als der Schein wieder erstand, war er gewappnet und fand, wonach er suchte. Die Schatten der Stämme gaben den Takt, in welchem er sah, was ins Licht trat. Er erkannte eine männliche Gestalt – sie war nackt. Mit tanzenden Schritten, einem Gemenge aus gehen, hüpfen und verweilen, sich drehen und springen, zog sie auf einem unsichtbaren Pfad um die Wasserfläche. Im Gefolge eine zweite Gestalt. Im Widerschein der Konturen erkannte Bucher, dass es eine Frau war. Er zählte drei Runden, blieb stumm, war hingerissen, abgestoßen, fasziniert und beklommen zugleich, über das, was er an Schönem sah und Schaurigem erlebte. Kurz schämte er sich, dem Treiben so heimlich beizuwohnen. Er saß da, nach vorne gebeugt, als wolle er sein vor Überraschung starres Gesicht mitten hineinhalten.

Wanger saß entspannt hinter dem Lenkrad und nippte am Kaffee. Bucher roch nichts mehr von der Würze. Seine Sinne waren nur für das empfänglich, was sich vor seinen Augen abspielte. Einmal sah er in der Mitte des Wassers eine Fontäne aufspritzen, danach die Ringe, die sich zu den Ufern hin dehnten. In Phasen des Lichtes sah es aus, als wollte ein Lichtkranz das Dunkel zum Rand hin wegschieben. Sinnlos.

Eine große Wolke beendete das Spektakel. Als sie den Himmel über Pfronten verlassen hatte, blieben nur ein Weiher im Wald, düstere Wipfel und zwei Polizisten, die schwiegen.

Es dauerte lange, bis Bucher sich traute, die Stille zu brechen. Fast erschien es ihm wie ein Sakrileg. Seine Stimme war brüchig beim ersten Satz. »Was war denn das?«

Wanger zuckte mit den Schultern und sagte nüchtern, ohne Ironie oder Sarkasmus: »Keine Ahnung. Ein Mann und eine Frau tanzen zur Geisterstunde bei Vollmond um einen See.«

»Kennst du sie?«

»Nein.«

»Woher wusstest du davon?«

»Ich wusste nichts davon. Es ist so. Es gäbe noch einige andere Stellen, die ich dir hätte zeigen können. Plätze, an denen Feuer gemacht wird, Steinhaufen, Zeichen und Symbole auf den Weiden, um die herum Menschen tanzen und für uns unverständliche Dinge tun.«

Wanger endete nicht, er beendete nur die Aufzählung, die hätte weitergehen können.

»Wieso hast du mich hierhergebracht?«

»Du wolltest wissen, wie das ist mit den Sekten und so. Ich dachte, das wäre der geeignete Ort, um dir zu zeigen, dass es nicht nur um Sekten geht, sondern darum, dass Menschen aus unterschiedlichen Gründen an alles Mögliche und Unmögliche glauben wollen und dafür Dinge tun, die sich einem Unbeteiligten nur schwer erschließen.«

»Steht ihr öfter hier?«

»Nein. Nur manchmal eben. Bei Vollmond. Es gibt auch nicht viele, die diese Stelle hier kennen.«

»Woher kennst du sie.«

»Familiengeheimnis.«

»Hat es mit der Frau zu tun und mit der Zauberwurzel?«

Wanger blieb stumm.

Dritter Teil

Fratre

Buchers Schlaf in dieser Nacht war voller Träume. Immer wieder wachte er auf, drehte sich, schlief halb und war schon in der nächsten Traumsequenz angelangt.

Noch bevor der Esel das erste Mal geschrien hatte, war er aufgestanden, hatte lange geduscht und sich den Bademantel übergehängt. So saß er am Fenster und sah hinaus. Die Szenen der vorangegangenen Mondnacht fieberten nach, machten andere Gedanken möglich, weiteten die Vorstellungskraft. Er war wie befreit, konnte denken, ganz ohne Schranken, und als es deutlich wurde, als ihm klar wurde, was er gesehen hatte, ohne es zu erkennen, war es wie ein Zittern, jenem gleich, das der Wind auf dem Weiher verursacht hatte in der letzten Nacht. Er war wieder zurückgekehrt zu dem Gespräch, das er mit Wanger im Kaffeezimmer geführt hatte, und die leere Stelle an der Wand zwischen den Fotos war ihm nicht aus dem Sinn gegangen.

»Der Schmutzrand«, sagte er laut in den Raum, und es kam ihm vor, als hätte er es nur geträumt, wie die anderen Wirrnisse des gerade beendeten, halben Schlafs.

Er saß noch eine Weile, überdachte, was an Gedanken zu überdenken war, und machte sich endlich auf den Weg zu Judith Holzbergers Wohnung. Er hatte den Wohnungsschlüssel noch und riss das Siegelband auf.

Keine andere Stelle in Judith Holzbergers Wohnung interessierte ihn so, wie die vermeintlich kahle, weiße Wand, die auf ein farbenfrohes Stillleben wartete. Nichts anderes in dieser Wohnung konnte so deutlich zu ihm sprechen, wie das Weiß und die kaum sichtbaren Ränder aus feinem Grau. Durch die Fensterfront drückte fahles Morgenlicht. Er knipste den Deckenstrahler an. In der Schublade hatte er beim letzten Mal eine Taschenlampe gesehen. Er wühlte im Sammelsurium und fand das moderne, kleine LED-Ding und leuchtete die Wand schräg an. Direkt über dem Stillleben, auf Augenhöhe, sah er es. Die feinen grauen Ränder, die ihm schon beim ersten Mal vor die Augen und doch nicht in den Sinn gekommen waren. Wie hatte Judith Holzberger zu der Galeristin in München noch gesagt? Es ist schön und groß genug. Ja, das stimmte. Das Bild war groß genug, um die Stelle abzuhängen. Anhand der Formen, die die kleinen grauen Ränder bildeten, bekam er eine Vorstellung davon, was an der Wand bis vor einigen Monaten gehangen haben musste, und er war sich sicher, es an anderer Stelle schon einmal gesehen zu haben. Viel entscheidender aber war, dass er sich sicher war, dass es das war, was Peter Manner als Symbol bezeichnet hatte. Judith Holzberger hatte sich also von dem Symbol getrennt und wollte auch die letzten Erinnerung daran unsichtbar machen. Mit dem farbenfrohen, lebensbejahenden Gegenstück dazu – dem Gemälde, dessen Farben im Licht der Taschenlampe geradezu aufschrien.

*

Kurz darauf traf er sich mit dem Leiter des Reinigungstrupps auf dem Parkplatz vor der Christuskirche in Füssen. Der Platz lag ein wenig abseits des alltäglichen Geschehens, und hinter der Kirche, zu einer Weide hin, konnte man gut plauschen. Die beiden anderen Kollegen hockten vorne im Sprinter und passten auf. Bucher erfuhr, dass die Abhöranlage im Besprechungsraum von einem engagierten Amateur installiert worden sein musste, demnach also nicht von Profis. Er war sich nicht im Klaren darüber, ob ihn das beruhigen sollte oder nicht. Als sie alles besprochen hatten verließen sie ihren Platz im Schatten der Kirche und gingen ihrer Wege.

Bucher sah auf die Uhr. Der Pfarrer hatte gesagt, dass er um zehn Uhr in der Realschule sein müsse. Es war jetzt neun Uhr. Zwischen Kirche und Pfarrhaus bildete eine Reihe alter Bäume eine breite Einfahrt, die es ermöglichte, einseitig zu parken. Das Pfarrhaus war, dem Stil nach zu urteilen, um die Jahrhundertwende entstanden, wie die Kirche auch. Die Planer hatten Anklänge an den Jugendstil eingebracht, sich aber einer konsequenten Umsetzung verweigert. Vielleicht war das den damaligen Pfarrern zu frivol. Jedenfalls hatte das Haus Charakter, und irgendwo aus dem Hintergrund hörte Bucher Kinderstimmen, die sangen, und Bucher blieb kurz stehen und lauschte:

»Halte zu mir, guter Gott,
heut den ganzen Tag,
halt die Hände über mich,
was auch kommen mag.«

Er klingelte, und gleich darauf ertönte das Summen des Türöffners. Er wurde bereits erwartet. Die Büros befanden sich im Erdgeschoss. Eine breite Holztreppe führte mit einer Kehre nach oben in den ersten Stock. Die Wohnung hätte Bucher viel mehr interessiert. Es roch frisch und angenehm, und das Haus strahlte Ruhe aus. Die Büros waren schlicht und zweckmäßig. Bücher überall. Sie waren der Baustoff, aus denen Pfarrhäuser zu bestehen schienen. So ähnlich wie bei Peter Manner, nur war er diesmal als Fremder bei Fremden. Eine Sekretärin begrüßte ihn freundlich und brachte ihn zu einem unkomplizierten Grauhaarigen mit sonorer Stimme, freundlichem Gesicht und wachen Augen. Bucher dachte an die Realschule und kam schnell zur Sache. Der Pfarrer nickte, ohne nicken zu wollen. Es war eine Bewegung, die er brauchte, um nachzudenken. Er wiederholte Buchers Frage in Fragmenten. »Eine Sekte also … in Füssen … mit diesen Bildern, ein Kreuz … Botticelli und Savonarola.«

Nach einer Weile schien es, als habe er eine Antwort gefunden. Kein Aha-Effekt, vielmehr bemerkte Bucher, wie das Nicken langsam endete und aus den Gesichtszügen die Spannung wich, obschon sein Gegenüber ernst und zweifelnd blieb.

»Es gibt da eine kleine Gruppe, die sich um einen noch kleineren, schmächtigen Kerl schart. Der Kern dieser Gruppe bewohnt ein Haus drüben in Bad Faulenbach. Sie reden ihren

Meister, Guru, oder wie immer er sich nennt, mit *Fratre* an. Soweit ich informiert bin, nennen sie sich selbst die Frateskianer. Über den geistig-theologischen Inhalt dieser Gruppierung bin ich, muss ich leider gestehen, nicht recht informiert. Diese Leute zählen auch nicht zu denen, die uns hier zu schaffen machen. Es ist ja auch nicht die einzige Sekte, und einige andere sind weitaus aggressiver in ihrer Grundhaltung. Aber von diesem Savonarola habe ich im Zusammenhang mit diesen Leuten schon einmal gehört. Ein wirklich krudes Arrangement, Jesus, dann dieser apodiktische Mönch, dazu noch eine Königsgestalt … also wirklich. Einige andere Leute, die sich diesen Frateskianern zuzählen, leben, soweit ich weiß, hier in der Gegend und gehen ihren Berufen nach, ganz normal eigentlich. Sie betreiben einen eigenen Kindergarten, da gab es vor einigen Jahren einmal Streit mit den Behörden. Irgendwie schaffen sie es wohl, sehr viele alleinerziehende Frauen an sich zu binden, und so kommt wohl auch einiges an Geld rein und stellt eine Einkommensgrundlage dar. Aber mehr weiß ich nicht über diese Leute.«

»Aber die von mir genannten Symbole beziehungsweise Bildformen, die bringen Sie mit dieser Gruppe schon in Verbindung.«

»Ja, durchaus. Es gibt auch keine andere Gruppe, die eine solche Kombination verwendet.«

Er beugte sich über den niedrigen Tisch, auf Bucher zu. »Wissen Sie, da hört man ständig dieses … Geschrei … die Kirche, da beziehe ich jetzt unsere katholischen Brüder ebenfalls mit ein …«

Bucher sah ihn verständnisvoll an und dachte: »Klar, katholische *Schwestern* gibt es ja nicht.«

»… also ich meine dieses Gerede, wir verfügten nicht über das geeigneten Personal, Menschen vom Glauben zu faszinieren. Ich weiß nicht, wie Ihr Verhältnis zur Kirche ist, aber wenn Sie die Gelegenheit haben, dann schauen Sie sich mal diese angeblich charismatischen Führer an. Sie werden das kalte Grausen bekommen. Der eine kämpft gegen seine Fettsucht, der andere ist so charismatisch wie die Tischplatte hier, und Ihrer, also ich meine den, für den Sie sich dienstlich interessieren, ist ein kühler, arroganter, bildungsloser Winzling – etwas klein und dünn geraten, mit einer Fistelstimme, dass man davonlaufen möchte. Das sind schon Heimsuchungen in mehrfacher Hinsicht, zu sehen, wie doch eigentlich ganz vernünftige Menschen in einen solchen wirren Haufen geraten.«

Bucher lächelte ihm zu. »Sie haben mir sehr geholfen, Herr Pfarrer. Vielen Dank.«

Draußen lauschte Bucher, ob er wieder ein wenig Gesang würde hören können, aber er hörte nur den aus der Entfernung verhalten dröhnenden Verkehr aus der Kemptener Straße.

Der Mittelpunkt ihrer Ermittlungen aber würde ab sofort in Füssen liegen.

*

Lara Saiter und Babette Mahler frühstückten gemeinsam, ohne viele Worte zu wechseln. Bucher war nicht aufgetaucht, und sie vermuteten, dass er nach einem längeren Nachtdienst noch schlafen würde. Babette hatte ihr Zimmer bezogen, indem sie den Koffer aufs Bett schmiss. Lara Saiter hatte sie inzwischen über die Details des Falls unterrichtet, ihr einiges an Bildmaterial vorgelegt und sich ansonsten distanziert-freundlich verhalten. Sie wollte erst einmal sehen, was die Neue so zu bieten haben würde. Dass sie gut in das Team passen würde, davon war Lara Saiter überzeugt.

Sie holte das Foto aus der Tasche und schob es über den Tisch. Die auseinandergeschnittenen Hälften hatte sie mit Tesafilm wieder zusammengefügt.

»Das links ist Judith Holzberger. Auf der rechten Seite, das ist eine gewisse Carolina Deroy. Hat mir die Mutter von Judith erzählt. Sie weiß aber nicht, was aus dieser Carolina geworden ist. Uns interessiert das, weil die eine Hälfte, die, auf der Judith Holzberger abgebildet ist, in einem Bankschließfach lag. Die andere Hälfte hat Johannes in einer Schublade in ihrer Wohnung gefunden. Es muss schon einen Grund geben, wenn man ein Foto mit der Schere zerteilt, oder?«

Babette Mahler betrachtete die Fotografie. »Lebt diese Carolina noch?«

Gute Frage, dachte Lara Saiter und gestand, dass sie es nicht wusste.

»Also, wir wissen nur, dass dieses Mädchen da auf der linken Seite Carolina Deroy heißt, aber nicht ob es noch lebt, und falls ja – wo und wie? Nichts.«

»Nichts«, attestierte Lara Saiter.

»Das heißt, unsere Datenbanken, Einwohnermeldeämter, Flensburger Punktekartei, Fahrzeughalterdaten, alles ohne Ergebnis.«

Lara Saiter bestätigte und war gespannt.

»Jugendfreundin«, sagte Babette Mahler nachdenklich, »Jugendfreundin ist gleich Schulfreundin. Jedenfalls in dem Alter, in dem die beiden waren. Wo ist diese Judith denn zur Schule gegangen.«

»Man nennt die Schule hier Hogau. Ein Gymnasium in Hohenschwangau mit Internat und besonderer Sportförderung. Gehen aber auch ganz normale Schüler hin.«

»Dann würde ich sagen, fahren wir zu Schule, holen uns die Klassenliste und schauen, dass wir ehemalige Schüler oder besser noch einen Lehrer auftreiben. Bestimmt weiß da jemand, was aus dieser Carolina geworden ist.«

Lara Saiter sah mit engen Augen über den Tisch. »Exakt. Um neun Uhr haben wir einen Termin mit Dr. Kessler. Das war der ehemalige Klassenlehrer der beiden.«

Babette Mahler hatte verstanden.

*

Sie fuhren den inzwischen halbwegs vertrauten Weg. Zuerst den unscheinbaren, aber doch gefährlichen Anstieg, der Steinrumpel genannt wurde, dann die langen Geraden auf dem Weideplateau. Rechter Hand begleitet von den Gesteinsmassen des Breitenbergs, Aggensteins, des Füssener Jöchle und der Schlicke. Vor sich Säuling und Tegelberg. Bei gutem Wetter, und das war mit klarer Luft und weiter Sicht gleichzusetzen, konnte man von hier aus sogar die Zugspitze sehen. Die beiden hatten aber keinen Blick für die Berge.

»Wie gefällt dir das hier? Ich meine den Job und nicht die Landschaft«, fragte Lara Saiter.

»Interessant«, lautete die zurückhaltende Antwort.

»Du wirst mit Batthuber auskommen müssen.«

Babette Mahler fuhr mit den oberen Schneidezähnen über die Unterlippe. »Er wird die paar Tage schon damit klarkommen.«

Lara Saiter sah kurz zu ihrer Beifahrerin. »Johannes hat mit dir noch nicht geredet, oder?«

»Nein.«

»Das habe ich mir gedacht.«

»Was?«

»Dass er nicht mit dir darüber geredet hat. Für ihn ist schon alles klar, aber er muss es dir eben auch sagen. Also – er will dich fest ins Team holen. Es geht nicht alleine um diesen Fall hier.«

»Habt ihr denn eine Stelle für mich?«

»Stellen sind unwichtig. Die schiebt man dahin, wo man sie braucht. Das flexibelste aller starren Systeme ist immer noch das Beamtenrecht. Anfangs dachte ich, es wäre wie eine alte griechische Säule konzipiert. Schwer, unbeweglich, unzerstörbar und nur äußerst mühsam zu bewegen. Inzwischen weiß ich, dass es ein Bambuskonstrukt ist. Nahezu unzerstörbar, hochflexibel … es kann sogar fliegen, wenn es muss. Ich habe jedenfalls noch nie gehört, dass etwas nicht gegangen wäre, wenn man es nur gewollt hat. Es ist fast so wie unser Steuerrecht.«

Babette Mahler lachte.

»Glaubst du das wird schwierig?«

»Was?«

»Das mit Batthuber.«

»Du hättest also schon Lust, bei uns einzusteigen?«

Zwei grüne Sterne funkelten zu Lara Saiter.

»Unser Kleiner wird sich daran gewöhnen müssen. Konkurrenz belebt außerdem das Geschäft. Er ist ein hervorragender Kriminalist, musst du wissen. Ein Spezialist, was Dokumente angeht. Alex Hartmann ist ein absoluter Allrounder und Bucher, das ist so etwas wie ein Künstler, der denkt anders, sieht anders, fühlt anders …«

»Und du?«

»Oh. Ich interessiere mich zum Beispiel sehr für Finanzen. Geld hinterlässt immer Spuren. Die meisten dann, wenn versucht wird, es zu verstecken. Und was ist mit dir? Spezialgebiete?«

»Traktoren, Autos und Kunst.«

Lara Saiter pfiff. »Heiße Kombination.«

»Mhm. Ich bin mit Bulldogs und Autos groß geworden, und vor einigen Jahren habe ich dann mal ein paar Semester Kunstgeschichte studiert. Das habe ich dann aber sein lassen. Als Kellnerin kann ich schließlich auch ohne Studium arbeiten, und in den Kneipen, in denen ich gejobbt habe, wollten die Kunden andere Dinge von mir, als einen Vortrag über *Bildstrategien in Mittelalter und Neuzeit*.

Als ich dann zur Polizei kam, hatte ich eigentlich die Absicht, Kunstfahnderin zu werden. Aber nach der Ausbildung dachte ich mir, dass es nach dem siebzehnten Kirchenraub und der neunten gotischen Madonna vielleicht etwa langweilig werden könnte. Außerdem haben die das ja jetzt mit anderen Bereichen versumpft. Und bei den Islamisten, das ist derart frustrierend, ständig mit diesen destruktiven Typen zu tun zu haben, die so geil darauf sind, Opfer und Benachteiligter zu sein – nichts für mich.«

*

Dr. Kessler war seit Jahren pensioniert und lebte zusammen mit seiner Frau in einem großzügigen Haus in Schwangau. Die silbernen Fotorahmen in Kompaniestärke, und wie eine solche ebenso ordentlich aufgestellt und ausgerichtet, fanden mit Mühe auf dem Klavierdeckel Platz. Die Tastenklappe war aufgeschlagen, und auf dem Notentisch lag ein an den Kanten brüchiges und abgegriffenes Notenblatt. Dr.

Kessler trug einen dunkelbraunen, fein karierten Anzug, ein beiges Hemd, dazu eine schlichte Krawatte. Er hatte die beiden an der Tür empfangen und ins Wohnzimmer geleitet, das seine gemütliche Atmosphäre nicht von der spröden, distanzierten Art des Gastgebers erhielt, sondern von den Büchern, Bildern, Malereien, Zeitschriften und Zeitungen, die in wohlgeordneter Unordnung Platz fanden, und von den bestimmenden Möbel des Raumes – Ledersitzgruppe, Regalwände und Klavier. Das alles gab viel mehr Einblick in die Lebenswelt der Kesslers, als diese es von sich aus hätten offenbaren wollen. Seine Frau servierte Kaffee in kleinen Tassen. Lara Saiter lächelte, ohne es zu zeigen. Die Größe der Tassen bemaß den Zeitraum, welcher ihnen eingeräumt wurde. Dr. Kessler selbst wirkte noch drahtig, war schlank, vollständig ergraut und trug – wie hätte es anders sein können – eines dieser zeitlosen Brillengestelle mit Goldrand.

Lara Saiter und Babette Mahler nahmen artig Platz. Babette Mahler führte das Gespräch, worüber der Angesprochene etwas verwundert schien. Er hatte schon vom Tod Judith Holzbergers erfahren, was die Sache vereinfachte. Noch immer war der Hintergrund ihres Todes nicht öffentlich geworden, bestenfalls als Gerücht über die Weiden gekrochen. Ihr Gesprächspartner hingegen würde aus ihrem Besuch seine Schlüsse ziehen können. Er betrachtete das Foto lange und eindringlich, so als liefe ein Film auf dessen Oberfläche ab.

»Ja. Ich erinnere mich sehr gut an die beiden. Judith Holzberger und Carolina Deroy. Zwei ganz passable Schülerinnen, die ich eigentlich immer zusammen gesehen habe, bis zum Abitur.«

»Wir interessieren uns für Carolina Deroy. Wissen Sie vielleicht, was sie nach der Schule gemacht hat. Hat sie studiert und wo ist sie hingezogen.«

Dr. Kessler sah leicht erstaunt auf die beiden jungen Damen.

»Das wissen Sie nicht?«

Kopfschütteln.

Dann wurde seine Miene gestimmter. »Ah, natürlich. Wegen des anderen Namens.«

*

Hartmann und Batthuber fuhren durch Marktoberdorf und waren kurz vor dem Kreisverkehr, als sie ein Anruf von Bucher erreichte. Sie sollten sich am Mittag in München treffen, lautete die kurze Anweisung. Zur Enttäuschung von Batthuber wollte Bucher gar nicht hören, was sie herausgefunden hatten. Mürrisch teilte er Hartmann den Auftrag mit.

»Seit diese Babs mit ihren großen Brüsten auf dem Pfad ist, scheint er etwas verwirrt zu sein.«

Hartmann drehte eine Runde im Kreisverkehr und fuhr zurück.

»Du hast zwei Möglichkeiten«, sagte er, ohne Batthuber anzusehen.

»Wie?«

»Nix *Wie*, Freundchen? Zwei Möglichkeiten«, wiederholte Hartmann, »Du kommst mit ihr zurecht, oder du wirst große Schwierigkeiten bekommen. Und hüte dich, sie Babs zu nennen. Johannes würde dir die Haut abziehen. Ist nur ein guter Rat.«

»Für die paar Tage werd ich mir das merken können«, sagte Batthuber trotzig. Hartmann grinste ihn böse an. »Du wirst zukünftig öfter mit ihr zusammenarbeiten müssen, mein Lieber. Johannes holt sie fest ins Team. Hast du das nicht geschnallt?«

»Ja, prima!«, nervte Batthuber sich selbst.

*

Es war wie ein Heimkommen, als Bucher diesmal durch den Innenhof des Landeskriminalamtes ging und zu Fuß die Treppen nach oben in den Bürogang nahm. Erst jetzt merkte er, um wie viel mehr er sich hier in den abgearbeiteten

Räumen und Möbeln sicher fühlte. Er setzte Kaffee auf. Batthuber und Hartmann waren die Ersten. Lara Saiter und Babette Mahler kamen eine halbe Stunde später. Für Babette Mahler war es das erste Mal, dass sie den Besprechungsraum sah. Sie blieb kurz hinter der Tür stehen und ließ langsam den Blick über Mobiliar und Wände gleiten. Dann nickte sie den anderen anerkennend zu und ätzte: »Sheng Pfui, oder? Schön, gut gelungen, wirklich.«

Ihre Art tat gut. Sogar Batthuber musste lachen.

Als sie endlich alle um den Resopaltisch hockten, merkte Bucher, dass Lara ihn eindringlich ansah und etwas mit dem Kopf wackelte. Er brauchte einige Augenblicke, bis er begriff, was sie meinte. Endlich stellte er Babette Mahler den andern als neues Mitglied des Teams vor. Hans Weiss hatte sein Okay gegeben.

Er erkundigte sich bei Lara Saiter, ob sie schon etwas hinsichtlich des Bargeldes herausgefunden hatte, das im Schließfach deponiert war. Sie verneinte, und die Spitzen ihrer glänzenden schwarzen Haare schwangen dabei sanft bis kurz vor ihre Mundwinkel. Von keinem der gut gefüllten Konten, auf die Judith Holzberger Zugriff gehabt hatte, waren entsprechende Barabhebungen erfolgt. Auch nicht in Tranchen. Lara Saiter hatte über ein Jahr zurückverfolgt. Woher das Geld kam, blieb schleierhaft. Auch das Konto in München kam dafür nicht in Betracht. Dort hatte sie nur das Geld für das Bild abgehoben, und mehr nicht.

Er wandte sich an Batthuber. »Die Sache mit dem Seil. Wie ist da der Stand?«

»Schwierige Angelegenheit, aber das hat auch etwas Positives. Bisher habe ich keinen Vertrieb finden können, bei dem man das Ding erhalten könnte. Ich habe es übrigens inzwischen an unsere Fasersachverständigen weitergegeben. Die sind jetzt an der Sache dran, und ich hoffe, bald was zu hören. Ich mache denen schon Druck … also dieses Seil, ich weiß nicht … vom Himmel kann es ja nicht gefallen sein.«

»Was ist mit dem Porsche von Gallenberger und der Entstempelung?«

Hartmann winkte ab. »Erledigt. Keine Entstempelung. War ein Fehler der Versicherung. Gallenberger hat die Versicherung gewechselt, und ein Datenbankfehler hat zu der Ausschreibung geführt.«

Bucher hörte aufmerksam zu. Danach erzählte er von Peter Manners Hinweis auf eine Sekte und erläuterte dessen Argumentation. Bucher kam auf die Symbole zu sprechen, die Manner als wichtig für eine Sekte bezeichnet hatte. Sie dienten unterschiedlichen Funktionen – waren Erkennungszeichen, Adressat von Ritualen, ständige Mahnung, dienten der Erinnerung oder der Erbauung.

Die anderen sahen überrascht auf, als er sagte: »Ich glaube … nein, ich bin der festen Überzeugung, dass ich das Symbol einer Sekte gefunden habe, deren Mitglied Judith Holzberger war und von der sie sich getrennt hat. Ich habe schon erste Erkundigungen eingeholt. Es handelt sich um eine Gruppierung, die in Füssen und Umgebung siedelt und einer etwas kruden Glaubenskonfiguration anhängt. Sie selbst nennen sich *Frateskianer*, ihre Lichtgestalt oder ihren Führer reden sie mit Fratre an – was so viel heißt wie Mönch, Bruder.«

»Du hast das Symbol gefunden … bei Judith Holzberger … also in ihrer Wohnung?«, fragte Lara Saiter leise.

Bucher schüttelte den Kopf. »Nein. Ich habe die Reste dieses Symbols gefunden.«

»Aber den Müll und den Keller haben wir doch auch noch mal untersucht«, sagte Batthuber ungläubig.

»Es war an der Wand. Kaum zu sehen. Ihr erinnert euch doch an das große Stillleben, am Boden im Wohnzimmer.«

Bis auf Babette Mahler wussten alle, wovon er sprach. Er erklärte ihr in wenigen Worten, worum es ging, und fuhr dann fort.

»Über diesem Bild, an der Wand, hing bis vor einiger Zeit etwas anderes. Und das hat seine Spuren, genauer seine Form, als grauen Bildrand hinterlassen. Kennt ihr sicher alle.«

»Und du weißt deshalb, was da hing?«, fragte Hartmann ungläubig.

»Ja. Weil ich es auch an einem anderen Ort schon einmal gesehen habe.«

»Und wo?«, wollte Lara Saiter wissen.

»Bei Schlomihl, bei ihm zu Hause.«

Das war eine Überraschung für alle.

»Und was ist es?«, fragten Hartmann und Batthuber fast gleichzeitig, voller Begierde.

»Es handelt sich um eine Kombination. Zwei Bilder und ein Kreuz. Rechts eine Reproduktion eines Jesusgemäldes, in der Mitte ein Kreuz und links die Reproduktion eines Gemäldes von Ludwig II. Die Bilderrahmen haben ein Abmaß von dreißig mal vierzig Zentimeter, das Kreuz ist exakt vierzig Zentimeter lang. Es ist ein perfektes Ensemble – kitschig, dass einem schlecht werden könnte, aber ...«

Stille breitete sich für einen Moment aus. Dann sagte Batthuber fassungslos: »Das habe ich auch schon mal gesehen.«

Hartmann stimmte ihm stumm zu und sah zu Bucher. »Bei Gallenberger. Es hing bei Gallenberger in der Wohnung.«

»Da kann ich auch mithalten«, ergänzte Lara Saiter, »Ich habe zwar nur den *Ludwig* gesehen, aber der hing im Büro bei dieser XPro Consult. Das war eh so seltsam. Ich habe euch doch erzählt, dass ich oben im ersten Stock dieses eigenartige Gemurmel gehört habe, das fast wie Beten klang.«

*

Bucher stand auf und trat an die altersschwache Magnettafel. Die ersten beiden Stifte, die er in die Hand nahm, um zu schreiben, waren ausgetrocknet. Batthuber beschaffte neue aus dem Nebenraum. Bucher malte einen roten Kreis. In dessen Mitte schrieb er *Fratre*.

»Diese Frateskianer besitzen ein Zentrum. Es ist ein Haus in Füssen. Dort lebt dieser Typ, den sie *Fratre* nennen und der eine Inkarnation von Jesus sein will.« Bucher zeichnete zwei kleine blaue Kästchen an den Rand und verband sie und den roten Kreis mit Pfeilen.

»Markus Gallenberger gehört zu dem Verein, genauso wie

Schlomihl.« Er zeichnete auf die rechte Tafelseite ein großes, grünes Viereck.

»Diese XPro ist, davon können wir ausgehen, nichts anderes als eine Firma der Frateskianer. Was Lara gesehen und gehört hat, deutet ja auch darauf hin.«

Er malte einen kleineren blauen Kasten über den grünen. »Dieser Dr. Geisser ist Geschäftsführer von XPro und wohnt in Oberkirch. Würde mich wundern, wenn wir in seinem Wohnzimmer nicht auch so ein paar hübsche Bilder finden würden.«

Babette Mahler meldete sich zu Wort. »Du kannst den Namen Juliette Geisser noch dazuschreiben ... seine Frau.«

Bucher tat wie geheißen.

Lara Saiter wartete bis er fertig war und sagte dann: »Und in Klammern schreibst du unter Juliette Geisser den Namen Carolina Deroy.«

Bucher spitzte die Lippen und pfiff lautlos in den Raum. »Die zweite Bildhälfte also. Sieh an, sieh an.«

»Ist ja doch ein gewisser Altersunterschied zwischen den beiden. Wie auch immer – mit ihrem ersten Vornamen war sie nie zufrieden, wollte in der Schule schon immer mit *Juliette* angeredet werden, und hat später ihren zweiten Vornamen als offiziellen Rufnamen gewählt. So steht sie auch in allen Verzeichnissen, im Telefonbuch, Adressbuch und so weiter. Irgendwie hat sie es sogar geschafft, die Namen beim Einwohnermeldeamt zu drehen. Deshalb sind unsere Recherchen nach ihrem Vornamen ins Leere gelaufen.«

Bucher schrieb langsam und dachte wie die anderen auch darüber nach, was zwischen den beiden Jugendfreundinnen vorgefallen war. Lara Saiter erzählte, dass man keine Verwandten von Juliette Geisser habe ermitteln können. Die Eltern seien schon verstorben, und ein Bruder sei wohl im Ausland. Sie berichtete weiter von Dr. Kessler, der ihnen einiges hatte erzählen können und der auch einiges über Geisser wusste.

Kesslers Sohn war einige Zeit lang mit Carolina Deroy befreundet gewesen, und so bestand eine latente Aufmerksamkeit dieser Frau gegenüber, wie Kessler es ausdrückte. Man hörte hin, wenn ihr Name fiel, fragte, wenn sich die Gelegenheit ergab, nach ihr, erfuhr beiläufig etwas hier, dann wieder aus anderer Richtung. Über die Jahre verlor man sich zwar aus den Augen, blieb aber auf unsichtbare Weise locker verbunden.

Kessler schilderte Geisser als dominant, laut, aggressiv und in der Lage, Stimmung zu machen – vor allem miese Stimmung. Er hatte keinen guten Ruf an der Schule, und Kessler wusste noch, dass Verwunderung darüber bestand, wie Geisser das Abitur hatte schaffen können. Es wurde einiges gemunkelt. Nach dem Abitur war Geisser verschwunden, hatte wohl studiert und war vor Jahren wieder zurückgekehrt. Irgendwann hatte der Sohn von Kesslers erzählt, dass Geisser *seine Carolina* geheiratet habe. Wie das eben so ist.

Als Lara Saiter geendete hatte, meinte Batthuber, dass Bucher auf der Seite von Schlomihl noch ein blaues Kästchen machen könne. Er nannte den Namen einer Frau. »Sie war nicht da und ihre Kollegin meinte, es sei ein Versehen gewesen.«

»Was für ein Versehen und was ist das für eine Frau?«, fragte Bucher, als Batthuber nicht weitersprach.

Hartmann antwortete für seinen Kollegen. »Es war ein Versehen, den VW-Bus nicht für die Datenbank des Kraftfahrtbundesamtes freigegeben zu haben. Wir haben der Kollegin eindringlich erklärt – und es ihr von ihrem Vorgesetzten nochmals erklären lassen –, dass wir nie da waren und dass das Fahrzeug auch weiterhin nicht freigegeben wird. Jetzt wissen wir ja, wohin wir müssen. Du kannst gleich noch einen kleinen grünen Kasten auf die rechte Seite machen. Das alte Ding ist auf eine Wäscherei zugelassen, mit Sitz in Lechbruck. Bei den Leuten, die da arbeiten, handelt es sich ausschließlich um Frauen aus Füssen. Sind alle unter der gleichen Adresse gemeldet, die du vorhin genannt hast – Frateskianer. Die Observation läuft schon. Vielleicht ist die Kiste wirklich noch da, was allerdings ein böser Fehler wäre. Eine Abmeldebescheinigung ist jedenfalls noch nicht eingetroffen.«

Hartmann unterbrach sich und legte den rechten Zeigefinger auf den Nasenrücken.

»Was wissen wir eigentlich von den Kollegen in Pfronten. Mindestens einer von denen ist schließlich ein fauler Apfel«, stellte er fest.

»Gohrer scheidet aus. Bei dem waren wir. Weit und breit kein Ludwig. In der Küche hängt ein Kruzifix, so wie sich das gehört. Ansonsten … sauber«, stellte Lara Saiter fest und fragte in die Runde »Wanger?«

Schulterzucken.

Bucher malte eine blaues Kästchen neben das von Schlomihl, malte ein Fragezeichen hinein und sagte zerstreut: »Wanger scheidet aus.«

»Der Fexi scheidet auch aus«, warf Batthuber zurückhaltend ein, als wolle er sich beeilen, etwas loszuwerden. Es klang ungewohnt unsicher und passte so gar nicht zu ihm.

»Warst du denn bei dem zu Hause?«, fragte Hartmann.

»Jaja, der ist in Ordnung. War nichts von dem Zeug da«, versicherte Batthuber und wurde rot. Hartmann wusste jetzt Bescheid und stöhnte. »Die Jugend.«

»Wen können wir noch ausschließen?«, wollte Bucher wissen.

Es fielen die Namen Meichlbrink, Judith Holzbergers Eltern und Lotter. Alle anderen mussten noch überprüft werden.

Nach gut drei Stunden hatten sie eine Liste von Personen, die den Frateskianern zugeordnet werden konnten, daneben eine Liste mit Leuten, deren Sektenstatus, wie Bucher es nannte, noch ungeklärt war – und waren nun im Besitz einer wertvollen Information: Sie besaßen die Grundlagen einer Struktur. Sie recherchierten und kamen über Namen zu Immobilien, über das Einwohnermeldesystem an weitere Personendaten. Zu den Personen gehörten Fahrzeuge und Telefonnummer sowie Firmenbeteiligungen. So entstand aus einfachen, farbigen Kästchen und Kreisen, verbunden durch schwarze Pfeile, ein Monstrum, bestehend aus Objekten, Personen, Fahrzeugen, Kommunikation und Beziehungen.

Bucher zog ein erstes Resümee: »Also was wissen wir über die Frateskianer? Sie haben eine Lichtgestalt – einen Gustav Hackbichl, oder wie immer der heißt, und sich Fratre nennen lässt, wofür ich angesichts des Familiennamens doch ein wenig Verständnis aufbringen kann. An seiner Stelle hätte ich mir auch was Kurzes, Knackiges gesucht. Das Zentrum der Truppe liegt in Füssen, ein Anwesen in Bad Faulenbach, wo Fratre Hackbichl residiert. Daneben existieren – ich nenne es einmal so: Satelliten. Die sind relativ autark, arbeiten selbstständig und sind auf den ersten und auch auf den zweiten Blick gar nicht dieser kruden Truppe zuzuordnen. Zum einen sind das Firmen, wie die XPro Consult und diese Wäscherei in Lechbruck. Zum anderen, und von ähnlicher Bedeutung, sind Einzelpersonen, die scheinbar isoliert von den Frateskianern leben. Überwiegend Personen, die über eine hohe Qualifikation oder über Zugang zu bestimmten Funktionen verfügen – Polizei, Zulassungsstelle, vermutlich irgendwo ein Arzt oder eine Ärztin. Ich bin überzeugt, es wird noch einiges hinzukommen«.

Bucher malte drei schwarze Dreiecke unter den roten Kreis. »Zwei, drei Telekomleute hat diese Frau Meichlbrink an jenem Montagmorgen gesehen. Mhm. Vielleicht hat ja Gallenberger den Pförtner für die Mördertruppe gespielt.«

Babette Mahler fragte: »Was, oder an was glauben diese Frateskianer eigentlich, weiß du da schon was?«

»Oh, das ist eine wirklich heiße Sache. Dieser Fratre ist für seine Anhänger eine Reinkarnation von Jesus. Irgendwie stellt er auch noch einen Bezug zu einer recht bekannten Mönchsgestalt aus dem Mittelalter her, der in Florenz gewirkt hat und Ende des fünfzehnten Jahrhunderts verbrannt wurde.«

»Savonarola?«, fragte sie.

Bucher hob die Augenbrauen. »Ja.«

»Und wie kommt Ludwig II. ins theologische Kästchen?«, wollte sie wissen.

»Der war die Reinkarnation von Savonarola.«

Jetzt mussten sie doch lachen.

»Heiße Konstruktion, passt ja überhaupt nicht, zumal wenn man über den Inhalt der Predigten von Savonarola Bescheid weiß«, sagte Babette Mahler.

Lara Saiter sah sie von der Seite an, und das Lachen verstummte.

Es war Batthuber der vorsichtig fragte. »Du … kennst die Predigten dieses Mönches?«

»Ja, so in etwa. Jedenfalls die groben Inhalte. Ich habe mich einmal damit beschäftigt, weil mich die Renaissance an sich fesselt und begeistert. Savonarola hat gegen die sexuelle Freizügigkeit und Sodomie, also Sodomie im Sinne von Homosexualität, geradezu gewütet. Es ging ziemlich locker zu, damals im alten Florenz, und er hat sich mit seinen Bußpredigten viele Feinde geschaffen. Und viele waren zutiefst erleichtert, als seine rigide Herrschaft endlich zu Ende war. Ausgerechnet diesen Mönch in Beziehung zu Ludwig II zu stellen, ist schon mehr als gewagt.«

»Hat dir Lara von der Postkarte erzählt, die wir gefunden haben?«

»Ja, ich weiß darüber Bescheid. Du hältst es für eine Botschaft, oder?«

»Es sieht zumindest danach aus.«

»Wäre interessant zu wissen, welchen Kreis der Hölle sie Judith Holzberger zugesprochen haben.«

Bucher wurde hellhörig. Die anderen lauschten.

»Was weißt du über das Bild und Botticelli?«

»Oh. Ich bin keine Sachverständige. Nur so … interessiert eben.«

»Erzähl einfach mal.«

Babette Mahler begann zu rezitierten. Es klang wunderschön.

»Nel mezzo del cammin di nostra vita
mi ritrovai per una selva oscura,
ché la diritta via era smarrita«

Sie hielt kurz inne. »Das ist der Beginn von Dantes *Göttlicher Komödie* und es bedeutet übersetzt in etwa:

»Grad in der Mitte unserer Lebensreise
Befand ich mich in einem dunklen Walde,
Weil ich den rechten Weg verloren hatte.«

Mit den Händen formte sie einen Trichter. Sie sprach als führte sie eine Gruppe Interessierter durch ein Museum. »Botticellis Höllentrichter bezieht sich auf Dantes Werk, die *Göttliche Komödie*. Es ist übrigens herrlich zu lesen, auch heute noch. Dante schildert darin seine Reise durch Inferno, Purgatorio und Paradiso. Nach damaliger Kenntnis der Welt, beschreibt er sich als in der nördlichen Erdhalbkugel befindlich. Interessant, oder!? Er ist müde und im dichten Wald vom Weg abgekommen. Nach einigem Umherirren kommt er zu einer wüstenähnlichen Gegend, in welcher sich der Läuterungsberg erhebt, und ganz in dessen Nähe befindet sich ein gewaltiger Krater, in dem sich die Hölle ausbreitet, bestehend aus einzelnen Kreisen, die wie Serpentinen nach unten führen. Die einzelnen Kreise bedeuten den Aufenthaltsort für jeweils unterschiedliche Sündenformen. Der Himmel über dem Ganzen stellt das Paradies dar. Der erste Teil der *Göttlichen Komödie* beschäftigt sich mit dem Inferno. Botticellis Bild ist nichts anderes, als die visuelle Nachempfindung der Vorstellungen, die Dante von der Hölle hatte.

Botticelli ist es gelungen, in einem Bild Dantes Wanderung durch die Hölle in genialer Weise zu veranschaulichen. Man sieht die Hölle als Ganzes und doch die einzelnen Unterteilungen. Botticelli war in der Lage, so exakt und detailliert zu malen, dass wirklich jede Ebene genau ersichtlich dargestellt ist. Es ist in Bezug auf Dantes Dichtung kongenial.

Das Bild ist Mitte der neunziger Jahre, ich meine natürlich vierzehnhundertneunzig, entstanden und vollständig von Botticelli gefertigt worden. Einzig die Nachkolorierungen sind nicht alle von ihm ausgeführt worden. Er stand ja sehr unter Savonarolas Einfluss und hat wohl auch einige seiner früheren Werke auf die Scheiterhaufen geworfen, die Savonarola errichten ließ. Gegen die Unkeuschheit und so weiter und so fort.

Dieser Höllentrichter passt vom Thema her auch genau in die letzten Jahre von Savonarola. Also, das mit der Botschaft erscheint mir im gegenwärtigen Kontext durchaus möglich. Es waren ja auch keine daktyloskopischen Spuren vorhanden, wie mir Lara erzählt hat.«

Alle, sogar Batthuber, hatten gebannt zugehört. Als sie fertig war, dankte Bucher ihr kurz und sah sich in seiner Entscheidung bestätigt. Er war ein wenig stolz darauf, die Gunst der Stunde genutzt zu haben. Kundermann-Falckenhayn würde nur schwer etwas dagegen unternehmen können. Der hatte ja sogar schon einmal angedeutet, das Team gar verkleinern zu wollen.

»Ganz schön viel Wissen, so aus dem Stand heraus«, meinte er anerkennend.

Sie schwieg dazu.

»Ich habe gehört, du hast das mal ein paar Semester studiert. So weit, so gut. Gehört Botticelli zu deinen besonderen Interessen.«

»Die Renaissance ganz allgemein, als Maler besonders Botticelli, Grünewald und ein, zwei andere.«

»Mhm. Und sonst so …«

»Französischer Impressionismus.«

»Was würdest du hier in der Gegend anschauen, wenn du es dir aussuchen könntest.«

»Fendt in Marktoberdorf. Insbesondere den Fendt 716 Vario. Geniale Technik, stufenlos geregelt. Vor allem würde gerne mal mit dem Ding rumdüsen. Am liebsten mit einem Hochdruck-Jauchefass, und dann diesem Guru, der diese Judith aufgehängt hat, kräftig in die Bude blasen.«

Bucher grinste sie an. »Ich dachte an etwas noch deutlicher mit Kultur in Verbindung Stehendem.«

»Ach so. Na dann bleibt nur der Totentanz in Füssen. Schlösser sind ja nun wirklich kein Geheimtipp.«

Sie diskutierten noch eine Weile, bis alles Wissen, alle Meinungen und Szenarien ausgetauscht, verworfen, beachtet und in Variationen wiederholt worden waren.

Dann rückte Batthuber mit einer Information heraus, die ihm anfangs auf der Zunge gebrannt hatte, die er aber im Eifer, den die Diskussion angenommen hatte, fast vergessen hätte: »Kundermann-Falckenhayn ist weg«, platzte er jetzt heraus.

Zunächst nahm es niemand wahr. Bucher hörte es, war in Gedanken aber bei bunten Formen. Hartmann hinterfragte das soeben Gehörte. »Wie weg? Was meinst du damit?«

»Ja weg«, strahlte Batthuber in die Runde.

Bucher sah ihn an. »Wo, weg?«

»Sie haben ihn versetzt. Er ist weg!«

Lachen, Gemurmel, Durcheinanderreden.

»Jetzt rede mal in ganzen Sätzen!«, forderte Hartmann energisch.

Endlich hatte Batthuber die gewünschte Aufmerksamkeit. »Ich habe es im Gang erfahren und mir in der Geschäftsstelle bestätigen lassen … ist noch unter der Hand, aber es stimmt. Irgendwie ist in Sulzbach-Rosenberg ein Dozent an der Fachhochschule ausgefallen, und da hat man jetzt unseren KaEf hingesteckt. Er unterrichtet dort das ganze Semester lang, hat es geheißen.«

»Was?«, fragte Bucher.

»Du kannst mir schon glauben …«

»Ich glaube dir ja«, unterbrach ihn Bucher, »ich meine, *was* unterrichtet der bitte?«

»Verwaltungsrecht, habe ich gehört.«

Hartmann setzte sich. Er war blass. »Scheiße, das Zeug wirkt wirklich.«

»Was redest jetzt du für Zeug, Alex?«

»Ameisen«, sagte der und schwieg. Lara ahnte Böses und sah ihn ungläubig an. »Alex, Du hast doch nicht etwa …« Sie ließ den Satz ausklingen und schwieg.

Nachdem einige verwunderte Blicke ausgetauscht worden waren, machte Bucher den Vorschlag, Hans Weiss zu rufen und über den Stand der Ermittlungen zu informieren. Der würde dann sicher etwas zu der Personalie Kundermann-Falckenhayn verlauten lassen. Batthuber und Hartmann erhielten den Auftrag, Gustav Hackbichl unter die Lupe zu nehmen.

Hans Weiss kam gerne und sofort. Er betrachtete die Grafik lange, dann deutete er auf den roten Kreis und fragte ärgerlich: »Und der da hat Laura!?«

Niemand konnte die Frage beantworten.

Als man den Eindruck hatte, Weiss wäre für eine Frage in Richtung des Dezernatsleiters in der geeigneten Stimmung, traute sich Hartmann zuerst. Weiss bestätigte das, was Batthuber zuvor berichtet hatte, in wesentlichen Teilen. Kundermann-Falckenhayn war gebeten worden, die Dozentenstelle in Sulzbach-Rosenberg zu besetzen, da im Moment keine andere qualifizierte Kraft verfügbar gewesen sei. Es handele sich um eine Abordnung für die Dauer eines Semesters, und nicht um eine Versetzung. Alle seien sehr froh gewesen, dass Kundermann-Falckenhayn so kurzfristig bereit war, diese für die Ausbildung des mittleren Führungsnachwuchses der Bayerischen Polizei so wichtige Position zu besetzen und nicht verwaisen zu lassen. Die Führung des Dezernats werde für die nächste Zeit von einem jungen Kollegen übernommen, der sich für den höheren Dienst bewähren solle.

Lara Saiter lauschte Weiss' salbungsvollen Worten und hatte Tränen in den Augen. Es waren keine Tränen der Rührung.

Kundermann-Falckenhayn war weg.

Bucher telefonierte, wie die anderen auch. Weiss ging von Büro zu Büro, stellte Fragen, unterhielt sich einige Zeit mit Babette Mahler, traf Entscheidungen, wenn Bucher ihn danach fragte, und kochte zweimal Kaffee. Ein unsichtbares Netz verschob sich noch am Abend aus dem Talkessel von Pfronten über das Weidenplateau nach Füssen hin. Navigationssysteme erhielten neue Koordinaten, Hotelzimmer wurden bezogen, Kameras filmten.

Sie saßen bis in die tiefe Nacht zusammen und besprachen das weitere Vorgehen. Noch kurz vor Mitternacht klingelten bei den Verantwortlichen verschiedener Dienststellen und Behörden die Telefone. Am nächsten Morgen lief die erste Phase des Planes an, der am Abend zuvor in langen Gesprächen entstanden war.

Provokation

In Füssen-Oberkirch fiel der Strom aus. Ein Entstörungstrupp der Lech-Elektrizitätswerke machte sich umgehend daran, die Störung zu beseitigen. Sie gingen von Haus zu Haus. Auch am Tor des Anwesens *Sonnenkern* klingelten sie. Es war unsinnig, da kein Strom da war, also stiegen sie über den Zaun. Eine terrassenartig angelegte Treppe leitete hinauf zur Villa, die im schlichten alpenländischen Stil hoch über dem Weißensee prangte. Der Blick war atemberaubend. Sie riefen mehrfach *Hallo* und klopften laut an der mächtigen Haustüre. Der Hausherr, Doktor Geisser, war ungehalten über den Stromausfall, ihr Erscheinen, und überhaupt.

Die Techniker waren untröstlich. Trotzdem war es ihrer entschuldigenden, ja fast devoten Haltung nicht möglich Geissers Übellaunigkeit zu besänftigen. Einer ging nach oben, wo sich der Stromzähler befand, der andere hantierte im Keller herum. Nach knapp zehn Minuten verabschiedeten sie sich wieder, voller Mitgefühl und mit noch volleren Datenspeichern.

In München kam es in einem Mehrfamilienhaus in Obersendling zu lautem Streit zwischen einem Pärchen. Ein-, zweimal wurde um Hilfe gerufen. Anwohner schoben die Gardinen beiseite und schauten ängstlich über die Gärten. So früh am Morgen schon Streit!?

Kurze Zeit darauf hielt ein Streifenwagen vor dem betreffenden Anwesen. Die beiden Streifenpolizisten suchten den Garten um das Haus ab und klingelten dann an der Wohnung im Erdgeschoss. Eine Frau etwa Mitte dreißig öffnete die Tür. Die Beamten erklärten, dass in dem Haus Hilferufe gehört worden seien und baten darum, kurz in die Wohnung schauen zu dürfen, es sei reine Routine, zu ihrer eigenen Sicherheit und dauere nur eine Minute.

Die sichtlich unsichere Frau ließ die beiden Polizisten ein. Es dauerte nur dreißig Sekunden, bis die beiden sahen, was sie erwartet hatten. Dann notierten sie die Personalien der Informatikerin.

Bei einer Mitarbeiterin des Landratsamtes Marktoberdorf fiel das Telefon aus. Noch bevor sie die Störung hatte melden können, standen zwei gelangweilte Techniker der Deutschen Telekom vor der Tür und sagten, dass eine fundamentale Störung im Telefonnetz vorliege und dass sie an ihrem Anschluss Messungen durchführen müssten. Mit mäßiger Geschwindigkeit machten sich die beiden an die Beseitigung der Störung. Sie schlossen Messgeräte an, die piepsten und einen vibrierenden Ton abgaben. Die Frage eines der beiden Techniker, ob in dem Haus wohl eine funktionierende Kaffeemaschine stünde, erbrachte keine entsprechende Antwort. Die Wohnungseigentümerin stand mit bleichem Gesicht und einer wenig lebensfrohen Miene neben den beiden und wartete. Der Schaden war kurz darauf behoben, und Hartmann war sich nicht sicher, ob er den interessanteren Job hatte. Spaß hatte es jedenfalls gemacht.

Vor einer Firmenvilla in München fielen Schüsse, in einem günstigen Moment. Autoreifen quietschen. Für Sekunden fühlte man sich im stillen Viertel nicht wie in einer Straße von Maxvorstadt, sondern wie in einer Sequenz aus *Straßen von San Francisco*. Mehrere Polizeiwagen fuhren vor. Blaulicht blitzte durch den Vormittag. Sogar vermummte Polizisten waren zu sehen.

An einer Villa mit kleinem Metallschild mit der Inschrift *XPro Consult* klingelten Polizisten in Uniform und Zivil. Als geöffnet wurde, drangen sie unaufgefordert ein. Sie durchkämmten alle Räume vom Keller bis zum oberen Stockwerk. In wenigen Minuten war die Aktion beendet. Der Einsatzleiter bedankte sich bei den verstörten Beschäftigten für die

Störung, fügte aber hinzu, dass jetzt alle wieder mit einem guten Gefühl würden arbeiten können.

Hartmann wartete bereits mit einem Stoß Papier auf Bucher. »Pass mal auf. Ich habe anhand der Adressen, die wir diesen Fratzis zuordnen können, eine Meldeamtrecherche durchgeführt. Kommt eine ganze Menge zusammen. Die fahndungsmäßige Überprüfung der Leute war negativ.«

»Überhaupt nichts?«, fragte Bucher.

»Nein. Aber dann habe ich die Adresse dieser XPro in der Lothstraße eingegeben – und siehe da! Da sind tatsächlich zwei Leute als wohnhaft gemeldet. Fand ich komisch, denn da wohnt doch in Wirklichkeit sicher niemand; sieht mir eher nach einer Tarnadresse aus.

Einer der beiden, ein gewisser Jan Schleier, der hat tatsächlich einen Kriminalaktenbestand. Eine ganz komische Sache. Als Jugendlicher schon aufgetreten mit Drogen und Verstößen gegen das Tierschutzgesetz. Die Bundeswehr hat ihn rausgeschmissen. Also da muss schon mächtig was gelaufen sein. Dann kamen zwei Einbrüche und eine versuchte Vergewaltigung. Er ist dann in den Knast, die Haftzeit endete aber vorzeitig und wurde zu einem Therapieaufenthalt in einer forensisch-psychiatrischen Einrichtung umgewandelt. Der ist dann ganz schnell rausgekommen. Die Entlassung dort war vor drei Jahren. Der Eintrag im Melderegister hier in München erfolgte kurz darauf.«

»Und wo ist der Kerl jetzt.«

»Ich würde vermuten irgendwo im Füssener Raum. Ich habe mit dem Arzt da droben in Nordrheinwandalen telefoniert. Hat sich geziert und nichts rausgelassen. Er hat mir wenigstens die Dienststelle genannt, die war in den Akten nicht enthalten – Datenschutzquatsch.

Also die Kollegen wussten sofort Bescheid. Dieser Jan Schleier scheint eine perverse Ader zu haben. Bei der Sache mit dem Tierschutzgesetz handelte es sich um Pferderipping. Ganz üble, harte Sache. Die sind froh, dass er von da oben verschwunden ist.«

»Haben wir Bilder von ihm?«

»Ja. Die sind zwar schon etwas älter, aber vorhanden.«

»Bei den Meldedaten, war da irgendein Doktor, also ich meine ein Mediziner dabei?«

»Nein. Der Einzige mit einem Doktortitel ist dieser Geisser, soweit ich weiß ... aber noch etwas. Ein Name ist mir noch aufgefallen. Eine Sabrina, Sabrina Schlomihl.« Er brach Buchers Frage ab. »Ja, es ist die Tochter von unserem Schlomihl. Sie hat einen Buben, der ist dreizehn Jahre alt.«

»Und niemand von Schlomihls Kollegen wollte davon was gewusst haben?«

Hartmann verzog das Gesicht. »Habe ich mir auch gedacht und noch mal mit einem von den Kemptenern telefoniert. Dieser Schlomihl war schon immer ein komischer Kerl. Der war mit wirklich niemandem speziell. Geredet haben die schon, und ich verstehe durchaus, warum da keiner ankommt und uns mit Gequatsche belästigt.

Der Kollege hat mir jedenfalls erzählt, dass es wohl mit der Tochter große Schwierigkeiten gab. Gerede, halt. Sie soll in Holland gewesen sein und so weiter und so fort. Gehört habe man schon, dass die im Ostallgäu irgendwo in so einer WG oder einer Sekte gelandet sei. Ich sage dir eines – wenn Schlomihl auch in so eine Sache reingeraten ist, dann nicht, weil er irgendeinen Schmarrn glaubt, sondern weil er nur so in Kontakt mit seiner Tochter und seinem Enkel sein kann. Einmal die Tochter verlieren reicht, ein zweites Mal versagen ist schwer. Dann lieber alles andere über Bord schmeißen. Glaub mir, das ist so.

Die härtesten Knochen schwimmen in einem See aus Sentimentalität. Also ich halte das für durchaus nachvollziehbar. Und es könnte sein, dass noch mehr ganz normale Leute bei dem Heini da mit drinhängen, nur weil sie im Grunde genommen ihren Kindern und Enkeln nahe sein wollen, sie nicht verlieren wollen.«

»Meinst du wirklich?«

»Absolut.«

»Aber das ist doch eine gut katholische Gegend hier.«

»Eben.«

Bereits am Nachmittag hatte Bucher eine halbe Armee blauer Kästchen auf seiner Tafel stehen und mit Namen versehen. Was noch fehlte, waren die Gesichter, die Geschichten, die den Namen ein Leben geben konnten.

Das Alibi von Markus Gallenberger hatte sich in Nichts aufgelöst, als die beiden Polizisten in München die beiden Bilder und das Kreuz im Wohnzimmer seiner Alibizeugin, der Informatikerin, gesehen hatten.

Aus Füssen-Oberkirch kam die Nachricht, dass in der *Sonnenkern*-Villa von Dr. Geisser alles zur Zufriedenheit erledigt worden sei. Hinweise auf eine Frau oder auf ein Kind hatten die Kollegen hingegen nicht feststellen können.

Alex Hartmann und Ernst Nehbel beschwerten sich, dass sie von der Frateskianerin in Marktoberdorf keinen Kaffee bekommen hätten.

Hans Weiss freute sich diebisch über die Knallerei im Münchner Westen. Er war auf die Schlagzeilen in der Presse gespannt.

Auf Laura aber wies nicht ein Fetzen hin.

Lara Saiter und Babette Mahler arbeiteten durchgängig und konzentriert am Umfeld der XPro Consult. Mehrfach telefonierte Lara Saiter mit Hildegard Bernack. Was die beiden am späten Nachmittag herausgefunden hatten, erforderte mindestens die Anwesenheit von Hans Weiss, dem die Freude an der Knallerei vom Vormittag schnell verging, als er die Neuigkeiten hörte.

»Im Ministerium?«, wiederholte er ungläubig und musste sich setzen. Er ersparte sich und seinen Leuten die Frage, ob sie sich sicher seien, zog sich in sein Büro zurück und griff zum Telefon. Zur Besprechung am späten Nachmittag musste er Unterstützung hinzuziehen. Auch die Herren im dunklen Anzug und die drei Grauen, früh Gealterten, waren von dem, was Lara Saiter und Babette Mahler berichteten, nicht angetan.

Die XPro Consult wurde direkt aus dem Wirtschaftsministerium vermittelt. Ein Name tauchte in diesem Zusammenhang immer wieder auf. Werner Behler. Wie Babette Mahler herausgefunden hatte, handelte es sich um einen jungen Regierungsrat, der mit exzellenten Abschlüssen aufwarten konnte. Er stammte aus Hopfen bei Füssen, und seine Mutter war unter der bekannten Adresse in Bad Faulenbach gemeldet. Nach allem, was man bisher wusste, war sie eine der Mitbegründerinnen der Sekte.

Die Schlussfolgerungen, die Bucher aufzeigte, waren wenig hoffnungsvoll. Hinter dem vordergründig sozial ausgerichteten Engagement und der scheinbar konzentrierten Ausrichtung auf die verordnete Glaubensmixtur, verbarg sich die aggressive Strategie, Machtpositionen zu besetzen. Und sie gingen geschickt vor, wählten nicht den politischen Weg, sondern strebten danach, ihre Leute in Positionen zu bringen, in denen die wirkliche Macht gelebt werden konnte: der öffentlichen Verwaltung. Politiker konnten abgewählt werden. Verwaltungsfachleute wegzubekommen war ungleich schwieriger. Den Frateskianern war es gelungen, Polizei und Landratsamt zu infiltrieren, sogar im Ministerium hatten sie bereits jemanden platzieren können, und neben dieser Struktur begleitete und ergänzte ein erfolgreiches Finanzkonstrukt die Aktivitäten. Sie waren gefährlich, denn wer einen solchen Weg beschritt, hatte ein Ziel.

Die Herren in den dunklen Anzügen hatten ihm schweigend zugehört und suchten nach einem Weg, die Angelegenheit unter möglichst geringer öffentlicher Anteilnahme abzuwickeln, wie einer von ihnen es formulierte.

»Das können Sie aber vergessen«, entgegnete ihm Lara Saiter mit blitzenden Augen. Die drei Grauen sahen sie erschrocken-verzückt an. Die in den dunklen Anzügen schluckten und blickten ernst drein. Man vereinbarte nach einer kurzen Phase der Neuordnung der Gedanken, wie Weiss es formuliert hatte, dass am nächsten Morgen ein detailliertes Vorgehen seitens der Ermittlungsführung vorliegen würde.

Man trennte sich. Die drei Grauen schrieben Berichte und Schlussfolgerungen bis tief in die Nacht. Viele Telefone klingelten, schellten, dudelten. Bucher veranlasste Abhörmaßnahmen.

Am Abend holten Babette Mahler und Armin Batthuber eine Ladung Pizzas. Abendessen und Besprechung wurden eins. Bucher rieb sich theatralisch die Augen, als Hans Weiss mit zwei Flaschen Wein ankam. Italiener, Barolo. Weiss forderte eine Festlegung, wer fahren sollte, für den Fall, dass es, so unwahrscheinlich dies auch war, doch noch erforderlich werden sollte. Es traf Batthuber.

Weiss' kommentierte die Blicke auf die Weinflaschen mit einem Hinweis auf die uralte Krimiserie *Der Kommissar*; er erwähnte, wie oft Erik Ode – in überlegter Weise – zum Cognacschwenker griff und wies auf die überragende Aufklärungsquote des Ex-Kollegen hin, ohne einen Bezug zum Alkoholgenuss hergestellt haben zu wollen.

Bucher erläuterte zusammenfassend die Lage. Es fehlten nach wie vor schlüssige, objektive Beweise, die einen Bezug zwischen Verdächtigen und Tat herstellen konnten. Immerhin hatten sie eine umfangreiche Struktur der Frateskianer entwerfen können. Alle waren erstaunt, dass diese es geschafft hatten, einen der Ihren im Wirtschaftsministerium, also an höchster Position, zu installieren und hofften, dass es sich um einen Einzelfall handeln würde.

Die Strategie dieser Sekte aber schien auf der Hand zu liegen. Es gab eine räumliche und eine funktionelle Trennung der Sektenmitglieder. Der Kern der Gruppe gab sich vergeistigt, spirituell, hehren Zielen zugewandt, während im nahen und weiteren Umfeld Personen agierten, die weder auf den ersten, noch auf den zweiten Blick der Sekte zugeordnet werden konnten. Bucher nannte sie die Satelliten. Dazu gehörten Geisser, von dessen Frau der Aufenthaltsort noch immer nicht bekannt war, Judith Holzberger, die undichte Stelle bei der Pfrontener Polizei und die Firma XPro.

Das Problem bestand im Moment darin, dass die Festnahme von Leuten aus diesem Kreis wenig erfolgversprechend war – es fehlten die Sachbeweise, mit denen man Druck hätte ausüben können. Auch war noch nicht klar, wer das schwächste Glied in der Kette sein würde.

Hans Weiss, ein Glas in der Hand, welches er sanft schwenkte und die Farbe des Weins studierte, hatte Buchers Bericht aufmerksam zugehört. »Und wie wäre es, einfach mal auf den Busch zu klopfen? Die wissen doch längst, dass wir dran sind, denk nur an diese Wanze im Besprechungsraum oben. Was ist, wenn wir beginnen, ihnen Angst zu machen.«

Bucher schenkte nach. »Habe ich auch schon gedacht. Aber es ist zu früh. Wir brauchen noch etwas, womit wir den Knoten lösen, der dieses Geflecht zusammenhält. Wenn das geschehen ist, lösen sich alle anderen wie von selbst, und am Ende wird nichts übrig bleiben als ein Faden. Aber für diesen ersten Knoten, da brauchen wir etwas Scharfes, und das fehlt uns noch.« Bucher wandte sich Hartmann zu. »An diesen Guru … Fratre, wie heißt er noch mal?«

»Gustav Hackbichl«

Bucher hob beide Hände. »Hackbichl … mein Gott … also, an diesen Hackbichl, an Geisser, Gallenberger oder gar Schlomihl brauchen wir gar nicht erst ran. Ich halte sie für zu stark; sie werden erst taumeln, wenn ein anderer schwach wird.«

Er legte eine Pause ein. »Und das wird eine sehr ernste Situation werden.«

»Warum?«

»Weil wir mit dem, was wir tun, den inneren Zusammenhalt der Gruppe auflösen, ihn zerstören, und das wird nicht ohne Folgen bleiben. Ich halte es für erforderlich, unseren psychologischen Dienst mit einzubeziehen. Wenn solche Gruppen implodieren, kann es sein, dass sich die ganze Frustration über den Zusammenbruch des eigenen Weltbildes, die Sorge über die Zukunft, der eigenen und die der Gruppe, gegen sich selbst oder gegen andere richtet. Und –

wir wissen nach wie vor nicht, wo Laura steckt. Was wir finden müssen, sind ein, zwei stichhaltige Sachbeweise oder Beweisketten.«

Bucher hob das Glas. »Wir arbeiten also konsequent weiter und warten.«

Sie mussten nicht lange warten.

Babette

Bucher hatte in der alten Zelle im Keller geschlafen und die Dusche des Dauerdienstes benutzt. Er saß mit nassen Haaren am Schreibtisch und ging ein weiteres Mal die Spurenliste des Erkennungsdienstes durch. Babette Mahler und Armin Batthuber saßen zwei Büros weiter vor einem Bildschirm und glichen Notizen ab. Bucher wunderte sich, denn er hatte erwartet, dass Batthuber nicht so unproblematisch mit der Neuen zurechtkommen würde.

Er sah zum Fenster hinaus auf den Innenhof, dachte an gar nichts und begann damit, Mails zu löschen. Der ganze Verwaltungskram flog unbesehen weg.

Verdächtig unaufgeregt tauchte kurze Zeit darauf Babette Mahler im Türrahmen auf. Sie streifte ihre Lederjacke über die Schulter, und Bucher sah Schulterholster und Waffe darunter verschwinden. Lara Saiter tauchte auf. Auch sie zog sich an. Es musste etwas passiert sein.

Er wartete und fragte schließlich etwas genervt: »Also gut. Was ist passiert?«

Lara Saiter antwortete leidenschaftslos: »Frank Wusel hat gestern in Kempten einen Flachbildfernseher gekauft.«

Bucher wiederholte verständnislos: »Frank Wusel hat gestern in Kempten einen Flachbildfernseher gekauft ...«

Babette Mahler half ihm. »Er hat mit seiner Kreditkarte bezahlt.«

»Nein!«

»Doch!«

»So blöde kann doch niemand sein, das ist doch nicht möglich!«

Lara meldete sich wieder zu Wort: »Das habe ich mir auch gedacht; es ist aber so. Gestern ist die Buchung bestätigt worden, das ist korrekt. Wir haben bereits dort angerufen: Elektronic Markt. Die gute Nachricht ist – es gibt eine Überwachungsanlage.«

Bucher war fassungslos. »Das kann nicht sein.«
»Wir geben Bescheid«, sagte Lara Saiter und verschwand.
»Tut das«, sagte Bucher leise zu seinem Bildschirm.

Babette Mahler fuhr. Schon auf dem kurzen Stück von der Marsstraße bis zur Donnersberger Brücke wurde Lara Saiter klar, dass sie eine bisher unbekannte Qualität an der neuen Kollegin entdeckt hatte – die fuhr wie eine Verrückte, aber sehr sicher. Kurz hinter der Brückendurchfahrt war bereits das Blaulicht auf dem Dach. Im Gegensatz zu ihrer drängenden Fahrweise hatte sie die neue Pulsleuchte betont vorsichtig auf den Perllack des Autodaches aufgesetzt. Der Magnetring sollte schließlich den Lack nicht beschädigen.

Sie warf einen schnellen Blick auf die silberfarbenen Auslagen des Autotempels linker Seite, bevor sie das erste Mal wirklich beschleunigte. Die Rechtskurve zur A96 war sehr eng, wenn man sie auf der innersten Seite nahm. Vor der Auffahrt zur Fürstenrieder Straße zog sie souverän von rechts bis auf den äußersten linken Fahrstreifen, passierte ein rundes Verkehrsschild mit rotem Kreis, in dessen Mitte eine zweistellige Zahl zu erkennen war, und drehte den Kopf zu ihrer Beifahrerin. »Dreidreißig De, Schaltgetriebe«, sagte sie mit leuchtend grünen Augen, und flog mit einer lächelnden Lara Saiter nach Kempten. Babette Mahler war glücklich.

*

Am Bildschirm der digitalen Überwachungsanlage suchten sie mit dem für die Sicherheit zuständigen Mitarbeiter den Zeitraum, an welchem die Buchung erfolgt war. Einzig ein Mann – mehr war nicht zu erkennen – kam infrage. Er schob einen großen Karton durch den Kassengang. Die Aufnahmen an sich waren brillant. Das Gesicht des Kerls aber war nicht zu erkennen. Er trug einen dunkelblauen Trainingsanzug. Gut zu erkennen waren auch die weißen Socken und braunen Sandalen,. Das Gesicht war durch den breitkrempigen Hut verdeckt.

Der Typ wusste, worum es ging, denn er hielt den Kopf stets entgegen der Richtungen zweier Kameras und immer so gesenkt, dass auch schräg von der Seite die breite Hutkrempe eine Gesichtserfassung unmöglich machte. Lara und Babette sahen sich mit enttäuschten Gesichtern an, das Band lief weiter, fast wäre der Trainingsanzug mitsamt Karton aus dem Bildwinkel verschwunden, da schob sich eine Frau an ihn heran. Sie steckte in einer weiten Wollhose, wie sie bei Basketballern beliebt sind. Ihre schulterlangen, fettigen Haare nahmen kaum eine ihrer Bewegungen auf. Sie sah genauso abgerissen aus wie er, nur stand sie voll im Fokus der Überwachungskameras.

Babette Mahler sagte: »Stopp, was machen die da?«

Der Mann mit der roten Krawatte bewegte die Aufzeichnung einige Sekunden zurück. Jetzt war zu sehen, dass die beiden mit der Kassiererin sprachen, anscheinend verhandelten. Der Mann redete auf die Frau ein, was an den Bewegungen des Körpers zu erkennen war. Die Zahlung war schon erfolgt, und es war nicht zu erkennen, worum sich die Gespräche drehten.

»Ah«, sagte die rote Krawatte, »der Parkbon.«

Er hielt den Film an und ließ die Szene nochmal ablaufen. »Sie hat den Parkbon nicht verrechnen lassen und will jetzt wohl die fünfzig Cent. Das ist immer ein etwas umständliches Verfahren für die Kasse, wenn das nachträglich boniert werden muss.«

Lara Saiter fragte. »Parkhaus? Kann man denn feststellen, wo die geparkt haben?«

»Nein. Aber es war nicht bei uns im Haus. Da gibt es keine Bons. Es könnte im Parkhaus vom Kaufmarkt gewesen sein.«

Die beiden nahmen einen hochauflösenden Mitschnitt der Szene auf DVD mit. Die Aufnahmequalität der Überwachungsanlage der zentralen Zufahrt zur Tiefgarage vom Kaufhofmarkt war weniger brillant, aber nach zwei Stunden Suche und brennenden Augen hatten Lara Saiter und Babette

Mahler die Frau zeitgleich erkannt – an ihren Haaren und dem, was man Frisur nennen könnte. Zufrieden notierten sie das Kennzeichen und telefonierten dann.

Die Gier nach fünfzig Cent hatte der Gierigen kein Glück gebracht.

Batthuber ließ die Halterdaten ausdrucken und schickte eine SMS auf Laras Handy. Hartmann war unterwegs. Von Füssen fuhr Ernst Nehbel an. Er hatte einen Hundeführer mit VW-Bus im Schlepptau. Sie trafen sich auf einem Feldweg vor Rückholz. Zwei weitere Fahrzeuge des unsichtbaren Schleiers hatten vorübergehend ihre Posten verlassen und hielten sich im weiteren Umfeld auf.

Die Kühe malmten vor sich hin und betrachteten gelangweilt die Gruppe, die sich auf dem Feldweg zwischen zwei Motorhauben versammelt hatte. Sie warteten darauf, was INPOL über die beiden sagen konnte, vorher gab es keinen Kontakt. Batthuber sollte das erledigen, kam aber nicht weiter, weil das Fahndungssystem wieder einmal ausgefallen war. Weiss stand hinter ihm, betrachtete die Fehlermeldungen, die auf den Bildschirm fielen, und blieb äußerlich ruhig. Ihm kamen die Beträge in den Sinn, die in die EDV flossen.

Um das Warten erträglich zu machen, fragte er Batthuber: »Neue Kollegin, alles klar?«

»Mhm«, antwortete Batthuber und nickte, ohne Weiss den Blick zuzuwenden.

Vor einer verfallenen Bauernhütte am Rande von Rückholz stand der graue Ford Escort. Die Gruppe auf dem Feldweg hatte sich aufgelöst und sich in die Himmelsrichtungen verteilt. Sie warteten.

Nach über einer Stunde kam Batthubers Anruf. Der Halter des Fords war ein Berufskrimineller – zwei Drittel Eigentumsdelikte, ein Drittel Gewaltdelikte. Waffen waren nie im Spiel gewesen. Seine Lebensgefährtin konnte auf Betrugs- und Prostitutionserfahrungen verweisen. Bucher gab sein Okay.

Babette Mahler klingelte an der Tür. Der Mann öffnete.

Sandalen, Trainingshose, Unterhemd. Ernst Nehbels gute zwei Zentner drangen rücksichtslos und ohne Laut von der Seite her auf ihn ein. Hinter Nehbel witschte Hartmann vorbei in den Raum und sicherte, Lara Saiter folgte, Babette Mahler legte dem Mann Handschellen an. Er hatte vor Überraschung keinen Laut von sich gegeben. Jetzt konnte man ihn hecheln hören.

Die Frau schrie, als sie die Gestalten sah, die in die schmuddelige Küche kamen. Lara Saiter war blitzschnell, obwohl sie spürte, wie rutschig der Boden unter ihren Schuhen war. Küchen waren die gefährlichsten Orte überhaupt, denn dort lagen einfach zu viele spitze und scharfe Dinge herum – Gelegenheit macht Diebe. Und in der Küche, in der sie sich gerade befand, lag einfach alles herum.

Die Handschellen hatten schon geklickt, da schrie sie noch immer wie hysterisch. Ein Auto fuhr langsam am Gehöft vorbei. Ein Mann und eine Frau sahen mit ungläubigen Augen dem Geschehen zu. Es war Nehbel, der erst den Trainingsanzug in den VW-Bus steckte und danach das Weib. Die beiden Festgenommenen saßen auf der Rückbank des Busses. Fargo, der belgische Schäferhund, und sein Chef hatten gegenüber Platz genommen. Fargo folgte aufmerksam jeder noch so unbedeutenden Regung der beiden, sein Chef las Zeitung.

Hartmann, Lara und Babette durchstreiften die marode Hütte. Weit und breit war von einem Kreuz nichts zu sehen, und Bilder gab es schon gar nicht. Aber sie fanden eine Reihe weiterer EC- und Kreditkarten sowie Handtaschen, Geldbörsen und Brieftaschen. Die erste Euphorie über den Zugriff verflog. War Frank Wusel einfach nur beklaut worden?, dachte Lara Saiter.

*

Der Trainingsanzug hieß Josef Alber und saß im schlichtesten und düstersten Vernehmungsraum des LKA. Einen Stock höher, im Erdgeschoss, war seine Lebensabschnittspartnerin den Polizisten gegenüber ebenso frech wie er.

Sie schrie wüste Beschimpfungen und mimte zweimal einen Schwächeanfall. Josef Alber hatte ebenfalls kein Konzept, aber neben einiger persönlicher Polizeierfahrung hatte er auch jede Menge Krimis gesehen. Er mimte den coolen Verbrecher, und es war im Moment schwer zu sagen, wem man am ehesten beikommen konnte.

Aus einem unerfindlichen Grund schien die Frau sich sicher, dass Schreien einem Distanz und Respekt verschaffen kann. Batthuber, Hartmann und Babette Mahler lehnten allesamt an der Wand. Keiner von ihnen setzte sich ihr gegenüber an den Tisch, denn so viel Respekt hatte sie sich bisher noch nicht erworben. Sie schrie und brüllte immer wieder nach einem Anwalt und war doch bis jetzt noch nicht bereit gewesen, in vernünftiger Weise ihre Personalien anzugeben. Was sie nicht wusste: Es war ein Fehler, zu schreien, denn wer schrie, kommunizierte bereits, und Hartmann war klar, dass es nur eine Frage der Zeit sein würde, bis es ihr wehtat; nicht alleine ihre Kehle, sondern auch die Tatsache, alleine an dem Tisch sitzen zu müssen, vor einem leeren Stuhl. Sie würde es nicht aushalten.

Im Kellerraum darunter saß ihr aktueller Abschnittsgefährte und stocherte mit wulstigen Fingern in der unteren hinteren Zahnreihe herum. Da er nicht schrie, sich vielmehr auf Grinsen verlegt hatte, saß ihm bereits Bucher gegenüber. Lara Saiter lehnte an der Wand, und Ernst Nehbel war zur Sicherheit mit dabei. Herr Alber verlangte in den Phasen, in denen er weder grinste noch in den Zähnen herumstocherte, ebenfalls seinen Anwalt. Bucher drehte sich dann grinsend zu Ernst Nehbel um und der tutete ein fieses Lachen heraus, das nur von den anschlagsicheren Betonwänden zurückgehalten werden konnte. Dann schwiegen sie wieder mit ernsten Gesichtern und warteten.

Madame im ersten Stock wurde schneller müde. Ihr Gekreische wurde stiller, trocknete schließlich aus und wurde von Weinen abgelöst. Es war ein erzwungenes Weinen, eines, das keinen der Anwesenden auch nur in die Nähe einer emotionalen Gefährdung brachte. Man musste es ertragen und aushalten wie schlechtes Wetter an einem Sommerwochenende. Endlich, als die letzte der falschen Tränen aus dem Gesicht geschafft war, sprach die Frau ein paar klare Worte. Sie sprach Babette Mahler an, weil sie von den dreien am unschuldigsten aussah, und versuchte die Mutter-Tochter-Kumpel-Mitleids-Tour. Sie sprach Babette mit einem halb geschnieften »Na, Mädchen« an. Nach *Babs* war das die falscheste aller Möglichkeiten. Sie erntete einen kühlen, von jeglicher Sozialromantik befreiten Blick. Die Frau schwieg daraufhin, wusste nicht weiter, und die drei Polizisten verharrten in ihren Positionen.

Das war neu für Jessy Klarisch. Sie war es gewohnt, bedrängt zu werden, beschimpft, beleidigt, unter Druck zu geraten, so wie es eben war. Hier war nun alles anders, und mit dem Schweigen und Warten konnte sie nicht umgehen. Als ihre Verunsicherung nicht mehr nur zu ahnen, sondern auch zu sehen war, wechselte Babette Mahler an den alten Tisch und begann erneut, die Fragen zu stellen, die sie schon einmal gestellt hatte – nicht einfühlsam, nicht anbiedernd – sie sprach klar und sachlich. Mühsam erfuhr man Namen und Geburtsdatum.

In einem knappen Satz erklärte Babette Mahler, worum es ging. Sie sprach deutlich in das Mikrofon vor ihr. Und das mit einer Sanftheit, die Jessy Klarisch nicht entging. Die hörte nur Fragmente: Kreditkarte, Mord, Elektronic Markt, Festnahme, Belehrung, Anwalt. Und einen Namen: Frank Wusel.

Sie hatte manche Verteidigungsstrategie im Lauf ihrer Karriere erlernt, aber keine von denen passte zu jenem Wort, das sie gerade gehört hatte: *Mord*.

Das stumme Wimmern in ihrem Innern, das sich nicht nach außen mitteilte, war ein zutiefst echtes Gefühl. Sie versuchte, den Fragen auszuweichen und wand sich ungeschickt, war mit zwei, drei Fragen schnell in einen Widerspruch verwickelt, was Babette Mahler und ihre Kollegen erst langweilte, dann nervte und weit unangenehmer war, als hätte sie wieder mit ihrem Gekreische angefangen – denn es war so durchsichtig und ohne jede Aussicht auf Erfolg. Es stahl ihnen die Zeit, die sie nicht hatten.

Babette Mahler hatte ausnehmend stabile Nerven. Stoisch wiederholte sie Frage um Frage. »Wie sind Sie in den Besitz der Kreditkarte und des Ausweises von Frank Wusel gekommen, Frau Klarisch?«

»Gefunden«, jammerte Jessy Klarisch und hob an zu erzählen, wie schlimm ihr Leben war, wie sehr sie sich bemüht hatte, ein anständiges Dasein zu führen, von der Gesellschaft jedoch nie eine Chance bekommen habe – es war die schmierig gewordene Wiederholung dessen, was alltäglich mittels Gebührenmedien über das Land gegossen wurde.

Babette Mahler ignorierte das Gewinsel, sprach abermals den Belehrungstext ins Mikrofon. Jessy Klarisch versuchte, nun hektisch zu erklären, wo sie etwas gefunden haben wollte.

Babette Mahler wiederholte ruhig: »Wie sind Sie in den Besitz der Kreditkarte und des Ausweises von Frank Wusel gekommen, Frau Klarisch?«

Es schien kein Ende nehmen zu wollen und war für alle Beteiligten wie eine Folter. Schweiß hatte sich wie seifiges Gift auf die Haut gelegt. Bei Jessy Klarisch sah man es, und ab und an zog, von ihr ausgehend, ein galliger Hauch durch den dumpfen Raum.

Batthuber und Hartmann hielten sich im Hintergrund; gebannt vom verschlungenen Kampf der beiden Frauen unter dem diffusen Licht zweier kurz vor ihrem Ende befindlichen, flimmernden Neonröhren. Sie sahen, wie konsequent ihre neue Kollegin die eingeschlagene Taktik beibehielt und um ihren ersten Erfolg kämpfte. Hartmann fühlte, dass der Zeitpunkt nah war, an welchem ein Wechsel der Taktik herbeizuführen war. Aber er war sich nicht sicher, welchen.

Jessy Klarisch wusste keinen Ausweg aus der Situation. Sie hatte geschrien, geweint, gelächelt, hatte sich gewunden, einen Anwalt verlangt, war beleidigend geworden, ohne es so empfunden zu haben, hatte als Frau keine Wirkung auf die beiden Männer und von der Frau weniger zu erwarten als nichts – ihre Möglichkeiten waren erschöpft, und sie selbst war erschöpft. Sie war es, die agiert hatte. Sie wusste nicht, dass die eine, die einzig wirksame Strategie für sie gewesen wäre – zu schweigen. Dann hätte sie beobachten können, wie ihre Verweigerung, zu kommunizieren, die anderen zermürbte, zerfraß, bis an den Rand der Aggression trieb. Doch wirklich schweigen, ausdruckslos schweigen, das können nur wenige. Jessy Klarisch gehörte nicht dazu; sie hatte nie gelernt zu schweigen.

In einem Augenblick der Stille meinte sie, die Situation für sich entscheiden zu können, indem sie erneut zu kreischen begann. Babette Mahlers Faust traf mit solcher Wucht auf die Tischplatte, dass das Mikrofon zu tanzen begann. Ruhe erfüllte für einen Augenblick den Raum. Nur das Summen und vibrierende Brabbeln der Neonröhren war zu vernehmen.

Wie Hiebe schlugen Babette Mahlers Worte über den Tisch. Sie feuerte ihre Worte über den Tisch, doch sie galten ihren beiden Kollegen. »Schafft sie hier raus. Ich will sie nicht mehr sehen, raus mit ihr. Vorführung Staatsanwaltschaft, Frauenknast. Weg! Weg mit ihr!« Sie holte aus, Jessy Klarisch zuckte, und Babette Mahlers Faust drosch ein weiteres Mal auf die Tischplatte.

Babette Mahler schmiss ein paar Fotos auf den Tisch. Es waren die unappetitlichsten Aufnahmen von Frank Wusels Ende. Jessy Klarisch bekam große, erschrocken blickende Augen und eine instinktiv angelegte Angst gesellte sich zu dem Wimmern, das sie nicht verlassen hatte, seit sie mit dem Begriff Mord konfrontiert worden war. Schnell hatte sie wieder Handschellen an den Händen und wurde von Batthuber und Hartmann hinausgeführt.

Babette Mahler war keineswegs außer Kontrolle geraten; sie folgte und hielt Hartmann durch ein kurzes Zupfen am hellbraunen Leinenjackett zurück. Er blieb und ließ sie mitgehen, obschon er nicht wusste, was sie eigentlich vorhatte. Denn in welchen Knast sollten sie die Frau fahren und welcher Staatsanwalt wusste Bescheid?

Babette Mahler fasste Jessy Klarisch am Oberarm und führte. Sie gingen schnell. Da Batthuber auch nicht wusste wohin, überließ er seiner Kollegin die Führung.

Die lief einige Extrarunden durch die tristen Gänge. Jessy Klarisch merkte nicht, wenn sie den gleichen Gang von anderer Richtung kommend, nochmals passierten. Sie dachte nach und brachte die Dinge zusammen. Sie war im Landeskriminalamt. Von einem ihrer Zuhälter wusste sie, dass er einmal mit diesen Kriminalern zu tun hatte, und es war nicht gut für ihn ausgegangen. Sie hatte die Bilder von einem Toten gesehen; dessen Kreditkarte hatte sie verwendet, und sie spürte, dass es ernst war und sie mit Mord nichts zu tun haben wollte. Sie ließ das Wimmern nun nach außen und begann ein stilles Flennen.

Babette Mahler atmete innerlich auf, doch noch waren sie nicht wirklich weitergekommen.

Josef Alber hatte mehr Standing. Er bewahrte auch dann noch Haltung, als ihm Bucher erklärt hatte, dass er wegen Mordes festgenommen worden war und vernommen werden sollte. Er zuckte mit den Schultern, sagte, dass er mit einem Mord nichts zu schaffen habe und verlangte *seinen* Rechtsanwalt. Ein Fehler, denn nun war klar, dass er sich bereits auf dem Rückzug befand. Man wartete, lauschte den Geräuschen nach, die ein Bunkerkeller von sich gab. Sie kamen aus den Leitungen, Röhren, die offen an der Decke entlangliefen. Es surrte, summte, pfiff, ratterte – doch alles verhalten, als käme es von einem anderen Planeten.

Bucher wartete. Nehbel lehnte an der Wand und starrte in vermeintliche Ferne, Lara Saiter wartete.

Babette Mahler hörte dem Geflenne eine Weile zu und steuerte schließlich die Tür zur Fahrstaffel hin an, die zum Innenhof führte. Das matte Tageslicht, die Erwartung einer ebenso traurigen Zelle, brachten ihre Gefangene endlich zum Winseln. Sie ließ sich alle paar Schritte halb fallen, bejammerte laut ihr Unglück, und ihr enormes Gewicht verlangte den beiden alle Kraft ab. Babette schüttelte energisch den Kopf, als sie merkte, dass Batthuber etwas sagen wollte. Schweigen war weiterhin ihre Waffe. Kurz vor der Tür, dem regnerischen Grau, das vor den matten Scheiben war, und einer Angst, die sich in ihr mit jedem Schritt mehr aufgebaut hatte, schrie sie: »Ich sag's ja, ich sag's ja.« Dabei griff sie nach Babette Mahlers Schulter und fasste wie hilfesuchend nach, als die zurückwich.

Batthuber erschrak. Nicht vor Jessy Klarischs lauthals geäußertem Kooperationsversprechen, sondern vor dem, was folgte. Babette Mahler packte die wieder hysterisch Werdende am Haaransatz hinter dem rechten Ohr und warf die schwere Frau mit einem Check ihrer Hüfte gegen die Wand. »Was denn?! Was willst du uns sagen?!«, fauchte sie ihr wütend entgegen.

Batthuber war heftig erschrocken, behielt aber einen klaren Kopf. Er ließ los und sprang zur Tür, um zu kontrollieren, ob jemand kam und die kompromittierende Szene vielleicht mitbekommen konnte. Keine Gefahr. Ein Blick nach oben ins Treppenhaus. Niemand zu sehen, kein Geräusch. Hinter der Glastür zu den Büros der Fahrstaffel regte sich auch nichts. Er sah zurück zu den beiden Frauen.

Babette Mahler hielt Jessy Klarisch mit der rechten Hand an die Wand gedrückt, oder auf Distanz. Er konnte es nicht erkennen. Sie sprachen, schrien miteinander, er konnte kein Wort verstehen, alles ging durcheinander.

Als er wieder bei den beiden war, hörte er seine Kollegin ruhig sagen: »Na, dann gehen wir doch zurück und schreiben das mal fein auf.«

Es war nicht mehr nötig, Jessy Klarisch zu führen. Sie folgte wie ein williges Vieh, seinem Schicksal ergeben. Hartmann wunderte sich nicht, als er die drei wieder im Gang auftauchen sah. Er richtete das Aufnahmegerät her.

Die Tür zum Kellerraum ging auf, und Babette Mahler kam herein. Sie sah niemanden an, ging wortlos zum Tisch und reichte Bucher ein Blatt Papier. Der unterbrach die einseitige

Unterhaltung mit Josef Alber und las still. Als er fertig war, reichte er es an Lara Saiter weiter und sagte zu Josef Alber: »Pech gehabt, Herr Alber. Wir brauchen ihre Aussage nicht mehr. Ihre Freundin hatte einiges zu erzählen. *Ihr* Rechtsanwalt wird sie irgendwann im Knast besuchen.«

Er stand auf, ging zur Tür und sagte zu Ernst Nehbel: »Schaff den Kerl weg, er hat uns lange genug die Bude vollgestunken, das soll er jetzt in Straubing tun.«

Als Josef Alber *Straubing* hörte, machte er vier Dinge gleichzeitig. Er stand auf, schob den Tisch dabei mit den Oberschenkeln nach vorne, sodass ein hässlich kratzendes Geräusch auf dem groben Betonboden entstand – er deutete mit dem Zeigefinger auf Bucher und rief: »Moment!« Es klang überrascht und ängstlich zugleich. Einen Augenblick, nachdem es verhallt war, zog er mit beiden Händen den Bund seiner Trainingshose über den Bauch hinweg bis unter den Bauchnabel.

Lara Saiter ekelte sich.

Als sich Bucher in der bereits geöffneten Türe noch einmal umdrehte, sagte Josef Alber widerwärtig lauernd: »Vielleicht weiß ich ja etwas mehr als die fette Schlampe.«

*

Es war zum Verrücktwerden. Jetzt, als die beiden endlich bereit waren zu reden, stießen Buchers Leute auf ein anderes Problem. Das Denk- und Merkvermögen der beiden sorgte für Unstimmigkeiten. Beide gaben unabhängig voneinander an, auf dem Parkplatz vor dem Eisstadion in Füssen die hintere Heckscheibe eines Autos eingeschlagen, eine Ledertasche, die auf der Rückbank gelegen hatte, herausgenommen zu haben und dann verschwunden zu sein. In der Ledertasche sei nur die Geldbörse interessant gewesen. Die Tasche mit dem anderen Zeug, Tücher und eine Spraydose, hatten sie irgendwo in der Nähe in eine Hausmülltonne geworfen. Beiden fiel jedoch nicht mehr ein, welcher Fahrzeugtyp es gewesen war. Sie sprach von einem großen Auto, er von einem Geländewagen. Doch welcher Typ, ob zwei oder vier Türen, welche Farbe oder irgendetwas anderes, Individuelleres – er hatte keine Ahnung; es war aussichtslos. Klarisch und Alber führten ihre Raubzüge nicht geplant durch, observierten nicht. Ergab sich eine Gelegenheit, weckte dies ihre kriminelle Gier, waren die Umstände günstig, dann schlugen sie zu. Sie gehörten zur aussterbenden Sorte von Kriminellen, die eine geistlose, gewalttätige, dumme Kriminalität produzierten und der Kriminalstatistik hohe Aufklärungsquoten zuführten.

Nach zwei Stunden brach Bucher die Befragung ab und ließ die beiden wegschaffen. Er und die anderen waren sich sicher, dass sie mit den Morden nichts zu schaffen hatten.

Sie mussten an dieses große Auto herankommen, diesen Geländewagen.

*

Hartmann, Batthuber und Babette Mahler arbeiteten konzentriert, telefonierten mit den Kfz-Fahndern, mit Autoherstellern, Zentrallagern für Kfz-Ersatzteile und hatten bald eine Liste mit Adressen, Namen und Telefonnummern beisammen.

Es war Alex Hartmann, der laut »Treffer« durch die geöffnete Bürotür in den Gang rief, und gleich darauf standen die anderen um seinen Schreibtisch.

Er war vom Bildschirm weggerollt und sah in die Runde. »Wenn Autoscheiben ersetzt werden, handelt es sich im überwiegenden Fall um die Windschutzscheibe. Seitenscheiben werden eigentlich nur komplett ersetzt, nämlich dann, wenn ein Seitenaufprall erfolgt ist und die Kiste es noch hergibt, repariert zu werden. Ganz selten … ganz, ganz selten allerdings sind einzelne Seitenscheiben hinten links, für Autos wie sie unser Trainingsanzug beschrieben hat. Und ich habe hier ein großes Auto. Es war am letzten Montag zur Reparatur in Kempten. Ein BMW X5, schwarz, Erstzulassung vor knapp einem Jahr …«

»Auf wen zugelassen?«, fragte Batthuber.

Hartmann verzog das Gesicht. »Leider nicht auf eine Person zugelassen. Es ist ein Firmenwagen.«

»Sag schon«, forderte Lara Saiter.

»XPro Consult«, lautete Hartmanns tonlose Antwort.

Sie sahen sich schweigend an. Alle wussten aus den Unterlagen, dass dieser Dr. Geisser einen schwarzen BMW X5 fuhr.

Hartmann war aufgedreht. »Ich habe die Unterlagen der Bestellung dieser Scheibe schon angefordert. Und, wann schlagen wir zu?«

»Es reicht noch nicht. Es reicht noch nicht«, presste Bucher hervor und knetete seine Hände dabei. Es klang wie beherrschtes Schreien – eindringlich und behaftet mit einem Hauch von Verzweiflung. »Nein. Jetzt sind wir nahe dran und werden uns nicht in die Gefahr begeben, diesen Schlächtern und ihren Anwälten mit halbleeren Händen gegenüberzutreten. Gerade jetzt müssen wir vorsichtig sein und nicht zu schnell zuschlagen. Wir brauchen noch weitere Erkenntnisse, und wir haben es nicht mit einem Täter zu tun. Wir müssen den Schwächsten unter ihnen finden, ihn brechen und zum Reden bringen. Dann fallen alle anderen, nach der Reihe, Domino. Sind eigentlich neue Berichte gekommen?«

Lara Saiter nickte und berichtete in kurzen Sätzen, was die Chemiker über die Schrift, den Farbstoff und die Zusammensetzung der Tinte herausgefunden hatten, die sie von der Postkarte genommen hatten. Es war interessant. Die anderen folgten aufmerksam.

»Vielleicht habe ich ja auch noch was beziehungsweise – wir«, meinte Batthuber vorsichtig, als Lara Saiter fertig war und sah zu Babette Mahler.

Die Blicke schwenkten zu ihm, wie er da etwas zu cool im Türrahmen lehnte. »Ich bin mit diesem Seil ein Stück weitergekommen. Die Leute von der Chemie und unser Faserexperte haben das Ding auseinandergenommen. Wie sie mir gesagt haben, handelt es sich um ein Seil, das definitiv nicht innerhalb der europäischen Gemeinschaft produziert worden ist. Die Zusammensetzung der Kunststoffe und besonders die verwendeten Färbemittel schließen das aus.«

»Und das heißt …?«, wollte Lara Saiter wissen.

»Eines der verwendeten Färbemittel ist bei uns, also in der Europäischen Union, sogar verboten …« Batthuber unterbrach und sah auffordernd in die Runde.

»Komm schon«, sagte Hartmann ein wenig genervt und bewegte fordernd die Hände.

»Das Seil darf in der EU gar nicht vertrieben werden. Ich habe alles abgeklappert, *unsere Leit*, den Zoll, BKA … es gibt keinen Import und besonders interessant – es gibt auch keinen illegalen Import, weil es einfach keinen Markt dafür gibt. Und wenn es einen gäbe, dann käme es auf der klassischen Chinesenroute zu uns, und nicht über Lateinamerika.«

»Wieso Lateinamerika?«, fragte Babette Mahler und machte ihm damit eine Freude.

»Weil das Ding genau dort hergestellt worden ist. Für eine chinesische Produktion ist es viel zu ungiftig. Aber in Mexiko, woher es vermutlich stammt, fertigen die nicht ganz so verheerend. Auch in den USA gibt es für das Seil keine Zulassung. Es wird offiziell nur in Latein- und Südamerika gehandelt.«

»Und?«, fragte nun Bucher.

»Naja. Es war ja in fast neuwertigem Zustand. Da es in der EU nicht offiziell erworben worden sein kann, bedeutet dies, dass es jemand mitgebracht hat, aus welchem Grund auch immer. Jemand hat das Ding innerhalb der letzten drei Monate in Mexiko gekauft.«

»Mutige Aussage«, meinte Lara Saiter.

»Auf einer gepressten Führungsfaser am einen Ende war ein Code eingestanzt. Das Ding ist demnach in der ersten Juliwoche hergestellt worden. Wir haben es ja nicht mit einem Dschungellabor zu tun, sondern mit Produktionsstraßen, die bei uns in Europa hergestellt werden. Maschinenbau, Exportweltmeister und so. Was da drüben allerdings reingekippt wird, und was dann hinten rauskommt …«

»Produktionslinien, die bei uns in Europa hergestellt werden«, wiederholte Hartmann gedankenverloren.

»So sagen die von der Chemie jedenfalls.«

»Und du bist sicher?«

»Sehr sicher. Die haben dort wirklich ganz moderne Fabriken. Nur weil die nicht unsere bürokratischen Grenzwerte beachten, muss das ja nicht minderwertig sein. Das Seil an sich ist ein Produkt von hoher Qualität.«

»Wozu braucht man so ein Seil überhaupt, zum Bergsteigen doch nicht, oder?«, fragte Babette Mahler.

»Es ist ein Führungsseil für Tiere. Maultiere, Esel, Ochsen. Dafür wird diese Art Seil dort hauptsächlich verwendet, und zum Zusammenbinden von Säcken, diese riesigen Dinger da. Sieht man doch immer, wenn so Fernsehberichte kommen.«

Bucher überlegte. »Diese Farbstoffe, mit denen die Kunststoffe gefärbt sind, die enthalten Gift?«

»Ja.«

»Und das Gift ist bekannt?«

»Ja.«

»Aber niemand lutscht doch an so einem Seil herum.«

»Das nicht. Der Dottore von der Chemie hat mir aber erklärt, dass das Problem darin besteht, dass das Färbungsmittel sich nicht völlig mit dem Kunststoff verbindet und mikroskopisch kleine Plättchen bildet, die sich nach und nach von der Oberfläche ablösen. So können sie aufgenommen werden, und aus diesem Grund sind sie bei uns verboten. Er sagt, das sei morphologisch nachweisbar. Ich habe es unter dem Mikroskop auch sehen können. Diese Plättchen lösen sich wirklich ab – der andere Effekt ist, dass die Farben schnell ausbleichen.«

»Was meintest du vorhin eigentlich mit *beziehungsweise wir*?«

*

»Ja. Babette hat sich doch den Lotter noch mal zur Brust genommen und einige Unterlagen mitgenommen … ich meine, sichergestellt natürlich. Dabei waren auch Tankbelege, Kassenzettel und Übernachtungsabrechnungen – bar bezahlt alles. Also sie hat die Orte, die am häufigsten aufgetaucht sind, in eine Tabelle geschrieben und ist auf ein Muster gestoßen. Sie hat die Zielorte der Fahrten identifizieren können.«

»Ja und?«

Batthuber kramte einen Zettel hervor. »Aubagne, Orange, Laudun, Saint-Christol, Nîmes, Castelnaudary.«

Bucher hob fragend die Hände. »Was soll nun das wieder, das sind ja lauter Orte in Frankreich?«

Lara sah zu Hartmann und zog eine Grimasse.

Batthuber wedelte aufreizend mit dem Zettel herum.

Hartmann war genervt. »Ja wisst ihr vielleicht noch mehr!? Tu doch nicht so doof rum, erzähl schon!«

Batthuber nahm Haltung an. »Bei diesen Städten handelt es sich um die vollständige Aufzählung der Standorte der französischen Fremdenlegion. In Aubagne bei Marseille sitzt das Oberkommando, in Orange die Kavallerie, in Laudun und Saint-Christol sind die Pioniere stationiert, in Nîmes die Infanterie und in Castelnaudary, das liegt am Canal du Midi, da befindet sich das Ausbildungsregiment der Fremdenlegion. Die Orte, die hier nicht auftauchen sind: Calvi auf Korsika, wo die Fallschirmjäger ihre Kasernen haben, dann Dschibuti, wo eine Einheit für Afrikaeinsätze bereitliegt, und Mayotte im Indischen Ozean und Französisch-Guyana fehlten natürlich auch. Die Orte sind mit einem Sprinter aber auch schlecht erreichbar. Aber die Städte, die Babette ermittelt hat ...«

»Fremdenlegion«, sagte Lara Saiter, »Gibt's die überhaupt noch?«

»Und wie«, antwortete Batthuber. »Bei uns in Deutschland, wie auch in der Schweiz und in Österreich, ist das Werben für die *legion etrangère* zwar verboten, aber das Internet löst alle Grenzen auf. Es gibt eben jede Menge Leute, für die diese Truppe interessant ist. Von sechstausend Bewerbern im Jahr werden etwas über eintausend aufgenommen.«

»Und was ist an dieser Truppe so interessant?«, fragte Hartmann.

»Viel. Vor allem für unsere Klientel. Erst mal bekommt man eine neue Identität, natürlich auch neue Papiere. Die Mitglieder werden vom französischen Staat völlig abgeschottet und geschützt, vorausgesetzt natürlich, man hält sich an den Kodex der Legion. Nach drei Jahren Mitgliedschaft erhält man automatisch die französische Staatsangehörigkeit. Die Mindestverweildauer beträgt fünf Jahre.«

»Sind viele Deutsche dabei?«, wollte Hartmann wissen.

Batthubers Art, zu referieren, wurde schwer erträglich. Er mutierte zu einem Dozenten, dabei hatte Babette Mahler das alles herausgefunden. Aber sie ließen es ihm durchgehen.

»Bei der Schlacht von Dien Bien Phu, neunzehnhundertvierundfünfzig«, er sah Hartmann frech an, »du erinnerst dich sicher, Alex – also das liegt im heutigen Kambodscha, da ereignete sich das größte militärische Desaster der Fremdenlegion. Die Einheit, die dort erledigt wurde, bestand zu achtzig Prozent aus Deutschen. Man geht davon aus, dass Deutsche, Schweizer und Österreicher weit über die Hälfte der Legion ausmachen. Die Truppe wird heute überwiegend für die internationalen Einsätze der UN hergenommen und hat in Frankreich einen verdammt guten Ruf. Die Fremdenlegion selbst untersteht inzwischen der ganz normalen Armeeführung, und die Offiziere kommen auch aus der französischen Armee. Aber wenn es irgendwo knallt, dann sind die vorne mit dabei. Geht denen eben so wie uns.«

Hartmann ließ sich zu einer obszönen Geste hinreißen.

Bucher überlegte. »Mhm. Es wird immer verrückter, immer verrückter. Fremdenlegion …«

*

Er musste nachdenken, und das konnte er am besten im Auto. Kurz nach der improvisierten Besprechung war er zusammen mit Lara Saiter nach Füssen gefahren, um sich umzusehen. Lara Saiter hielt es aus, neben ihm im Auto zu sitzen, ohne ein Wort zu wechseln.

Babette Mahler sollte derweil mit Ernst Nehbel die ersten Ergebnisse der Telefonüberwachungen auswerten, die Teil von Buchers zweitem Ermittlungsschleier waren.

Er fuhr die Augsburger Straße entlang, ohne dem von Rosen umwucherten Haus rechts der Straße auch nur einen Blick zu schenken. Er passierte zwei Kreisverkehre und landete endlich in Ortsteil Bad Faulenbach. Wanderer in Sandalen, Nordic-Walker, Radlgruppen – eine wahre Völkerwanderung an Bewegungssüchtigen und Gesundheitsgläubigen, die vorbei an Teichen und noch sattgrünen Wiesen auf dem schmalen Fahrweg in Richtung Alatsee zogen.

Am Ortsrand, mehr den Bergen als der Stadt zugewandt, stand das Anwesen. Eine hohe Mauer umgab die drei Gebäudeteile. Ein mächtiges quadratisches Haus mit Walmdach bildete das Zentrum des Ensembles. Der fast quadratische Grundriss versteckte die immensen Ausmaße des Gebäudes. Links des Hauses erstreckte sich ein lang gezogener Bau mit steilem Giebeldach wie einer der alten Pferdeställe auf Gutshöfen. Türen, Fenster und Balkone ließen allerdings vermuten, dass sich inzwischen Wohnungen darin befanden. Gegenüber stand einzeln ein kleineres Haus, das gut als großzügiges Einfamilienhaus hätte durchgehen können. Eine breite Fensterfront, die Längsseite beherrschend, legte jedoch nahe, dass es sich um so etwas wie ein Gemeinschaftszentrum handelte. Das Erdgeschoss beherbergte jedenfalls einen größeren Raum, vielleicht einen Speisesaal oder einen Versammlungsraum. Die Steinmauer umschloss das Gehöft, und ein breites Holztor bewachte die Zufahrt. Auf dem Hofplatz zwischen den Häusern stand ein beeindruckender Baum, der im letzen Sonnenlicht des Nachmittags schon eine zarte, gelbe Färbung offenbarte. Es wurde Herbst.

Das Zentrum der Frateskianer erweckte von außen betrachtet einen beinahe idyllischen Eindruck. Bucher und Lara Saiter hatten sich einen Platz auf einer Anhöhe gesucht, um das Anwesen auszukundschaften. Lara Saiter nahm immer wieder das Fernglas hoch, in der Hoffnung, jemanden zu sehen oder hinter den Fensterscheiben Bewegungen auszumachen. Nach einer Weile ließ sie es sein.

»Schöner Baum«, sagte sie.

»Mhm. Wo sind diese ganzen Leute?«, entgegnete Bucher.

»Irgendwo im Haus.«

»Dieser Gustav Hackbichl zieht viele Alleinerziehende an, heißt es.«

Lara Saiter hob das Fernglas und deutete ein Nicken an. »Das hat für beide Seiten sicher ganz praktische Gründe. Die Frauen bekommen so etwas wie Sicherheit für sich und ihre Kinder, beziehungsweise sie erhoffen sie sich. Für alles Alltägliche ist und wird gesorgt, es gibt eine straffe Tagesordnung, die Kinder werden betreut, die Frauen bekommen Arbeit zugeteilt. Ein ausgeklügeltes System, die staatlichen Transferleistungen als Einkommenssystem zu verwenden. Alle, die da unten wohnen, sind Unterstützungsempfängerinnen, soweit wir inzwischen wissen. Die Kohle wird zentral verwaltet. Wer sich hinter diese Mauern begibt, verzichtet auf wesentliche Bereiche der Selbstbestimmung, erhofft sich dafür Sicherheit, so etwas wie Gemeinschaftsgefühl, Geborgenheit und Zugehörigkeit. Traurig, nicht wahr, dass es Menschen gibt, die irgendwo dazugehören wollen und letztendlich da unten landen. Dieser Hackbichl lässt sich kaum in der Öffentlichkeit sehen, wie Alex und Armin herausgefunden haben. Er ist ein schmächtiger, aber zäher Kerl, mit langen Haaren und Bart, trägt chinesisch angehauchte Gewänder, weite Seidenhosen und so einen gerade geschnittenen Kittel. Voll die Gurutour eben.

Er stammt aus Marktoberdorf, hat einen Handwerksberuf gelernt und war Gebirgsjäger in Sonthofen, danach einige Jahre verschwunden, vermutlich im Ausland. Jedenfalls geben die Datenbestände nichts her. Er ist dann hierher zurückgekommen und hatte gleich ein paar Jünger dabei – Hiesige, heißt es, die er von früher aus der Schul- und Jugendzeit her kannte. Die Leute sind sehr zurückhaltend, aber was man so heraushören kann, ist, dass der schon in der Schule einen auf

Messias gemacht hat. Ein katholischer Pfarrer hat ihn mal deswegen durchgelassen. Das hat damals noch zu keinen Konsequenzen geführt. Genutzt hat es aber offensichtlich auch wenig.

Ich habe mal versucht, herauszubekommen, woher die Kohle ist. Die Immobilien gehören denen ja. Aber da komme ich nicht weiter. Läuft wohl alles über ausländische Konten und Banken. Seltsam.«

»Das ist er also, mein Schatten«, sagte er halblaut, mehr für sich selbst bestimmt.

Lara Saiter sah in verwundert an. »Wie bitte?«

Bucher deutete nach unten. »Im Schatten des Mönchs. Da unten sitzt er, und es ist gut, dass ich das jetzt weiß. Er ist es, der diesen Schatten über mich gelegt hat.«

Lara Saiter hatte nichts verstanden, sagte aber: »Wir werden dem Mönchlein heimleuchten und das ist es dann gewesen mit dem Schatten.«

Bucher lächelte und stand auf. »Schöner Baum, da drunten«, sagte er. Ihr Rückweg führte am Tor vorbei. Lara Saiter war etwas voraus und drehte sich um, als Bucher ein Stück zurückblieb. Er steckte gerade eine Plastiktüte in die Innentasche seines Jacketts.

»Was ist das?«, fragte sie.

»Nur so ein Versuch«, antwortete er.

Sie fuhren gegen die Verkehrsströme und waren schnell zurück in München. Bucher erzählte Lara vom Innovationszirkel, und sie nahm es mit mehr Humor, als er erwartet hatte.

Bucher sprang im Innenhof aus dem Wagen, nahm den Eingang an der Fahrstaffel und sprang die Treppen nach oben. Er hatte Glück. Molle, wie Dr. Fehne und verantwortlicher Leiter des DNS-Labors genannt wurde, war noch im Labor. Bucher legte den Plastikbeutel, den er in Füssen befüllt hatte, auf den Tisch. Molle zog die Stirn in Falten und sah den Beutel nachdenklich an.

»Kann man von dem Zeug da ein DNS-Profil erstellen?«, fragte Bucher.

»Sicher«, kam die prompte Antwort, »von fast allem, was lebigs ist, gibt es eine DNS.«

»Das weiß ich. Was ich meine ist – gibt es davon einen eindeutigen, genetischen Fingerabdruck.«

»Ahhh, daher weht der Wind. Von dem Kompost da willst du ein DNS-Profil. Das sind doch Kiefernadeln, oder?«

»Exakt.«

Molle nahm den Plastikbeutel zur Hand und drehte ihn. »Hast du Vergleichsproben. Denn ohne die wäre die Arbeit ja vergeblich.«

»Haben wir. In der Tatwohnung wurde Vergleichsmaterial sichergestellt.«

»Mhm. Du willst also einen genetischen Fingerabdruck von dem Zeug hier und anschließend einen Vergleich mit den Proben aus der Tatwohnung. Nehmen wir an, es gäbe eine Übereinstimmung. Welchen Wert hätte diese Information für dich?«

»Ich wüsste dann, dass die Spuren aus der Tatwohnung von exakt diesem Baum stammen.«

»Und eine Verschleppung wäre nicht möglich.«

»Zumindest unwahrscheinlich. Aber es wäre ein weiterer kleiner Mosaikstein. Leider befinde ich mich in der unglücklichen Situation, alles nehmen zu müssen, was an objektiven Beweisen zu bekommen ist. Könnte luxuriöser sein.«

Molle schob die Unterlippe nach vorne und hob den Beutel hoch. »Es geht um diese Sache im Allgäu, oder. Hab in der Kantine was mitbekommen. Hässlich, wirklich hässlich. Aber wir können da schon helfen. Die Methode, die zur Anwendung kommt wird RAPD genannt.« Er griff zum Telefon. »Aber bevor ich mich daransetze, mache ich die Spurenerfassung und gehe mal zu unseren Biologen. Bist du sicher, dass es Kiefer ist?«

»Ja, Förster bin ich nicht, so was wie ein Tannenbaum eben …«

Molle sah ihn entrüstet an. »Tannenbaum … war gar keine

schlechte Idee, dass du Polizist und nicht Förster geworden bist. Die Nadeln sind so eigenartig, so lang.«

Bucher verabschiedete sich mit der Feststellung: »Du hattest heute ja nichts mehr vor, nicht wahr.«

»Gibt es Neues von unseren Obslern?«, rief er Lara Saiter vom Gang her zu. Die Bürotüren standen meistens offen.

Sie blätterte Unterlagen durch und antwortete ohne aufzusehen: »Ja. Also in der Villa von diesem Geisser ist von einer Frau nichts zu sehen, ein weibliches Wesen taucht weder am Telefon auf noch irgendwo am oder im Haus. Finde ich schon seltsam.«

»Die haben vielleicht noch den einen oder anderen Unterschlupf, von dem wir nichts wissen.«

Sie schüttelte den Kopf. »Da passt was nicht, Johannes. Hast du schon mal überlegt, aus welchem Grund Judith Holzberger die abgeschnittene Hälfte des Fotos nicht weggeschmissen hat?«

»Mhm. Es lag in dieser Rumpelschublade.«

»Das schon, aber es war nach wie vor in der Wohnung.«

»Worauf willst du hinaus?«

»Ich habe so das Gefühl, dass Carolina ... oder Juliette Geisser untergetaucht sein könnte.«

»Und wie kommst du darauf?«

»So ein Gefühl eben. Ist doch seltsam, oder? Sie gehört zum Sektenadel, lebt in der Villa da draußen über dem See – und plötzlich ist sie verschwunden, taucht nicht mehr auf. Ich halte es für unwahrscheinlich, dass sie in dem Zentrum in Bad Faulenbach ist.«

Bucher wiegte den Kopf. »Irgendetwas ist außer Kontrolle geraten, bei diesen Frateskianern, und sie haben Leute, die zu allem bereit sind. Wenn Laura nicht wäre, könnten wir aggressiver agieren.«

»Hast du einen Plan?«

»Ja.«

»Und?«

»Wir treffen uns in eine Stunde im Besprechungsraum ...

und zu dieser Juliette noch Folgendes: Wenn sie wirklich untergetaucht wäre – dann sollten wir sie schnellstens finden. Wo könnte sie also sein, wo könnte sie sich sicher fühlen? Sie wäre die Schwachstelle in dem System, nach der wir suchen. Und noch was: Wissen wir inzwischen schon mehr über diesen Geisser?«

Sie schüttelte den Kopf. »Ich telefoniere nochmals herum, aber auf meine schriftlichen Anfragen ist bisher keine Auskunft eingegangen. Ich mache Druck.«

Bucher kam an Batthubers Büro vorbei. Der hockte verwegen im Bürosessel, hatte die Beine auf dem Schreibtisch und starrte in ein Notebook, das er auf seinen Knien balancierte. Bucher betrat das Büro und gab ihm mit einer Handbewegung zu verstehen, dass er ruhig weiter so herumlümmeln konnte. Bucher lehnte sich an die Wand und sah auf den Bildschirm. »Die Webcam?«

»Mhm.« Es klang ratlos.

Es war wenig los gewesen an jenem Freitagmorgen. Einige Autos fuhren über die Vilsbrücke, zwei Traktoren – aber immer einzeln und nicht in kleinen Kolonnen.

Bucher schnaufte laut und sah auf die leere Straße. Der VW-Bus kam ins Bild und verschwand wieder.

»So eine Scheiße«, jammerte Batthuber. Bucher schwieg. Als er gehen wollte, sah er ein letztes Mal auf den Bildschirm und stutzte. »Was ist das?«

Batthuber richtete sich auf und zog das Notebook etwas näher zu sich heran. »Was?« Kein Fahrzeug war zu erkennen.

Bucher deutete auf den rechten unteren Bildrand. »Das da.«

Drei Gestalten waren zu erkennen.

»Kinder«, antwortete Batthuber.

»Kinder«, wiederholt Bucher genervt, »große Kinder schon, so dreizehn, vierzehn Jahre alt. Geh noch mal zurück.«

Batthuber sprang in der Aufnahme zurück. Der VW-Bus fuhr wieder ins Bild, verschwand, und gleich darauf kamen die drei Gestalten unten rechts in den Kamerabereich. Es waren nur ihre Rücken zu sehen.

»Was machen die da?«, fragte Bucher und beugte sich nach vorne.

Batthuber wich ein Stück zur Seite und beobachtete die Szene mit zusammengekniffenen Augen. »Keine Ahnung. Der Mittlere hat irgendwas in der Hand, und die anderen beiden hampeln um ihn rum. Deppen halt.«

Bucher sah konzentriert hin. Der Rechte sprang nach vorne und riss die Arme nach oben, hüpfte ein paar Mal wie ein Hampelmann herum und machte sich dann wieder an die Seite.

»Der filmt doch«, sagte Bucher.

»Der Mittlere?«

»Ja, der hat doch eine Kamera in der Hand.«

»Mhm, könnte sein, aber zu sehen ist die nicht.«

»Natürlich ist die nicht zu sehen, aber so, wie die sich bewegen, kann es doch sein. Schau, der Mittlere hat beide Hände vor dem Bauch, so als würde er etwas halten. Und so, wie das daherkommt … also für mich sieht das so aus, als würde der filmen … Mhm … Freitagvormittag. Da war doch Schule. Was machen die da auf der Straße zu der Zeit, mit einer Kamera?«

Batthuber stimmte halbwegs zu. »So ein Mist. Die Aufnahmen sind so schlecht. Kein Mensch erkennt die doch.«

Bucher richtete sich auf. »Du nimmst das Ding, setzt dich ins Auto und düst sofort nach Pfronten zu Gohrer. Der soll sich das anschauen. Der hat schließlich Kinder in dem Alter und kennt die Truppe vielleicht, bekannte Schulschwänzer, oder so. Auf! Sofort! Und ruf umgehend an!«

Batthuber war schon auf dem Weg und hörte gar nicht mehr hin. Er wusste, was Bucher meinte.

Babette Mahler klingelte Bucher kurz darauf an und bat ihn zu kommen. Er eilte durch die langen, leeren Gänge zu dem Raum, in welchem sie zusammen mit Ernst Nehbel Aufzeichnungen abhörte. Bucher hob fragend den Kopf, als der den schallgedämpften Raum betrat. Die beiden nahmen ihre Kopfhörer ab.

Nehbel empfing ihn mit der ernsten Frage: »Was, mein Lieber, braucht man, um ein Telefon abzuhören?«

»Einen richterlichen Beschluss«, antwortete Bucher verdutzt.

Nehbel schlug sich lachend auf die Schenkel. »Auch falsch, auch falsch! Die technischen Möglichkeiten braucht man, die technischen Möglichkeiten!« Er lachte von Herzen. Offensichtlich hatte auch Babette Mahler die Frage falsch beantwortet.

Nehbel schnaufte herzhaft stöhnend aus, deutete auf einen der Apparate und zog eine beleidigte Miene. »Also manchmal ist es ja schon ein Segen, wenn wenig geredet wird bei einer Telefonüberwachung. Was man sich da oft für einen Schmarrn anhören muss, unerträglich.« Er schüttelte genervt den Schädel. »Aber die hier ... ich weiß gar nicht, ob die schon wissen, dass das Telefon erfunden worden ist. Abgehend redet da immer nur einer, und zwar mit einer so quiekenden Stimme, wie ein Schweinchen im Zeichentrickfilm – furchtbar. Im Grunde genommen völlig belangloses Gequatsche. Aber einmal sind sie sich in die Haare geraten, ihre Heiligkeiten. Nichts Ungewöhnliches ... aber ein Satz fiel, den solltest du selbst hören und dir ein paar Gedanken darüber machen.«

Babette Mahler stellte den Lautsprecher an. Man konnte hören, wie ein Hörer abgenommen wurde. Eine tiefe Stimme sagte unfreundlich, fast ein wenig gereizt: »Ja.«

Ohne Gruß schnitt eine Fistelstimme durch den Raum. »Ist sie wieder da?«

»Nein.«

»Du hast mit ihr geredet?«

»Nein.«

Es folgte eine Schuld zuweisende Pause, und danach: »Du hast keine Kontrolle mehr, und was du entschieden hast, war falsch. Ich bin mit deiner Arbeit nicht zufrieden.«

»Kümmere du dich um das Heil der Welt«, lautete die zynische Antwort, nicht frei von Zorn.

Die Fistelstimme ignorierte den bösartigen Einwurf und fragte: »Was willst du nun unternehmen?«

»Ich werde nachdenken.«

»Ich hätte eigentlich schon Ergebnisse erwartet. Du hast doch so viele Leute und Unterstützung.«

»Halt du dich doch einfach aus der Sache heraus.«

»Den Rat hast du mir schon einmal gegeben, und was dabei herausgekommen ist, war nicht zu unserem Besten.«

»Du beurteilst auch das falsch.«

»Deine Fehler häufen sich und werden zur Gefahr für die Gemeinschaft.«

»Das ist dein Problem, die Gemeinschaft.«

Der Fistelige wurde hysterisch. »Sie war dort, die Kleine war dort, wie ich es gesagt hatte, und du ....«

»Das wissen wir jetzt auch«, fuhr der Bass dazwischen.

»Das hättest du vorher schon wissen können. Und jetzt ... jetzt ist sie verschwunden ... und alles ist nur eine Frage der Zeit.«

»Die Zeit geht über alle Fragen hinweg«, echote der Bass, ohne Emotion zu zeigen. An seiner Stimme war zu hören, dass er sich unter Kontrolle hatte.

»Tu nicht so selbstgerecht. Ich bin rein.«

»Ich habe dir schon einmal gesagt, dass es dann beginnt, gefährlich zu werden, wenn man anfängt, den Mist, den man anderen verzapft, selbst zu glauben. Verschon mich also mit diesem esoterischen Geschwalle. Du bist genauso rein wie wir alle.«

Babette Mahler stoppte. »So geht das noch ein wenig hin und her und endet ohne Ergebnis. In einer Ehe würde man sagen, die haben sich auseinandergelebt, und vor den Anwälten dürfen nun noch ein paar Mediatoren abzocken. «

Bucher zuckte mit den Schultern. »Kryptisch, irgendwie. Sind die Stimmen identifiziert?«

»Man kann es gar nicht glauben bei der Stimme, aber der Fistelige, das ist dieser Fratre. Der muss den Leuten Drogen geben, anders kann ich mir das nicht erklären. Wie kann so jemand eine Sekte aufbauen? Die tiefe Stimme lässt auch nicht gerade einen Sympathen vermuten. Sie gehört zu Dr. Geisser.« Sie spielte die betreffende Stelle nochmals vor.

»Sie war dort, die Kleine war dort, wie ich es gesagt hatte, und du ....«

»Das wissen wir jetzt auch.«

»Das hättest du vorher schon wissen können. Und jetzt ... jetzt ist sie verschwunden ... und alles ist nur eine Frage der Zeit.«

»Die Zeit geht über alle Fragen hinweg.«

Nehbel sah Bucher fragend an.

»Ihr meint, Laura?«, sagte der.

»Genau. Mit der Kleinen kann er nur Laura meinen. Und so, wie er es sagt, klingt das doch völlig anders, als das, was wir vermuten haben.«

Bucher schwieg und hörte sich die Stelle noch einmal an.

»Ihr meint, die haben Laura gar nicht?«

»Genau so klingt es. Der Fratre hat dem Geisser gesagt, dass die Kleine in der Wohnung bei der Holzberger ist, und der Geisser hat's versemmelt. Und jetzt ist die Kleine verschwunden, und alles ist nur eine Frage der Zeit, bis sie das Reden anfängt. So interpretiere ich die Stelle.«

Bucher war sich unschlüssig. »Mhm ... Interpretation. Deutlich ist auf alle Fälle, dass die beiden keine großen Freunde mehr werden. Das war nicht das Gespräch zwischen einer charismatischen Lichtgestalt und einem Vertrauten, sondern zwischen eifernden Gleichberechtigten, die sich nicht ausstehen können.«

»Angenommen, die haben Laura wirklich nicht. Wo ist sie denn dann?«, fragte Babette Mahler.

Bucher antwortete nicht. Er sann darüber nach, wo das Kind sein konnte, und seine Gedanken landeten im Nichts.

»Wann, denkst du, haben wir den wunden Punkt gefunden, wann werden wir zuschlagen?«, fragte Babette.

Bucher lächelte. »Den wunden Punkt, den habt ihr mir gerade präsentiert.« Er ging und dachte, ging versonnen und grußlos an Kollegen und Kolleginnen vorbei, querte den Innenhof, wandelte durch Gänge und wurde sich über das, was er tun wollte, immer klarer – auch über mögliche Konsequenzen. Ganz deutlich war ihm: Sie durften nicht mehr länger warten.

Sein Irrgang führte ihn direkt zu Weiss. Er öffnete die Tür, trat in den Raum und sagte nur ein Wort. »Morgen.«

Weiss stellte keine Fragen, wollte auch keine Begründung hören. Bucher hatte sich entschieden. Schon vor Sonnenaufgang würden sie sich treffen.

*

Batthuber fuhr durch das Dunkel, ohne auf die Ansagen des Navigationssystems zu hören. Er kannte den Weg inzwischen, und er hatte schon eine Unterkunft für die Nacht gefunden. Gohrers Frau empfing ihn an der Tür. Als er in die Wohnküche trat, sah er Abraham Wanger, der mit Gohrer am Tisch saß. Beide hatten ein Weißbier vor sich stehen.

»Ich müsste dich sprechen«, sagte Batthuber und fokussierte seinen Blick so, dass einzig Gohrer gemeint sein konnte.

Draußen im Auto ließ Batthuber die Szene auf dem Notebook mehrmals ablaufen. Gohrer sah schweigend zu. Der Schein des Bildschirms erhellte das Fahrzeuginnere mit bläulichem Schimmer und gab der Szene etwas Gespenstisches, wie Wanger fand, der die beiden vom Küchenfenster aus beobachtete.

Gohrer saß auf dem Beifahrersitz und folgte den verschwommenen Szenen der Aufzeichnung. Er sah die drei Burschen herumhampeln und sagte: »Ja, des ist der Josi, kein Zweifel.«

Batthuber hatte Zweifel. »Da ist doch nichts zu erkennen, wie kommst du da auf einen Namen?«

Gohrer schüttelte den Kopf. »An den Bewegungen, ich erkenne ihn an den Bewegungen. So mit den Armen herumzufuchteln, das ist der Josi, glaub mir. Fahren wir einfach hin und fragen.«

Batthuber startete den Motor und folgte der Wegbeschreibung seines Beifahrers.

Drinnen, in der Küche trat Gohrers Frau hinter Wanger ans Fenster und sah hinaus. »Und?«, fragte sie besorgt.

»Sie trauen mir nicht «, sagte Wanger leise.

Dann sah er, wie die Lichter des Fahrzeugs aufleuchteten und die beiden wegfuhren.

Wanger spürte es. Die Münchner waren auf etwas gestoßen. Dieser Montagmorgen kam ihm wieder in den Sinn, in Gedanken sah und hörte er es noch einmal. Zu einer Szene kehrte er immer wieder zurück, immer wieder – bis ein leichter Schwindel ihn erfasste. Er trank sein Glas in einem Zug leer, verabschiedete sich mit einer Umarmung und ging. Er fuhr direkt zu Carsten Schommerle. Als der die Wohnungstür öffnete, packte ihn Abraham Wanger vorsichtig am Kragen und drückte ihn in die Wohnung. Mehrfach wiederholte er seine Frage. »Als du angerufen hast, an diesem Montagmorgen, was hast du gesagt am Telefon – und wer war dran?«

Bucher, Lara Saiter und Hartmann verbrachten lange Zeit damit, die Durchführungspläne für den nächsten Tag zu schreiben. Als sie am Ende noch den letzten richterlichen Beschluss, der durch das Fax gekommen war, kopiert und auf die Einsatzmappen verteilt hatten, klingelte Buchers Telefon. Batthuber war dran und berichtete. Gohrer hatte einen der Kerle tatsächlich erkannt, und die hatten wirklich gefilmt, wie Bucher es vermutet hatte, und zwar für ein Schulprojekt. Gerade hatte er mit dem Schulleiter das Schulgebäude verlassen. Er hatte die betreffende Aufzeichnung.

Legion

Babette Mahler hatte nicht schlafen können. Irgendwann gegen fünf hatte sie ein dösendes Landeskriminalamt betreten. Es war gespenstisch. Kein Pförtner saß hinter den Glasscheiben an der Einfahrt. Die Rollos waren heruntergelassen. Sie hielt ihre Zugangskarte in ein unsichtbares Induktionsfeld, tippte einen Code auf einer Tastatur ein, und kurz darauf schwangen die Tore unerträglich langsam auf. Sie fuhr in die Schleuse, und erst als das Sicherheitstor wieder geschlossen war, öffneten sich die Schranke und das zweite Schleusentor. Ein unangenehmes Gefühl, einer solch metallenen Technik ausgeliefert zu sein. Sie fuhr in den Innenhof und erschreckte Hartmann, der gerade versuchte, sein Fahrrad in den Hängeständer zu bugsieren.

Der deutete auf die Kühlerhaube ihres Autos. »Was ist das?«

Sie behielt den Fuß am Gas, um zu verhindern dass *Clementine* abstarb.

»Auto«, antwortete sie mit vollen Backen.

»Aber wirklich nicht.«

»Lenkradschaltung«, entgegnete sie und blickte liebevoll über die Armaturen.

»Hat der ein oder zwei PS?«

»Dreiunddreißig.«

»Wow. Und du hast das im Griff?«

Sie zog den Schalthebel nach hinten und dreht nach rechts. Es klackte, und Clementine machte den Ansatz eines Hüpfers nach vorne. Sie parkte auf der Sperrfläche vor der Einfahrt zur Werkstatt. Die Leute dort wollten sich das Ding heute mal ansehen, rein aus Interesse.

Hartmann wartete auf sie. »Wo hast du ihn her?«

»War eines der letzten Exemplare der französischen Post. Die haben die ausgemustert, und ein Händler in Freiburg hat einen ganzen Schwung gekauft und im Internet angeboten. Da hab ich mir einen geholt.«

»Ich dachte, du fährst was flottes, so um die zweihundert PS und nicht so einen Einkaufswagen. Ein R4, nicht wahr.«

Babette Mahler nickte stolz.

»Ist der zuverlässig?«, fragte Hartmann.

»Männer müssen zuverlässig sein«, lautete ihre Antwort.

Hartmann nickte und fühlte sich nicht angesprochen.

Ihre Schritte hallten im Treppenhaus. Sonst war nur das Summen einer Lüftungsanlage aus der Kriminaltechnik zu hören. Ihr Selbstbewusstsein war so ausgeprägt, dass sie Kaffee machen konnte, ohne über ein Rollenproblem nachdenken zu müssen. Kurz darauf, es war gerade halb sechs durch, da saßen alle vor gefüllten Kaffeetassen. Bucher wirkte angespannt und blätterte in Unterlagen. Weiss saß in der Ecke, so als gehörte er nicht dazu. Hartmann und Lara Saiter lasen ebenfalls in Berichten und Beschlüssen und flüsterten ab und an mit Ernst Nehbel.

»Wo ist euer Kleiner?«, fragte Weiss.

»Der ist schon vor Ort. Er hat mich gestern angerufen. Er war sehr erfolgreich.« Bucher erklärte ihm, was Batthuber aufgetrieben hatte.

Weiss war zufrieden. »Ein schönes kriminalistisches Mosaik.«

Als sie später gingen, fragte er: »Und bei wem fahre ich mit.«

Lara deutete auf Babette Mahler. »Genieße es.«

Die anderen waren schon unterwegs, da ging sie noch mal zurück und sah nach dem Fax in Hartmanns Büro, aus dem das vertraute Brummen gekommen war. Tatsächlich lagen einige Seiten in der Ablage. Sie überflog sie kurz und stutzte. Bucher war schon weg. Sie würde ihn dringend informieren müssen. Während der gesamten Fahrt telefonierte sie. Kurz bevor sie bei der Polizei in Füssen eintraf, telefonierte Bucher sie an. Sie kam nicht dazu, ihn zu unterrichten. Er fragte, wo sie denn bliebe, weshalb ihr Handy die ganze Zeit besetzt sei und erzählte dann, ohne eine Antwort abzuwarten, dass er einen Anruf von Schommerle erhalten habe. Sie verstand nicht, was er meinte. Er sagte mehrmals. »Holzberger konnte es nicht gewusst haben.«

*

Babette Mahler setzte Weiss in Füssen ab und fuhr zu Kneissls Firma. Lotter saß bleich im Büro. Als sie eintrat, versteckte er die Flasche in der Aktenablage des Büroschalters.

»Sie sagten doch, Herr Lotter, Sie seien zum Arzt gefahren damals. Wann war das?«, fragte sie.

Er verzog das Gesicht. »Ich hab doch schon alles erzählt. Ich war nur einmal dabei und bin immer nur bis nach Lindau mitgefahren. Die anderen sind dann weiter.«

»Wann war das mit der Frau?«

»Vor gut zwei Jahren.«

»Und was war mit der Frau?«

»Sie war ohnmächtig, hat ausgesehen wie tot. Es war wie in der Hölle, hinten im Laderaum.«

»Und Sie sind mit ihr zum Arzt gefahren oder haben eine Arzt geholt?«

»Nein. Ich hab darauf bestanden. Gerhard ist dann in Füssen mit ihr zu einem Arzt.«

»Gerhard Holzberger?«

Er bestätigte.

»Sie waren dabei?«

»Nein. Er hat es mir erzählt.«

»Sie wissen nicht, bei welchem Arzt er gewesen ist. Das ist ja schwierig, mit jemandem, der illegal hier ist, oder.«

»Er hat das irgendwie hinbekommen. Kennt da jemanden, hat er gesagt. Er bekommt immer alles hin, aber mit seinem Töchterchen, das …«

Sie unterbrach ihn. »Waren auch Kinder dabei?«

Er sah sie an. »Ich war wirklich nur zwei, drei Mal dabei, und nachdem das mit der Frau passiert war, nicht mehr. Kinder waren immer dabei.«

»Diese Frau … hatte die ein Kind dabei?«

Er sah sie ausdruckslos an. »Ja, und? Dem ging es doch gut, hat alles nichts ausgemacht.«

*

Es ging schnell. Als Dr. Geisser aus dem Haus trat, warteten bereits drei Mann. Ohne ein Wort zu sprechen, rissen zwei ihn zu Boden. Eine Sekunde später war ihm die schwarze Stoffkapuze bereits über das Gesicht gezogen worden. Der Dritte erklärte ihm, dass er festgenommen sei.

Schlomihl wurde in seinem Büro erwartet und folgte den Anweisungen der fremden Kollegen wie ein Leichnam.

Gallenberger lag noch im Bett. Die Tür stellte keine Schwierigkeit für das MEK dar.

Aufwendiger waren die Aktionen in Bad Faulenbach und in München. Eine ganze Hundertschaft der Bereitschaftspolizei wurde für die Absperrungen benötigt. Ein Zug stand in München. Zwei Züge fuhren nach den Einsatzfahrzeugen des SEK und MEK in Bad Faulenbach vor. Wie verabredet, hatte der Einsatzleiter gewartet, bis der Bus mit den Kindern das Gelände verlassen hatte, der die größeren Kinder zu den Schulen und die Kleineren in den Kindergarten nach Österreich brachte. Dann gingen SEK und MEK gemeinsam vor. Die Nebengebäude wurden abgeriegelt, das Haupthaus Zimmer für Zimmer durchkämmt. Gustav Hackbichl ruhte noch. Die Leute vom SEK waren enttäuscht, als sie die Lichtgestalt vor sich sahen. Er leistete keinen Widerstand, sagte keinen Ton. Die beiden Mädchen, die mit ihm Bett lagen, verhielten sich anders. Sie wehrten sich für einen kurzen Augenblick mit allem was, zur ihnen Verfügung stand. Sie waren sehr jung. Weder Laura noch Juliette Geisser wurden gefunden.

*

Zwei Stunden, nachdem Bucher das Okay für die Zugriffe gegeben hatte, betrat er den Vernehmungsraum der Polizeiinspektion Füssen, in den man Geisser gebracht hatte. Überraschenderweise gab es eine zusätzliche Festnahme, mit der niemand gerechnet hatte, und daher dauerte es länger als beabsichtigt, sich für die bevorstehende Vernehmung abzusprechen. Mittendrin klingelte Buchers Handy. Molle war dran. Er war zusammen mit dem mobilen Labor in Oberkirch und sagte: »Japanische Lärche.«

»Molle, bist du das?«, fragte Bucher.

Der wiederholte. »Japanische Lärche. Nadeln und Samen.«

Bucher spürte den Druck, unter dem er stand. Mühevoll höflich, gerade noch so weit, wie es die Kollegialität erforderte. sagte er: »Was ist mit dieser Japanischen Lärche.«

»Die Vergleichsprobe mit dem, was du mir mitgebracht hast, habe ich gar nicht gemacht, weil unsere Biologen das schon ausgeschlossen haben. Das aus der Wohnung war eine Japanische Lärche, sehr selten. Ich habe deren genetischen Nadelabdruck genommen. Es waren auch Samenträger dabei. Das, was du mir gebracht hast, waren die Nadeln einer normalen deutschen Lärche.«

»Ah ja.« Bucher war enttäuscht.

Molle wartete. »Aber ich stehe im Moment nicht in Bad Faulenbach, sondern hier vor dem Eingang eines wunderschönen Hauses, hoch über einem noch wunderbareren See, und habe gerade Vergleichsspuren gesichert – Japanische Lärche. Auf das letztendliche Ergebnis musst du warten. Dr. Koobs steht aber neben mir und meint, dass es von den Alterungsphasen der Nadeln her gut ausschaut. Ich habe unsere Biologen mal mit in die freie Natur genommen, weißt du. Immer nur Pollen zählen macht ja auf Dauer irgendwie dusselig.«

Die anderen sahen verwundert auf, als Bucher das Handy wegsteckte und ein lautes »Ja!« zu hören war. Er erklärte ihnen, dass man den genetischen Fingerabdruck einer Japanischen Lärche vorliegen habe. Keiner verstand so recht, aber Bucher machte einen zufriedenen Eindruck.

*

Der Vernehmungsraum war vorbereitet worden. Die Rollos waren geschlossen, nur kleine Schlitze ließen ahnen, wie hell es hätte sein können. In der Mitte des Raumes ein Tisch, darauf das obligatorische Aufzeichnungsgerät. Am Boden standen zwei Plastikflaschen mit Wasser. Daneben, ineinandergeschachtelt, Pappbecher. Kunstlicht aus Neonröhren nebelte von der Decke, und drei einfache, ungepolsterte Stühle standen an der Wand. Die Wände waren kahl. Kein Bild, kein Kalender, keine Trophäen. Der Raum war von allem befreit, was Nähe, Wärme, Geborgenheit, Sicherheit oder Schutz hätte symbolisieren können. Was gesprochen wurde, erfuhr keine Milderung zwischen Betondecke und PVC-Boden.

Geissers Hände waren auf dem Rücken mit Handschellen gefesselt. Zwei Kollegen saßen hinter ihm, an der Wand.

Bucher ließ die Tür laut ins Schloss fallen, ging mit energischen Schritten auf Geisser zu und stellte sich als verantwortlicher Leiter der Ermittlungen vor. Geisser sah ihn nicht an, was Bucher nicht weiter störte. Er teilte dem Festgenommen mit, dass er des Mordes an Judith Holzberger und Frank Wusel beschuldigt wurde, belehrte ihn über seine Rechte und fragte, welcher Anwalt verständigt werden sollte. Geisser schwieg und betrachtete das Aufnahmegerät so, als würde ihn ein Detail besonders interessieren. Bucher scannte ihn. Geisser war ein großer Mann, stattlich konnte man sagen. Unter dem weißen Hemd, der Seidenkrawatte und dem schwarzen Jackett steckten breite Schultern und muskulöse Arme. Etwa eins neunzig, schätzte Bucher. Die schwarzen Haare waren straff nach hinten gegelt und gaben eine kantige, hohe Stirn frei. Alles an Geisser war – markant – Wangenknochen, Nase, Kinn. Der Hals war etwas zu kurz geraten, wodurch alles Distinguierte zerstört wurde und stattdessen das Bullige, Grobe, das in ihm war, in den Vordergrund gelangte.

Bucher verließ den Raum und traf sich mit den anderen im ersten Stock. Lara war sichtlich ungehalten. Sie wollte ihre Informationen endlich loswerden. Batthuber fehlte noch, und so warteten sie. Als er endlich kam, fragte er: »Was ist denn so wichtig«, schwieg aber umgehend, als ihn Laras Blick traf.

Sie hielt die Blätter hoch, die sie in München aus dem Fax genommen hatte. »Neuigkeiten über Dr. Geisser. Unser Dr. Geisser ist gar nicht Dr. Geisser.«

Verblüffte Blicke. Ernst Nehbel murmelte etwas von völlig verrückten Ermittlungen.

»Jedenfalls ist es nicht der Dr. Geisser, der er vorgibt zu sein.«

Batthuber traute sich, ein schmerzverzerrtes Gesicht zu mimen.

Sie sah darüber hinweg. »Am besten ich beginne etwas früher. Nach dem Abitur war Geisser bei der Bundeswehr in Sonthofen, danach hat er das Allgäu verlassen. Er hat mit dem Studium begonnen, war an verschiedenen Unis, hatte überall eine große Klappe, ist unangenehm aufgefallen und immer wieder durchgefallen. Einen Dozenten ist er tätlich angegangen, es kam aber zu keiner Anzeige. Irgendwann war Schluss, und unser Held musste sich einen Job suchen. Von seiner Mutter konnte er keine Kohle erwarten. Was, glaubt ihr, hat er gemacht?«

Allgemeines Schulterzucken.

»Er hat als Assi in der Pathologie gearbeitet.«

Babette Mahler schüttelte sich. »Nee, wirklich nicht, oder.«

»Es kommt fast noch härter. Auch dort hat er sich keine Freunde geschaffen ... «

Ernst Nehbel lachte unterdrückt. Weiss schüttelte den Kopf.

»Als er auch dort gehen musste, führte ihn der Weg nach Frankreich. Eine Sekretärin, mit der ich telefoniert habe, hat sich an den Namen Geisser erinnert und meinte, man habe sich erzählt, er sei in die Fremdenlegion gegangen.«

»Haben wir da überhaupt eine Möglichkeit, zu recherchieren? Da ist doch für alle Behörden eigentlich Ende der Fahnenstange, oder hat sich was geändert?«, fragte Weiss in die Runde.

»Stimmt schon. Über Angehörige der Fremdenlegion gibt

es keine Auskunft seitens des französischen Staates, da sind die knallhart – ein richtiges Tabu. Allerdings gibt es andere Möglichkeiten.«

»Welche.«

»Geisser hat sich den Luxus geleistet, ein privates Auto zu fahren, als er in Frankreich war.«

»Das kann man heute noch feststellen, nach so vielen Jahren?«, sagte Batthuber ungläubig.

»Wusste ich auch nicht, aber die Kollegen von Interpol in Lyon waren sehr, sehr kooperativ. Es macht ihnen offensichtlich ein wenig Spaß, gegen die *legionieres etrangères* zu ermitteln, soweit es möglich ist. Jedenfalls hatte Geisser einen Renault, und der war steuerbegünstigt zugelassen – Armeemitglied eben. Man kann das anhand des Kennzeichens feststellen. Die haben einen bestimmten Code.«

»Und bei der Fremdenlegion hat er den Doktor gemacht?«, fragte Hartmann ungläubig.

»Nein, natürlich nicht, das hat er als Assi in der Pathologie nebenbei erledigt«, flachste Batthuber.

»Gekauft«, sagte Lara Saiter.

»Wo?«, fragte Nehbel.

»Kolumbien.«

»Wie kommt der nach Kolumbien?«

»Weiß ich noch nicht, aber es könnte sein, dass er einige Zeit dort unten stationiert war, in Französisch-Guyana befindet sich ja eine der Einheiten. Und Kolumbien ist da so wie für uns Österreich.«

»Wie viel kostet das, so ein Doktor?«, fragte Bucher.

»Gar nicht mal so viel. Zehntausend Dollar plus Spesen.«

»Welche Spesen?«

»Man muss sich dort blicken lassen, sonst geht es nicht. Ist alles perfekt organisiert.«

»Aber das ist doch verboten«, meinte Batthuber.

»Mord ist auch verboten. Niemand, wirklich niemand hat sich dafür interessiert, wo der seinen Titel her hat. Er ist ein Blender, ein Schwätzer, spricht mehrere Sprachen – Englisch, Französisch und Spanisch, da liegt wohl eine andere Begabung des Herrn. Mit so einer Vergangenheit, ein wenig Halbwissen, selbstbewusstem Auftreten, einem gekauften Doktortitel, feinen Anzügen, passend großen Autos … niemand hat gezweifelt.«

»Dieser alte Lehrer schon«, meinte Babette Mahler.

»Der Holzberger, der war doch auch bei der Fremdenlegion. Das habt ihr doch rausbekommen, wenn ich mich recht entsinne.«

»Genau. Und noch etwas. Alle waren in Sonthofen bei der Bundeswehr. Der Hackbichl doch auch, und auch er verschwindet ins Ausland. Ich sage dir, die kennen sich alle drei von der gemeinsamen Zeit beim Bund. Der Erste geht zur Fremdenlegion und holt die andern nach, die alle scheitern. Und seitdem halten sie zusammen wie Pech und Schwefel.«

»Ich kann es fast nicht glauben, aber die Sache mit der Seitenscheibe, die weist auch darauf hin.« Bucher hielt das Papier hoch, das Batthuber in Kempten besorgt hatte. Es war die Bestellung einer Seitenscheibe für einen BMW X5.

»Holzberger hat hier unterschrieben. Er hat sich um die kaputte Seitenscheibe von Geissers BMW gekümmert. Wir haben es also mit Geisser, Holzberger und Hackbichl zu tun. Aber warum? Warum diese Morde, das leuchtet mir nicht ein? Hat von euch vielleicht jemand eine Erklärung dafür. Wieso diese drei – was steckt da dahinter. Wie sollen wir vernünftige Vernehmungen hinbekommen, wenn wir noch nicht einmal eine Vorstellung vom Wichtigsten überhaupt haben – dem Motiv. Was ist das Motiv für diesen grausigen Mord?«

Keiner konnte seine Fragen beantworten. »Das wird ein richtiger Blindflug«, sagte er frustriert.

Weiss meldete sich. »Entschuldigung, dass ich dazwischenplatze, Johannes, aber gibt es schon Erkenntnisse über …«

Bucher schüttelte den Kopf. »Keine Spur von ihr. Aber wir finden sie schon noch.«

Geisser wartete ohne erkennbare Aufregung. Bucher und Batthuber setzten sich an den Tisch, Lara Saiter positionierte sich seitlich von Geisser, und zwar so, dass er sie nur sehen konnte, wenn er den Kopf drehte. Die Handschellen wurden ihm abgenommen.

Bucher nannte den Todestag von Judith Holzberger. »Wo waren Sie an diesem Montag, Herr Geisser? Wir möchten das ganz genau wissen, vom Zeitpunkt, an dem Sie aufgestanden sind, bis zur Nacht, als Sie sich wieder zu Bett legten.«

Geisser massierte seine Handgelenke. Verglichen mit seinen anderen Körpermaßen hatte er zu kurze Finger. Er zog Luft zwischen den Zähnen hindurch, als hätte er Schmerzen, legte die Unterarme dann gelassen auf der Tischplatte ab und schüttelte den Kopf.

»Ist Ihnen inzwischen ein Rechtsanwalt eingefallen, den wir verständigen sollen?«

Gleiche Reaktion.

»Können Sie sich nicht erinnern, oder möchten Sie sich zur Sache nicht äußern?«

Geisser lehnte sich zurück.

Lara Saiter sprach leise: »Es muss schlimm sein, zu wissen, ein Versager zu sein, den eigenen Ansprüchen, den Ansprüchen der Eltern, Freunde nicht genügen zu können, und das dann so betrügerisch zu verbergen, wie Sie das getan haben. Sie haben ja auf normalem Weg, also der Verknüpfung von Talent, Fleiß, Engagement, Motivation und Intelligenz, überhaupt nichts zuwege gebracht, Herr Geisser. Bei Ihnen war es kriminelle Energie verbunden mit Rücksichtslosigkeit und Gewaltbereitschaft.«

Geisser legte die Stirn in Falten.

Bucher sah ihn konzentriert an, verfolgte jede Regung. Lara sprach weiter: »Um es kurz zu machen, wir wissen, dass Sie ein Studium abgebrochen haben, Ihr Doktortitel ist gekauft, Ihr gesamter Lebenslauf ist Blendwerk – gerade gut und ausreichend genug, um sich an einen Spinner zu hängen, der sich für die Inkarnation eines florentinischen Predigers hält. Ob Sie dieses krude Zeug nun glauben konnten oder nicht, ist egal, doch selbst in dieser wirren Truppe waren Sie nur einer von vielen. Der Fliesenleger Gustav Hackbichl war der Boss, ist das für jemanden wie Sie eigentlich nicht demütigend. So viel Aufwand zu betreiben, um nicht mehr als Mitläufer zu sein. Hat es Sie nie gereizt, selbst einmal eine Führungsposition zu haben?«

Geisser reagierte nicht.

»Kein Wunder, dass Ihre Frau gegangen ist, als Sie – sehr spät zwar – herausgefunden hat, was Sie wirklich sind und wozu Sie fähig sind. Sie hat wenigstens ein neues Glück gefunden.«

Geissers Miene fror für einen kleinen Moment ein.

Er ignorierte Lara Saiter und wandte sich mit ruhiger Stimme an Bucher. »Was haben Sie denn in der Hand?«

Bucher war zufrieden. Sein Gegenüber hatte den ersten Fehler bereits begangen. Er stellte Fragen, um Kontrolle zu demonstrieren. Und dann auch noch diese dumme Fernsehkrimifrage. Wie peinlich. Bucher hatte mehr erwartet. Aber es war ihm recht, denn es war trotz der unaufgeregten Art Geissers zu spüren, dass er die Auseinandersetzung suchte. Laras Worte hatten ihn getroffen. Er suchte nun Bestätigung, wollte die Polizisten vorführen, sie widerlegen, auskontern und dadurch das Gefühl erzeugen, das er so dringend brauchte wie Essen und Trinken – Souveränität und Anerkennung.

Bucher ließ sich auf dieses Spielchen ein und warf ihm einen Brocken vor. »Die Nadeln und Samen einer Japanischen Lärche, die in Judith Holzbergers Wohnung sichergestellt wurden, sind identisch mit den Proben von dem Baum, der vor Ihrem Haus steht. Wie erklären Sie sich denn die Tatsache, dass diese Nadeln in dem Raum gefunden wurden, in dem Judith Holzberger ermordet worden ist.«

Geisser lachte. »Wissen Sie, wie viele Lärchen es im Allgäu gibt?«

»Sicher viele, aber wir haben einen genetischen Fingerabdruck der Lärche, so etwas geht inzwischen. Laut unseren Biologen stimmt auch die Alterungsphase von Nadeln und Samenträgern überein«, log Bucher und griff hoffend dem erwarteten Ergebnis vor.

»Wann haben Sie Judith Holzberger zum letzten Mal gesehen, und wo waren Sie an jenem Montagmorgen?«

»Ein bisschen wenig, diese Nadeln«, versuchte Geisser mehr zu erfahren und offenbarte die Unsicherheit, die ihn ergriffen hatte.

»Oh, wir haben schon noch mehr, aber das ist auf alle Fälle ein richtig gutes Indiz, so gut, dass ich Ihnen empfehlen würde, einen Anwalt hinzuzuziehen. Sie haben nicht das Format, diese Sache hier alleine zu kontrollieren.«

Bucher war mit dieser Aussage zwar ehrlich, wusste aber auch, dass sie Geisser dazu zwingen würde, alleine weiterzumachen – das war er dem Glauben an seine vermeintlichen Fähigkeiten schuldig.

»An diesem Montag, den sie da genannt haben. Ich glaube, da war ich bei einer Firma in München.«

»Bei der XPro Consult sind Sie erst am Nachmittag aufgetaucht. Laut Terminplaner war erst für fünfzehn Uhr eine Besprechung anberaumt, an der Sie teilgenommen haben«, stellte Lara Saiter aus dem Hintergrund fest.

»Ich kann mich wirklich nicht erinnern. Manchmal fahre ich auch mit dem Auto planlos durch die Gegend, um mich konzentrieren zu können.«

»An diesem Montagmorgen sind Sie aber nicht planlos durch die Gegend gefahren und auch nicht mit Ihrem Auto, sondern sie saßen in einem VW-Bus.«

»So?«

Die Tür ging auf. Ein Kollege kam herein und reichte Batthuber einen Zettel. Der grinste und gab die Notiz an Bucher weiter.

»Sie beginnen, mich zu langweilen, Herr Geisser. Mein Kollege wird Ihnen etwas erklären.«

Batthuber war wenig diplomatisch. »Sie haben sich ganz schön dumm angestellt. Mit dem Seil haben Sie wirklich einen bösen Fehler begangen. Es ist ein billiges Ding aus PPT, bei dem sich die Farbstoffe nicht vollständig mit dem Kunststoff verbinden und an der Oberfläche in mikroskopisch feinen Schuppen abfallen. Unsere Spurensicherung hat identische Farbpartikel bei Ihnen zu Hause sicherstellen können. Die Dinger werden etwas kostengünstig hergestellt und beinhalten der farblichen Leuchtkraft wegen lumogene Bestandteile. Im Dunkeln ist das Zeug mit einem Licht in entsprechender Wellenlänge sichtbar zu machen. So wie früher in ihrer Jugend das Schwarzlicht die weißen, waschmittelgetränkten Fasern hat aufleuchten lassen. In Ihrer Wohnung leuchtet es wie in einer Disco. Und bevor Sie erzählen, dass es viele solcher Seile gibt … Nein! Gibt es nicht. Der Import nach Europa ist verboten, die Verwendung solcher Farbstoffe untersagt. Sie haben es von Ihrer Kolumbienreise mitgebracht, die Sie im Juli unternommen hatten. Sie haben anscheinend Ihre Doktorconnection gut gepflegt, wie?«

Geisser strich mit beiden Händen seine Haare nach hinten, obgleich diese vom Gel perfekt positioniert waren.

Bucher sagte: »Wir haben jede Menge Sachbeweise. Wenn Ihre Glaubensbrüder erst einmal das Reden anfangen, können Sie einpacken.«

»Wenn alles so eindeutig ist, wieso geben Sie sich denn dann solche Mühe?«

Die Frage war gut, dachte Bucher und schlug den ersten Nagel ein. »Weil es ja sein könnte, dass Sie uns etwas anzubieten haben. Wer zuerst kommt – mahlt zuerst.«

*

Zwei Zimmer weiter saßen Hartmann, Nehbel und Babette Mahler in lockerer Formation vor dem Vernehmungstisch. Dahinter hatte der Fratre Gustav Hackbichl Platz genommen. Er gab den Leidenden, der stolz das Unrecht ertrug, das ihm widerfuhr. Er war gar nicht so klein, wie man sich erzählte. Sein hageres, faltiges Gesicht, die Ansätze der Unterarme, die unter dem Kittel hervorlugten, ließen einen dürren, aber muskulösen Körper vermuten. Er gab sich friedfertig und stellte sich unwissend und der Welt ein wenig entrückt dar. Doch seine Augen sprachen eine andere Sprache. Es gelang ihm nicht, ihr kühles Feuer unter Kontrolle zu bringen. Hinter dem in seiner Guru-Kleidung scheinbar exaltiert daherkommenden Gustav Hackbichl steckte mehr.

Hartmann besprach sich leise mit Nehbel, und Babette Mahler ordnete Unterlagen, bemerkte aber die wachsamen Blicke Hackbichls. Trotz der feurigen Augen – einen Guru hatte sie sich anders vorgestellt. Vor ihr saß ein knochiges, aber sehniges Männlein mit hellen Hosen, die ihm um die Beinchen flatterten, und einem weiten Kittel, der bis zu den Knien reichte. Ein kantiger Schädel saß auf einem Hals, aus dem der Kehlkopf stark hervorstach. Die Haare waren ungepflegt und hingen, zu einem Zopf gebunden, lang den Rücken hinunter. Viele graue Strähnen hatten sich schon dazwischengeschoben, und es sah nicht nach edler Altersweisheit aus, sondern wirkte einfach nur schmuddelig.

Babette Mahler begann, für alle unerwartet, und gab ihrer sonst so geschmeidigen Stimme eine kühle Schärfe bei.

»Also … Erleuchteter.« Sie holte einige Fotografien aus einem Kuvert.

Hackbichl, der zusammengesunken in seinem Stuhl saß, reckte sich ein wenig.

»Herr Hackbichl, ganz ansehnliche Karriere für einen Fliesenleger, muss ich sagen.«

»Man nennt mich Fratre«, sagte er sanft und voller Verständnis.

Sie ließ keine Sekunde Leerlauf. »Mein Name ist Babette Mahler, das hier links ist mein Kollege Alex Hartmann und neben ihm, der große stattliche Kollege, hört auf den Namen Ernst Nehbel. Und hier in den Unterlagen steht, dass Sie Gustav Hackbichl heißen, und so nenne ich Sie auch. Von Beruf Fliesenleger, geboren, wohnhaft, et cetera.«

»Jesus war Zimmermann«, entgegnete Hackbichl beleidigt.

»Das ist richtig, Herr Hackbichl, und von Jesus ist bekannt, dass er bereits im Alter von zwölf Jahren intensive theologische Gespräche geführt hat. Welche Qualitäten er als Zimmermann hatte, ist leider nicht überliefert, aber ich denke, wir können davon ausgehen, dass er ein guter Zimmermann war.«

Sie presste ihre Lippen aufeinander und schmiss die paar

Blätter, die sie in Händen hielt, verächtlich auf den Tisch. Ihre Stimme wandelte sich zum alleinigen Transporteur von Verachtung. »Von Ihnen hingegen, Herr Hackbichl, wissen wir, dass Sie im Alter von zwölf Jahren noch Bettnässer waren und als Fliesenleger eine totale Niete gewesen sind. Mit Ach und Krach die Berufsschule geschafft, dreimal gefeuert. Wenigstens die Bundeswehr hat Sie nicht gleich wieder heim geschickt. Was kam eigentlich danach? Waren Sie vielleicht im Ausland?«

Hackbichl wollte etwas sagen, doch sie stoppte ihn, indem sie über den Tisch hinweg auf ihn deutete. »Und lassen Sie es sein, ständig so auf meinen Busen zu starren. Ich … mag … das … nicht! Falls Sie jemals wieder aus dem Knast herauskommen sollten, kaufen Sie sich ein Fernglas und beobachten Sie die Jupitermonde – denen kommen Sie in Ihrem Leben näher.«

»Ich starre überhaupt nicht …«

»Und wenn Sie schon der Meinung sind, Jesus hier erwähnen zu müssen. Ich erinnere mich da an einen Peitsche schwingenden Jesus im Tempel, der Händler und Gaukler hinausgetrieben hat. Seien Sie nur froh, dass es heute Morgen die Polizei war, die Sie mit diesen beiden Mädchen aus dem Bett geholt hat, und nicht Jesus selbst. Es ist Ihnen einiges erspart geblieben – Herr Hackbichl!«

Dessen Blick suchte vergebens Hilfe bei Hartmann und Nehbel. Hartmann kaute an seiner Lippe herum. Er genoss Babettes Eröffnung und war zugleich ein wenig sprachlos. Nehbel sah Hackbichl voller Grimm und Ekel an.

Babette Mahler knallte fünf Fotos auf den Tisch. Alle zeigten Judith Holzberger.

»Ihr Werk! Wieso haben Sie das getan. Eine junge Frau – schwanger! Hat Sie Ihrem Unsinn widersprochen – diesem Fratre-Käse und Ludwigs-Bajuwarenkult, dieser esoterischen Fliesenlegersoße!?«

»Es war für uns alle …«

»Wir wollen nicht wissen, für wen *alles* … wir wollen von Ihnen wissen, welchen Anteil Sie daran hatten!?«

Der weite Faltenwurf von Hackbichls Guru-Tracht kam in Wallung. »Ich habe doch damit nichts zu tun, um Gottes willen.«

»Ich denke, Sie sind das!?«

Er sah sie verstört an.

»Wer?«

»Sie glauben's also selbst nicht, aber lassen wir das. Womit haben Sie denn angeblich nichts zu tun?«

Er deutete auf die Bilder. »Ja damit.«

Hartmann stieg nun mit ein. »Da ist Geisser aber völlig anderer Meinung, Eure Heiligkeit.«

Hackbichl richtete sich abrupt auf, blieb aber entgegen dem erkennbaren Ansatz sitzen, denn Nehbel war sofort aufgestanden, was Eindruck machte.

»Ich bin es gewohnt, verspottet zu werden, und verlange wenigstens Respekt«, sagte Hackbichl. Seine Körperhaltung verriet, dass er den bisherigen Gesprächsverlauf weit weniger gelassen erlebt hatte, als er zeigen wollte.

Hartmanns Oberkörper schnellte nach vorne. Er zischte: »Sie bekommen doch Respekt, Herr Hackbichl, genau den Respekt, den Sie verdient haben. Aber verlangen Sie nicht mehr. Zeit für Spielchen haben wir nicht. Ihre Clique ist zerschlagen, die XPro wird von unseren Wirtschaftsleuten auseinandergenommen, Ihre Leute in Behörden und Ministerien sind festgenommen worden. Wir zertrümmern alles, alles, den ganzen Schmodder. Ihnen bleibt einzig, mit uns zu kooperieren. Die Morde an Judith Holzberger und an Frank Wusel, die haben wir Ihnen schon nachgewiesen …«

»An wem? … welcher Frank …?« Er sah irritiert von einem zum andern.

»Hackbichl, Hackbichl, Hackbichl … jetzt aber. Das war gerade gar nicht so schlecht. Nur aus meiner respektvollen Einstellung Ihnen gegenüber erkläre ich es: Frank Wusel, ein Mitarbeiter des Verfassungsschutzes, wollte sich mit Frau Holzberger treffen. Es gibt da Informationen, die sie hatte, und die nicht in Wusels Hände gelangen sollten. Kommen Sie schon.«

Babette Mahler holte die unappetitlichsten Fotos hervor und legte sie auf den Tisch.

Hackbichl wandte sich ab, sackte in sich zusammen und legte beide Handflächen an die Wangen.

Hartmann beobachtete genau. Der Kerl vor ihm musste ein perfekter Schauspieler sein, denn dieses Erschrecken, dieser plötzliche Rückzug und das sichtbare Nachdenken – das war ziemlich gut. Verbrecher, die über ein derartiges schauspielerisches Repertoire verfügten, durfte man selten erleben. Dieser suchende, hilflose Blick eben, als der Name Wusel fiel. Das war wirklich große Klasse.

Hartmann legte mit hämischem Ton nach: »Zwei, besser gesagt, drei Morde, ein bisschen viel für jemanden, der über so viel geistige Kraft verfügt. Sollte man dann doch anders lösen können …«

Hackbichl schlug mit einer Gewalt, die ihm niemand zugetraut hatte, auf den Tisch und schrie: »Jetzt ist aber mal Schluss mit der Scheiße, ja!«

Hartmann war nicht erschrocken. Er lächelte. »Selbstverständlich, Herr Hackbichl. Ich glaube das wird jetzt endlich ein vernünftiges Gespräch.«

Laura

Hans Weiss hatte in Oberkirch vor dem Haus gewartet. Er verzichtete darauf, sich in einen der Overalls zu zwängen und wie eine lebende, übergroße Weißwurst herumzulaufen. Es ging ohnehin schneller, als er erwartet hatte, dass seine Leute ihn in das Haus ließen.

Geisser wohnte protzig, ohne dass ein Stil erkennbar gewesen wäre. Weiss ließ sich die Sache mit den Farbpartikeln erklären, betrachtete längere Zeit die Japanische Lärche und half dabei, einige Kisten mit sichergestellten Kleidungsstücken hinauszutragen. Danach strich er nochmals durch das Haus. Der gesamte erste Stock war offen, Türen fehlten gänzlich, und der zur Terrasse liegende Wohnbereich lag zwei Stufen tiefer.

Er ging die breiten Stufen der Holztreppe nach oben. Dem Schlafzimmer schenkte er einen streifenden Blick durch die offen stehende Tür. Im Arbeitszimmer war wenig, was Weiss an Arbeit erinnerte. Für ihn verband sich Arbeit vor allem mit Aktenordnern. Davon gab es nur wenige. Er stand gerade vor dem schwarzen Schreibtisch, als Geissers Telefon klingelte. Weiss sah auf das Display – keine Rufnummernanzeige. Er überlegte, ob sich wohl ein Anrufbeantworter einschalten würde, entschied sich aber blitzschnell, nahm den Hörer ab und begann augenblicklich zu husten, was ihm nicht schwerfiel. Am anderen Ende war nichts zu hören. Er hielt den Hörer weg und hustete bis ihm die Tränen kamen. Der Anrufer würde die Veränderung der Stimme richtig interpretieren. Als er seine Stimme gequält genug fand, hauchte er ein gepresstes »Ja« in den Hörer und wartete. Jetzt liefen ihm von der Husterei wirklich Tränen über die Wange. Er hörte auf der Treppe Schritte und machte mit dem ausgestreckten Arm deutlich, dass er keinen Ton hören wollte. Molle kapierte und fror auf der vorletzten Stufe ein, drehte sich aber um und bedeutete den Leuten unten, auch ruhig zu sein. Weiss Schauspiel funktionierte. Er hörte eine Stimme. Was er hörte, ließ ihn zittern.

*

Bucher und Hartmann trafen sich in einer stillen Ecke des Gangs und tauschten Informationen aus.

»Geisser geht also nicht auf das Angebot ein?«, fragte Hartmann.

Bucher sah ihn nur an und überlegte.

»Hast du ihn direkt auf Laura angesprochen?«

»Wofür hältst du mich. Ich gebe doch unsere Lücke nicht preis. Da muss er schon selbst mit rüberkommen, … aber … ich habe fast den Eindruck, der schnallt es nicht. Und was macht der Guru in der Hinsicht?«

»Wir haben nichts von dem Mädchen erwähnt, und von ihm kommt in dieser Richtung gar nichts. Es wäre ja ein Pfand für sie, das sie einlösen könnten. Es ist so übel, Mensch. Wir haben die ganze Bande voll im Sack, die Beweise stimmen, Indizien genug und wie das genau mit den beiden Morden gelaufen ist … einer von denen wird es uns schon noch erzählen. Aber es ist so unbefriedigend, verstehst du. Wenn die Kleine …. also, wenn die die Klappe nur deswegen halten, weil Laura … ich meine weil es kein Pfand mehr gibt, das sie einlösen könnten …«

Bucher winkte ab. »Nein. Das ist nicht der Fall. Hier geht alles durcheinander, glaub mir. Es ist einfach vertrackt – wir sind auf dem richtigen Weg und trotzdem auf dem falschen, weil wir die eine Frage immer noch nicht beantworten können: Warum?« Er machte Anstalten zu gehen.

»Und du musst jetzt zum Obermiesling?«, fragte Hartmann.

»Mhm.«

»Soll ich mitkommen?« Es klang, als legte Hartmann wenig Wert darauf. Stattdessen ging er wieder zurück zu Nehbel und Babette Mahler, die seit einiger Zeit Hackbichls Erklärungen zuhörten. Von Esoterik war nichts mehr geblieben. Die Inkarnation eines florentinischen Predigers und König Ludwig zwo kämpfte darum, irgendwie davonzukommen. Alle wussten, dass alles, was er sagte, gelogen war. Aber sie ließen ihn reden und erklären, denn es war auf erschreckende Weise beeindruckend, zu erleben, welche Persönlichkeit sich hinter wallendem Haar und Gewand wirklich verbarg. Aus jeder Geste, jedem Wort erspürte Babette Mahler – Brutalität.

*

Bucher öffnete die Tür und trat in das unnatürliche Kunstlicht. Zwei Uniformierte waren auch anwesend. Einer saß gleich neben der Tür, der andere in der hintersten Ecke des Raumes, als wolle er sich da verstecken. Auf dem Stuhl hinter dem Tisch hockte die Gestalt, vor der es Bucher graute. Der Stuhl war ein Stück von der Tischkante weggerückt. Der Körper hing tief, die Füße hafteten breitbeinig und fest auf dem Boden. Die Hände lagen gefaltet über dem Schoß, was Gelassenheit vermittelte; ein Eindruck, der von den Handschellen, die es erzwangen, revidiert wurde. Der Kopf hing locker zur rechten Schulter hin, und von unten her sahen zwei feindselige Augen auf Bucher. Der ging langsam zum Tisch, ließ sich auf den Stuhl sinken und sagte klagend: »Schade. Schade, dass wir uns in solch einer Rollenverteilung gegenübersitzen müssen. Das hätte ich nicht erwartet.«

Dann schwieg er und wartete auf eine Reaktion. Es kam nichts. Er wollte gerade ansetzen, die Fragen zu stellen, die er vorbereitet hatte, da wurde die Tür aufgestoßen. Bucher drehte sich um und erblickte Hartmann, der gerade seinen Schulterholster überzog.

*

Sekunden später saß Bucher im Auto. Babette Mahler fuhr. Hartmann war bei Lara und Batthuber und versuchte, hinterherzukommen. Babette Mahler sagte keinen Ton, zog den

Sicherheitsgurt straff. In der Auffahrt zur Umgehungsstraße erlebte er zum ersten Mal das Gefühl, in einem Auto zu sitzen, das quer und quietschend durch eine Kurve schob. Nun wusste er auch, wovon Lara ihm mit glänzenden Augen erzählt hatte. Die folgende Ampel schaltete rechtzeitig auf Grün, und die Kurvenkombinationen der Bundesstraße 309 über dem Ufer des Weißensees verhinderten, dass er das Handy bedienen konnte. Als er kurz danach, auf einem geraden Stück, rechts der Straße einen Supermarkt vorbeifliegen sah, hatte er Weiss am Telefon. Er verstand ihn nur schlecht. Es folgte eine lang gezogene Linkskurve, und nach einem kurz erscheinenden, geraden Stück eine Rechtskurve, die ihm Sorgen machte. Er hörte Weiss von den Maßnahmen berichten, die er bereits getroffen hatte.

»Wie hast du das eigentlich verifiziert, Hans?«, wollte Bucher wissen.

»Ich habe bei unseren Leuten angerufen und gefragt, woher der Anruf gekommen war. Ich hatte ja gerade erst aufgelegt, und wir überwachen doch beide Telefone.«

»Und?«

»Ja, habe ich doch gerade erzählt, hörst du denn nicht zu?«

Babette Mahler flog die Weißenseer Steig nach oben. Von irgendwo rechts der Straße, nur ein paar hundert Meter entfernt, telefonierte Weiss. Er sprach aufgeregt.

»Der Anruf kam von der Dienststelle in Pfronten, Nebenstelle einhundertdreiundachtzig. Ihr müsst sofort feststellen, wer von da angerufen hat.«

»Wie hat die Stimme denn geklungen?«, fragte Bucher bemüht ruhig.

Er spürte Weiss durch das Telefon hindurch, als der gepresst wiederholte: »Wie hat die Stimme denn geklungen …? Mensch, der hat gesagt, ich weiß jetzt, wo die Kleine ist, und kümmere mich drum. Weißt du, was das bedeutet!?«

»Wir sind gleich dort.«

»Ich auch, irgendwann jedenfalls … mit diesen Wissenschaftlern und ihrem Bus … ahh.«

Bucher drückte das Gespräch weg und sah nach hinten.

Lara Saiter und Batthuber waren nicht zu sehen. Er telefonierte sie an. »Ihr wartet vor der Dienststelle. Der Anruf bei Geisser kam von der Pfrontener Dienststelle.« Bucher nannte die Nebenstelle.

»Das ist das Geschäftszimmer«, sagte Lara, deren Handy im gleichen Augenblick klingelte. Sie nahm das Gespräch genervt entgegen. Ein freudig-begeisterter Kollege der forensischen IT teilte ihr voller Stolz mit, dass sie die Verschlüsselung des Chips geknackt hätten. Er erwartete Begeisterung, ein Lob, ein »Ihr seid echt klasse, einfach nur klasse.«

Lara Saiter bellte ein »Jetzt nicht«, und drückte das Gespräch weg.

Babette Mahler fuhr wie ein Eisblock. Den Kreisverkehr nahm sie links herum, rutschte in die Ausfahrt, etwas Rotes musste ihnen ausweichen. Bucher schielte nach links. Sie zeigte keine Reaktion, wirkte konzentriert und – entspannt, unglaublich entspannt. Die scharfe Rechtskurve an der Orteinfahrt von Pfronten war wegen ihrer Übersichtlichkeit schon fast langweilig, spannend war nur noch der Bahnübergang. Der BMW hob ab, setzt auf und schoss entgegen der Einbahnstraße weiter, direkt zur Allgäuer Straße. Am Babeleck litt der hintere rechte Reifen an einer kleinen Unkonzentriertheit der Fahrerin und infolgedessen an der hohen Bordsteinkante, die Dienststelle lag schon vor ihnen. Bucher sprang hinein. In der Schleuse musste er warten, niemand war im Wachzimmer. Er klingelte hektisch.

Reinhard Pentner hörte es, dachte »Arschloch« und kopierte den Artikel der Bergsteigerzeitung in aller Ruhe zu Ende. Er erschrak, als er Bucher in der Schleuse sah. Die Kollegin hinter ihm hatte die Pistole in der Hand. Er ließ die beiden ein.

»Wer ist noch hier?«, fragte Bucher.

Pentner schluckte. »Nur ich.«

»Vor einigen Minuten hat jemand telefoniert, vom Geschäftszimmer hinten. Nebenstelle einhundertdreiundachtzig. Wer war das?«

»Und wo ist der jetzt hin?«, fragte Bucher, als er den Namen gehört hatte.

Reinhard Pentner zuckte nur mit den Schultern und schluckte.

»Was für ein Auto hat er?«

»Den Audi.«

»Funk ihn an.«

»Was?«

Bucher wurde laut. »Funk ihn an und quatsch irgendetwas, wir müssen wissen, wo sein Standort ist, lass dir was einfallen.« Er setzte noch mal und aggressiver nach: »Lass dir was einfallen! Und geh auf das Vier-Meter-Band, die anderen sollen mithören können.«

Eingeschüchtert nahm Pentner den Funkhörer in die Hand und überlegte. Dann drückte er die Ruftaste. Rauschen war zu hören. »Iller einundfünzig zwo … Standort?«

Sie warteten.

Es knackte im Lautsprecher, Fahrgeräusche waren zu hören. Die Seitenscheibe musste offen sein. Eine Stimme sagte. »Einundfünfzig zwo. Was liegt an?«

Pentner hatte sich im Griff. »Duu, wo bischt na du hin unterwegs. Ich hätte einen Auftrag.«

»Was?«

»Präsidium Kempten hat sich gemeldet – eiliger Kurierdienst. Wann wärst du wieder zurück?«

Die Gegenstelle meldete sich, ohne dass gesprochen wurde. Das Rauschen war zu hören, dann dumpfe, rhythmische Schläge aus der Ferne.

»Komme nach Auftrag zurück.«

»Verstanden.«

Pentner legte den Hörer weg. Bucher hob fragend die Hände. »Ja und jetzt, wo ist der Kerl?«

»Am Eisstadion drunten.«

Bucher sah ihn verdutzt an. »Woher weißt du das?«

»Das Schlagen. Das ist die Baustelle am Eisstadion drunten.«

Sie teilten sich auf. Weiss meldete sich über Telefon: »Ich habe das am Funk gehört. Das war der Kerl.«

Bucher und Babette Mahler fuhren die Vilstalstraße entlang, bogen nach links, über die Vils hinweg, in den Obweg ein. Die anderen beiden nahmen die Tirolerstraße und näherten sich über den Adolf-Haff-Weg dem Eisstadion. Lara Saiter hatte das SEK, das noch in Füssen war, verständigt.

Bucher war hier schon einmal entlanggefahren und hatte eine Ahnung, wo er fündig werden würde. Er sagte Babette, wie sie fahren sollte, und kurz darauf hielten sie vor dem allein stehenden Haus, das Bucher eingefallen war. In der Einfahrt, nah an der Buchenhecke, stand der Streifenwagen.

Bucher stieg aus. Von vorne sah er Lara Saiter langsam auf sie zufahren. Er gab ihr ein Zeichen, ging am Audi vorbei zum Eingang. Die Tür war nur angelehnt. Zwischen dem linken vorderen Kotflügel des Streifenwagens und der Hecke lag ein Fahrrad eingeklemmt. Babette Mahler schloss auf. Lara Saiter und Hartmann waren schon auf dem Weg.

Bucher ging die Stufen zur Tür hoch und drückte sie mit dem Lauf seiner Pistole auf. Wann hatte er die zuletzt in der Hand gehabt, schoss es ihm durch den Kopf. Babette Mahler bewegte sich, so wie sie fuhr – sicher und kontrolliert. Er ließ den Kopf vorschnellen, nahm den kurzen Blick in den Gang – Leere und Stille. Plötzlich ein Geräusch von brechendem Holz, ein lautes Stöhnen. Als die anderen seitlich hinter ihm waren, ging er geduckt weiter.

Der Gang leitete zu einem breiteren Durchgang, dort stand die Tür offen. Drinnen war es dunkel. Bucher sah Möbel, einen alten Sessel, die Hälfte eines braunen Tisches, gedrechselte Beine, schlichte Holzstühle. Er lauschte, gab ein Zeichen und glitt halb geduckt in den Raum. Als er sich aufrichtete und den nicht einsehbaren Bereich des Zimmers mit Blicken abstreifte, trafen seine Augen auf die von Abraham Wanger. Der stand auf einem Podium der Holztreppe. Aus dem Haaransatz der rechten Stirnseite lief ihm Blut, glitt über die Schläfe und in einem dünnen Bach entlang der Wange bis zum Kieferknochen. Bucher sah wie die Tropfen von dort auf das helle Hemd fielen. Wo sie auftrafen, war schon ein großer dunkler Fleck entstanden.

Abraham Wanger stand halb gebückt, hielt eine Hand nach unten und rührte sich nicht. Bucher hatte die Waffe auf ihn gerichtet, Babette und Lara huschten zur anderen Seite hin in den Raum, sicherten und nahmen dann Wanger ebenfalls ins Visier. Kein Wort wurde gesprochen. Bucher gab ihm ein Zeichen mit dem Kopf, aus der Nische des Podiums zu treten. Wanger blieb stehen. Von oben waren Schritte zu hören. Lara Saiter sprang zur Seite, um bessere Sicht auf die Treppenkehre zu haben, und ließ ein kurzes Stöhnen hören. Es war eher ein Signal. Bucher richtete sich langsam auf und ging einen Schritt zur Seite. Jetzt sah er es auch: unter Abraham Wangers rechtem Fuß lag ein Körper. In Uniform.

Bucher sprach eindringlich: »Abraham, lass ihn, lass ihn.«

Der reagierte nicht. Wieder waren Schritte zu hören. Langsam. Sie kamen zur Treppe. Bucher rief laut. »Abraham, komm runter, komm hier runter. Wer ist noch hier. Ist Laura hier!?«

Statt Wanger war eine bekannte weibliche Stimme zu hören. Unaufgeregt und sachlich. »Ja. Laura ist hier.«

Abraham Wanger löste sich aus seiner Starre. Er nahm den Fuß vom Körper und ging die fünf Stufen nach unten, nahm einen Stuhl und setzte sich schweigend an den Tisch. Von seinem Kinn tropfte ein Gemisch aus Schweiß und Blut.

Batthuber, inzwischen ebenfalls eingetroffen wie auch Weiss und das SEK, wollte ihm Handschellen anlegen. Bucher unterband es. Stattdessen kümmerte sich Batthuber um Markus Rindle, der stöhnend am Boden lag.

*

Eine Weile später saß Bucher mit Abraham Wanger und der Alten am blanken, hölzernen Küchentisch. In den Räumen waren die Spannung, das Adrenalin und die Aufregung noch zu spüren. Das Ticken der Küchenuhr war zu hören, von draußen die unterdrückten Gespräche der anderen, das Quäken des Funks. Niemand redete laut, obwohl doch nun alles vorbei war.

»Du wirst Schwierigkeiten bekommen, Abraham«, sagte Bucher ruhig.

Abraham Wanger hatte die kräftigen Unterarme auf die alte, zerfurchte Tischplatte gelegt und sah schweigend zum Fenster hinaus.

Bucher flüsterte: »Du hast Laura entführt, weißt du, was das heißt? Du hast internes Wissen verwendet. Wieso das?«

Abraham Wanger schwieg. Sie antwortete für ihn. »Es ist seine Tochter.«

Bucher schluckte, seine Kehle war schlagartig trocken. »Laura?«

»Nein.«

»Was soll das, wovon reden Sie?«

»Judith Holzberger. Judith Holzberger ist … war seine Tochter. Er war einige Zeit mit ihrer Mutter zusammen, bevor die dann den Holzberger kennengelernt hatte.«

Bucher fiel nichts mehr ein. Er fragte, nur um nicht schweigen zu müssen. »Wer sind eigentlich Sie?«

»Ich bin die Tante.«

»Von wem?«

Sie deutete auf Abraham Wanger, der immer noch stumm am Tisch saß, so als gäbe es die zwei anderen Menschen nicht.

Als sie auf der Rückfahrt nach Füssen waren, klingelte Lara Saiters Handy. Diesmal war es eine der Psychologinnen von der Handschriftenerkennung. Lara Saiter saß auf dem Beifahrersitz neben Babette Mahler und lauschte stumm in den Hörer. Ab und an gab sie ein erstauntes »Mhm« von sich. Als sie das Gespräch beendete, sagte sie: »Dieses Schwein.«

Dann wählte sie eine Nummer. Als sich die Gegenstelle meldete, fragte sie: »Was ist auf dem Speicherding drauf?«

»Der verwackelte Ausschnitt eines etwas älteren Videos, etwa vier Minuten lang, das Stück«, antwortete eine nüchterne Männerstimme..

»Und was ist da zu sehen?«

»Das ist schwer zu beschreiben. Du musste es dir selbst an-

schauen.« Dann, nach einer kurzen Unterbrechung, fügte er beklommen hinzu: »Vier Minuten können sehr lange sein.«
Lara Saiter schloss die Augen.

Sie teilten sich für die Vernehmungen, die sie hatten unterbrechen müssen, neu auf. Babette Mahler erzählte von dem, was Lotter berichtet hatte. Das konnte natürlich eine Möglichkeit sein. Langsam, während sie sprachen, kehrte das Gefühl der Sicherheit zurück, das ihnen mit Lauras Verschwinden abhanden gekommen war. Jetzt konnten sie frei agieren. Laura saß wohlbehalten bei der Lechnerin. Weiss hockte daneben und passte auf. Laura sprach noch immer nicht. Die Lechnerin schwieg und Weiss war froh, nichts sagen zu müssen. Vor dem Haus wartete ein gelangweiltes Einsatzkommando.

Batthuber ging auf eine Webseite, die die Kollegen in München eingerichtet hatten. Gemeinsam sahen sie sich die Filmsequenz an, die als Datei auf dem Speicherchip abgelegt worden war. Alle waren entsetzt. Es war Batthuber, der die Toilette aufsuchen musste. Benommen von dem, was ihre Augen gesehen hatten und was sich in einem fernen Teil der Welt vor vielen Jahren ereignet hatte, saßen sie beieinander.

Lara Saiter brach die Stille. »Scheiße, ich glaube, ich weiß jetzt wo Juliette Geisser ist.«

Ohne den anderen irgendeinen Hinweis zu geben, ging sie hinaus. Babette Mahler folgte ihr wie ein Schatten. Als der Motor lief, fragte sie: »Wo soll's hingehen?«

»Zu einem gewissen Krissert. Der wohnt in Hopfen. Ich weiß wo.«

*

Bucher öffnete zwei Stunden später vorsichtig die Tür zu einem der Büros. Lara Saiter und Babette Mahler sprachen mit Juliette Geisser. Bucher schloss leise die Tür, um das Gespräch nicht zu stören, nahm einen Stuhl und setzte sich in einigem Abstand dazu.

»Und wann war das?«, fragte Babette Mahler.

»Vor nun über zwei Jahren. Im Juni, es war im Juni. Sie hatte gerade erst diese Fehlgeburt, und es ging ihr so schlecht, lange Zeit. Und dann war da dieses Kind. Wir wussten nicht, woher es gekommen war, es war ja nichts Außergewöhnliches. Bei uns tauchten immer Kinder auf, meistens kamen junge Mütter ... jedenfalls hat sich Judith der Kleinen angenommen, und irgendwann war es für sie, als wäre es ihr eigenes Kind.«

»Aber sie hat doch sehr viel gearbeitet und hatte ihre Wohnung in Pfronten. Wo war denn dann das Kind?«

»Bei uns sind die Kinder immer in der Gemeinschaft oder bei anderen gewesen. Allen war klar ... es ist Judiths Kind.«

»Wann hat sie begonnen, Fragen zu stellen.«

»Am Anfang war sie so glücklich, aber vor etwa einem Jahr, da hat sie mich gefragt, ob ich Lauras Geschichte kennen würde. Der Fratre hatte es ihr nicht gesagt.«

»Mhm. Sie hat dann angefangen nachzuforschen?«

»Ja. Es hat sie ganz verrückt gemacht, sie wollte wissen, woher Laura war, wer ihre Eltern waren. Es ging ihr nicht um das Wissen an sich, vielmehr wollte sie ein Vorstellung darüber haben, ob es noch jemanden gab, der ..., der ein Recht an Laura anmelden könnte, wissen Sie, darum ging es ihr.«

»Sie sagten doch, es sei ganz normal gewesen, dass Kinder irgendwie da waren, von irgendjemandem sein konnten.«

»Das schon. Aber Judith war schließlich auch Juristin. Sie hatte vor, Laura zu adoptieren. Seinen Anfang nahm die Sache aber, als sie mit Laura in die Schweiz fahren wollte und dazu einen Ausweis benötigte – den gab es nicht, und niemand konnte und wollte ihr erklären, wieso es keine Papiere gab. Sie wurde immer misstrauischer und machte sich eben Gedanken. Ist doch klar. Sie dachte zunächst, der Fratre wolle ihr den Umgang mit Laura erschweren, sie ihr gar wegnehmen.«

»Sie hat also begonnen, nachzuforschen und zu suchen und hat dabei etwas gefunden, was mit Laura gar nichts zu tun hatte.«

»Ja.«

»Sie hat ein Video gefunden.«

»Ja.«

»Wann haben Sie davon erfahren?«

»Sie hat es mir vor etwa fünf Wochen gesagt.«

»Sie kennen den Inhalt.«

Juliette Geissers Stimme wurde noch leiser. »Ich habe es gesehen, ja. Sie hat Laura dann eines Tages mit nach Pfronten genommen und das Video auch.«

»Was geschah dann?«

»Der Fratre hat sie aufgefordert, Laura zurückzubringen. Von dem Video wusste er noch nichts. Als er ihr androhte, ihr Laura wegzunehmen, sagte sie ihm, dass er das besser sein lassen sollte.«

»Sie hat mit dem Video gedroht. Wann war das?«

»Am Sonntag bevor sie … starb. Am Abend. Sie hat mich danach angerufen. Sie hat mir erzählt, dass sie das Telefon vor den Lautsprecher des Fernsehers gehalten und ihm so klargemacht hat, dass sie nicht bluffte.«

»Ein tödlicher Fehler. Denn da wusste der natürlich, dass das Video in ihrer Wohnung war.«

»Wo waren Sie da?«

»Schon bei Krissert.«

»Wissen Sie eigentlich, was mit Lauras Mutter geschehen ist?«

Sie sah zu Boden. »Ich glaube, sie ist tot.«

»Sie glauben es?«

»Ich habe so etwas gehört.«

»Wie kann man so etwas hören?«

»Ich habe ein Telefonat mitbekommen.«

»Wer hat telefoniert, Ihr Mann?«

Sie nickte stumm.

»Mit wem?«

»Ich weiß es nicht.«

»Worum ging es?«

»Um eine Frau, die wohl gestorben ist, weil es so heiß war in einem Auto. So jedenfalls habe ich es verstanden. Und dass es keine andere Möglichkeit gegeben hatte, weil *der Lotter* so einen Aufstand gemacht habe.«

»Mhm.«

»Wieso haben Sie sich eigentlich bei diesem Krissert versteckt.«

»Er ist der Einzige, dem ich traue.«

»Aus welchem Grund?«

»Judith war eine starke Frateskianerin. Er war gegen ihre Versuche, ihn in den Kreis zu bringen, völlig resistent. Er ist nicht sonderlich erfolgreich, spielt gerne mal in der Spielbank, aber gegen diese Gruppe war er resistent. Ich denk, der glaubt an gar nichts, oder er ist streng katholisch. Ich wusste jedenfalls niemanden sonst.«

»Und die Polizei?«

Sie lachte bitter. »Die Polizei! Wir … die sind überall.«

»Laura war doch in der Wohnung, als es geschah. Wieso, glauben Sie, haben die nicht nach ihr gesucht.«

Juliette Geisser schüttelte den Kopf. »Laura war sicher nicht in der Wohnung. Vielleicht war sie drunten bei der alten Frau Haaf. Das war die Einzige, mit der Judith Kontakt hatte. Laura mochte die Vögel so gerne … Frau Haaf hat wohl eine große Volière in ihrer Wohnung.«

*

Bucher ging mit den anderen in den Raum, in welchem Gerhard Holzberger so lange gewartet hatte. Batthuber hatte ein Notebook dabei. Zwei Filmausschnitte waren zu sehen.

Sie setzten sich Holzberger gegenüber, der locker und gelangweilt in seinem Stuhl hing.

»Das alles scheint Sie überhaupt nicht zu beeindrucken, Herr Holzberger. Ich verstehe das nicht. Sie haben schließlich das Kind, das Sie adoptiert haben, getötet. Auch noch auf eine derart widerwärtige Weise.« Bucher hatte gelogen, denn alle hatten inzwischen dieses kurze Video gesehen und konnten sich sehr wohl vorstellen, mit wem sie es zu tun hatten.

Holzbergers einzige Reaktion bestand aus einem provozierend fragenden Blick.

Batthuber stellte das Notebook so auf den Tisch, dass

Holzberger das verwackelte Video sehen konnte. Digitaler Müll eines Schulprojektes. Für einige Sekunden war ein VW-Bus zu sehen, der durch das Bild fuhr, dann wieder ein Dreizehnjähriger, der Faxen machte. Das Fahrzeug war nie ganz im Bild, nur einmal, ganz kurz, sah man die Seitenscheibe der Fahrerseite – ein Wischen, dann war es schon vorbei. Batthuber ging einige Sekunden zurück und schaltete auf Standbild. »Sehen Sie. Man erkennt nichts außer einem Arm und eine Tätowierung am linken Unterarm, gerade entlang dieser Narbe – das findet sich nicht oft. Das sind ja eindeutig Sie, Herr Holzberger. Sie fahren diesen VW-Bus.«

Holzberger zuckte mit den Schultern und blies verächtlich Luft durch die Lippen.

Hartmann beugte sich nach vorne. »Also, die Nummer, die Sie bei unserer ersten Befragung abgezogen haben, die war nicht schlecht. So etwas Abgebrühtes habe ich selten erlebt. Aber Sie haben sich da zu etwas hinreißen lassen. Es war nicht ganz so perfekt, wie Sie glaubten. Ein Fehler ist Ihnen unterlaufen.«

Holzberger sah gelangweilt auf. Es war übertrieben aufgesetzt.

Hartmann sprach leise weiter: »Judith hat niemals Paps zu Ihnen gesagt. Sie waren immer nur der Gerhard.

Den entscheidenden Fehler haben Sie allerdings kurz nach der Tat begangen, als Sie mit Ihrer … mit Frau Holzberger zu Judiths Wohnung gefahren sind. Ihre Frau wusste dort bereits, was geschehen war, dass Judith sich vermeintlich erhängt hatte. Doch das hat Ihnen niemand am Telefon gesagt. Der junge Kollege hatte lediglich ausgerichtet, dass Sie zur Wohnung kommen sollten. Abraham Wanger hatte ihm das ausdrücklich gesagt. Ihre Frau hat uns inzwischen erzählt, dass Sie gesagt hätten, die Polizei habe mitgeteilt, dass Judith sich umgebracht hätte. Genau das hat niemand zu Ihnen gesagt – wie kamen Sie also darauf?«

Gerhard Holzberger blieb unberührt im Stuhl hängen. »Das ist doch Unsinn. Sie verrennen sich da in etwas. Aus welchem Grund sollte ich bitte meine Tochter umbringen. Das glaubt Ihnen doch niemand.«

Batthuber startete den zweiten Film.

Holzbergers Gesicht wurde blass.

Sie verließen den Raum.

*

Lara Saiter stieß gut gelaunt die Tür zum Vernehmungsraum auf. Drinnen war es immer noch duster. Gustav Hackbichl saß nach wie vor noch auf dem Stuhl, bewacht von zwei Kollegen.

Lara Saiter war aufgeräumt. Sie zog den Stuhl zu sich heran, dass er vom Boden abhob und zu ihr schwang. Bucher setzte sich neben sie. Gustav Hackbichl sah die beiden erwartungsvoll an.

»Tut uns leid, Herr Hackbichl, dass wir unser Gespräch von vorhin unterbrechen mussten.« Sie wies auf Bucher. »Das ist mein Kollege Johannes Bucher. Er leitet die Ermittlungen.«

Hackbichl nickte wie ein braver Bub und war versucht, die Hand über den Tisch zu reichen. Bucher saß, der Geste gegenüber gleichgültig, mit ausdruckslosem Gesicht regungslos da. Hackbichls Bewegung erstarb im Ansatz. Er wirkte verunsichert.

»Sie haben uns ja schon einiges mitgeteilt. Wo waren wir nochmals stehen geblieben ... ja genau, Sie hatten von Dr. Geisser erzählt, von Judith Holzberger und diesem Jan Schleier, der, wie sie sagten irgendwie pervers veranlagt sei, wenn ich mich recht erinnere? Könnten Sie das noch einmal kurz wiederholen, damit mein Kollege auch über den Sachstand informiert ist. Das geht schneller, als wenn wir das Band abhören.«

Gustav Hackbichl war so einverstanden wie ein Hündchen, das ein Stöckchen bringen darf, und begann zu berichten. Seinen ersten Sätzen war eine Aufgeregtheit und Unsicherheit anzumerken, doch zunehmend wurde er ruhiger und überzeugender. Bucher folgte seinen Worten aufmerksam, und als Hackbichl geendet hatte, sah er zu Lara Saiter und nickte zufrieden.

Hackbichl schien auch zufrieden. Seine Haltung entspannte sich, eine andere Stimmung ging nun von ihm aus. Er hatte geredet, sie hatten ihm zugehört und keine Fragen gestellt. Es ging gut so.

Lara Saiter fragte leise und freundlich: »Hat es Sie eigentlich erregt?«

Hackbichl sah sie an, schien verlegen. »Wie?«

»*Was*. Sie sollten *Was* fragen«, sagte sie höflich und lachte kurz.

Hackbichl sah zu Bucher und wieder zu ihr. Dann fragte er wie geheißen: »Was?«

Mit bösem Schwingen in der Stimme sagte sie: »Sexuell.«

Er lehnte sich zurück und lächelte verschmitzt über den Tisch. Schlagartig kroch eine aggressive Kälte in das Halbdunkel des Raumes. Lara Saiters Stimme wurde zu einem Grab. »Ich möchte von Ihnen wissen, ob es Sie sexuell erregt hat, als Sie Judith Holzberger an dem Strick haben hängen sehen?«

Hackbichls Augen blitzten. Aus dem Hündchen wurde ein Wolf. Er setzte sich aufrecht hin, was irgendwie unbeholfen wirkte.

»Wie meinen Sie denn das?«

»Genau so, wie ich gefragt habe. Hat Sie der Anblick der toten Judith Holzberger sexuell erregt?«

»Aber ich habe sie doch gar nicht gesehen!«

»Sicher, sicher. Aus welchem Grund haben Sie ihr eigentlich diese bösartige Abschiedskarte geschrieben. Das war doch überflüssig. Sie haben doch lange genug gelernt, sich unter Kontrolle zu halten.«

»Welche Abschiedskarte denn?« Seine Stimme schlug beim *i* kurz über.

»Botticellis Höllentrichter. Sie schrieben *Compagnacci* auf die Rückseite – die jungen, gewalttätigen Feinde des Fratre. So wurde in Florenz eine der gegnerischen Gruppen von

Savonarola bezeichnet. Sie halten sich doch für eine Inkarnation dieses Predigers, nicht wahr. Dann wissen Sie sicher auch, wie sein Leben geendet hat – 1498 auf dem Scheiterhaufen.«

»Das ist doch Unsinn. Ich habe ... ich war nicht dort ... wer behauptet denn so etwas ... Geisser vielleicht ...!?«

»Niemand behauptet das. Ihre beiden Kumpane Geisser und Holzberger sagen keinen Ton. Auch das haben sie gelernt – wie man sich verhält, keinen zurücklässt und schweigt. Wir benötigen die Aussagen der beiden nicht. Es ist schlichtweg so, dass wir es wissen. Man nennt das kriminaltechnische Ermittlungen, Indizien, Beweise, Sie verstehen?«

Hackbichl beugte sich nach vorne. »Wissen Sie, Botticellis Kunst wird von uns sehr verehrt. Wir haben viele solcher Postkarten, und es ist durchaus möglich, dass ich auf die eine oder andere dieses Wort, das Sie erwähnt haben, geschrieben habe. Vielleicht hat sie eine solche Karte mitgenommen.« Er hob die Hände nach oben, um die Ungerechtigkeit, die ihm widerfuhr, sichtbar zu machen. »Was weiß denn ich.«

»Mag ja alles sein. Es ist nur so, dass Sie es waren, der dieses Wort *Compagnacci* auf diese eine betreffende Karte geschrieben hat, das steht zweifelsfrei fest«, sagte Lara Saiter ruhig.

»Sage ich doch. Es kann sein, dass ich mal, wer weiß wann, auf eine Postkarte was geschrieben habe, das bestreite ich auch nicht.«

»Ich sprach von genau der Postkarte, die in Judith Holzbergers Wohnung am Fensterbrett stand. So exakt Sie sich auch an alles gehalten und ihr Vorgehen geplant haben mögen. Ihre Wut, Ihr Zorn, Ihre Ihnen selbst bewusste unerträgliche Mittelmäßigkeit hat Sie doch in einen bösen Fehler getrieben.«

»Ach. Waren vielleicht Fingerabdrücke vorhanden«, fragte er mit fiesem Grinsen.

»Wo?«, fragte Lara Saiter.

»Na, auf dieser Karte.«

»Nein, wir haben keinen einzigen Fingerabdruck. Etwas viel Besseres. Besinnen Sie sich doch einmal. Sie hatten nichts zu schreiben dabei, oder?«

Hackbichl stutzte. Er verstand die Frage nicht.

Lara Saiter erklärte es. »Judith Holzberger war am Samstag einkaufen. Sie hat neben Kindersachen auch einiges fürs Büro besorgt und unter anderem einen dieser Gelstifte. Der Schreibwarenladen, in dem sie diesen neuen roten Stift gekauft hat, hat diese Lieferung erst am Freitag bekommen. Das Tolle an der Sache ist nun, dass wir nachweisen können, dass es sich bei dem Gel auf der Postkarte eindeutig um das Gel aus dem sichergestellten Stift in der Wohnung handelt. Auf dem Stift selbst waren natürlich auch keine Fingerabdrücke, obwohl jemand ihn zum Schreiben benutzt hat – Sie. Unsere Sachverständigen für Handschriften haben aus dem Schriftmaterial, das wir bei Ihnen inzwischen sichergestellt haben, verschiedene Muster herausbilden können. Es gibt da einen Brief, den Sie an eine Ihrer Frauen geschrieben haben. Künstlerisch wenig inspiriert, aber überwiegend mit deftigem Inhalt. Ihre Handschrift weist in diesem Brief die gleichen Erregungsmuster auf, wie Schriftfragmente, die auf der Karte zu finden sind. Daher meine Frage von vorhin, ob Sie das stille Sterben von Judith Holzberger erregt hat. Sie waren in der Wohnung, Herr Hackbichl. Sie, Geisser und Holzberger waren es.«

Hackbichl schüttelte den Kopf und zog mit einem zischenden Geräusch Luft durch den linken Mundwinkel ein. Eine dieser Reaktionen, die der Körper ohne Absprache mit dem Geist vollzieht. Sie sah gemein aus und machte deutlich, dass Hackbichl nun eine andere Strategie verfolgen würde.

Er verlangte einen Anwalt, und es war ihm egal, wer ihn vertreten würde.

»Wird veranlasst«, sagte Lara Saiter.

»Das ist ja alles gut und schön, was Sie sich da zusammenreimen. Bleibt nur die Frage, was in einer Gerichtsverhandlung davon übrig bleiben wird. Wieso bitte sollte ich denn Judith Holzberger umbringen … lassen. Ich habe kein Motiv.«

Lara Saiter grinste ihn an, als er das *lassen* nachschob. Er ärgerte sich über die kleine Pause, die er zugelassen hatte.

»Feststeht: Gustav Hackbichl war am Tatort. Und was das

Motiv angeht, da gibt es doch einiges. Judith Holzberger hatte Insiderwissen über diesen Fratersianersums, vor allem hatte sie Einblick in das, was so einen Laden am Laufen hält – Firmen, Kontakte, Konten – und sie kannte die entscheidenden Leute, die Sie positioniert hatten. Wir gehen davon aus, dass Sie eine Reihe ihrer jungen Frateskianer an wichtigen Stellen positioniert haben – in Behörden, Ministerien, Firmen. Wir nennen diese Leute *die zweite Generation*. Vielleicht hat Judith Holzberger Ihnen gedroht, an die Öffentlichkeit zu gehen. Dann wäre Schluss mit Savonarola und Ludwig zwo gewesen.«

Er schien gelangweilt. »Das ist doch Unsinn. Sicher hatte sie intime Kenntnisse unserer Glaubensvereinigung, doch das hätte für uns keine Gefahr bedeutet. Wir leben in einem freien Land, und wegen seines Glaubens kann niemandem verboten werden, in den Staatsdienst zu treten, solange man sich an die Verfassung hält.«

»Naja. Ob die Ziele ihrer Truppe verfassungsrechtlich einwandfrei sind, das wird noch zu prüfen sein. Ganz so einfach ist es nun auch nicht«, sagte Lara Saiter. »Aber wissen Sie, auch wir können uns inzwischen nicht mehr so recht vorstellen, dass das der Grund war, sie zu töten, noch dazu auf diese Weise.«

»Na also.«

»So wie sie umgebracht wurde, diese Art, wie das vollzogen wurde und wie diese Leute zusammenwirkten – das hat uns auf den richtigen Weg gebracht. Es ging dabei weder um diesen Sektenquatsch noch um Geld, und schon gar nicht um Sex – es ging um etwas sehr Persönliches – zwischen den Mördern und dem Opfer. Wer so mordet – der tut dies aus Rache, Verletzung und Wut. In diesem Fall eine stille Wut, eine Wut, die langsam gewachsen ist und von jemandem ausgelebt wurde, der gelernt hat, sie zu kontrollieren. Das wiederum können nicht viele Menschen. Man muss es erlernt haben, seine Wut, seine Angst zu kontrollieren, um effektiv handeln zu können.«

Sie machte eine Pause.

»Soso«, sagte Hackbichl, »kontrollierte Wut also.«

»Sie waren es, der wütend war, Geisser wollte sich rächen und Holzberger war die Verletzungen leid, die offene Ablehnung, die ihm Judith Holzberger entgegengebracht hat, obwohl er sie doch sogar adoptiert hat. Sie hat ihn verachtet, von Anfang an.«

Bucher räusperte sich und warf nur ein Wort über den Tisch. »Tschad.«

Hackbichl traf es wie ein Schlag. Sein Blick fror ein. Er entgegnete nichts.

»Wie meine Kollegin gerade schon sagte. Wir waren sehr lange auf dem falschen Weg und dachten, es ginge um Ihre komische Sekte, bis uns klar geworden ist, dass es in erster Linie um etwas sehr Persönliches ging, um etwas, das für die Betroffenen eine viel größere Bedrohung darstellte, als das Aufdecken der Vorgehensweise von Geissers Consultingtruppe oder die Positionierung von Frateskianern in der Verwaltung. Wir haben dieses widerwärtige Video gesehen.

Holzberger, Geisser und ein uns Fremder wüteten ja wie Dämonen in diesem afrikanischen Dorf, sind dort eingefallen wie die apokalyptischen Reiter. Es ging um Diamanten, nicht wahr, und der Auftrag hatte nichts mit einem Einsatz der Fremdenlegion zu tun – dieser Auftrag, die Leute abzuschlachten, erfolgte auf – wessen Rechnung auch immer – und wurde an einem, ja vielleicht an einem freien Wochenende erledigt, wenn es so etwas gibt. Ist auch egal, die Zusammenhänge werden sicher noch zu klären sein. Auch wenn es uns schwergefallen ist. Wir haben uns das Video einige Male angesehen und uns eine Frage gestellt: Holzberger ist zu sehen, Geisser ist zu sehen, ein fremder Söldner ist zu sehen – aber wer ist der vierte apokalyptische Reiter – wer hat das alles gefilmt, wer ist der Voyeur beim grausigen Spiel, der passive Genießer?«

Bucher wartete auf eine Reaktion, die nicht erfolgte. »So wie Sie vor vielen Jahren das Gemetzel von Holzberger und Geisser gefilmt haben, waren Sie auch beim Mord an Judith Holzberger der passiv genießende Dritte.«

Bucher unterbrach wieder, erwartete aber nicht, dass Hackbichl eine Antwort geben würde.

»Kann es vielleicht sein, dass Sie dieses grausige Video nur deshalb nicht vernichtet haben, weil es kein besseres Druckmittel gegen Holzberger und Geisser gibt? Sie sind ja schließlich nicht zu sehen. So hatten Sie in Ihrem Giftschrank die ständige Bedrohung, Erinnerung, Mahnung an die Hölle, die Sie gemeinsam geschaffen haben. So groß war das gegenseitige Vertrauen zwischen Ihnen drei Versagern nun doch nicht, als dass man auf diese kleine Daumenschraube hätte verzichten können.«

Hackbichl kratze sich am Bartansatz.

»Wieso nur haben Sie die Namen Holzberger und Geisser auf die Videohülle geschrieben und nicht ihre französischen Identitäten verwendet. Judith Holzberger hätte bei der Suche nach den Papieren von Laura niemals dieses Video mitgenommen, wenn sie nicht ihren Namen gelesen hätte. Spätestens nachdem sie Sie angerufen hatte, wussten Sie, dass sie zuschlagen würde. Sie hatten keine Zeit, nicht wahr. Und es lief ja auch alles wie geschmiert. Das mit Wusel, das ist dumm gelaufen. Wie sind Sie auf den gekommen? Eine Notiz, der Anrufbeantworter?«

Gustav Hackbichl schwieg.

Lara Saiter richtete sich auf. »Wir wissen, dass Sie vor uns weder Respekt noch Angst haben. Auch das Gefängnis schreckt Sie nicht sonderlich, Sie sind da ganz anderes gewohnt. Aber der Ehrenkodex der *legion etrangère*, den sie so rüde verletzt haben, der dürfte Ihnen doch zu schaffen machen. Wir haben erfahren, dass Leuten wie Ihnen seltsame Dinge zustoßen können.«

»Wann ist mein Anwalt da?«, fragte Hackbichl ruhig.

»Vergessen Sie Ihren Anwalt, Herr Hackbichl. Nach dreijähriger Zugehörigkeit zur Fremdenlegion wird den Mitgliedern die französische Staatsangehörigkeit verliehen – und Sie sind im Besitz der französischen Staatsangehörigkeit, was Vor- und Nachteile haben kann. Wir werden hier unsere Arbeit erledigen – und dann wird in der Staatsanwaltschaft die Entscheidung getroffen, ob gegen Sie alle drei in Frankreich verhandelt wird, vor einem Militärgericht. Wenn es nach uns ginge, wir würden Sie drei am liebsten sofort nach Aubagne schaffen. Höchstpersönlich.«

*

Weiss hockte hinter seinem Schreibtisch und knetete seine Hände. »Die Leiche dieser armen Frau ist also gefunden worden.«

Bucher legte die Unterlagen zusammen. »Holzberger hat sich nicht viel Mühe gegeben. Wir gehen davon aus, dass sie noch gelebt hat, als er sie verscharrt hat.«

»Und Laura?«

»Die ist nach wie vor bei Gohrer. Das Jugendamt hat zugestimmt, und es bleibt wohl auch dabei.«

»Adoption?«

»Pflege, erst einmal Pflege.«

Weiss war zufrieden.

Bucher hatte einige Tage freigenommen. Es war Samstagmorgen, als er geweckt wurde. Vor dem Haus hörte er lautes Reden, Lachen, den Traktor von Engelbert. Er streckte die Hand aus. Miriam war schon auf. Verschlafen schlurfte er in den Gang und sah durch den Spalt des Dachfensters. Engelbert saß auf dem Traktor und redete mit Gohrer und Wanger. Daneben stand Fexi. In der Hofeinfahrt stand ein offener Transporter, und die drei trugen Handwerkerkleidung. Er hörte Wanger »Innenisolierung« sagen und sah, wie er zum Haus deutete. Miriam stand dazwischen.

Bucher drehte sich um, legte sich ins Bett und zog die Decke über den Kopf.

*

Das Land und die Menschen waren von der unnachgiebigen Wucht des Sommers ausgedorrt. Hoch stand die Sonne am Himmel. Staub lag in der Luft. Über dem weichen Teer der Landstraße flimmerte die Luft. Im Kasten war es heiß und stickig. Die Schlaglöcher schlugen wie kleine Explosionen auf das Chassis durch, als der Transporter die *Avenue des 2ème Cuirassiers* entlangfuhr. Nach Aubagne kamen Touristen nur selten. Meistens dann, wenn sie sich verfuhren, oder vor Marseille flüchteten und auf der Suche nach Stille, Ruhe, Schutz und Geborgenheit waren – droben, in den Bergen.

Holzberger, Hackbichl und Geisser schwitzten. Die ersten Nächte verbrachten sie in einem Stahlcontainer, der abseits des Kasernengeländes unter der prallen Sonne aufgestellt war. In den Zellen im Keller war es noch zu kühl für die Jahreszeit, hatte der Kommandant befunden.

Kurz darauf peitschte der Mistral auf das Land und die Menschen ein.

Weitere Kriminalromane von Jakob Maria Soedher

Galgeninsel – Schielins erster Fall

An einem stürmischen Tag treibt die Leiche des rüden und unbeliebten Immobilienhändlers Kandras vor der Lindauer Insel auf. Nicht nur die am Rücken gefesselten Hände deuten auf ein Verbrechen hin. Die gesamten Umstände seines Verschwindens sind mysteriös. Was hat seine schöne Frau damit zu tun? Und aus welchem Grund schreit Schielins Esel Ronsard nicht mehr?

Galgeninsel, Jakob Maria Soedher, 240 Seiten, € 9,95

Pulverturm – Schielins zweiter Fall

Schielin – gerade mit Esel Ronsard auf Wanderung im Bodensee-Hinterland – wird zurückbeordert, um einen Fall zu übernehmen. Ottmar Kinker, ein eigenbrötlerischer, zurückgezogener Junggeselle, der zusammen mit seiner Mutter und Schwester ein Haus in Reutin bewohnt und als Revisor tätig war, liegt erstochen am Pulverturm.

Pulverturm, Jakob Maria Soedher, 240 Seiten, € 9,95

Heidenmauer – Schielins dritter Fall

Der Journalist Günther Bamm wird erschlagen im Stadtgarten von Lindau aufgefunden. Waren es die Recherchen zu seinem neuen Buch über die Geschichte und Geschichten von Gemälden, die ihn seinen Mörder finden ließen?

Heidenmauer, Jakob Maria Soedher, 256 Seiten, € 9,95

Hexenstein – Schielins vierter Fall

Es ist kein besonderer Einsatz für Schielin und Funk. Eine Frau macht sich Sorgen um ihre Nachbarn. Im Haus findet sich niemand, doch der Tisch ist gedeckt, der Radio läuft. Wo ist das Ehepaar geblieben, was führte zu ihrem Verschwinden – und was ist mit ihnen geschehen? Schielins düsterster Fall führt ihn und die Leser an einen frühlingshaften Bodensee und mitten in eine verhexte Geschichte.

Hexenstein, Jakob Maria Soedher, 256 Seiten, € 9,95

Die Krimireihe *Bucher ermittelt*

Der letzte Prediger

Dass es sich um einen psychopathischen Täter handeln muss, der die junge Frau brutal in ihrer Wohnung ermordete, ist Johannes Bucher vom LKA München sofort klar. Die Ermittlungen führen in einen Sumpf aus Lebenslügen, familiären Entfremdungen und in den Dunstkreis der Kirchen. Doch wo verläuft die Grenze zwischen doppelbödigen bürgerlichen Existenzen und einem kontrollsüchtigen Mörder, der nicht anders kann, als zu töten – und in welchem Milieu wird sich der Täter finden?

Taschenbuch, 448 Seiten, 9,95 €

Requiem für eine Liebe

Eine tote Frau in der Stille eines verwunschenen Auengrundes. In ihrem Haus findet sich ein Stapel geheimnisvoller Bücher. Ein Gartenbild Liebermanns von ungeklärter Herkunft steht plötzlich im Mittelpunkt der Ermittlungen, und der zurückgezogen im Wald lebende Kerl gibt Rätsel auf.

Als TB erschienen im Aufbau-Verlag (Berlin), 336 Seiten, 8,95 €

gebunden in der Edition Hochfeld, Auenklang, 336 Seiten, 16,90 €

Im Schatten des Mönchs

Schon die ersten Ermittlungsschritte bestätigen die Ahnung zweier skeptischer Kollegen – die junge Frau hat niemals Suizid begangen. Wer konnte ein so kalt geplantes Verbrechen begehen? Und woher stammt das fünfjährige Mädchen, das sich in der Wohnung der Toten versteckt hatte und keinen Namen und keine Sprache hat.

Taschenbuch, 400 Seiten, 9,95 €